Dee Ernst

W0289464

Wo, wenn nicht hier

Roman

Aus dem amerikanischen Englisch
von Anna Julia und Christine Strüh

atb aufbau taschenbuch

Die Originalausgabe unter dem Titel
Maggie Finds Her Muse
erschien 2021 bei St. Martin's Press, New York.

MIX
Papier aus verantwortungsvollen Quellen
FSC® C083411

ISBN 978-3-7466-3769-3

Aufbau Taschenbuch ist eine Marke der
Aufbau Verlage GmbH & Co. KG

1. Auflage 2022
© Aufbau Verlage GmbH & Co. KG, Berlin 2022
Copyright © 2021 by Dee Ernst
Published by arrangement with St. Martin's Publishing Group.
All rights reserved.
Umschlaggestaltung und Motive www.buerosued.de, München
Satz Greiner & Reichel, Köln
Druck und Binden CPI books GmbH, Leck, Germany
Printed in Germany

www.aufbau-verlage.de

Für Gene …

mit dir bin ich glücklich
bis ans Ende meiner Tage

Kapitel 1

In dem ich in Panik gerate und mich allen unnützen Wirrwarrs entledige

Hier liegt Maggie Bliss, die langsam und qualvoll am Hochstapler-Syndrom starb, weil es ihr um keinen Preis gelingen wollte, den letzten Band ihrer Trilogie zu schreiben.

Nachdem ich diese Zeilen verfasst hatte, starrte ich sie eine Weile an. Die perfekte Inschrift für meinen Grabstein, diese Sätze sollte ich unbedingt aufheben, man konnte ja nie wissen. Aber wo? Sollte ich sie meiner Tochter schicken? Wohl besser nicht. Das Letzte, was sie brauchte, war eine weitere Konfrontation mit Therapiebedürftigkeit, selbst wenn es nur um ihre Mutter ging. Oder meinem Exmann? Er war immer gut im Umgang mit Papierkram gewesen, aber wir waren seit dreiundzwanzig Jahren geschieden, also … nein. Mein Agent wäre die logische Wahl gewesen, aber damit riskierte ich, folgenreiche Alarmglocken zu läuten. Schließlich ging er davon aus, dass ich mit dem Schreiben gut vorankäme.

Vielleicht könnte ich es ausdrucken und einrahmen, mit ausführlichen Anweisungen für den Fall der Fälle.

Wo immer es auch landen würde, die gute Nachricht war, dass ich, wenn meine Lektorin Ellen mich das nächste Mal fragte, ob ich auch fleißig an meinem Buch arbeitete – das tat sie nämlich im Stundentakt –, zum ersten Mal seit sechs Monaten wahrheitsgetreu mit *Ja* antworten konnte.

Während ich mir die Sätze noch einmal laut vorlas, war ich allein in meinem Büro, und das war auch gut so. Jeder Autor auf der ganzen Welt weiß im Grunde seines Herzens, dass wir trotz aller Erfolge, Auszeichnungen und hingebungsvoller Follower die Fähigkeit, auch nur den einfachsten Satz zu Papier zu bringen, jederzeit komplett einbüßen können. Wenn mich eine andere Autorin gehört hätte, hätte sie verständnisvoll die Ärmel hochgekrempelt, uns beiden Kaffee eingeschenkt und mir mit der Zeichensetzung geholfen.

Hätte mich jedoch irgendjemand anderes gehört, wäre er oder sie wohl ziemlich enttäuscht gewesen. Wahrscheinlich sogar wütend. Es gab Millionen von Lesern, die keine Ahnung hatten vom Hochstapler-Syndrom und den massiven Selbstzweifeln und Blockaden, die damit einhergingen – oder denen es völlig schnurz war. Sie wussten nur, dass sie den ersten Band der Delania-Trilogie gelesen hatten und voller Spannung auf den nächsten warteten. Für sie stand ohne jeden Zweifel fest, dass es einen dritten Band geben würde. Schließlich war es eine Trilogie. Diese Leser hatten Fragen. Erwartungen. Sie wollten wissen, wie es weiterginge. Sie wollten ein rundum großartiges ENDE, das all ihre Fragen in befriedigender Weise beantwortete. Unvorstellbar, was mit mir passieren würde, wenn ich nichts davon zustande brächte.

Und dann waren da auch noch mein Agent und meine Lektorin, die beide der Überzeugung waren, dass mich dieser dritte Band auf die nächste Stufe der Erfolgsleiter katapultieren würde. Sie hatten über die Jahre eine Menge Zeit, Energie und Geld in meine Arbeit investiert, und nun war der Moment gekommen, den Lohn dafür einzuheimsen. Auch sie würden wütend sein, definitiv.

Es war nicht so, als wüsste ich nicht, wie die Trilogie enden würde. Natürlich wusste ich das. Bellacore (nenn mich Bella) – sechsundzwanzig, eins achtundsiebzig, grün gefleckte Augen – hatte der Liebe den Rücken gekehrt und war schon lange nicht mehr auf der Suche nach einem Mann. Kein Mann vermochte ihr Herz zu erobern, so großartig er auch sein mochte. Nicht einmal ...

Lance. Sergeant David Rupert Lancaster – vierunddreißig, eins neunundachtzig, stahlharte Muskeln und trotz permanenter Stoppeln am markanten, oft vor Frustration verkrampften Kiefer überraschend zarte Haut. Er wusste, dass Bella die Eine für ihn war, und war bereit, alles zu tun, um es ihr zu beweisen. Ihre Liebe hätte niemals sein dürfen. Ihre Leidenschaft ließ sich nicht leugnen. Ihre Geschichte war dazu bestimmt, den Lesern Freudentränen, Herzschmerz und schlussendlich ein Happy End zu bescheren.

Ich musste sie nur fertigschreiben.

Und darin lag das Problem. Trotz all meiner Notizen und Tabellen, Mind-Maps und guten Absichten hatte ich zweieinhalb Monate vor dem Abgabetermin noch kein einziges Wort geschrieben.

Jeder hat mal eine Schreibblockade. Und normalerweise waren Schreibblockaden für mich keine große Sache, weil ich mir zwischen zwei Büchern immer etwas Zeit nahm.

Doch ich hatte den größten Auftrag meiner über zwanzigjährigen Karriere angenommen und mich dazu verpflichtet, eine Trilogie zu schreiben, die der gepeinigten Liebe zwischen einer wunderschönen Einsatzhelferin und einem hartgesottenen Ex-Soldaten, der sie im kriegsgeschundenen, frei erfundenen Delania zu beschützen versuchte, Leben einhauchte. Es hätte eigentlich nicht so schwer sein dürfen. War es aber doch.

Der erste Band hatte keinen guten Start gehabt, aber durch begeisterte Leserinnenstimmen waren die Verkaufszahlen schließlich in die Höhe geschossen. Der zweite Band der Trilogie sollte Anfang Juni veröffentlicht werden, also in nicht einmal ganz zwei Monaten. Schon jetzt war die Aufregung groß. Allein die Vorbestellungen hatten mir den dritten Platz auf der Beste-Bücher-des-Sommers-Liste der *People,* einen geplanten Auftritt bei *Good Morning America* und Lesereisen quer durchs Land eingebracht.

Ein Erfolg, wie ihn solche Maßnahmen in Aussicht stellten, würde es mir ermöglichen, mit den Creative-Writing-Kursen aufzuhören, die ich ohnehin nur deshalb gab, weil ich vom Schreiben allein nicht leben konnte. Ich weiß … Autoren sollten eigentlich von Haus aus reich sein. Tatsächlich aber standen die meisten von uns nicht ständig ganz oben auf der Bestsellerliste und befanden sich nicht in derselben Steuerklasse wie Stephen King. Wenn ich nicht ausgerechnet im Norden von New Jersey wohnen würde, könnte ich von den Tantiemen vielleicht gerade so leben, aber ich hatte nicht die Absicht, nur wegen der angemesseneren Lebenskosten nach Iowa zu ziehen.

Und dann war da noch die mögliche Fernsehadaption. Ich hatte das Angebot erhalten, die Trilogie von einem äußerst wichtigen Produzenten als Miniserie mit mindestens ebenso wichtigen Schauspielern in den Hauptrollen verfilmen zu lassen. Dieses Angebot würde mir nicht nur genug Geld einbringen, um endlich meinen Nebenjob zu kündigen, sondern auch – ich wage kaum, es auszusprechen – ein *Strandhaus.*

Schon seit ich zum allerersten Mal mit den winzigen Füßen einer Zweijährigen ins Meer gewatet war, wünsche ich mir ein Strandhaus. Bis heute erinnere ich mich genau, wie herrlich frisch sich das Wasser anfühlte, an den intensiven Salzgeruch der Luft, den kribbelnden Sand unter meinen Zehen. *Genau das will ich,* dachte ich damals. *Hier will ich leben.*

In den letzten vierzig Jahren hatte nichts an meinem Traum rütteln können. Und die Buchverfilmung sollte ihn endlich Wirklichkeit werden lassen. Aber niemand würde irgendetwas unterzeichnen, bevor nicht das Finale der Trilogie auf dem Tisch meiner Lektorin lag.

Alles, worauf ich als Autorin je gehofft hatte, war in greifbare Nähe gerückt.

Ich musste nur das verdammte Buch zu Ende bringen.

Nein, ich korrigiere: Ich musste das verdammte Buch *anfangen.*

Es war sieben Jahre her, dass ich Greg Howard kennengelernt hatte. Auf einer Cocktailparty der Drew University, an der ich jahrelang meinen Creative-Writing-Kurs unterrichtete, waren wir uns begegnet. Er schrieb politische Sachbücher und würde im Frühjahr sein erstes Schreibseminar geben, und mit der Party hieß man ihn offiziell an der Universität willkommen. Als wir uns näher kamen, ließ ich mir Zeit und wog die Risiken einer Beziehung zu ihm gründlich ab. Denn er war jünger als ich und ehrlich gesagt ziemlich anspruchsvoll.

Dennoch konnte ich kaum anders, als mich mit ihm einzulassen, weil er in jeder Hinsicht meiner Vorstellung des perfekten Lebensabschnittsbegleiters entsprach: männlich, erotisch anziehend, umgeben von einer aufregenden Aura der Gefahr. Im Lauf seiner Karriere als politischer Autor war er mit einer Pistole bedroht worden, mitten im Amazonas gestrandet und von einer kleinen, aber entschlossenen Gruppe Guerillakämpfer irgendwo in Afrika als Geisel genommen worden. Außerdem war er charismatisch, intelligent, lustig und … ich gebe es zu … unglaublich leidenschaftlich. Die bloße Berührung seiner Lippen an meinem Hals reichte aus, mir die Knie weich werden zu lassen. Einer der Gründe, warum ich in meinen Büchern so gute Sexszenen schrieb, bestand darin, dass ich sie mit Greg erlebte, und zwar so ziemlich immer, wenn ich es wollte. Machte das meine Gefühle für ihn zu etwas Oberflächlichem? Nein. Denn außerhalb des Betts verbrachten wir sogar noch mehr Zeit miteinander. Aber ich muss zugeben, dass es vor allem die Gedanken an seine Finger und seinen Mund waren, die mich – fast – seinen größten und fatalsten Fehler vergessen ließen:

Sein Ego.

Greg hatte einen Haufen renommierter Preise gewonnen und schon Reden vor den wichtigsten politischen Foren gehalten. Er hatte Groupies. Und er liebte es. In all den Jahren, die wir uns kannten, hatte er kein einziges Mal auch nur die geringsten Selbstzweifel gezeigt. Er traf all seine Entscheidungen voller Überzeugung.

So etwas konnte sehr sexy wirken.

Aber es hatte unzweifelhaft negative Auswirkungen auf unsere Beziehung. Und in letzter Zeit war ich es leid geworden, immer die zweitwichtigste Person im Raum zu sein, sobald ich mit ihm allein war.

Seit fast vier Jahren wohnten wir schon zusammen – zumindest, wenn er gerade in New Jersey war, um seine Seminare zu halten. Was lediglich sechs Monate im Jahr waren. Den Rest seiner Zeit verbrachte er mit Reisen in irgendwelche grässlichen Länder und recherchierte für seine Bücher. Und wenn er mit der Recherche fertig war, zog er sich in seine abgelegene Hütte in Maine zurück, um zu schreiben. Allein.

Da sein Schreibseminar jedes Frühjahr stattfand, war er zurzeit bei mir in New Jersey. An dem Tag, an dem ich meine Grabinschrift verfasste, kam er irgendwann nachmittags nach Hause, während ich aus dem Fenster starrte, im Internet surfte oder sonst irgendetwas tat, das nichts mit Schreiben zu tun hatte. Als ich die Treppe hinunterstieg, plünderte er gerade den Kühlschrank.

Schreiben ist eine so einsame Tätigkeit, dass ich froh war, Greg wieder in meiner Nähe zu haben und mit ihm über meine Probleme reden zu können. Zwar war ich noch nicht so verzweifelt, dass ich vorhatte, mich ihm in die Arme zu werfen, vor Frust in Tränen auszubrechen und ihn um Hilfe anzuflehen, aber fast.

»Hey, wie war dein Tag?«, erkundigte ich mich und wollte ihm einen Kuss geben.

Er wich vor mir zurück. »Du hast noch deine Schreibklamotten an.«

Da hatte er recht. Ich trug eine Schlabberhose und mein Schlaf-Shirt und hatte es womöglich nicht für nötig befunden, die Zähne zu putzen. Immerhin hatte ich mir die Haare gekämmt.

»Ich habe versucht zu arbeiten«, erklärte ich.

Er blickte sich missmutig um. »Wo ist das Essen?«

Irritiert deutete ich auf den Kühlschrank. »Da ist doch jede Menge Essen drin. Könntest du etwas genauer sein?«

Seine Augen wurden schmal. »Das Essen für heute Abend.«

Oh ... Mist. »Ähm ... das ist heute?«, fragte ich. Jedes Semester lud er all seine Studenten zum Abendessen ein, und anscheinend war das für heute geplant. »Das hab ich ganz vergessen, entschuldige. Du weißt ja, dass ich mit meinem Buch beschäftigt bin, und darüber muss ich dringend mit dir reden. Ich weiß, dass es ungünstig ist, aber könntest du das Treffen vielleicht auf nächste Woche verschieben?«

»Nein, ich kann es nicht verschieben. In vier Stunden werden die Leute hier sein. Was willst du ihnen vorsetzen?«

»Moment ... was *ich* ihnen vorsetzen werde? Es sind deine Gäste, nicht meine. Lad sie doch in ein Restaurant ein. Oder sag ihnen, es gibt ein Büffet und jeder muss was mitbringen. Du hast einen Doktortitel, Greg. Du bist aus einem Gefängnis am Ende der Welt und vor allen möglichen Warlords geflohen. Dir wird schon was einfallen.« Aufgebracht fuhr ich mir durch die Haare, blieb hängen und hatte Mühe, meine Finger wieder zu befreien. Offensichtlich hatte ich mir die Haare nicht sehr gründlich gekämmt. »Ich muss wirklich dringend mit dir über mein Buch reden.«

Doch er schüttelte nur verächtlich den Kopf und erinnerte mich dabei an meinen Vater, wenn ich mit einem schlechten Zeugnis nach Hause gekommen war. »Maggie, jedes Jahr vertraue ich dir dieses Essen an. Hast du meine Mail nicht gekriegt? Ich hab dir heute Morgen geschrieben und dich daran erinnert.«

Ich schloss einen Moment die Augen. »Du hast mir eine Mail geschickt? Ich bin deine Partnerin, nicht deine Sekretärin.«

»Wenn du meine Partnerin wärst, hättest du daran gedacht.«

»Wenn du mein Partner wärst, wäre dir aufgefallen, dass ich seit geraumer Zeit total durch den Wind bin. Du weißt doch, wie dringend ich das dritte Buch fertig bekommen muss, oder etwa nicht?«

Er nickte.

»Und normalerweise versuche ich nicht, mit dir über Handlungsstränge, die sich als Sackgasse erweisen, zu reden, oder etwa doch?«

Er nickte erneut. Er machte kaum je Kommentare, wenn ich von meiner Arbeit erzählte. Genau genommen war ich mir ziemlich sicher, dass er sowieso nicht richtig zuhörte. Aber er setzte immer sein *Du-hast-meine-volle-Aufmerksamkeit*-Gesicht auf.

»Wann habe ich dich das letzte Mal irgendetwas zu meinem neuen Buch gefragt?«

Nachdenklich runzelte er die Stirn, kam jedoch zu keinem Ergebnis.

»Ganz genau«, sagte ich. »Ich habe noch kein Wort geschrieben. Kein einziges. Seit Monaten. Ist dir das nicht aufgefallen? Ist es dir je in den Sinn gekommen, dass ich mein Buch schreiben sollte, es aber nicht tue, und du mich vielleicht – nur vielleicht – fragen könntest, warum und wie es mir überhaupt geht?«

Er fuhr sich durch seine kurzen blonden Haare. »Ich war auch ziemlich durch den Wind, Maggie. Das weißt du.«

»Und ich weiß auch, warum – weil ich dich nämlich liebe und mich für deine Arbeit interessiere. Ich weiß, dass dein Abgabetermin vorgezogen wurde, dass dein Fachbereich schon wieder umstrukturiert wird und dass du Probleme hast, ein Visum für wo auch immer du als Nächstes hinfährst zu kriegen. Das weiß ich alles, weil ich dich jeden Tag frage, wie es bei dir läuft.«

»Willst du damit andeuten, dass ich mich nicht für dein Leben interessiere?«

»Es ist mehr als eine Andeutung, Greg.« Ich seufzte. »Hast du überhaupt irgendeine Ahnung, was bei mir los ist? Das versuche ich dir nämlich gerade zu erklären, aber anscheinend interessiert es dich nicht.«

»Hör mal, Maggie, das kann man wirklich nicht vergleichen«, erwiderte er und vergrub die Hände in den Hosentaschen. »Meine Arbeit und … na ja …«

Wochen, nein: Monate, vielleicht sogar Jahre angestauter

Wut wallten in mir auf. »Ja, deine Arbeit. Reden wir doch über deine Arbeit, Greg. Wegen deiner Arbeit bist du das halbe Jahr über weg, und die andere Hälfte hältst du Vorträge, sagst vor dem Kongress aus und gibst zusätzlich zu deinen heißgeliebten Kursen noch irgendwelche Seminare, so dass du ohnehin kaum Zeit für mich hast. Und wenn du mal hier bist, erwartest du ganz selbstverständlich von mir, dass ich für deine gesellschaftlichen Verpflichtungen bereitstehe. Während ich meine Seminare, Autogrammstunden und alles, was sonst noch so ansteht, um deinen Terminplan herum plane.«

Er verdrehte die Augen. »Ich kann doch nicht ...«

»Doch, Greg, das könntest du. Du könntest hin und wieder Nein sagen. Du könntest mich zu deinen Konferenzen und Tagungen mitnehmen. Ich würde dich sehr gern begleiten. Und deine Zeit in Maine ... Weißt du eigentlich, dass ich deine Hütte nie von innen gesehen habe?«

»Weil ich dort arbeite.«

»Und ich arbeite *hier*. Und trotzdem schaffe ich es, mich mit allem, was du gerade tust, zu arrangieren, egal, wie sehr es mich ablenkt, weil du nie auch nur versuchst, bei all deinen Aktivitäten Rücksicht auf die Tatsache zu nehmen, dass auch ich arbeiten muss.« Ich trat einen Schritt auf ihn zu. »Bloß, dass ich nicht gearbeitet habe, Greg. Kein bisschen. Ich habe noch zweieinhalb Monate bis zum Abgabetermin und bin inzwischen nur noch im Panikmodus, aber warum kümmert dich das nicht?«

Er schüttelte den Kopf. »Maggie, seien wir ehrlich: Meine Arbeit ist einfach wichtiger als deine.«

Da war es endlich raus. Das, was mich schon so lange innerlich zur Weißglut brachte, dass ich überhaupt nicht mehr wusste, wann ich zuletzt nicht vor Wut gekocht hatte. »Ernsthaft, Greg? Deine Arbeit ist wichtiger? Warum bezahlst du dann keine einzige Rechnung?« Ich konnte hören, wie meine Stimme immer lauter wurde.

»Geld ist nicht alles, Maggie«, entgegnete Greg ruhig.

»Stimmt, ist es nicht. Aber wir brauchten Geld, um der Schule in Kolumbien die Lehrbücher zu schicken, die du ihnen versprochen hast. Nur dank meiner Arbeit konnten wir uns das leisten. Und der schicke BMW, den du fährst?« Wir standen uns nun Auge in Auge gegenüber, und womöglich brüllte ich Greg inzwischen an. »Wenn deine Arbeit so verdammt wichtig ist, wo ist dann das verdammte Geld, das sie einbringt, Greg?«

Er trat zurück, und ich konnte ein gelassenes Bedauern in seinen Augen erkennen. »Es gibt so viele andere Möglichkeiten, den Wert einer Sache zu bemessen, Maggie. Es enttäuscht mich, dass du dich so oberflächlich zeigst.«

»Und ich bin enttäuscht, dass ich so lange mit einem Mann zusammengelebt habe, der sich nur zu gern nimmt, was ich ihm gebe, ohne sich je klarzumachen, wie viel Zeit und Mühe ich darin investiert habe.«

Eine Weile starrten wir einander wortlos an. Er wirkte fast verlegen. Doch dann …

»Aber das löst nicht das Problem, was wir meinen Studenten heute Abend zu essen vorsetzen könnten.«

Das brachte das Fass zum Überlaufen. »Es kümmert mich einen Scheiß, was deine Studenten heute Abend essen. Und was du heute Abend isst. Heute Abend oder sonst wann. Ich habe eine ernsthafte Krise, und du denkst nur darüber nach, wie du *dein* Problem lösen kannst.«

»Wir bekommen Besuch, Maggie!«, rief er und schlug frustriert die Hände über dem Kopf zusammen.

Doch ich kam erst richtig in Fahrt. »Unsere Beziehung basiert darauf, dass es immer nur um dich geht. Ich habe mir das gefallen lassen, weil ich dachte, wenn ich irgendwann ein echtes Problem hätte, würdest du deine eigenen Bedürfnisse zurückstellen, um mir zu helfen. Und dieser Moment ist jetzt gekommen, aber du lässt mich hängen. Also ist es wohl das Beste, wenn du deine Sachen packst und verschwindest.«

Ich hörte seine Antwort nicht. Ich sah nicht, ob sein Gesicht Verwunderung, Wut oder einfach wehmütige Akzeptanz ausdrückte. Ohne ein weiteres Wort wandte ich mich ab, ging in mein Arbeitszimmer und knallte die Tür zu.

In meinem ganzen Leben hatte ich mich selten so geärgert. Ich war wütend, stinkwütend. Verbittert, frustriert, zutiefst enttäuscht. Nicht nur seinetwegen, weil er nicht der Mann war, den ich wollte und brauchte, sondern auch, weil ich zu blind gewesen war, um zu erkennen, dass er nie dieser Mann gewesen war und auch nie sein würde.

Ich liebte Greg. Oder hatte ihn zumindest geliebt, aber in den letzten Monaten hatte sich unsere anfangs so leidenschaftliche Beziehung definitiv abgekühlt, nicht nur körperlich. Ich hatte mich immer weiter und weiter von ihm distanziert, bis ich kaum noch wusste, was ich überhaupt fühlte. Deshalb empfand ich in diesem Moment trotz allen Ärgers auch Erleichterung. Denn Liebe allein war nicht genug. Das hatte ich von meinem Exmann Alan gelernt. Ich stand so kurz davor, mir einen Lebenstraum zu erfüllen, und wenn Greg sich nicht wenigstens bemühte, mich zu verstehen, dann wäre ich auch nicht länger bereit zu versuchen, unsere Beziehung zu retten.

Ein leises Klopfen an der Tür riss mich aus meinen Gedanken. »Geh weg, Greg«, knurrte ich. Das Letzte, was ich jetzt brauchte, waren sein Hundeblick, seine erkundungsfreudigen Hände und sein heißer Atem in meinem Ohr …

»Maggie, können wir nicht wenigstens darüber reden?«

»Dann rede.«

»Durch die Tür?«

»Warum nicht? Ich kann dich gut hören.«

Er seufzte. Für gewöhnlich gewann er fast jeden Streit, indem er seine Hände unter meine Klamotten schob, aber mit einer soliden Tür zwischen uns hatte er keinen Trumpf im Ärmel, und das wusste auch er. »Sobald dir morgen früh klar wird, wie albern du dich benimmst, wirst du anders darüber denken.«

Etwas Falscheres hätte er kaum sagen können. Wutentbrannt nahm ich eine meiner Messingbuchstützen und schleuderte sie gegen die Tür.

Greg war ein kluger Mann, also verzog er sich. Keine Ahnung, was er seinen Studenten erzählte, und es war mir auch egal. Als er viel später zurückkam, übernachtete er im Gästezimmer. Und als ich am nächsten Morgen aufwachte, war er fort.

Wenn eine der Hauptfiguren meiner Bücher mit ihrem Partner Schluss macht, hat sie immer schlaflose, von Reue geplagte Nächte. Ich dagegen schlief wie ein Baby. Oder wie jemand, der es endlich geschafft hat, aus einem viel zu langen, dunklen Schatten herauszutreten.

Am nächsten Morgen rief ich meinen Agenten Lee Newcomb an.

»Du hast was?«, schrie er fast, und er schrie sonst nie. »Du hast noch nichts geschrieben? Mein Gott, Maggie, wir haben den Abgabetermin schon zweimal verschoben. Du weißt doch, wie straff unser Zeitplan ist. Den ersten Entwurf musst du in knapp zehn Wochen abgeben, sonst kann das Buch nicht rechtzeitig erscheinen, und das wäre tödlich. Wir müssen uns ranhalten.«

Ja, *wir*. Lee und ich waren ein Team, deshalb konnte ich mich immer an ihn wenden, wenn ich Probleme mit einem Buch hatte.

»Ich weiß, Lee. Aber ich muss irgendwie mein Gehirn wieder in Gang bringen. Und dabei musst du mir helfen.«

Ich konnte ihn mir genau in seinem Büro vorstellen – im obersten Stock seines kunstvoll dekorierten Stadthauses in Hoboken, New Jersey. Das Büro war ebenso schlicht und elegant wie Lee selbst. Bei seinen oft stundenlangen Telefonaten stand er stets auf und tigerte rastlos auf und ab – angeblich seine einzige sportliche Betätigung.

»Weiß Ellen Bescheid?«, fragte er.

»Machst du Witze? Ellen hat keine Ahnung«, erwiderte ich ungehalten. »Ich lüge sie natürlich seit Monaten an.«

»Du hättest wirklich ein bisschen früher um Hilfe bitten

können, das weißt du, oder? Vor vier oder fünf Monaten. Himmel, Maggie, was ist denn los?«

Ich war in meinem Arbeitszimmer, früher einmal das kleinste Schlafzimmer der Welt, inzwischen jedoch ausgestattet mit raumhohen Bücherregalen, einem gemütlichen Sofa für ernsthaftes Nachdenken und einem antiken Schreibtisch, der eines Hemingway würdig gewesen wäre.

»Ich weiß auch nicht, Lee. Ich hänge fest, ich sehe den Weg, wie meine beiden Helden zueinander finden können, einfach nicht vor mir.«

»Eine Art Midlife-Crisis?«

Ich schnaubte. »Schön wär's. Ich befürchte, dass ich meine Lebensmitte schon eine Weile hinter mir gelassen habe. Und meine romantischen Höhepunkte wohl auch.«

»Papperlapapp.«

»Nein, wirklich. Ich bin achtundvierzig. Wie viele Leute werden schon sechsundneunzig?«

»Mehr, als du denkst. Aber zurück zu deinem Buch. Was kann ich tun? Was brauchst du?«

»O Gott, warum hat mein Freund das nicht gesagt, als ich ihn um Hilfe gebeten habe?«, stöhnte ich. Auf dem Sofa zusammengekauert, schlürfte ich meinen Tee und starrte aus dem Fenster auf den großen Teich direkt gegenüber. Es war Ende April, und der Frühling zeigte sich in seiner ganzen Pracht – Enten watschelten fröhlich umher, die Vögel zwitscherten sorglos in der milden Luft, irgendwo im tiefen Wasser schwammen Fische. Alle verbrachten eine absolut wundervolle Zeit. Außer mir.

»Was ist mit Greg?«, fragte Lee.

»Wir sind nicht mehr zusammen. Also, streng genommen sind wir es noch, aber nur, bis er sein Zeug packt und auszieht, was Wochen dauern könnte, und es wird eine Menge Spannungen und Unruhe geben, und du weißt, wie sehr ich Spannungen und Unruhe hasse … Wie soll ich nur dieses Buch schreiben, Lee?«

»Komm mit mir und Martin nach Paris.«

Das war das Letzte, womit ich gerechnet hätte. »Aber ist euer Ausflug nach Paris nicht so eine Art Pilgerreise durch deine Familiengeschichte? Wartet dort nicht ein alter Verwandter auf euch? Und ein Weingut?«

»Der alte Verwandte ist schon vor Jahren gestorben, und ja, wir besuchen auch das Weingut, aber unsere Reise beginnt und endet in Paris. In unserem Apartment in Paris haben wir eine Haushälterin, Solange, die dich lieben und exzellent für dich sorgen wird, während Martin und ich unterwegs sind. Die Wohnung ist riesig, vier Schlafzimmer. Zwar gibt es nur ein Bad, aber so ist das eben in Paris. Du wirst mit zwei schwulen Männern in der romantischsten Stadt der Welt sein. Und ist nicht sogar deine Tochter auch irgendwo dort drüben?«

Meine Tochter Nicole war das Produkt meiner kurzlebigen Ehe, und sie war tatsächlich irgendwo dort drüben. Sie war vor gut einem Jahr nach Frankreich gezogen – nach mehreren missglückten Versuchen mit diversen teuren Studiengängen und sechs nach wenigen Monaten abgebrochenen Jobs hatte sie beschlossen, dass sie Übersetzerin aus dem Englischen ins Bretonische werden wollte. Mir war nicht einmal klar gewesen, dass Bretonisch eine Sprache war, aber da sie im Hauptfach Französisch und im Nebenfach Kunstgeschichte studierte, schien ihre Entscheidung möglicherweise sinnvoll. »Sie ist in Rennes, westlich von Paris. In der Bretagne.«

»Ich wette, sie würde gern ein bisschen Zeit mit dir verbringen.«

Ich stand auf und ging zum Fenster. Moment … *vögelten* diese zwei Enten etwa? »Wenn sie wirklich Zeit mit mir verbringen wollte, wäre sie nicht so weit weggezogen.«

»Paris, Maggie. Die Stadt des Lichts. Kunst, Geschichte und mehr attraktive Männer, als du dir vorstellen kannst. Ich wette, die werden deine romantische Inspiration auf Hochtouren bringen. Hast du einen Reisepass?«

»Ja, aber …«

»Wir fliegen Sonntagabend. Ich schicke dir den Link zu unseren Reservierungen, dann kannst du versuchen, denselben Flug zu buchen. Wahrscheinlich musst du einen Haufen Geld bezahlen, und vielleicht kannst du nur erste Klasse fliegen, aber das kannst du alles von der Steuer absetzen.«

»Was ist mit der Kampagne?«, fragte ich.

Die Kampagne zum Erscheinen des zweiten Bandes der Delania-Reihe *Feuer im Blut* mit der geplanten Lesereise, Interviews, Fernseh- und Radioauftritten. Und sie sollte schon in acht Wochen beginnen.

»Konzentrier dich die nächsten Wochen voll und ganz aufs Schreiben, dann kannst du zurückfliegen und dich auf den Rest vorbereiten«, sagte Lee. »Das ist mehr als genug Zeit, um einen ersten Entwurf aus dem Boden zu stampfen, und mehr brauchen wir nicht. Ich werde Ellen anrufen und ihr sagen, dass du dich zurückziehst, um das Ende zu schreiben. So wird sie dich nicht jeden Tag mit ihren Nachrichten verfolgen.«

»Mindestens dreimal am Tag«, korrigierte ich ihn.

»Seien wir ehrlich: Es steht eine Menge auf dem Spiel, und offenbar hat sie allen Grund, sich Sorgen zu machen.«

Gedankenverloren starrte ich aus dem Fenster. »Aber ich habe für eine Reise nach Paris nichts zum Anziehen.«

»Nimm viel Schwarz und Grau und einen fabelhaften Schal mit. Den traumhaft schönen Ferragamo-Schal, den du dir vor ein paar Jahren gegönnt hast. Und gute Schuhe.«

»Ich bin zu klein für Paris«, protestierte ich, aber ich konnte fühlen, dass ich mich allmählich mit der Idee anfreundete.

»Zu klein? Was meinst du denn damit?«

»Laut der Durchschnittsgrößenstatistik muss ich noch sieben Zentimeter wachsen.«

»Daran werden wir arbeiten, wenn wir dort sind«, vertröstete mich Lee. »In Paris gibt es jede Menge Schokolade.«

Verträumt blickte ich aus dem Fenster. Die Enten waren fertig mit ihrer Zurschaustellung hemmungsloser Hingebung und schwammen jetzt in entgegengesetzte Richtungen. »Ach ja?«

»Und Éclairs.«

»Schick mir den Link. Ich werde darüber nachdenken.«

Damit legte ich auf. Inzwischen befanden sich die Enten an entgegengesetzten Enden des Burnham Pond. Noch mehr Vogelgezwitscher. Hier und da ein paar unoriginelle gelbe Farbakzente, denn die Osterglocken blühten.

Paris könnte genau der Tapetenwechsel sein, den ich brauchte. Doch bevor ich aufbrach, musste ich mich noch um ein paar Dinge kümmern.

Ich hatte zwei beste Freundinnen, und wir schrieben uns immer über eine gemeinsame Gruppe.

Maggie:

Hab Greg rausgeworfen. Kann immer noch nicht schreiben, fahre daher Sonntag nach Paris. Können wir was trinken gehen?

Ihre Antwort war kurz und bündig. Morgen. Brunch. Elf Uhr dreißig im The Office.

Dafür waren beste Freundinnen da.

Eine der ältesten Konstellationen in Liebesromanen ist die naive Studentin, die sich in ihren attraktiven, älteren Professor verknallt und von ihm alles lernt, von der Wahl des richtigen Weines bis zu atemberaubendem Sex, bei dem sie in höchstens drei Minuten zum Orgasmus kommt. Klischees werden allerdings meist nur deswegen zu Klischees, weil sie im echten Leben so oft vorkommen. Nehmen wir zum Beispiel Alan und mich. Ich war Studentin und wusste bereits, dass ich Schriftstellerin werden wollte, brauchte aber einen nervtötenden Mathekurs, um meinen Abschluss machen zu können. Also wartete ich bis zum letzten Moment, und dann versuchte ich im fortgeschrittenen Studentenalter zu lernen, was ich in meiner gesamten Schulzeit ignoriert hatte: Algebra.

Bei Algebra gab es immerhin Zahlen *und* Buchstaben. Weil ich Buchstaben liebte, dachte ich, Algebra würde mir leichter fallen als gewöhnliche Mathematik.

Ich irrte mich gewaltig.

Schon nach zwei Wochen musste ich einsehen, dass ich Algebra nie verstehen würde, und das hieß, ich saß ganz schön in der Patsche. Weil ich so lange damit gewartet hatte, den absolut unabdingbaren Pflichtkurs zu belegen, würde ich, wenn ich durchfiele, riskieren, meinen Abschluss nicht zu schaffen. Also musste ich bestehen, egal wie, und zum Glück hatte ich einen guten Gesamtdurchschnitt, der einiges ausgleichen könnte. Ich durfte bloß nicht durchrasseln.

Als ich meiner Mitbewohnerin von meinem Dilemma erzählte, sah sie mich mit hochgezogenen Augenbrauen an und murmelte: »Vielleicht solltest du rausfinden, mit wem du schlafen musst, um Algebra I zu bestehen.«

Wie sich herausstellte, musste ich mit meinem Professor Alan Goddard schlafen. Ein großer, gut aussehender Mann, der überhaupt nicht merkte, dass die meisten seiner Studentinnen nur zu gern mit ihm ins Bett gegangen wären, selbst wenn er nicht derjenige gewesen wäre, der über ihre Noten zu bestimmen hatte. Ich muss gestehen, dass ich absolut willig gewesen wäre, zu tun, was immer nötig war, um diesen Algebra-Alptraum hinter mich zu bringen. Bei unserem ersten Gespräch unter vier Augen, bei dem ich meine vollkommene Ahnungslosigkeit in Sachen Mathematik offenbarte und ihn um Rat, Nachhilfe und Fördermaßnahmen anflehte, lächelte er nur, redete mir gut zu und bot mir einen Kräutertee an. Ich nahm an. Zwei Stunden später lud er mich zum Essen ein. Auch dieses Angebot nahm ich an. Bald darauf fragte er, ob ich mit zu ihm nach Hause kommen wollte.

Und ich nahm an.

Ich bestand den Kurs. Nicht weil wir im nächsten Semester heirateten, sondern weil ich so in ihn verknallt war, dass ich einen Tutor bezahlte, der sich zweimal die Woche mit mir hinsetzte und mir half zu verstehen, was zur Hölle im Kurs abging.

Alan und ich führten eine kurze, leidenschaftliche, turbulente Achterbahn-Ehe, die nach drei Jahren, direkt nach Nicoles zweitem Geburtstag, endete. Er war ein fürsorglicher, warmherziger Mann und Vater, und Nicole hatte immer eine liebevolle Beziehung zu ihm. Irgendwann wurden Alan und ich sogar Freunde. Und warum auch nicht? Er war immer noch charmant und attraktiv, und obwohl ich mir nicht vorstellen konnte, je wieder mit ihm zusammenzuleben, blieb mir seine Gesellschaft immer angenehm. Bis zu Nicoles College-Abschluss vor drei Jahren waren wir in den Ferien zusammen in Urlaub gefahren und hatten all die üblichen Meilensteine im Leben unserer Tochter gemeinsam gefeiert. Seitdem hatte ich ihn nicht mehr gesehen, aber wir schickten uns an unserem Scheidungstag immer noch Postkarten.

Nach der Scheidung war Alan nach Pennsylvania gezogen und hatte eine Stelle als Dekan einer kleinen, aber sehr angesehenen Universität angenommen. Ich unterrichtete Englisch an der Highschool, schrieb nebenbei meine ersten Geschichten, aus denen irgendwann Liebesromane wurden, die erst unter verschiedenen Pseudonymen und schließlich auch unter meinem eigenen Namen veröffentlicht wurden.

Nicole fing schon mit drei Jahren an zu lesen und wuchs zu einer brillanten, allerdings extrem komplizierten jungen Frau heran. Zu Beginn ihres dritten Schuljahres an der Highschool schickte ich sie zu einer Psychologin, um herauszufinden, wie jemand so Schlaues so große Probleme im sozialen Miteinander haben konnte. Irgendwann fiel die Diagnose Asperger-Syndrom, und plötzlich ergab alles einen Sinn. Die von ihr gesetzten Grenzen, die niemand zu übertreten wagte, weil es unweigerlich zu Wutanfällen und Tränen führte, waren nicht einfach von einem launischen, rebellischen Teenager gezogen worden, sondern standen für überlebensnotwendige Pfade, auf denen sich unsere Tochter durch diese Welt bewegen konnte, die so völlig anders war als die Welt in ihrem Innern. Ich hörte auf, so zu tun, als wüsste ich, was das Beste für mein Kind war, und von da an wurde unsere Beziehung um einiges leichter und freundlicher, ja fast so etwas wie normal.

Zwar hatte ich Nicole nicht mehr gesehen, seit sie mich zu Weihnachten besucht hatte, doch wir telefonierten jeden Montag. Sie rief mich an, nie umgekehrt, aber wenn ich irgendetwas Dringendes zu besprechen hatte, schickte ich ihr eine Nachricht, und sie meldete sich, sobald sie konnte. Ihr Leben war von Zeitplänen und Routine geprägt, deshalb achtete ich darauf, sie nicht zu stören, wenn es nicht absolut notwendig war. Jedes andere erwachsene Kind, das im Ausland lebte, hätte sich vielleicht über einen Überraschungsbesuch gefreut.

Nicht meine Tochter.

Jetzt schrieb ich ihr eine Nachricht, wann sie Zeit zum Telefonieren habe, und wir verabredeten uns für den nächsten Morgen um halb sieben.

»Mom, hi. Haben wir nicht neulich erst telefoniert?«

»Hey, Nicole. Ja, ich weiß, aber ich habe eine Überraschung für dich.«

Ich erwartete, dass mir eine gewisse Aufregung entgegenschlagen würde, doch natürlich war nichts dergleichen der Fall.

»Was für eine Überraschung, Mom?«

»Ich komme nach Paris.«

Immer noch keine Aufregung, auch keine Freude. »Warum kommst du nach Paris?«

»Weil ich Probleme mit dem Buch habe, an dem ich gerade arbeite, und Lee meint, ich solle nach Paris fliegen, um mich inspirieren zu lassen. Ich weiß, es kommt ein bisschen plötzlich, aber mir gefällt die Idee. Ich war noch nie in Frankreich. Ich werde in seinem Apartment wohnen und arbeiten, aber da ich schon mal da bin ... Hast du nicht bald Semesterferien? Wollen wir uns treffen?«

Komm schon, Freude, na los ... »Eigentlich bin ich mit meinen Kursen schon fertig. Und mit den Prüfungen. Und ich hatte sowieso geplant, den Sommer in Paris zu verbringen.«

»Oh? Wie schön. Dann können wir viel Zeit zusammen verbringen.«

»Ich werde bei Dad wohnen«, entgegnete sie bedächtig.

Mir verschlug es fast die Sprache. Was hatte sie gerade gesagt? »Alan ist in Paris? Aber er hasst Reisen. Er hasst Fliegen. Und wenn ich mich recht erinnere, hat er, als du ihm gesagt hast, dass du nach Frankreich ziehst, wochenlang versucht, dich davon abzubringen.«

Am anderen Ende des Ozeans sagte sie zu irgendjemandem irgendetwas auf Französisch, und ich hörte geduldig zu, obwohl ich kein Wort verstand. Meine Tochter telefonierte nie *nur*. Sie machte grundsätzlich etwas nebenbei, war irgendwohin unterwegs, putzte, kochte, was auch immer.

»Na ja«, sagte sie, jetzt wieder zu mir und auf Englisch, »Heather hat das Ganze wohl arrangiert, und jetzt haben sie sich getrennt, aber da er schon alles bezahlt hat, kommt er allein. Er hat eine Wohnung mit zwei Schlafzimmern im Marais, und ich werde bei ihm wohnen. Und er wird Louis treffen.«

Wer um alles in der Welt war Heather? Wie hatte sie es geschafft, Alan zu einer Reise nach Frankreich zu überreden? Anscheinend hatten sie sich getrennt, aber wann genau? Und deshalb flog Alan nun allein nach Frankreich? Und lernte zudem noch Nicoles Freund kennen, den sie seit Längerem sorgsam nicht öfter als unbedingt nötig erwähnt hatte?

Ich redete einfach weiter, in der Hoffnung, irgendwann Antworten zu bekommen. »Ich habe nichts dagegen, Alan zu treffen, weißt du. Oder Louis kennenzulernen. Dann kann ich mit euch allen ein wenig Zeit verbringen. Und wie findest du die Idee?«

Es trat eine lange Pause ein. Entweder dachte Nicole sehr gründlich über meine Frage nach, oder sie war dabei, eine Kommode auszuräumen.

»Gut«, sagte sie schließlich. »Gib mir Bescheid, wenn du ankommst. Weißt du schon, wo genau du wohnen wirst?«

»Nein, keine Ahnung, aber ich schicke dir die Adresse. Am Montag kommen wir an.«

»Okay, Mom. Hab dich lieb.«

Sie legte auf, bevor ich *Hab dich noch mehr lieb* sagen konnte, aber das wusste sie ja bereits.

Obwohl ich ein paar Minuten zu früh zum Brunch kam, wartete Cheri Robinson schon auf mich, und Alison Wazinski war mir an der Tür buchstäblich auf den Fersen. Ohne ein Wort miteinander sprechen zu müssen, bestellten wir Bloody Marys, studierten schweigend die Speisekarte und gaben unsere Essensbestellungen auf. Dann herrschte Schweigen, und ich sah die beiden an.

»Was?«, fragte ich schließlich.

»Wir *warten*«, erklärte Alison.

Ich trank einen großen Schluck von meinem Drink. »Greg und ich haben uns …«

»Das wurde aber auch Zeit«, meinte Cheri. Sie hatte sich schon vor fünf Jahren von ihrem Mann scheiden lassen und baute ihr Leben langsam wieder auf – mit Erfolg. Sie war in meinem Alter, wie ein Hydrant gebaut, und ihre Haare waren zu Rastazöpfen geflochten, einige davon knallrosa. »Ich warte schon seit Monaten darauf, dass du diesen Mann endlich abservierst. Machen wir uns nichts vor, gefühlsmäßig bist du doch schon seit Weihnachten über alle Berge.«

»Cheri«, warf Alison tadelnd ein, »ich dachte, wir hätten uns darauf geeinigt …« Alison war seit über dreißig Jahren verheiratet, hatte vier Kinder, sechs Enkel und einen langen grauen Zopf. Ihr sommersprossiges Gesicht hatte nie einen Schminkpinsel von Nahem gesehen, und ich war mir ziemlich sicher, dass sie sich *Original Earth Mother* auf den Rücken hatte tätowieren lassen.

»Ich muss um zwei bei der Geburtstagsfeier meines Neffen sein«, verkündete Cheri mit einer ungeduldigen Geste. »Ich hab nicht den ganzen Tag Zeit. Du hast ihn also rausgeworfen. Gut. Aber was hat es mit dieser Reise nach Paris auf sich?«

»Moment. Gefühlsmäßig über alle Berge? Wie kannst du das sagen?«, protestierte ich, obwohl ich zugeben musste, dass sie recht hatte.

Cheri zog die Augenbrauen hoch. »Wann hattet ihr beide das letzte Mal Sex?«

Verlegen sank ich auf meinem Stuhl zusammen. Das war ein gutes Argument. Greg und ich hatten schon seit Wochen bestenfalls einen flüchtigen Gutenachtkuss ausgetauscht. »Na ja …«

Alison machte ein leises, missbilligendes Geräusch. »Wir kennen dich lange genug, Maggie.« Das stimmte. Alisons Klassenzimmer war direkt neben meinem gewesen, als ich vor über zwanzig Jahren als Lehrerin angefangen hatte. »Wir haben so etwas schon öfter erlebt. Wir kennen die Anzeichen – und haben wir uns je geirrt?«

Cheri trank einen Schluck, leckte sich genüsslich die Lippen und biss dann in ihre Selleriestange. »Bei diesem komischen Kerl Jackson wussten wir auch, wie das ausgeht. Erinnerst du dich noch an den?«

Jackson. Er war definitiv ein Fehler gewesen. »Na gut, okay, bei ihm lagt ihr möglicherweise richtig, aber …«

»Und Thomas? Der Zahnarzt mit dem dämlichen Dauergrinsen? Wir haben dir schon nach drei Dates gesagt, dass es reine Zeitverschwendung ist, ihn zu treffen«, sagte Alison ziemlich selbstgefällig.

»Und als du dich von diesem Lektor getrennt hast? Dem kleinen mit dem Schnurrbart. Da lag ich nur zwei Wochen daneben«, fügte Cheri hinzu. »Und mit dem warst du sehr lange zusammen.«

»Drei Jahre«, murmelte ich.

»Und außerdem«, fuhr Alison fort, »war Greg nie gut genug für dich. Keiner von diesen Typen war es. Aber jetzt erzähl von Paris. Wirst du dich mit Nicole treffen?«

Ich gab den Versuch auf, jede meiner Beziehungen in den letzten zwanzig Jahren zu analysieren, und wechselte bereitwillig das Thema. »Ja, sie wird nach Paris kommen. Alan ist auch zu Besuch da. Und ich glaube, ich werde Louis treffen.«

»Alan? Wie schön. Alan mochte ich immer«, sagte Cheri. Früher hatte sie direkt neben mir gewohnt, ihr Sohn war in Nicoles Alter. Da sie bei allen Geburtstagsfeiern meiner Tochter gewesen war, hatte sie Alan schon bei mehreren festlichen Anlässen getroffen.

»Wo wirst du wohnen?«, fragte Alison, und ich erzählte ihnen von Lees Apartment in Paris.

Cheri stieß einen anerkennenden Pfiff aus. »Dann hast du eine kostenlose Unterkunft? Du Glückliche. Ich würde jedes Jahr nach Paris fahren, wenn ich es mir leisten könnte. Du wirst es lieben.«

»Ich verreise nur, um zu schreiben«, erwiderte ich, »also gelten die üblichen Regeln.«

Die üblichen Regeln legten fest, dass ich mich beim Schreiben komplett von sozialen Medien fernhielt. Keine Ablenkung durch Anrufe, Nachrichten oder alberne Katzenvideos. Darauf hatte ich mich schon vor Jahren mit meinen Freundinnen geeinigt.

Alison schüttelte den Kopf. »Oh, das kann ich nicht glauben. Immerhin reden wir hier von Paris.«

»Aber ich werde schreiben.«

»Es ist trotzdem was anderes«, erwiderte Cheri.

»Warum?«

»Weil du in Paris sein wirst, darum«, sagte Alison schlicht.

»Ich werde schreiben.«

»Aber du wirst wochenlang dort sein«, gab Cheri zu bedenken. »Ich verstehe ja, dass du dich von Facebook und Twitter fernhalten willst. Die sind üble Zeitfresser. Aber Instagram? Wirst du deine Fotos etwa nicht auf Instagram posten?«

»Ich werde keine Fotos machen«, erwiderte ich. »Jetzt hört mir mal genau zu: *Ich werde mit Schreiben beschäftigt sein.*«

Cheri verzog das Gesicht. »Na schön. Aber was ist mit uns? Von uns kannst du dich nicht komplett abschotten. Was, wenn es wichtige Neuigkeiten von Nicole gibt?«

»Oder Alan?«, konterte Alison. »Oder, du weißt schon … du könntest jemanden kennenlernen.«

»Ich bin nur dort, um zu schreiben«, beharrte ich. »Keine Ablenkungen.«

Als ich aufsah, taxierten mich die beiden mit bösen Blicken.

»Okay, okay«, lenkte ich ein. »Aber nur Nachrichten, und nur sonntags. Es sei denn, meine Wohnung brennt ab oder jemand muss ins Krankenhaus.«

»Wir stellst du dir das vor?«, fragte Cheri in tadelndem Ton. »Paris, schon vergessen?

»Na gut. An jedem Wochentag.«

»Morgens oder abends?«

Ich schüttelte den Kopf. »Jetzt verlangst du von mir, die Zeitdifferenz zu berechnen, aber das geht nicht mit leerem Magen. Ich schreibe euch, wenn ich Zeit habe, und ihr macht es genauso. Wenn wirklich etwas Aufregendes passieren sollte, können wir so …«

»Du fährst nach Paris«, warf Alison ein. »Natürlich wird etwas Aufregendes passieren!«

»Ich werde *schreiben*«, wiederholte ich frustriert und bedachte sie mit einem strengen Blick. »Keine Katzenvideos«, schärfte ich ihr ein, dann wandte ich mich an Cheri. »Und nichts Politisches.«

Sie gab sich empört. »Wie bitte?«

»Ich mein's ernst. Es interessiert mich nicht, was im Kongress beschlossen wird oder wie viele Schildkröten operiert werden müssen, weil sie Plastikstrohhalme gefressen haben. Ich kann mir keine Ablenkungen leisten.« Ein Teller Huevos Rancheros wurde vor mir abgestellt, und ich seufzte wohlig.

Cheri schnaubte. »Oh, Süße. Wo wir gerade von Ablenkungen reden: Das Essen in Frankreich …«

Gierig machte ich mich über die mexikanischen Frühstückseier her. »Ernsthaft? Das sind Huevos Rancheros. Das Beste überhaupt. Wie könnte das Essen in Frankreich noch besser sein?«

Cheri verdrehte die Augen. »Wart's nur ab.«

Kapitel 2

In dem ich in Paris ankomme und es gar nicht so schrecklich finde

Manche meiner Autorenfreundinnen können in weniger als drei Stunden einen Koffer mit einer Auswahl von Kleidungsstücken packen, die sich zu dreiundzwanzig verschiedenen Outfits inklusive Accessoires kombinieren lassen. Außerdem schaffen sie es, drei Paar Schuhe, eine leichte Jacke und einen schicken Regenhut unterzubringen. In ihrem Gepäck ist immer Platz für das Portemonnaie, den Schlüssel, Laptop, einen E-Reader und sehr wichtige, womöglich sogar streng geheime Dokumente sowie Schminkzeug, beeindruckenden Schmuck und einen Reiseföhn. Sie treffen genau im richtigen Moment am Flughafen ein, um sich an der kürzesten Schlange anzustellen, segeln durch den Security-Check und schlürfen vor dem Abflug noch ein Glas Sekt. An Bord stellen sie fest, dass sie ganz zufällig ein Upgrade in die erste Klasse bekommen haben, und genießen den ruhigen Flug an ihren Zielort, wo sie erholt, freudestrahlend und voller Tatendrang aussteigen.

Ich gehöre nicht zu diesen Autorinnen.

Wer einen Blick auf meine Reise-Pinterest-Pinnwand wirft, könnte den Eindruck bekommen, ich verstünde es perfekt, mich in jedem Land der Jahreszeit angemessen zu kleiden, würde fünfundzwanzig essenziell wichtige Sätze in fünfzehn Sprachen beherrschen und wüsste, wie man Reisekrankheit, Jetlag und charmante Schwindler vermeidet. Leider entspricht trotz all meiner Pins nichts davon der Wahrheit.

Packen war schon immer eine Herausforderung für mich, obwohl ich über unzählige Listen verfüge, ganz zu schweigen von den Videos, die ich mir mit fast religiösem Eifer zu Gemüte geführt habe, um zu lernen, wie man einen Koffer so packt, dass nicht alles aussieht, als wäre es vor drei Tagen in eine Papiertüte gestopft worden. Normalerweise stelle ich beim Öffnen meines Koffers fest, dass ich fünf identische schwarze Hosen, drei T-Shirts und eine zehn Jahre alte Weste von Lands' End eingepackt, die Unterwäsche hingegen vergessen habe.

Da ich keine Ahnung hatte, wie lange ich in Paris bleiben würde, war das Packen eine noch viel größere Herausforderung als sonst. Zusätzlich zum üblichen Klamottenhaufen versuchte ich, mindestens zwölf verschiedene Schönheitsprodukte von Anti-Aging-Serum über Augenschattencreme bis zu Lippenfüller zu verstauen. Als ich fertig war, konnte ich den Koffer kaum noch hochheben, so viel hatte ich in meinem irrsinnigen Bestreben hineingestopft, bei meiner ersten Reise nach Paris wie eine Zwanzigjährige auszusehen. Schließlich gab ich auf und ließ den ganzen Haufen Schönheitsprodukte zurück, nahm mich stattdessen noch einmal des Klamottenhaufens an. Dann hatte ich keine andere Wahl, als das Taxi eine Viertelstunde warten zu lassen, während ich krampfhaft versuchte, den verdammten Koffer zu schließen, bis ich aus reiner Verzweiflung einfach die obersten paar Schichten wieder herausholte. Knapp zwei Stunden vor dem Start kam ich zum Flughafen, stellte mich in die denkbar langsamste Schlange und wurde bei der Sicherheitskontrolle gefilzt, obwohl ich mich für den TSA PreCheck angemeldet hatte. Schließlich rannte ich mit Seitenstechen durch das Terminal zu meinem Gate, nur um festzustellen, dass der Flug drei Stunden Verspätung hatte.

Also machte ich mich auf die Suche nach Lee. Er und Martin saßen an der Bar. Wo auch sonst? Sie gehörten zu einer Generation, die fest daran glaubte, dass es zu jeder Situation den passenden Cocktail gab. Als ich zu ihnen stieß, hatten sie es sich in einer ruhigen Ecke bequem gemacht, Lee am Laptop, Martin das *Wall Street Journal* vor sich. Beide schienen sich zu freuen, als ich mich auf den Stuhl zwischen ihnen plumpsen ließ.

»Hallo, Maggie. Lust auf einen Drink?«, fragte Lee und gab mir einen Kuss auf die Wange. Martin ließ die Zeitung sinken und zwinkerte mir lächelnd zu.

Ich nickte, und als die Kellnerin kam, bestellte ich einen Martini mit zwei Oliven. Ja, ich weiß, vor einem langen Flug soll man keinen Alkohol trinken, aber ich hatte festgestellt, dass die Wirkung von Xanax durch Wodka viel schneller einsetzt. Und ich liebe Oliven.

»Du siehst gestresst aus«, bemerkte Lee.

Ich seufzte. »Mein Koffer ging nicht zu, also habe ich einfach irgendwelche Sachen rausgezerrt. Ich fürchte, ich habe alle meine BHs in Morristown gelassen.«

»Das kommt in Paris bestimmt gut an«, meinte Martin

mit einem freundlichen Grinsen. Er stammte aus Jamaica und hatte immer noch einen herrlich melodischen Akzent. Wie alt er war, ließ sich schwer schätzen, denn er hatte eine Glatze, und auf seiner glänzenden Kopfhaut war keine Spur von Grau zu sehen. Im Gegensatz zu Lee, der groß und schlaksig war, mit wilden weißen Haaren und ebensolchen Augenbrauen, war Martin klein und kompakt.

Lee funkelte seinen Mann ärgerlich an. »Sie ist in Paris, um zu arbeiten, Martin. In den nächsten sechs Wochen muss sie hundertzwanzigtausend Wörter schreiben, und damit wird sie sofort beginnen, sobald wir gelandet sind.« Sein Blick richtete sich auf mich. »Es sei denn, du hast schon angefangen? Hat dir mein Vortrag den nötigen Antrieb gegeben? Hast du die letzten zwei Tage etwas geschrieben?«

Ich schüttelte den Kopf. »Ich hab die letzten zwei Tage damit verbracht, Greg zu meiden, während er seine Sachen gepackt hat. Dafür musste ich mich im Gästezimmer einschließen und Staffel zwei und drei von *The Great British Baking Show* am Stück gucken.«

Martin ließ die Zeitung fallen und stieß einen anerkennenden Pfiff aus. »Das ist eine Menge!«

Ich nickte und griff nach meinem Martini, der endlich aufgetaucht war. »Ich war bis zwei Uhr nachts wach und hab mich nach Treacle Pudding mit endlos viel Sirup und butterigem Shortbread verzehrt.« Ich nahm einen Schluck und ließ den Wodka meine strapazierten Nerven beruhigen. »Und nach dem backenden Paul Hollywood.«

Martin beugte sich zu mir und flüsterte lachend: »Das geht mir auch oft so.«

»Du hast alten Leuten im Fernsehen beim Backen zugesehen?«, fragte Lee skeptisch. »Das war alles?«

Ich schüttelte den Kopf. »Sei nicht albern. Ich war auch mit Alison und Cheri unterwegs, um den Verlust von Greg zu beklagen – eine Art Totenwache mit Bloody Marys.«

»Bravo«, murmelte Martin.

»Außerdem habe ich die *New York Times* abbestellt und die Nachbarin angerufen, die für mich die Blumen gießt. Oh, und heute Morgen habe ich Gregs Sachen aus meinem Arbeitszimmer geräumt und in seinen Kofferraum gestopft.« Die Erinnerung brachte mich zum Grinsen. Jetzt, da ich seine ganzen Bücher und Trophäen aus meinen Regalen entfernt hatte, konnte ich endlich meine vier RITA-Awards, meine sechs Romantic Times Readers' Favorite Awards und all die Bestsellerlisten präsentieren, die ich aus verschiedenen Zeitschriften ausgeschnitten und eingerahmt hatte. »Eigentlich wollte ich dasselbe mit seinen Klamotten machen, aber im Kofferraum war nicht genug Platz, also habe ich sie einfach in der Garage liegen lassen.«

Lee schnappte nach Luft. »Das würdest du nicht wagen!«

Mit einem großen Schluck kippte ich den Rest meines Martinis hinunter. »O doch«, sagte ich, stellte das Glas ab und atmete tief ein. »Und es hat sich großartig angefühlt.«

»Gut«, schnaubte Martin. »Ich mochte den Kerl noch nie.«

»Du hast ihn nie getroffen«, erinnerte ich ihn.

»Stimmt«, räumte er ein, »aber ich habe deine Geschichten gehört. Und ich habe Fotos von ihm gesehen. Er ist zwar ziemlich heiß und strahlt so ein gewisses Promi-Flair aus, aber er wusste dich nie wirklich zu schätzen.«

»Das kannst du laut sagen«, seufzte ich. »Er hat mir an den Kopf geworfen, meine Arbeit wäre nicht so wichtig wie seine. Und als ich ihn darauf hingewiesen habe, dass ich die Rechnungen bezahle, war er beleidigt.« Ich schob mir eine Olive in den Mund. »Ich hasse beleidigte Leberwürste.« Die zweite Olive folgte. »Jetzt aber zu unserer Reise. Wo werden wir wohnen?«

Lee, der Martin gerade noch wütend angefunkelt hatte, wandte sich mir zu. »Als meine Mutter gestorben ist, habe ich eine Wohnung in Paris, die ursprünglich meiner Großtante Helene gehört hatte, und das Familien-Weingut im Süden geerbt. Außerdem die Haushälterin, die dem Testament zufolge lebenslanges Wohnrecht besitzt. Solange kümmert sie sich um alles – wischt Staub, sorgt dafür, dass die Rechnungen bezahlt werden, und hält das Silberbesteck auf Hochglanz. Ach, wir werden übrigens gleich am Tag nach unserer Ankunft in die Provence fahren – das war schon geplant, bevor wir dich eingeladen haben. Du wirst also eine Weile ohne uns zurechtkommen müssen.«

»Wir sollten es absagen«, meinte Martin. »Wir müssen Maggie doch Paris zeigen.«

Lee schlug mit der flachen Hand auf den Glastisch. »Nein, wir werden das nicht absagen. Maggie ist in Paris, um sich inspirieren zu lassen und endlich mit dem Schreiben anzufangen, nicht, um Sightseeing zu machen. Es geht um die Muse, nicht um Tourismus.«

»Aber sie ist zum ersten Mal in Frankreich«, erwiderte Martin. »Sie sollte mit uns aufs Land kommen.«

»Nein, sie sollte einen Ort finden, wo sie ihren Laptop

einstöpseln kann, und *schreiben.*« Lee warf mir einen strengen Blick zu. »Das hast du doch vor, oder?«

»Ja, klar«, sagte ich, »und ich will Nicole besuchen.«

»Natürlich«, pflichtete mir Martin bei. »Lee, sei vernünftig. Sie muss Nicole besuchen.«

»Und vielleicht treffe ich auch Louis.«

Martins Augenbrauen schossen in die Höhe. »Louis? Etwa einen *Liebhaber?*«

Ich nickte. Meine Tochter war klug und schön, und seit ihrer ersten Schwärmerei in der Schule hatte sie kaum einem Mann Beachtung geschenkt. Die Tatsache, dass sie Louis in den letzten sechs Monaten mehr als fünfmal erwähnt hatte, legte die Vermutung nahe, dass sie vielleicht endlich … jemanden gefunden hatte. Natürlich hatte ich sie nicht über ihn ausgefragt. Nicht einmal, als sie an Weihnachten zu Hause gewesen war. Jedes Interesse meinerseits würde nur dazu führen, dass sie ihn hochkant hinauswarf.

»Ich glaube schon«, antwortete ich. »Ich tue so, als würde mich das nicht im Geringsten interessieren. Du weißt, wie sie ist. Aber ich habe angedeutet, dass es nett wäre, ihn kennenzulernen, wo ich schon mal da bin, und sie ist nicht schreiend davongelaufen, also, wer weiß?«

»Wie aufregend. Du musst ihn unbedingt kennenlernen«, meinte Martin. »Ist das nicht aufregend, Lee?«

»Nicht so aufregend wie hundertzwanzigtausend Wörter über Sex, Liebe und Abenteuer und noch mehr Sex«, grummelte Lee. »Dieser Aufenthalt dient dem *Arbeiten.*«

Ich setzte mich kerzengerade auf und bedachte Lee mit einem vorwurfsvollen Blick. »Das Versprechen, mit dem du mich geködert hast, sichert mir Kunst, Geschichte und das unbegrenzte Budget zweier schwuler Männer zu. Ganz zu schweigen von den inspirierenden Männern, die mein romantisches Gehirn auf Hochtouren bringen. Wie soll ich inspirierende Männer finden, wenn ich an meinen Computer gekettet in eurer Wohnung sitze und von einer steinalten Haushälterin bewacht werde?«

»Ganz genau«, stimmte Martin zu. »Sie muss raus, die Umgebung sehen, das köstliche Essen genießen und sich von den wunderschönen Menschen in Paris inspirieren lassen.« Mit einem Grinsen fügte er hinzu: »Ohne BH.«

Ich grinste zurück. »Das ist mein Plan.«

Doch Lee machte ein grimmiges Gesicht. »Wenn ich den Abgabetermin noch einmal verschieben muss, werde ich ernsthaft wütend.«

»Ich werde schreiben, versprochen«, sagte ich und tätschelte seine Hand.

Er sah erst mich, dann Martin streng an. »Das will ich hoffen«, sagte er grimmig und warf einen Blick auf die Uhr. »Gut. Wir haben genug Zeit für noch einen Drink.«

Als wir in Paris ankamen, hatte der nächste Tag schon begonnen. Irgendwann würde ich vielleicht noch verstehen, welchen Gesetzen die Zeitverschiebung folgte; das Ganze war mir schon immer wie Magie vorgekommen. Wir schlenderten durch den Zoll und holten uns am Flughafen einen Kaffee. Zumindest hieß das Getränk so – auch wenn es keine Ähnlichkeit mit dem Kaffee hatte, wie ich ihn kannte, und etwas sehr Starkes mit aufgeschäumter Milch war. Lee erklärte mir, dass es sich dabei um einen Café Crème handelte, und versprach, dass ich ihn irgendwann lieben würde. Zumindest brachte er mein Gehirn in Gang, was schon mal ein guter Anfang war.

»Wo sind die Taxis?«, fragte ich.

Lee schüttelte den Kopf. »Wir fahren mit der Métro. Du brauchst das vollständige Paris-Erlebnis. Wenn schon, denn schon.«

Mir blieb nichts anderes übrig, als den beiden mit einem angestrengten Lächeln zu folgen. Ich hasste jegliche Form von Fortbewegung im Untergrund – sei es unter der Erde, unter Wasser oder was auch immer. In New York vermied ich die U-Bahn, soweit es nur ging. Wenn man von New Jersey nach New York wollte, war es eigentlich die beste Option, mit dem Bus durch den Lincoln Tunnel zu fahren, aber ich bekam jedes Mal, während ich unter der Erde und anschließend unter dem Hudson River gefangen war, panische Angst, weil ich mir sicher war, in höchster Lebensgefahr zu schweben.

Und mit dem Auto nach New York zu fahren war keine Option. Es gab Leute, die das taten, aber sie mussten allesamt verrückt sein.

Doch die Pariser Métro-Station war hell und sauber und voller gut gekleideter Menschen, die einen so zivilisierten Eindruck machten, dass die Anspannung in meinen Schultern nachließ. Immerhin.

»Also«, sagte Lee, »ich erkläre euch lieber, wie man sich durch Frankreich bewegt, ohne als nervtötender Ami aufzufallen.«

Martin seufzte und verdrehte die Augen.

»Wird es eine Prüfung geben?«, fragte ich sarkastisch.

»Nein, aber wenn ihr nicht aufpasst, werdet ihr scheitern. Erstens: Wenn ihr einen Laden oder ein Café betretet, solltet ihr die Anwesenden begrüßen. Bonjour ist am besten, aber Hallo reicht auch.«

»Ach, komm schon, kümmert es die Leute wirklich, ob ...«

Er hob die Hand, um mich zum Schweigen zu bringen. »Ja. Hier kümmert es die Leute. Das ist ganz einfach, Maggie. Lächle und sag Hallo.«

»Verstanden.«

»Gib kein Trinkgeld.«

»Was, nie?«

»Nie. Hier verdient jeder genug zum Leben, und Trinkgeld wäre eine Beleidigung.«

»Und wenn ich ein Taxi nehme?«

Lee wandte sich zu mir um, sein schmales, runzliges Gesicht eine Maske der Verzweiflung. »Maggie, was habe ich gerade gesagt? Warum weigerst du dich, mir auch nur eine Sekunde zuzuhören? Ich bin dein Agent. Ich will nur dein Bestes. Kein Trinkgeld.«

Ich sah an ihm vorbei zu Martin. »Hat er schlechte Laune?«

Er lächelte mir verschmitzt zu. »Immer.«

Als wir die Métro-Station verließen, sahen wir direkt vor uns den Arc de Triomphe. Ich muss zugeben, dass ich mitten auf dem Gehsteig stehen blieb und ihn verblüfft anstarrte.

Obwohl ich das Bauwerk schon Hunderte Male auf Bildern gesehen hatte, war ich von seiner eleganten, geradezu erhabenen Schönheit und imposanten Architektur überwältigt.

Er war von einem Verkehrsring umgeben, und hinter dem Getümmel von Autos befand sich eine Gruppe von Bäumen, die gerade ihr strahlendstes Frühlingsgewand aus sattgrünen Blättern angelegt hatten. Und all die Leute – die unverkennbaren Touristen, die aufgeregt auf den Triumphbogen zeigten und Fotos machten, und die ebenso unverkennbaren Pariser, die zielstrebig vorbeiliefen und inmitten all der Pracht lässig und elegant ihrem gewohnten Alltag nachgingen.

Ich konnte mich kaum sattsehen, aber Lee wollte gleich weiter. »Hier entlang«, sagte er ungeduldig.

Martin hielt ihn zurück. »Gib der armen Frau einen Moment Zeit, Touristin zu sein.«

So stand ich dort an diesem Frühlingsnachmittag in Paris und blickte mich staunend um wie ein Trekkie auf der Comic Con. Lee musste mich am Ellbogen fassen und sanft die Straße hinunterschieben, sonst hätte ich mich vermutlich nie mehr von der Stelle gerührt.

»Atemberaubend«, sagte ich aufgeregt, meinen Koffer im Schlepptau, meine Tasche über der Schulter. »Das kriegen die Leute hier jeden Tag zu sehen?«

Lee schüttelte den Kopf. »Nein, den Triumphbogen holen sie nur montags und jeden zweiten Donnerstag raus.«

Wir liefen eine breite, kopfsteingepflasterte Straße entlang. »Wo sind wir jetzt?«

»In der Avenue Victor Hugo«, antwortete Martin. »Lee, warum gibst du ihr nicht ein paar wirklich nützliche Ratschläge?«

»Was zum Beispiel?«, fragte ich.

»Zum Beispiel: Du solltest alles mit Butter bestreichen und Jamjam-Geräusche machen, während du kaust.«

Das musste ich mir merken. Ich war dafür bekannt, dass ich beim Essen tatsächlich gern Geräusche des Genusses von mir gab, daher erschien mir dieser Hinweis durchaus sachdienlich.

»Hier kannst du exzellenten Wein für ungefähr vier Euro die Flasche kaufen. Frag bloß nicht, ob der Preis vielleicht nicht stimmt«, fuhr Martin fort. »Er ist immer richtig. Außerdem werden sich an der Kasse andauernd Leute vordrängeln. Nimm es einfach hin und lächle. Mach kein empörtes Gesicht, gib keinen lauten Kommentar auf Englisch ab – den Franzosen ist es egal, wenn sich jemand vordrängelt, und die meisten verstehen Englisch und werden dich für schrecklich unhöflich halten.«

Ich hasste Leute, die sich an der Kasse vordrängelten, also schrieb ich mir das hinter die Ohren.

Wir überquerten einen großen Platz. »Das ist die Place Victor Hugo«, verkündete Lee. »Wir sind fast da.«

Ein Grinsen breitete sich auf meinem Gesicht aus. Überall Cafés und so schöne Leute, frische Luft und kein ohrenbetäubender Lärm. Ich wäre vollauf damit zufrieden gewesen, mich auf den erstbesten Stuhl zu setzen und einfach ein paar Stunden den Blick schweifen zu lassen, aber Lee trieb mich weiter. Wir bogen in eine Seitenstraße ein, kamen an einem Blumenladen, einem Souvenirshop und einem kleinen Restaurant vorbei und hielten schließlich vor einer großen, eleganten Flügeltür mit kleinen Bogenfenstern und einem Messing-Türklopfer.

»Da sind wir«, verkündete Lee, holte seinen Schlüsselbund heraus und steckte einen imposant aussehenden Schlüssel in das schmale Schloss.

Ich staunte. »Sieht aus wie das Tor nach Moria bei Tolkien«, flüsterte ich Martin zu.

Er grinste. »Ja, fast.«

Wir betraten ein kleines Foyer mit drei Meter hoher Decke und Marmorfußboden.

»Hier entlang«, sagte Lee und schob mich erneut weiter. »Hör auf zu gaffen. Du wirst hier wohnen. Glotzen kannst du später noch. Jetzt muss ich erst mal aufs Klo.«

Martin und ich warteten mit dem Gepäck auf den Aufzug, während Lee die schmalen Treppen hinaufrannte.

»Welche Etage?«, fragte ich.

»Die zweite. Er wird es noch rechtzeitig schaffen. Das tut er immer.«

Der Aufzug bot kaum genug Platz für Martin, die Koffer und mich. »Das ist übrigens ein *Fahr*stuhl«, erklärte Martin und drückte auf den Knopf.

Ich nickte. »Alles klar.«

Oben angekommen, betraten wir einen kleinen Flur mit einer Tür zur Linken, einer Tür zur Rechten und der Treppe vor uns.

Die Tür zur Linken stand einen Spaltbreit offen, und Martin führte mich hinein.

An den hohen, mit Stuck verzierten Decken hingen prunkvolle Kronleuchter. Die glatten Hartholzböden waren mit ausgebleichten orientalischen Teppichen ausgelegt, und von den raumhohen Fenstern im Wohnzimmer hatte man einen atemberaubenden Ausblick. Schnurstracks rannte ich hin und starrte hinaus.

»Martin, das ist umwerfend«, murmelte ich und sah mich mit großen Augen um. Zu meinem Erstaunen gab es noch ein zweites Wohnzimmer – ein genaues Spiegelbild des Raums, in dem ich stand, einschließlich des Kamins. Überall Bücherregale, eine bunte Kunstmischung und sehr bequeme, dick gepolsterte Sitzmöbel neben schlichten, zierlichen Antiquitäten. Im zweiten Wohnzimmer stand ein langer, robuster Holztisch, umgeben von transparenten Plexiglas-Stühlen wie aus den Fünfzigern.

»Wenn ich hier wohnen würde, würde ich nie das Haus verlassen«, erklärte ich.

In diesem Moment tauchte Lee wieder auf. »Schön, oder?«, sagte er lächelnd. »Ich denke, wir werden uns hier irgendwann zur Ruhe setzen. Obwohl die Villa in der Provence auch ein Hingucker ist. Ah, Solange, darf ich dir meine gute Freundin Maggie Bliss vorstellen? Maggie, das ist Solange Varden.«

Ich hatte eine bucklige, schrullige Haushälterin wie aus dem Märchen erwartet. Oder vielleicht eine große, steife Frau wie Mrs. Danvers aus Daphne du Mauriers *Rebecca*. Doch Solange war keins von beidem. Sie war alt, keine Frage, vermutlich schon weit über siebzig, und sie versuchte gar nicht, ihr Alter zu verbergen. Aber sie war hochgewachsen und schlank, mit kurzen schneeweißen Haaren, die sie sich aus der hohen Stirn gekämmt hatte. Ihre Augen waren groß und blassblau, ihre Nase schmal und gerade. Sie sah umwerfend aus. Mit drei Schritten hatte sie das Zimmer durchquert, umarmte mich und gab mir ein Küsschen auf beide Wangen.

»Willkommen in Paris, Maggie. Ich habe all Ihre Bücher gelesen und finde sie wundervoll. Aus irgendeinem Grund habe ich Sie mir älter vorgestellt, aber Sie sind wahrscheinlich etwa im gleichen Alter wie mein Sohn Max. Wie schön.« Ihr Gesicht nahm einen neugierigen Ausdruck an, als wäre ihr gerade etwas eingefallen. »Arbeiten Sie gerade am letzten Band der Delania-Reihe? Ich liebe diese Bücher! Sie müssen mir erzählen, was passiert, dann kann ich bei meinen Freundinnen damit angeben!« Sie sprach Englisch mit einem starken, aber gut verständlichen Akzent, ihr Lächeln offen und herzlich.

»Ich habe selbst noch keine Ahnung, was passieren wird«, platzte ich heraus. »Deswegen bin ich hier.«

Sie hakte sich bei mir unter. »Kommen Sie, ich zeige Ihnen Ihr Zimmer. Früher hat es Helene gehört. Normalerweise beanspruchen Martin und Lee es für sich, aber da sie morgen wegfahren, werden sie diesmal im Gästezimmer übernachten. Außerdem sind wir in Paris, da brauchen Sie vor allem ein großes, schönes Bett. Das Fenster geht auf den Hof hinaus, und es gibt sogar einen kleinen Balkon. An Inspiration wird es Ihnen hier bestimmt nicht mangeln.«

Unterwegs spähte ich durch ein paar große, halb offene Türen, bevor wir schließlich zu meinem Zimmer kamen. Es war spektakulär, und nicht nur wegen des riesigen, mit Kissen und weichen Decken überhäuften Himmelbetts. Zudem gab es noch einen kleinen Kamin mit Marmorverkleidung, und über dem Stuhl in der Ecke hing ein ziemlich ramponierter, aber immer noch gut erkennbarer Nerzmantel. Wenn mich dieser Ort nicht inspirieren würde, dann hatte ich kein Recht mehr, mich Autorin zu nennen, so viel war klar.

»Hier werden Sie sicher wundervolle Dinge schreiben, nicht wahr? Lee, hol doch bitte Maggies Koffer. Sie muss auspacken. Möchten Sie ein Bad nehmen? Zu Mittag essen? Ich habe Wein …«

»Ich bin erst mal versorgt, danke, Solange. Das Zimmer ist wunderbar.«

Lee rollte meinen Koffer zum Bett. »Martin und ich brechen morgen früh auf, aber wir können heute Nachmittag eine kleine Tour machen und dir die Umgebung zeigen.«

»Kann ich morgen mit euch mitfahren?«, fragte Solange.

Lee runzelte die Stirn. »Ich dachte, du hättest schon etwas anderes vor.«

»Meine Schwester hat Geburtstag. Ich hatte es ganz vergessen.«

Lee musterte sie argwöhnisch. »Ich dachte, du magst deine Schwester nicht.«

»Tue ich auch nicht. Deswegen habe ich ja ihren Geburtstag vergessen«, erwiderte sie achselzuckend. »Aber es ist ihr fünfundsiebzigster, und das ist ein großes Datum. Also sollte ich hingehen.«

Lee nickte. »Wie du magst.« An mich gewandt fügte er erklärend hinzu: »Solange hat früher auf dem Weingut gearbeitet; ihre ganze Familie lebt dort. Sie ist erst nach der Geburt ihres Sohnes nach Paris gezogen und hat hier mit meiner Großtante Helene gewohnt.« Sein Gesicht nahm einen besorgten Ausdruck an. »Dich stört es doch nicht, eine Weile allein zu sein, oder?«

»Nein, überhaupt nicht«, sagte ich und meinte es auch so. Diese riesige, bezaubernde Wohnung ganz für mich allein zu haben klang himmlisch.

Martin, der im Türrahmen stand, machte ein abfälliges Geräusch. »Aber Jules bleibt hier«, sagte er schroff. »Ich weigere mich, Jules auf eine so lange Fahrt mitzunehmen.«

Solange machte ein empörtes Gesicht. »Oh, Martin, wie kannst du nur so etwas sagen?«

Wer war nur Jules? Ein jüngerer Lebensgefährte? Ein uralter Onkel?

Lee nickte. »Martin hat recht. Er furzt zu viel, und letztes Mal hat er den Rücksitz unseres Leihwagens vollgepinkelt – die Reinigung hat mich dreihundert Euro gekostet.«

Solange seufzte und wandte sich an mich. »Wie schändlich sie über ihn herziehen«, sagte sie. »Und dabei ist er so reizend.«

»Ähm«, ich räusperte mich, »wer ist Jules?«

»Meine Bulldogge«, antwortete Solange lächelnd. »Wären Sie so nett, auf ihn aufzupassen? Nur ein paar Tage. Sie müssten nur drei- bis viermal am Tag mit ihm Gassi gehen, ihn jeden Abend füttern und … oh, da ist er ja!«

Ein leises Tapp-tapp auf dem Holzboden kündigte Jules' Ankunft an. Ganz ehrlich: Jules war hässlich. Ich war noch nie eine Hundenärrin, aber meist konnte ich den Haustieren anderer Leute durchaus etwas abgewinnen, und manche Hunde überraschten mich regelrecht mit ihrer Schönheit, Anmut und einer echten Persönlichkeit. Doch Jules war einfach nur fett, watschelte auf kurzen, dicken Beinen umher und sabberte obendrein auch noch. Als er hereintrottete, bellte er mich ziemlich garstig an und furzte dann. Sehr laut. Und ja, es stank.

»Oh, Jules, so ein ungezogenes Hündchen«, säuselte Solange, hob ihn hoch und streckte ihn mir entgegen. »Das ist Maggie, Liebling. Sie wird die nächsten Tage für dich sorgen.«

Jules sah nicht begeistert aus. Ich nahm ihn und klemmte ihn mir unter den Arm. Er war eine Französische Bulldogge – was auch sonst? –, klein und kompakt. Während wir uns miteinander vertraut machten, schnaufte er wie ein Blasebalg. Nach circa zwanzig Sekunden reichte ich ihn zurück.

»Kein Problem.«

Er furzte erneut.

Lee schüttelte den Kopf und verließ das Zimmer leise vor sich hinmurmelnd. Solange beugte sich zu Jules und flüsterte ihm auf Französisch etwas zu, bevor sie ging. Martin grinste mir zu.

»Willkommen in Paris, Maggie.«

Ich packte aus, hängte meine Sachen in den winzigen Kleiderschrank und machte eine Bestandsaufnahme. Ich hatte vier Hosen, allesamt schwarz. Drei davon waren aus sehr dünnem, dehnbarem Material, also irgendetwas zwischen Leggins und Schlabberhosen. Ein weißes Hemd, vier langärmlige T-Shirts, eine Jeans, ein Football-Trikot, das ich als

Schlafshirt benutzte, und eine beigefarbene Strickjacke, die genauso aussah wie die, die Fred Rogers aus der Vorschulfernsehserie *Mister Roger's Neighborhood* getragen hatte. Außerdem hatte ich ein Paar hübsche blaue Pumps mit Kitten-Heel-Absatz, die tatsächlich bequem genug waren, um darin zu laufen, schwarze Ballerinas, meine *Minnetonka*-Mokassins und die grauen Slipper, die ich im Flugzeug angehabt hatte. Und zu guter Letzt sieben identische weiße Baumwoll-Unterhosen und zwei BHs.

Für Paris waren die Sachen, die ich eingepackt hatte, nicht ansatzweise passend, so viel hatte ich inzwischen verstanden. Ich wäre ernsthaft underdressed. Auf dem kurzen Weg von der Métro zur Wohnung war ich an Hunderten von Frauen vorbeigekommen, die allesamt besser gekleidet waren als ich. Und sie – wie soll ich sagen? – sahen um Längen besser aus.

Ich muss zugeben, dass mir mit meinem vierzigsten Geburtstag die Lust, Teil des ganzen Schönheitswahns zu sein, abhandengekommen war. Ich ließ keine kosmetische Gesichtsbehandlung und auch keine Maniküre mehr machen, war nur noch selten beim Frisör und machte auch um meine Garderobe nicht mehr viel Aufhebens. Schließlich konnte ich dem Alter ohnehin nicht mehr ausweichen, warum sollte ich mir also die Mühe machen? Kurz darauf hatte ich Greg kennengelernt, und auch ihn schien es nicht zu kümmern, wie ich aussah. Inzwischen hatte ich begriffen, dass er sich schlicht zu viele Sorgen um sein eigenes Aussehen machte und es ihm deshalb völlig gleichgültig war, wie ich aussah. Solange ich ihn nur anhimmelte.

»Ich muss dringend einkaufen gehen«, verkündete ich jedoch nun, als ich das Wohnzimmer betrat. »Ich habe hauptsächlich Schreibklamotten eingepackt.« Lee und Martin hatten es sich am Kamin gemütlich gemacht, und Martin las Zeitung, natürlich auf Französisch.

»Wenn du nur zum Arbeiten hier bist, brauchst du auch nur Schreibklamotten«, merkte Lee an.

Martin senkte die Zeitung und warf seinem Mann einen bösen Blick zu. »Sei nicht albern, Lee. Sie muss mit dem Hund raus und hin und wieder auch mal einen Kaffee trinken gehen.«

»Das kann ich in meinen Schreibklamotten machen«, erklärte ich und ließ mich auf einen Sessel plumpsen. »Ich meinte eher, falls ich mal ausgehe – ihr wisst schon, in ein Museum oder ein schickes Restaurant.«

Doch Lee schüttelte den Kopf. »Maggie, sosehr ich es hasse, das zuzugeben, aber Martin hat recht. Die Lumpen, die du beim Schreiben anhast, kannst du nicht außerhalb des Apartments tragen. Genau genommen solltest du die nicht mal anziehen, um den Müll rauszubringen. Wir zeigen dir eine Boutique in der Nähe, dann kannst du dir ein paar Sachen kaufen.«

Martin stand auf und streckte sich. »Wir sollten eine Tour durch die Nachbarschaft machen, bevor die Erschöpfung einsetzt und du nur noch den ganzen Tag schlafen willst. Gehen wir.«

Ich sah an mir hinunter. Mein Outfit war leicht zerknittert vom Flug, sah jedoch noch einigermaßen ordentlich aus. Eine graue Stoffhose, ein marineblauer Baumwollpullover und der Ferragamo-Schal. »Bin ich gut genug angezogen, um shoppen zu gehen?«

Lee gab mir einen Kuss auf die Wange. »Gerade so. Dann mal los.«

Die Nachbarschaft um die Place Victor Hugo war zauberhaft – die sandsteinfarbenen Gebäude waren alt und wunderschön, die Schaufenster kunstvoll und einladend gestaltet. Und die Leute auf der Straße waren unvorstellbar schick: die Frauen elegant und stilvoll, die Männer gepflegt und sexy. Es gab einfach alles: verschiedene Bäckereien, eine Confisérie, Cafés, die offenbar sogar zum Frühstück Wein servierten, einen winzigen Lebensmittelladen voller Köstlichkeiten und ein paar Boutiquen, die keine Wünsche offenließen. Von unserer Tour kehrten wir mit Tüten voller Klamotten, die ich nur auf die Schnelle gegriffen hatte, die aber hoffentlich fürs Erste taugten, Lebensmitteln und Wein zurück.

Solange briet ein Hühnchen mit Karotten und Kartoffeln, was völlig anders schmeckte, als ich es gewohnt war, nämlich perfekt – obschon es doch dieselben Zutaten waren. Während wir aßen, warf ich Lee immer wieder fragende Blicke zu, weil ich kaum glauben konnte, was ich schmeckte, bis er ein Stück Baguette nach mir warf.

Martin deutete mit seiner Gabel auf mich. »Nach ein paar Tagen wirst du schon allein deswegen nie wieder zurückwollen, weil du dann wieder geschmacklosen Fraß essen musst«, prophezeite er.

»Mein armer Sohn«, murmelte Solange kopfschüttelnd. »Er lebt in New York, wo es angeblich vorzügliches Essen gibt, aber er kann beim besten Willen keinen guten Lauch finden. Ich glaube, manchmal kommt er nur her, um gutes Gemüse zu kaufen.«

»Was macht er denn beruflich?«, fragte ich, um höflich zu sein, obwohl ich mittlerweile todmüde war und am liebsten einfach aufgestanden und ins Bett gekrochen wäre.

Sie zuckte die Achseln. »Er ist Banker. Das ist alles, was ich weiß. Er lebt in New York, und er hat eine Wohnung in London. Er reist ziemlich viel.«

Lee nippte an seinem Wein. »Max arbeitet für die World Bank. Er ist brillant und sehr erfolgreich.«

»Wenn er so erfolgreich wäre, hätte er sich nicht schon dreimal scheiden lassen«, erwiderte Solange und zuckte erneut die Achseln. Dann beugte sie sich zu mir. »Keine Enkel. Können Sie sich das vorstellen? Da bitte ich ihn ein einziges Mal um etwas …«

Ich lächelte müde, und Martin nahm mir die Gabel aus der Hand. »Du fällst noch kopfüber auf deinen Teller. Geh. Schlaf dich aus. Wir schreiben dir alles auf, damit du ohne uns überleben kannst.«

Zuerst ging ich ins Bad, um mir das Gesicht zu waschen. Die Toilette mit hölzerner Brille, deren Spülung mit einer von einem Wassertank zwei Meter über dem Boden baumelnden Kette betätigt wurde, befand sich in einem kleinen Raum mit Fenster. Im benachbarten Badezimmer gab es ein Waschbecken, so groß wie eine Suppenschüssel, mit verschiedenen Hähnen für kaltes und warmes Wasser, was ich noch nie gesehen hatte. Die Badewanne hatte dunkelgrüne Fliesen und stand auf einer Plattform, die man über eine kleine Stufe erreichte. Eigentlich hatte ich vorgehabt, schnell zu duschen, aber so begnügte ich mich damit, mir kaltes Wasser ins Gesicht zu spritzen.

In meinem Zimmer nahm ich mein Handy, machte ein Foto von meinem Bett und schickte es an Cheri und Alison. Wie viel Uhr war es jetzt in New Jersey? Hier war es kurz vor sieben, mit einer Zeitdifferenz von sechs Stunden müsste es in Jersey demzufolge gegen Mittag sein. Würden sie die Nachricht überhaupt lesen? Alison war im Ruhestand, arbeitete aber noch ehrenamtlich, also würde sie vielleicht gleich antworten. Cheri hatte ihr eigenes Maklerbüro, und wenn sie gerade einen Klienten hatte …

Doch die Antwort kam sofort.

Alison:

OMG – schläfst du da???

Cheri:

In so einem Bett sollte sie mehr als nur SCHLAFEN.
Wie ist das Essen? Hab ich recht, oder hab ich recht?

Maggie:

Muss schlafen. Erstes Essen unvergesslich. Wollte nur Bescheid geben, dass ich gut angekommen bin. Ab morgen werde ich schreiben, also erwartet nicht zu viel.

Als Nächstes schickte ich Nicole die Adresse und erhielt ein schlichtes »Okay« als Antwort. Ich hatte sechs Nachrichten von Greg, die ich alle ungelesen löschte, und stellte fest, dass ich meinen Augenarzttermin im Juni verschieben musste.

Dann legte ich das Handy weg, ließ mich aufs Bett sinken und schlief ein, kaum dass mein Kopf das Kissen berührt hatte.

Mein erster Morgen in Paris begann ganz freundlich. Ich frühstückte in aller Ruhe mit Solange, die mir erklärte, dass Lee und Martin gerade den Leihwagen besorgten; eine Prozedur, die anscheinend Stunden dauern konnte und womöglich den illegalen Austausch von Bargeld und/oder Erpressungsdrohungen beinhaltete.

»Martin hat einen Führerschein, aber in Paris ein Auto zu bekommen ist reine Glückssache.«

Wir tranken Café Crème, den wir ohne schicke Maschine zum Kaffeekochen und Milchaufschäumen zubereitet hatten, und aßen getoastetes Baguette mit einer hauchdünnen Schicht Butter und Erdbeerkonfitüre.

Es war himmlisch.

Dabei erklärte mir Solange alles, was ich wissen musste: wie man die Waschmaschine bediente, wo ich den Hund am besten ausführen konnte, wo es das beste Brot gab, was ich in dem Café um die Ecke lieber nicht essen sollte, wie ich mit dem Schlüssel ruckeln musste, wenn das Schloss störrisch klemmte – kleine Details, auf die ich dringend achten sollte. Dann reichte sie mir ein paar Zettel mit handgeschriebenen Notizen, die Lee und Martin letzte Nacht gemacht hatten: weitere Tipps, wie man ein paar Tage in Paris verbrachte, ohne die gesamte Bevölkerung gegen mich persönlich und US-Bürger im Allgemeinen aufzubringen.

Ich versprach, sie nachher zu lesen.

Ich hätte sie lieber gleich lesen sollen.

Eine halbe Stunde später kam Martin herein; Lee fuhr mit dem Leihwagen eine Runde um den Block und würde jeden Moment hier sein. Solange sprang sofort auf, rannte in ihr Zimmer und kam mit einer schwarzen Umhängetasche zurück, während Martin ihre Koffer nahm. Auf dem Weg zur Tür warf er mir Kusshändchen zu.

Vom Fenster aus sah ich zu, wie ein kleines schwarzes Auto gerade langsam genug wurde, dass Martin das Gepäck in den Kofferraum werfen konnte, während Solange auf den Rücksitz kletterte. Martin blickte auf, sah mich und winkte mir zu. Dann stieg auch er ein, und das Auto brauste los.

Endlich allein.

Ich nutzte meine neu gewonnene Freiheit, um noch mehr Brot mit Butter zu essen. Die Fenster standen offen und ließen die sanfte Frühlingsbrise und gedämpften Straßenlärm herein. Ich bewunderte die hohe Decke und die hübschen Holzverzierungen. Dann zog ich mein Football-Trikot aus und schlüpfte in etwas, was sich besser für einen produktiven Arbeitstag eignete: schwarze Leggins und ein pinkfarbenes T-Shirt. Ich öffnete weitere Fenster, aß noch mehr Brot mit Butter und stellte meinen Laptop auf. Mein Bildschirmschoner war eine Collage hübscher Häuser, in denen ich gern wohnen würde, alle mit Blick aufs Meer. Das war der Topf voll Gold am Ende meines Regenbogens: ein Strandhaus.

Ich öffnete den Ordner mit Bildern von Strandhäusern, dann den Ordner mit *Innenansichten* von Strandhäusern, dann ging ich auf Realtor.com und fand ein Dutzend Häuser in Virginia, die direkt am Wasser lagen und einfach zauberhaft aussahen. Natürlich konnte ich mir keines davon leisten. Noch nicht.

Seufzend klickte ich auf einen anderen Ordner und verbrachte die nächsten paar Stunden damit, die sehr ausführliche Zusammenfassung der ersten beiden Delania-Romane zu lesen, die ich vor einer Weile erstellt hatte.

Denn selbst wenn ich diejenige war, die drei Jahre an den ersten beiden Bänden geschrieben hat, muss ich zugeben, dass ich ein unglaublich schlechtes Gedächtnis hatte. Ich erinnerte mich kaum noch an meine Sitznummer auf dem Flug hierher, obwohl ich sie mir genau eingeprägt hatte, und das war gestern. Etwas, was ich vor zwei oder drei Jahren geschrieben hatte, war mir so wenig vertraut wie das Pariser Métro-Netz. Außerdem war Delania ein rein fiktiver Schauplatz, weshalb es keinen Bezugsrahmen außerhalb all dessen gab, was ich mir selbst ausgedacht hatte. Also brauchte ich einen Ansatzpunkt, etwas, woran ich mich orientieren konnte, um voller Selbstvertrauen das beste letzte Buch einer Trilogie schreiben zu können, das je von einem Sterblichen ersonnen worden war. *Einer* Sterblichen. Wie auch immer.

Nach einer Weile beschloss ich, kurz rauszugehen und mir eine Kleinigkeit zu essen zu holen. Vorzugsweise etwas, das dick mit Butter bestrichen war.

Vorher sah ich noch nach Jules. Er lag, alle Viere von sich gestreckt, mitten im Flur und schnarchte. Solange hatte mir gesagt, dass ich drei- bis viermal am Tag mit ihm Gassi gehen sollte, aber nicht genauer spezifiziert, wann. Da er gerade so fest schlief, ließ ich die Leine liegen, nahm den Schlüssel von der Ablage und ging los.

Draußen war es kühl, und es roch nach Regen, also beschloss ich, einfach zu dem winzigen Lebensmittelladen zu laufen und ein paar Sachen fürs Abendessen zu kaufen – und vielleicht noch eine Flasche Wein. Und Schokolade. Da die Confisérie am nächsten war, ging ich dort zuerst hin.

Beim Hereinkommen dachte ich sogar an Lees Rat, lächelte die Verkäuferin strahlend an und sagte Hallo, bevor ich mich über die Glasvitrine beugte. Ich hörte ein leises *Bonjour* als Antwort, registrierte es aber kaum. Die Auslage war wunderschön. So schön, dass ich mich schon fragte, ob ich überhaupt irgendetwas von den raffinierten Gebäckstücken in diesem schnittigen Glaskasten essen könnte. Schließlich zeigte ich auf ein Tablett mit winzigen Schoko-Rechtecken, die alle mit einer einzigen Haselnuss und einem Karamellwirbel verziert waren.

»*Madame,* sechs hiervon bitte.«

Erst jetzt wurde mir bewusst, dass die Verkäuferin, ganz in Schwarz mit einer blütenweißen Schürze, mich mit einer Mischung aus vager Missbilligung und unverhohlener Neugier ansah. In der Erwartung, ein Loch oder vielleicht einen Kaffeefleck in meinem T-Shirt zu entdecken, blickte ich an mir hinunter. Nichts dergleichen. Es war einfach mein Aussehen im Allgemeinen, das diesen Gesichtsausdruck verursachte.

Ach richtig – ich sollte ja nicht in meinen Schreibklamotten rausgehen.

Verdammt. Ich lächelte tapfer, fischte ein paar Euromünzen aus meiner Hosentasche, nahm ihr die Schachtel aus der Hand und trat den Rückzug an. Als ich mich umdrehte, stieß ich mit drei tadellos gekleideten jungen Männern zusammen, die Hosen mit perfekten Bügelfalten, die Ärmel akkurat hochgekrempelt, die Schuhe auf Hochglanz poliert.

Ich entschuldigte mich und rannte förmlich zum Apartment zurück.

Dort angekommen, legte ich die Süßigkeiten ab und zog einen meiner neuen Kaschmirpullover und meine am wenigsten zerknitterte Hose an. Dann zog ich die Hose wieder aus, machte ein Bügelbrett ausfindig und bügelte die Kunstseide fast zu Tode. Zu guter Letzt schlüpfte ich in meine Ballerinas, trug etwas Lippenstift auf und fühlte mich gewappnet, mich erneut hinauszuwagen.

Der erste Weinladen, den ich fand, war nicht der, den Lee mir am Vorabend gezeigt hatte, aber Wein war Wein, richtig?

Falsch.

»Hallo«, sagte ich pflichtbewusst beim Betreten des Ladens.

Der Verkäufer kam hinter dem Tresen hervor und nickte. »*Bonjour, Madame*. Wie kann ich Ihnen helfen?«

Ich hatte gestern nicht aufgepasst, was Lee geantwortet hatte, als ihm dieselbe Frage gestellt worden war. Doch das hätte ich tun sollen, denn im Gegensatz zu ihm hatte ich keine Ahnung von Wein, so gern ich ihn trank. Also holte ich tief Luft und plapperte einfach drauflos.

»Ich habe eine Flasche Wein in meiner Wohnung, den Namen habe ich leider vergessen, aber er ist sehr gut. Ein leckerer, günstiger Weißwein, ein bisschen fruchtig, aber trocken. Mit einer blumigen Note. Das Etikett ist blau.«

Ein nicht gerade freundlicher Ausdruck huschte über sein Gesicht. »*Bon,* vielen Dank, *Madame.* Wie hilfreich, dass Sie sich die Farbe des Etiketts, aber nicht den Namen des Weins gemerkt haben, denn danach ist unser Sortiment geordnet. Entschuldigen Sie mich bitte, während ich schaue, was ich in der blauen Sparte finden kann.« Damit wandte er sich ab, ging durch eine kleine Tür im hinteren Teil des Ladens und verschwand.

»Was für eine Gemeinheit«, murmelte ich und verließ das Geschäft. Wenn mich nicht alles täuschte, war noch mindestens eine Flasche in der Wohnung. Die würde ich austrinken, und dann würde ich sie nächstes Mal mitbringen.

Bevor ich weiterging, rief ich Google Maps auf meinem Handy auf. Ich würde nicht durch die gesamte Nachbarschaft irren, um den Monoprix ausfindig zu machen, zumal ich mir über den Rückweg zur Wohnung schon jetzt nicht mehr hundertprozentig sicher war. Glücklicherweise hatte Lee gestern darauf bestanden, dass ich mir die Adresse ins Handy einspeicherte, und zu meiner Erleichterung war ich nur drei Minuten entfernt. Und vier Minuten bis zum Supermarkt. Ich marschierte los, entschlossen, effizient einzukaufen. Sobald ich da war, konnte ich jedoch für nichts mehr garantieren. Dieser Laden war viel größer als der kleine Lebensmittelladen, in dem wir gestern Käse und Cracker gekauft hatten.

Ich war alles andere als eine großartige Köchin. Die wichtigsten Dinnerpartys meiner Geschichte hatte ich nur überstanden, indem ich mich haargenau an die Rezepte hielt oder etwas Extravagantes bei einem Lieferdienst bestellte. Aber ich aß für mein Leben gern, und ich liebte es, mir etwas Leckeres auszusuchen, und so lief ich fast zwei Stunden in dem gigantischen Laden umher. Allein die Gemüseabteilung ließ mein Herz schneller schlagen. Hier gab so viel, was ich noch nie gesehen hatte. Und die wenigen Gemüsesorten, die ich wiedererkannte, waren nicht etwa groß, glänzend und perfekt, sondern sahen aus, als wären sie vom netten Nachbarn nebenan angebaut und geerntet worden. Auch das Fleisch war nicht einheitlich rosa: Rindfleisch war tiefrot, Hühnchen blassgolden, und die Schweinswürste reichten von weiß-grau bis blutrot-schwarz.

Fast zwanzig Minuten stand ich wie gebannt vor dem Wurstregal.

Und dann war da noch der Käse. Die Auswahl überstieg jedes Vorstellungsvermögen, und anscheinend durfte man sie alle probieren. Am liebsten hätte ich mein Zelt aufgeschlagen und wäre für immer hiergeblieben.

Ich musste mich sehr zusammenreißen, nicht alles mitzunehmen, was mich lockte, denn dann hätte ich mir noch zwei zusätzliche Wagen holen müssen. Stattdessen ließ ich Vernunft walten und schaffte es, mich auf fünf Käsesorten zu beschränken. Und Erdbeeren. Und Eiscreme. Außerdem suchte ich noch ein paar Fertiggerichte aus, die phantastisch aussahen, und ein paar niedliche Cracker-Packungen.

Das war mit Abstand das beste Einkaufserlebnis, das ich je hatte.

Ich fand, dass ich mich bisher ganz gut schlug. Die strenge

Musterung eines Sicherheitsbeamten, der mich argwöhnisch dabei beobachtet hatte, wie ich an der Petersilie schnüffelte, hatte ich geflissentlich ignoriert. Die Blicke, die mir die anderen Kunden zuwarfen, schrieb ich allein meiner Kleidung zu, die, wie ich jetzt erkannte, immer noch nicht elegant genug für ein Lebensmittelgeschäft in dieser Nachbarschaft war, aber – es würde mir eine Lehre sein.

Dann musste ich nur noch bezahlen.

Der Kassierer nahm all meine Artikel, scannte sie ein, wog sie und legte sie beiseite. Ich bezahlte mit meiner Karte – so weit kein Problem. Dann stand ich da und wartete, dass meine Sachen eingepackt wurden.

Und wartete.

Nach einer gefühlten Ewigkeit bedeutete mir der Kassierer, endlich Platz für die nachfolgenden Kunden zu machen. Das hätte ich ja gern – aber was war mit meinen Sachen?

»Entschuldigung«, sagte ich lächelnd, obwohl ich inzwischen ziemlich müde und hungrig und demzufolge etwas dünnhäutig war. »Was ist mit meinen Einkäufen?«

Er sah mich an, als hätte ich den Verstand verloren. Wusste er nicht, was »Einkäufe« bedeutete?

»Kriege ich keine Tüte? Wie soll ich das denn alles transportieren?«, fragte ich höflich.

Die Frau hinter mir drängte sich an mir vorbei. »Amerikaner«, fauchte sie. »Hier lassen wir unsere Sachen nicht eintüten. Wir bringen selbst etwas mit.«

»Was denn?« Ich sah mich irritiert um. »Tragetüten?«

Und da sah ich, dass tatsächlich alle irgendein Behältnis dabei hatten: eine Tasche, einen Korb, einen Leinenbeutel.

Und alle packten ihre Sachen selbst ein. Alle außer mir, denn ich hatte nichts dabei außer meinem todschicken, aber völlig nutzlosen Fitness-Armband.

Fast hätte ich mich auf den Boden gesetzt und zu weinen angefangen – sollte ich all meine Schätze hierlassen müssen? Zum Glück zupfte eine junge Frau an meinem Ärmel und deutete zum anderen Ende der Kasse. Dort, ganz hinten, gab es Tüten zu kaufen. Ich nahm mir zwei, kehrte ans vordere Ende der Schlange zurück und packte meine Sachen hektisch ein.

Als ich fertig war, warf ich einen Blick auf die Uhr und rannte förmlich zurück zum Apartment, ruckelte mit dem Schlüssel im Schloss herum, wie Solange es mir erklärt hatte, und hastete die Treppe hinauf, anstatt auf den Fahrstuhl zu warten.

In der Wohnung atmete ich erst einmal tief durch, dann packte ich aus und aß mit einem Esslöffel die ganze Packung Schokoladeneis. Auf dem Weg von der Küche ins Bad, dann ins Wohnzimmer, von dort ins Schlafzimmer, wo ich wieder meine Schlabberhose anzog, und zurück ins Wohnzimmer stieg ich dreimal über Jules hinweg.

Schließlich, als meine Erdbeeren gewaschen neben mir standen, setzte ich mich an den Computer. Ich war bereit. Ich würde es schaffen.

Da hörte ich ein leises Bellen.

Ich öffnete drei Dateien, die meine vielversprechendsten Anfänge enthielten.

Noch ein Bellen, etwas lauter diesmal.

Seufzend stand ich auf und ging in den Flur.

Jules hatte sich endlich gerührt. Ungeduldig rannte er vor der Haustür auf und ab, und dabei machten seine Krallen nervige kleine Klickgeräusche auf dem Holzboden.

Er brauchte seinen Nachmittagsspaziergang.

Natürlich ausgerechnet jetzt.

Kapitel 3

In dem ich einen unbekleideten Mann in der Badewanne vorfinde

Als ich mit dem Schreiben anfing, arbeitete ich noch an einer Schreibmaschine. Sie machte Lärm, Fehler zu korrigieren war eine Qual, und ich vergaß ständig, das Farbband auszuwechseln, dennoch erfüllte es mich mit einer gewissen Befriedigung, beim Schreiben innezuhalten, alles noch einmal durchzulesen, festzustellen, dass es Blödsinn war, das Blatt Papier herauszureißen, zusammenzuknüllen und auf den Boden zu pfeffern. Wenigstens hatte ich so am Ende eines Arbeitstages genau vor Augen, wie viele Fehlstarts ich hinter mich gebracht hatte.

Zwar gibt es keine Papierberge, wenn man auf einem Laptop schreibt, doch auch hier wurden all meine Fehlstarts in verschiedenen Dateien gespeichert, die ziemlich exakt dokumentierten, welche Szene ich geschrieben und wie oft ich sie geschrieben hatte. Zum Beispiel *MontagimJeep1.*

Bis zehn Uhr am selben Abend war ich bei *MontagimJeep26* angekommen.

Ich hatte als Autorin komplett versagt. Nie wieder würde ich mehr als drei Wörter aneinanderreihen, die auch nur einen flüchtigen Blick wert waren, geschweige denn die Aufmerksamkeit meiner anspruchsvollen Leser und Leserinnen. In einem Anfall von Selbstmitleid sank ich auf meinem Stuhl zusammen, so dass mein Kopf über die Lehne hing, und überlegte, was für Karrieremöglichkeiten es für Frauen über vierzig gab, die gern im Schlafanzug arbeiteten.

Schließlich machte ich die Flasche Wein auf und goss mir eine großzügige Menge ein. Ich schickte Nicole eine Nachricht, und gnädigerweise rief sie sofort zurück.

»Hey, Mom. Wie war der Flug?« Sie klang ein bisschen außer Atem. Wahrscheinlich machte sie gerade Sit-ups, zumindest hatte sie das bei einem unserer letzten Telefonate getan.

»Gut, danke. Hast du meine Adresse bekommen? Weißt du, wie weit entfernt wir voneinander sind?«

»Du bist im elften Arrondissement, direkt an der Place Victor Hugo. Die Gegend kenne ich. Sehr extravagant.« Aus ihrem Mund klang eins meiner liebsten Konzepte auf einmal langweilig und irgendwie enttäuschend. »Ich bin im Marais – relativ nah bei dir. Wollen wir uns morgen treffen? Irgendwo in der Mitte?«

»Gern. Sag mir einfach, wo, und such bitte einen Ort aus, den ich mit dem Handy orten kann. Ich weiß, wie sehr du diese urigen kleinen Lokale magst, aber die sind manchmal schwer zu finden.« Einmal, als sie noch in Brooklyn gewohnt hatte, wollten wir uns in einem kleinen vietnamesischen Restaurant treffen, das angeblich das einzig Wahre war. Doch ich konnte nicht einmal die richtige Straße ausfindig machen. Eine Viertelstunde lang stand ich an irgendeiner Ecke und wartete, dass Nicole mich abholte, und in dieser Zeit bekam ich nicht nur ein, sondern gleich zwei irritierend unsittliche Angebote.

»Wie wär's mit dem Musée d'Orsay? Denkst du, dass du das finden könntest? Es ist ziemlich groß und gut ausgeschildert.«

Ich liebte meine Tochter, wirklich, aber manchmal war sie ein echtes Miststück. »Ich werde es versuchen, meine Süße. Wenn nicht, kannst du mich ja suchen, ich stehe dann vermutlich auf einer Brücke und bin dabei, mich in die Seine zu stürzen.«

Sie schwieg einen Moment, dann fragte sie: »Von welcher Brücke?«

Ich schloss die Augen, und als ich sie wieder öffnete, war mein Weinglas leer. Wie durch Magie. »Um wie viel Uhr, Nicole?«

»Nicht vor mittags.« Eine Pause. »Daddy und ich haben noch einiges nachzuholen.«

Sie hatte ihn zuletzt an Weihnachten gesehen, genau wie mich, aber ich wusste, dass sie mit Alan nicht jede Woche telefonierte. »Wenn du lieber noch ein bisschen Zeit mit ihm allein verbringen willst, können wir uns auch später treffen.«

»Das wäre gut, Mom. So gegen drei?«

»Drei passt mir wunderbar.«

»Er freut sich übrigens darauf, dich zu sehen.«

Ich lächelte. »Und ich freue mich auch darauf, euch beide zu sehen. Bis morgen.«

Ich legte auf, und eigentlich wollte ich nun endlich ein bisschen schreiben. Doch dann fand ich in der Küche ein halbes Baguette, das ich aufessen musste, genauso wie ich aus irgendeinem Grund den Rest der Weinflasche leeren musste.

Den letzten Schluck nahm ich mit ins Schlafzimmer, dann zog ich mein Nachthemd an und kroch ins Bett.

Beim Aufwachen beschlich mich das vage Gefühl, dass ich irgendetwas vergessen hatte. Ich spähte auf die Uhr. Fast sechs Uhr morgens. Musste ich aus irgendeinem Grund früh aufstehen? Mir schwirrte der Kopf, also tastete ich auf dem Nachttisch herum, bis ich meine Kopfschmerztabletten fand, nahm zwei oder fünf, die ich aus der Not heraus mit dem letzten Rest Wein in meinem Glas herunterspülte, und legte mich wieder schlafen.

Als ich um acht Uhr das zweite Mal aufwachte, erinnerte ich mich mit Schrecken an Jules – ich musste mit dem Hund Gassi gehen. Lee hatte mir dieses phantastische Apartment mitten in Paris überlassen, und alles, was ich im Gegenzug zu tun hatte, war mit einer uralten Bulldogge spazieren zu gehen. Wie hatte ich das vergessen können. Ich spitzte die Ohren und lauschte angestrengt. Gestern hatten das Klickern seiner Krallen auf dem Boden und sein leises Bellen sein Verlangen kundgetan. Nun hörte ich keins von beidem und hatte die alptraumhafte Vision, dass ich ihn auf dem Rücken liegend vorfinden würde, die Stummelbeine steif in die Höhe gestreckt. Hastig wälzte ich mich aus dem Bett – und stolperte fast über ihn, denn er lag friedlich furzend mitten auf dem Flur.

Gott sei Dank.

Wenn ich es jetzt noch ins Bad schaffte und mir das Gesicht abspülte, würde ich mich vielleicht fast wieder wie ein Mensch fühlen.

Mit zusammengekniffenen Augen nahm ich das Waschbecken ins Visier. Es erschien mir extrem weit weg, was womöglich daran lag, dass ich meine Füße nicht so schnell wie gewohnt bewegen konnte. Ich hatte nicht wirklich einen Kater, mein Körper reagierte nur empfindlich auf zu viel Wein in seinem System. Endlich erreichte ich das Waschbecken, lehnte mich mit einem erleichterten Seufzer dagegen und drehte das Wasser an. Diese verdammten Wasserhähne, der eine heiß, der andere kalt, wie um alles in der Welt sollte ich warmes Wasser in mein Gesicht kriegen? Ich legte die Hände aneinander, um hoffentlich etwas aus beiden Hähnen aufzufangen, und spritzte mir die Mischung ins Gesicht. Fast. Ich versuchte es erneut, und da erklang eine leise, tiefe Stimme.

»*Madame?*«

Ohne die Augen aufzumachen, tastete ich panisch nach dem Handtuch, von dem ich wusste, dass es hier irgendwo hängen musste. In diesem Badezimmer war ein Mann. Endlich schlossen sich meine Finger um das Handtuch, und ich packte zu.

Warum war ein Mann im Badezimmer?

Die Kampf-oder-Flucht-Reaktion ließ mir das Adrenalin ins Blut schießen. Wie schnell konnte ich aus dem Bad, durch den Flur, die Treppe hinunter und hinaus auf die Straße rennen?

Ich trocknete mir das Gesicht ab, so dass ich die Augen öffnen konnte, und blickte mich suchend um. Auf einem Regal neben dem Spiegel stand eine Engelsfigur. War sie schwer genug, um Schaden anzurichten, wenn ich dem Eindringling damit eins überbriet? Könnte ich sie mir schnappen, sie wie eine Keule schwingen und ihm so über den Kopf ziehen, dass er hilflos und bewegungsunfähig war, bis die Polizei eintraf?

Mein Blick schweifte von dem Engel zum Spiegel, und da sah ich, woher die Stimme kam.

Aus der Badewanne.

In der ein Mann saß.

Ganz langsam drehte ich mich um. »Was tun Sie in der Badewanne?«, stieß ich mit erstickter Stimme hervor. Natürlich sprach ich Englisch, denn ich hatte die fünfundzwanzig nützlichen Sätze auf Französisch für Urlauber nicht gelernt, und selbst wenn, wären Vorschläge für dieses Szenario wohl eher nicht dabei gewesen.

Er antwortete auf Englisch: »Ich bade.«

»Nein, ich meine, was tun Sie in *dieser* Badewanne? In dieser Wohnung?«

»Ich wohne hier«, antwortete er, als wäre das offensichtlich.

»Nein, das tun Sie nicht«, erwiderte ich empört. »Hier wohnen Lee und Martin.«

Seine sehr blauen Augen glitzerten amüsiert. »Und meine Mutter, Solange. Und Sie sind …?«

»Sind Sie etwa Max?« Oh, Gott sei Dank, er schien kein wahnsinniger Mörder zu sein. Dass ein wahnsinniger Mörder ein Bad nahm, bevor er jemanden umbrachte, ergab ohnehin nicht viel Sinn, aber mein Gehirn war immer noch ein bisschen benebelt.

Jetzt, da sowohl Kampf als auch Flucht vom Tisch waren, atmete ich tief durch und sah ihn mir genauer an. Fast hätte man ihn als attraktiv bezeichnen können, aber sein Mund war etwas zu breit, seine Nase etwas zu schmal, und sein Kinn stand etwas zu weit vor. Allerdings hatte er wunderschöne blaue Augen unter dunklen, ziemlich buschigen Brauen und silberne Haare, die er genau wie seine Mutter über seine hohe Stirn zurückgekämmt hatte. Brust und Schultern waren durchaus angemessen für einen Mann Mitte fünfzig: graue Brusthaare und glatte Haut. Da die Badewanne erhöht stand, konnte ich gerade noch sehen, dass ihm das Wasser fast, aber nicht ganz bis an die Hüfte reichte.

»Ja, ich bin Max. Dann sind Sie eine Freundin von Lee und Martin?«

»Genau«, sagte ich. »Ich bin Autorin – und dringend auf der Suche nach meiner Muse.«

»Verstehe. Und gehen Sie davon aus, dass Sie Ihre Muse in dieser Badewanne finden werden?«

Schlagartig wurde mir bewusst, wohin mein Blick abgedriftet war, und ich zwang mich, ihm ins Gesicht zu sehen. *Ach du lieber Himmel. Jetzt hält er mich nicht nur für eine Idiotin, sondern auch noch für eine Sexbesessene.* Zu meiner Verteidigung muss ich anmerken, dass wegen des Schaums in der Wanne ohnehin nichts von Interesse zu erkennen war.

Was mir plötzlich sehr lustig vorkam. »Sie nehmen also ein Schaumbad?«

Seine Mundwinkel zuckten. »Ich habe trockene Haut.«

Logisch.

Ich zog mich von der Engelsfigur zurück, denn wie es aussah, brauchte ich wohl doch keine Waffe. Plötzlich wurde mir bewusst, dass ich mein ausgeblichenes und völlig zerschlissenes Joe-Montana-Footballtrikot trug. Zwar war ich glücklicherweise nicht nackt – immerhin zeigten all meine Kurven eine Tendenz nach unten und die einzigen schlanken und gebräunten Körperteile meines Körpers waren die Oberseite meiner Füße und mein Nacken –, aber einen kurzen Moment wünschte ich mir, ich würde ein schwarzes, mehr oder weniger transparentes Negligé besitzen. Und dass ich, wenn ich so etwas besäße, auch daran gedacht hätte, es einzupacken.

»Sie wollen wahrscheinlich in Ruhe baden«, sagte ich. »Dann lasse ich Sie jetzt lieber allein und gehe mit dem Hund raus.«

»Ich war schon mit Jules draußen.«

»Danke.« Ich war erleichtert. »Soll ich uns dann ein Brot zum Frühstück holen?«

Er verkniff sich ein Grinsen. »Brot habe ich auch schon geholt.«

»Meine Güte, wie lange sind Sie denn schon hier?«

Jetzt lächelte er mich ganz offen an. »Ungefähr eine Stunde. Ich neige dazu, Dinge schnell zu erledigen.«

Am liebsten hätte ich mich über die Wanne gebeugt, um zu sehen, ob es irgendeinen physischen Beweis dafür gab, aber stattdessen wandte ich mich ab, verließ das Badezimmer und zog die Tür hinter mir fest zu.

»Ich nehme an, Sie haben auch schon Kaffee gekocht?«, rief ich durch die geschlossene Tür.

Von der anderen Seite war ein tiefes Lachen zu hören. »Nein, noch nicht. Wären Sie so nett, die French Press zu suchen und uns welchen zu machen?«

Wenigstens konnte ich etwas dafür tun, um in puncto Status von der schlecht gekleideten Voyeurin zu einem vernunftbegabten Menschen aufzusteigen.

Bloß was zur Hölle war eine French Press?

Jede Autorin von Liebesgeschichten, die etwas auf sich hält (und vermutlich auch jeder Autor), weiß, was passieren muss, wenn ein Mann und eine Frau, die sich noch nie zuvor begegnet sind, im Badezimmer aufeinandertreffen, während einer von ihnen gerade unter der Dusche oder in der Badewanne ist und der andere nicht.

Wer auch immer die Person unter der Dusche ist, sie ahnt das Eintreten der Person, die plötzlich hereinkommt, natürlich nicht voraus. Denn warum sollte sie an diesem Ort nicht allein bleiben? Diese Person ist der festen Überzeugung, sie habe das Recht, dort zu sein, was meistens auch der Fall ist.

Was die Person angeht, die hereinkommt – sie hat für gewöhnlich einen guten Grund, davon auszugehen, in diesem Raum allein zu sein.

Ein klassisch verheißungsvolles Aufeinandertreffen, wie es im Buche stand. Die folgenden Seiten würden in jedem Fall fallen gelassene Handtücher, heruntergerissene Duschvorhänge und verschiedene Stadien der Nacktheit beinhalten. »Sie« war in der Regel rank und schlank, mit Haut wie Seide und einem straffen, geschmeidigen Körper. Oder vielleicht war sie rundlich und mollig, mit Grübchen an all den richtigen Stellen. Aber wie auch immer ihr Körper gebaut war, entweder war sie genau so, wie sich der Held eine nackte Frau immer gewünscht hatte, oder das genaue Gegenteil bis zu diesem Moment.

»Er« musste natürlich groß und athletisch sein, mit Waschbrettbauch und markantem Kiefer, und wenn er derjenige war, der nass wurde, rannen Wassertropfen seine muskulöse Brust hinunter, so dass unsere Heldin für einen Moment vergaß, dass sie nichts anhatte, weil sie nur denken konnte: *Himmel, wie lange habe ich auf so etwas gewartet!* Oder vielleicht auch: *Was für ein ungehobelter Grobian*. So oder so würde irgendwann einer von beiden denken: *Perfekt*. Und der andere würde denken: *Nicht in einer Million Jahren*.

Oder einer von ihnen würde – wie im vorliegenden Fall – davoneilen, um zu googeln, wie man mit einer French Press Kaffee machte, während der andere sich wahrscheinlich fragte, ob alle Amerikanerinnen in einem verlotterten Football-Trikot schliefen.

Schließlich kam ich zu der Überzeugung, dass ich wahrscheinlich eine Kanne Kaffee machen könnte, ohne dabei allzu großen Schaden anzurichten. Nach dem Desaster gestern wusste ich, dass man in Paris für alles gut angezogen sein musste, also auch fürs Kaffeekochen. Fast hätte ich das auch gegoogelt, entschied dann jedoch, dass Kaschmir die einzig richtige Antwort war. Außerdem wählte ich Jeans und einen der Pullover, die ich an meinem ersten Tag in Paris gekauft hatte, bürstete mir schnell die Haare und griff mir die einsame Tube getönte Feuchtigkeitscreme, die meine Schönheitsprodukte-Eliminierung vor der Abreise überlebt hatte. Dann trug ich Lippenstift auf, schlüpfte in meine Ballerinas, zog silberne Ohrringe an und ging in die Küche, um Kaffee zu kochen.

Jules hatte sich nicht von der Stelle gerührt, also stieg ich wie gehabt über ihn hinweg.

Für einen Raum, der kaum größer war als der begehbare Kleiderschrank bei mir zu Hause, gab es in der Küche erstaunlich viele Schränke, weshalb ich den Kaffee gerade erst gefunden hatte, als ich hinter mir schon ein leises Räuspern hörte.

»Vielleicht sollte ich das mit dem Kaffee übernehmen?«, fragte Max.

Ich ließ resigniert die Schultern hängen. »Ich bin es gewohnt, bei meiner Maschine nur auf den Knopf zu drücken«, erklärte ich und drückte ihm die Tüte ganzer Bohnen in die Hand, die mich etwas ratlos zurückgelassen hatte. »Sorry.«

Er lächelte. »Keine Sorge. Setzen Sie sich doch.«

Gute Idee.

Ich fühlte mich unsicher. Max trug Jeans und ein perfekt geschnittenes blassblaues Hemd mit dunkleren Streifen. Eigentlich war er nicht mein Typ, aber er hatte etwas an sich, das mich kribbelig machte, und nicht unbedingt auf eine schlechte Art. Er war eher schmal und nicht sehr groß, höchstens fünf Zentimeter größer als ich mit meinen eins fünfundsechzig, und das hieß, wir waren in etwa auf Augenhöhe. Und diese Augen … meine Güte. Eisblau mit dunklen Brauen war eine Kombination, die garantiert einen kritischen Treffer landete, auch wenn der Rest von ihm kaum beeindruckend war.

Ich strahlte ihn an. »Vielen Dank. Aber was mache ich so lange? Ich könnte Brot schneiden oder …«

»Nein, Sie sind zu Gast«, erwiderte er und deutete mit einer Kopfbewegung in Richtung des vorderen Teils des Apartments. »Bitte, ich komme gleich zu Ihnen.«

»Okay«, sagte ich, verließ die Küche, stieg über Jules hinweg und ging zu den Zwillingswohnzimmern, hielt schnurstracks auf den Esstisch zu und ließ mich erwartungsvoll auf einem der Plexiglas-Stühle nieder.

Ein paar Minuten später kam Max mit einem vollbeladenen Tablett herein und setzte sich mir gegenüber.

»Ich habe lange genug in den Staaten gewohnt, dass ich relativ guten Kaffee nach amerikanischer Art machen kann. Ich persönlich bevorzuge zwar Café Crème, aber ich weiß, dass der Geschmack als gewöhnungsbedürftig empfunden werden kann. Allerdings weigere ich mich, ein amerikanisches Frühstück zu essen, also müssen Sie mit etwas aus der Boulangerie vorliebnehmen. Es gibt auch Melone, wenn Sie mögen.« Er hatte einen erstaunlich leichten Akzent, und seine Stimme war so tief, dass es klang, als würde er vom Grund eines Brunnens sprechen.

Das Etwas aus der Boulangerie war ein Croissant, und die Melone war blassgrün und dünn geschnitten. Ich rührte eine Unmenge Milch und Zucker in meinen Kaffee und biss herzhaft in mein Croissant. Etwas so Köstliches hatte ich noch nie gegessen.

»Ach du meine Güte«, murmelte ich.

Er grinste, wobei mir auffiel, wie rot seine Lippen waren und wie strahlend weiß seine Zähne. »Ich weiß. Wie irgendjemand lieber eine Schüssel Grape-Nuts essen kann, ist mir schleierhaft.«

Oder Huevos rancheros, fügte ich im Stillen hinzu. Es erforderte all meine Selbstbeherrschung, mir nicht das ganze Croissant auf einmal in den Mund zu stopfen, sondern mich mit kleinen, hoffentlich vornehmen Bissen zu begnügen.

»Verraten Sie mir jetzt, wer Sie sind?«

Eine berechtigte Frage. »Maggie Bliss. Ich bin wie gesagt Autorin, und Lee ist mein Agent. Und ein Freund. Leider durchlebe ich gerade, ähm, nun ja, eine Art Schreibkrise, aber mein Abgabetermin rückt näher, deshalb hat Lee vorgeschlagen, dass ich nach Paris komme. Um mich inspirieren zu lassen.«

»Und was genau inspiriert Sie, was ist Ihre Muse? Eine Person? Ein Ort?«

Er sah aus, als interessiere ihn die Antwort aufrichtig. Was genau könnte meine Muse sein, fragte ich mich?

»Na ja …« Darüber musste ich erst einmal nachdenken. Ich hatte es immer vermieden, meinen Schreibprozess zu erklären. Von Lesern wurde ich oft gefragt, woher die Ideen in meinen Büchern stammten, und meine Standardantwort lautete, dass ich sie geträumt hatte. Das stimmte zwar nicht, aber es war viel simpler, als zu erklären, wie es sich anfühlte, aus dem Nichts heraus eine Geschichte zu schreiben, sie lebendig werden zu lassen.

Über dieses Thema diskutierten meine Schriftstellerkollegen und ich schon seit Jahren, doch auch wir hatten keine einfache Antwort gefunden.

»Es ist …«

Er sah mich erwartungsvoll an.

»Es ist, als wäre man in einem dunklen Raum«, begann ich. »Und man kann nur Schatten und vage Schemen erkennen, doch dann wird einem plötzlich klar, wo das Fenster ist, und man zieht die Vorhänge auf, Licht strömt herein, und auf einmal kann man alles sehen: die vier Wände, die Möbel, wo alles ist und wie es zusammenpasst. Selbst die kleinsten Einzelheiten wie die Staubpartikel, die in der Luft schweben. Es ist ein Moment vollkommener Klarheit. Und der Freude. Denn in diesem Moment sieht man genau, wo man ist, und weiß, wohin man als Nächstes gehen muss.«

»Und das ist Ihre Muse?«

Ich schüttelte den Kopf. »Nein. Die Muse ist der Funke, der einem den Weg zum Fenster weist.«

»Ah. Und Sie sind hier, um diesen … diesen Funken zu finden?« Er nickte gedankenverloren. »Ich bin Geschäftsmann. Ich habe keine Ahnung von dieser Art Inspiration. Aber Paris ist sicher genau der richtige Ort, um sie zu finden.« Er nippte an seinem Kaffee. »Was für Bücher schreiben Sie denn?«

Die Sorte Bücher, in denen eine Frau einen Wildfremden in einer Badewanne vorfindet und 163 Seiten später unglaublich heißen Sex mit ihm hat.

»Liebesromane. Unter meinem echten Namen und unter verschiedenen Pseudonymen. Margaret Baylord. Peggy Brite.«

Er runzelte nachdenklich die Stirn, dann breitete sich ein Grinsen auf seinem Gesicht aus. »Meine Mutter liest Ihre Bücher«, sagte er, stand auf und ging zu einem der Regale. Nach kurzem Suchen zog er ein Buch heraus. »Ja, da sind sie. Sie hat mehrere, aber ich glaube, das ist ihr Favorit.«

Er reichte mir *Der Gutsherr und die feine Dame,* einen der wenigen historischen Romane, die ich als Margaret Baylord geschrieben hatte. Eines meiner ersten Bücher, in der französischen Ausgabe. Mein Blick fiel auf den dunkelhaarigen Helden mit seinem zerfledderten Kilt und die rothaarige Schönheit in seinen Armen, die genau im richtigen Winkel in Ohnmacht gefallen war.

»Das hat mir auch schon immer besonders gut gefallen«, sagte ich freudestrahlend. »Für die Recherche bin ich damals mit meiner Tochter in die Highlands gefahren, und wir haben alle Schlösser besichtigt, die wir finden konnten. So ein schöner Sommer. Und ich konnte den gesamten Urlaub als Rechercheireise von der Steuer absetzen.«

»Exzellenter Geschäftssinn. Und werden Sie Ihre jetzige Reise auch von der Steuer absetzen?«

Ich nickte. »Natürlich. Aber nicht als Recherche. Das Buch, an dem ich schreibe, spielt in einer fiktiven Welt, daher findet jegliche Recherche in meinem Kopf statt.«

Er schnitt ein kleines Stück Melone ab, beförderte es mit der Gabel vom Tablett auf seinen Teller und dann in seinen Mund. Ich hatte überlegt, mit den Fingern die ganze Scheibe zu nehmen und einfach hineinzubeißen. Zum Glück hatte ich aus Höflichkeit gewartet.

»Wie lange schreiben Sie schon?«, erkundigte er sich.

»Vierundzwanzig Jahre. Ich habe damit angefangen, kurz bevor ich mich von meinem damaligen Mann getrennt habe.«

»Tatsächlich? Ein ungewöhnlicher Moment im Leben, um damit anzufangen, über die wahre Liebe zu schreiben.«

»Es war nicht so, dass wir uns nicht mehr geliebt hätten. Wir konnten bloß nicht mehr im selben Raum sein, ohne uns in die Haare zu kriegen. Das habe ich beim Schreiben aufgegriffen, ein sehr beliebtes romantisches Motiv – *from enemies to lovers*. Ich habe das Ganze ein bisschen zurechtgebogen, und so ist daraus eine Geschichte geworden.«

Er nahm sich noch ein Stück Melone. »Das ist Ihnen offensichtlich gut gelungen«, meinte er mit einem anerkennenden Nicken. Etwas an der Art, wie die Melone in seinem Mund verschwand, weckte in mir den Wunsch, darüber zu schreiben. Vielleicht einen Abschnitt über das blassgrüne Fruchtfleisch an seinen roten, etwas rauen Lippen …

Ich räusperte mich. »Also, wo waren wir?«

»Ich muss bald nach Marseille, um einige persönliche Angelegenheiten zu klären, aber die ganze nächste Woche werde ich zu einer Konferenz hier in Paris sein. Danach habe ich ein paar Wochen frei, und ich hatte meiner Mutter angekündigt, dass ich vorbeikomme, um etwas Zeit mit ihr zu verbringen. Doch anscheinend ist sie verreist.«

»Die Schwester Ihrer Mutter feiert Geburtstag«, erklärte ich. »Ich glaube, den fünfundsiebzigsten.«

Max seufzte. »Der Geburtstag meiner Tante ist im September, und meine Mutter redet seit Jahren nicht mehr mit ihr. Sie brauchte nur eine Ausrede, um sich aus dem Staub zu machen.«

Verblüfft starrte ich ihn an. »Oh … kommen Sie nicht gut miteinander aus?«

Seine Augen funkelten. »Doch, wir verstehen uns wunderbar. Aber sie wusste, dass Sie hier sein würden, und da sie sich immer noch nicht damit abgefunden hat, einen ewigen Junggesellen zum Sohn zu haben, hat sie es sich wohl wieder einmal zur Aufgabe gemacht, eine Frau für mich zu finden. Wahrscheinlich dachte sie, wenn Sie und ich allein sind, könnten wir einander nicht widerstehen. Sie ist ziemlich durchtrieben, was solche Dinge angeht.«

Fast hätte ich meinen Kaffee ausgespuckt. »Aber …« *Ernsthaft, Solange?* »Sie weiß nichts über mich, außer dass ich schreibe. Wie kommt sie zu der Annahme, dass wir zusammenpassen?«

Er grinste. »So weit hat sie vermutlich gar nicht gedacht. Sie hat einfach eine attraktive Frau etwa in meinem Alter gesehen und angenommen, dass wir perfekt füreinander sind.«

Sofort erinnerte ich mich an ihren Kommentar, dass ich jünger sei, als sie erwartet hatte, und etwa im gleichen Alter wie ihr Sohn. »Wie sollen wir ihr nur sagen, dass ihr Plan nicht aufgegangen ist?«

Er drückte die Hände aufs Herz und machte ein bestürztes Gesicht. »Was? O Maggie, ich bin am Boden zerstört. Aber ich kann verstehen, dass Sie mich nicht unwiderstehlich finden.«

Nicht unwiderstehlich? In Gedanken arbeitete ich bereits an einer höchst delikaten Szene, in der ein blauäugiger Missetäter eine Schriftstellerin von etwas mehr als mittlerem Alter langsam entkleidete …

»Bestimmt finden manche Frauen Sie sehr charmant«, erwiderte ich sachlich.

»Vielleicht. Ich verlasse mich normalerweise auf meinen scharfen Verstand und hoffe immer noch, dass mein Charme und meine Kultiviertheit Ihr eiskaltes, enttäuschtes Herz zum Schmelzen bringen werden.«

Ich musste lachen. »Mein Herz ist weder kalt noch enttäuscht. Das heißt, enttäuscht vielleicht doch. Ich habe gerade erst meinem Freund mitgeteilt, dass er seine Sachen packen und ausziehen soll, bevor ich in die Staaten zurückkomme. Aber das war eher eine Erleichterung als sonst etwas. Und ich treffe mich heute mit meinem Exmann. Er besucht meine Tochter, und wir gehen alle zusammen was trinken. Sehen Sie? Ganz zivilisiert und alles andere als kaltherzig.«

»Fabelhaft!«, rief er lachend. »Ich muss zugeben, das ist wirklich sehr zivilisiert. Wie lange haben Sie Ihren Exmann nicht mehr gesehen?«

»Drei Jahre.«

»Ah.« Er wurde ernst. »Sie sehen Ihren Ex zum ersten Mal seit drei Jahren, und Sie sind in Paris. Sie werden einen blendenden Auftritt hinlegen müssen.«

Ich schnaubte. »In meinem Alter jemanden zu blenden erfordert schon ein kleines Wunder.«

Er musterte mich eingehend und schüttelte den Kopf. »Nein, ganz und gar nicht. Aber einen neuen Haarschnitt. Und vielleicht Strähnchen. Und am besten ein neues Kleid mit schmaler Taille und tiefem Ausschnitt, um Ihre Kurven zur Geltung zu bringen. Höchstens knielang. Ich konnte nicht anders, als gleich Ihre hübschen Fußknöchel zu bemerken.«

Ich hätte wahrscheinlich rot werden oder empört reagieren oder wenigstens so tun sollen, als wäre ich beleidigt. Stattdessen war ich immer noch auf seinen Mund und die Melone fixiert, und in meinem Kopf begann sich in allen Einzelheiten eine Szene abzuspielen, wie der Melonensanft langsam sein Kinn hinunterrann, wie meine Heldin sich vorbeugte und mit der Zunge sanft …

Moment, was hatte er gesagt? »Sie finden, ich habe hübsche Knöchel?«

»Unbedingt.«

Okay, sexy Mr. Schlauberger-Franzose. »Na dann. Aber wie soll ich das alles bis heute Nachmittag um drei bewerkstelligen?«

»Ich werde ein paar Anrufe tätigen«, versprach er mit einem lässigen Schulterzucken.

Ich lehnte mich zurück. »Woher wissen Sie überhaupt, wen Sie anrufen müssen?«

»Ich war dreimal verheiratet – glauben Sie mir, ich weiß, wie man so was macht.« Er nahm meine Hand, warf einen Blick auf meine kurzen Fingernägel und seufzte. »Und sieh sich das einer an – sind Sie Wäscherin? Meine Mutter hat besser gepflegte Hände, obwohl sie Haushälterin ist. Im Friseursalon können wir gleich eine Maniküre machen lassen.«

Ich entzog ihm meine Hand, nun doch etwas empört. »Ich tippe den ganzen Tag.« Zurzeit stimmte das zwar nicht, aber trotzdem. »Maniküre ist reine Zeitverschwendung. Ich brauche kurze Nägel, Punkt.«

Er bedachte mich mit einem vielsagenden Blick. »Kurz heißt nicht hässlich.«

»Maniküre, Haarschnitt, neues Kleid … Ich sollte schreiben, statt mich aufzutakeln, um bei meinem Ex Eindruck zu schinden.«

»Aber Sie sind auch auf der Suche nach inspirierenden Momenten, wenn ich Sie richtig verstanden habe? Und Ihren Exmann zum ersten Mal seit Jahren wiederzutreffen und den Ausdruck in seinen Augen zu sehen, wenn ihm klar wird, was für einen Riesenfehler er gemacht hat, als er Sie damals gehen ließ, wäre doch sicher eine Begegnung dieser Kategorie.«

Wie ich diese Szene schreiben würde, wusste ich genau – ich würde das Museum betreten und ganz zufällig vor einer atemberaubenden Skulptur stehen bleiben, die sich direkt unter einem Deckenlicht befand, so dass mich das Sonnenlicht in einen überirdischen Schein tauchte. Ohne die bewundernden Blicke anderer um mich herum zu beachten, würde ich Blickkontakt mit Alan aufnehmen und ihm schüchtern zuwinken. Seine Augen würden aufleuchten, und auf seinem Gesicht würde sich dasselbe Lächeln zeigen, mit dem er vor Jahren mein Herz erobert hatte. Und dann würde er langsam auf mich zukommen und mich in die Arme schließen.

»Max«, sagte ich und stand auf, »die Abmachung gilt.«

Kapitel 4

Ein Umstyling, ein Exmann und die Offenbarung einer großen Leidenschaft

Der Salon befand sich hinter zwei großen bronzefarbenen Türen, und wir kamen an, als er gerade geöffnet wurde. Max begrüßte die Inhaberin mit Wangenküsschen und stellte mich ihr vor.

»Nathalie, das ist Maggie Bliss, die Autorin, von der ich dir erzählt habe.«

Nathalies Augen wurden groß. »Maggie Bliss? Moment, dann haben Sie die Delania-Reihe geschrieben? Ich liebe Ihre Bücher!«

Obwohl ich meinen Job schon seit zwanzig Jahren machte, hatte ich mich nie an das überwältigende Gefühl gewöhnt, wenn jemand, den ich zufällig traf, meine Bücher gelesen hatte. Immer noch war ich jedes Mal baff und völlig aus dem Häuschen.

»Genau die bin ich«, sagte ich freudestrahlend.

Nathalie drehte sich um und hielt vor allen im Laden, vor Kundinnen und Mitarbeiterinnen, eine flammende Rede. Natürlich auf Französisch, aber ich schnappte immerhin die Worte »Delania« und »Maggie Bliss« auf. Viele lächelten und nickten mir zu.

Offensichtlich war Nathalie ein Fan.

Sie ergriff meine Hand. »Die beiden leben doch bestimmt miteinander glücklich bis ans Ende ihrer Tage, oder?«, fragte sie in zaghaftem Englisch.

Ich nickte feierlich. »O ja. Das werden sie.«

Sichtlich beruhigt wandte sie sich wieder an ihr Publikum und machte noch eine Ansage, die mit Seufzern der Erleichterung und vereinzeltem Applaus aufgenommen wurde, dann widmete Nathalie mir ihre volle Aufmerksamkeit.

In Windeseile wurde ich in ein Hinterzimmer bugsiert und bekam einen kurzen rosafarbenen Kittel übergezogen, mit dem ich mich fast so gut gekleidet fühlte wie die anderen Frauen im Laden.

Nathalie kümmerte sich persönlich um mich, wusch und färbte mir die Haare und widmete sich der Maniküre, während die Farbe einwirkte. Beim Haareschneiden fragte sie mich abwechselnd über Bella und Lance aus und plauderte auf Französisch mit Max, der sehr oft lachte. Offensichtlich flirtete sie mit ihm. Ich musste kein Französisch verstehen, um ihre Körpersprache zu deuten.

Ich wusste, dass sie mir die Haare kurz schneiden würde. Zwar weigerte sie sich, mich in den Spiegel sehen zu lassen, bevor sie fertig war, aber ich fühlte die Schere im Nacken und wusste, dass sie mindestens fünfzehn Zentimeter abgeschnitten hatte. Uneitel, wie ich war, hätte mich das nicht weiter gestört, wenn ich meine Haare nicht am liebsten zu einem Pferdeschwanz zusammengebunden oder zu einem Dutt auf den Kopf gezwirbelt hätte. Doch statt mitanzusehen, wie die Haare zu Boden fielen, blickte ich starr auf meine Fingernägel, die immer noch kurz, aber mit ihrem hellgrauen Lack erstaunlich hübsch anzuschauen waren.

Als Nathalie mich mit großer Geste endlich zum Spiegel drehte, verschlug es mir die Sprache. Einige Sekunden schien es, als würden auch die anderen den Atem anhalten. Anscheinend ließ meine Reaktion so lange auf sich warten, dass es peinlich wurde, denn schließlich räusperte sich Max.

»Ich gehe davon aus, dass Ihr Exmann hingerissen sein wird. Gefällt es Ihnen?«

Da brach der Damm, und ich fing an zu weinen. »Ich sehe umwerfend aus!«, schluchzte ich. »Wie kann es sein, dass ich so gut aussehe?«

Max dolmetschte, und der gesamte Salon brach in Gelächter und Applaus aus.

Die bräunlich-grauen Haare waren verschwunden. Stattdessen erstrahlten meine Haare in einem satten, von Honiggold durchzogenem Karamellbraun. Und der Schnitt … ein schlichter kinnlanger Bob, bei dem die widerspenstigen Locken, die ich schon mein Leben lang zu bändigen versuchte, auf einmal frei und leicht fielen, sie umrahmten mein Gesicht in sanften Wellen und lenkten den Blick von den Fältchen ab, die zuletzt ziemlich unerwartet in Erscheinung getreten waren.

Ich sah wunderschön aus. Gut, vielleicht nicht wunderschön, aber die Frau, die mir aus dem Spiegel entgegenblickte, hatte keine Ähnlichkeit mit der resignierten Autorin, die mit Schreibblockade und Straßenköterhaaren nach Paris gekommen war. Nein, diese Frau würde Sexszenen schreiben, wie das kriegsgeschundene Delania sie noch nie erlebt hatte, Bella und Lance zu ihrem wohlverdienten Happy End verhelfen und dabei verdammt gut aussehen.

Ich sprang auf und fiel Nathalie um den Hals. »Danke, vielen, vielen Dank!«, rief ich begeistert. Dann schloss ich auch Max in die Arme, der mir leise lachend auf den Rücken klopfte. Ohne nachzudenken griff ich ihn mir und gab ihm einen dicken Kuss auf seine so verführerischen Lippen. Seine Augenbrauen schossen in die Höhe, aber das war mir egal.

»Danke, Max«, jubelte ich und sah mich nach jemandem um, dem ich auch noch einen Kuss geben konnte, aber seltsamerweise hatten mir alle den Rücken zugekehrt. Na gut.

Ich bezahlte einen Wucherpreis und gab Nathalie, obwohl mir Lee davon abgeraten hatte, ein Trinkgeld. »Danke noch mal.«

Endlich lächelte sie. »Ich hoffe«, sagte sie in mühsamem Englisch, »dass Ihr Exmann Sie mit neuen Augen sieht.«

Fast hätte ich sie noch einmal umarmt.

Als wir den Salon verließen, merkte ich, wie großen Hunger ich hatte. »Können wir uns was zu essen holen, bevor wir zurückgehen?«, fragte ich. »Ich lade Sie ein.«

Max schüttelte den Kopf. »Heute nicht. Ich wollte Sie in ein nettes, ruhiges Café einladen, eins meiner Lieblingslokale, aber Zoës Laden ist gleich dort drüben. Nur ein kurzer Zwischenstopp. Wir kaufen noch schnell ein Kleid.«

Das hatte ich schon ganz vergessen, aber wir steuerten wirklich direkt auf eine Boutique mit einem zauberhaften marineblauen Kleid im Schaufenster zu. Für mich war es absolut ungeeignet, denn diese schlichten, gerade geschnittenen Etuikleider standen nur Frauen, die schon ohne hohe Schuhe zwei Meter groß waren, aber was soll ich sagen? Es zog mich dennoch an.

Als wir hereinkamen, tanzte besagte Zoë förmlich auf uns zu. Sie war etwa in Solanges Alter, trug ein sehr schickes schwarzes Kleid und hatte die Haare in einem Rotton gefärbt, der in der Natur ganz sicher nicht vorkam. Sie plauderte eine Weile mit Max, während ich in ihrem Laden stöberte. Die Kleider waren wunderschön und überaus schlicht geschnitten. Außerdem waren sie nicht halb so teuer, wie ich befürchtet hatte.

»Also, Maggie«, sagte Zoë, »Max meinte, Sie brauchen ein Kleid, um Ihren Exmann zu verführen?« Ihr Englisch war perfekt.

Ich schüttelte den Kopf. »So weit würde ich nicht gehen. Aber mein Problem war schon immer ein kurzer Oberkörper mit viel Oberweite und überhaupt keinem Hintern. Ich glaube, Max hat unrealistische Erwartungen.«

»Ach was«, widersprach Zoë und gab der jungen Verkäuferin hinter dem Tresen ein Zeichen. Dann führte sie mich in den rückwärtigen Teil des Ladens, wo sie einen Vorhang beiseitezog, hinter dem eine große Umkleidekabine mit Spiegeln an allen drei Wänden zum Vorschein kam.

»Ziehen Sie Ihre Sachen aus«, forderte sie mich auf. Mit einem leisen Seufzen folgte ich ihr in die Kabine. Die Angestellte schloss den Vorhang, ich zog meinen Pullover über den Kopf und legte ihn ordentlich zusammengefaltet auf den Hocker in der Ecke, dann schlüpfte ich aus meiner Hose, wobei ich sorgfältig jeden Blick in den Spiegel mied, um das gute Gefühl, das mir mein neuer Haarschnitt gab, nicht zu ruinieren.

Zoë begutachtete mich einen Moment, dann sprach sie in rapide schnellem Französisch mit der Verkäuferin, die sofort aus der Kabine rauschte.

»Sie brauchen neue Unterwäsche«, erklärte Zoë mir unterdessen. »Große Brüste wie Ihre benötigen mehr als einen einfachen Formbügel. Meine Kollegin ist schon unterwegs und besorgt etwas Geeignetes von nebenan.« Mit nachdenklichem Gesicht betrachtete sie mich, schüttelte dann den Kopf und meinte: »Ihre Beine sind umwerfend, aber Sie haben tatsächlich keinen Hintern. Das wird eine Herausforderung. Warten Sie einen Moment.«

Als sie weg war, nahm ich meinen Pulli und drückte ihn an die Brust, um mich zu trösten – er kam einem Kuscheltier am nächsten. Dann setzte ich mich in voller Absicht mit dem Rücken zum Spiegel, holte mein Handy heraus und schrieb eine Nachricht an Cheri und Alison. Wahrscheinlich schliefen sie noch, aber so hatten sie frühmorgens gleich etwas zu lachen.

Maggie:

Lasse mich neu stylen. Hab schon graue Fingernägel und Hammerhaare. Fortsetzung folgt.

Kurz darauf kam Zoë zurück, gefolgt von der Verkäuferin, die einen Rollständer mit einer Handvoll Kleider hereinschob und sich wieder zurückzog. Zoë reichte mir einen BH, der ein Meisterwerk der Wäschetechnik zu sein schien, und etwas, das aussah wie die französische Version von Shapewear. »Beginnen Sie damit. Probieren Sie dann das blaue Kleid an und kommen Sie raus, damit wir Sie sehen können«, befahl sie und verschwand.

Der BH war eine Herausforderung, und über die Shapewear will ich lieber gar nicht reden. Doch das Kleid glitt über meinen Kopf und an meinen Hüften hinunter, ohne irgendwo hängen zu bleiben, also wagte ich einen Blick in den Spiegel.

Ach du meine Güte.

Meine Brüste waren mindestens zehn Zentimeter höher als zuvor, und ich konnte tatsächlich meine Taille erkennen. Mein Hintern war immer noch flach wie ein Brett, aber …

Beschwingt lief ich hinaus in den Laden.

Zoë lächelte. »*Très bon.* Wie fühlen Sie sich?«

»Ich kann nicht besonders gut atmen, und ich habe Angst, dass sich meine Möpse befreien, wenn ich mich vorbeuge, aber ich fühle mich großartig.«

Max lief um mich herum und betrachtete mich prüfend. »Das sieht sehr gut aus, aber probieren Sie mal das Grüne an. Das würde doch sicher gut zu Ihrer Haarfarbe passen, oder nicht?«

Zoë nickte. »Ja.« Sie deutete zur Umkleidekabine. »Nun denn, probieren Sie das Grüne an.«

Das Grüne war ein bisschen eng, und was das Dekolleté anging …

»Perfekt«, meinte Max.

»Nein, es ist zu eng. Und verdammt kurz. Und sehr tief ausgeschnitten«, protestierte ich.

»Genau.«

»Das kommt auf den Vielleicht-Stapel«, sagte ich. Das schlichte schwarze Etuikleid bekam drei Daumen runter, das Graue sah in Kombination mit einem schlichten Gürtel phantastisch aus, und das Blassrosafarbene war ein Reinfall.

Inzwischen war ich ganz benommen vor Hunger und Aufregung. Ich hatte hübsche Kleider, aber wenn ich nicht bald etwas zu essen bekam, würde das Ganze ein unschönes Ende nehmen. Als wir die Boutique verließen, überlegte ich, wie ich das blaue und das graue Kleid als Geschäftskosten von der Steuer absetzen könnte.

»Sie werden es bereuen, wenn Sie das grüne nicht kaufen«, sagte Max.

»Vielleicht. Aber wenn ich nicht bald etwas esse, kann ich ohnehin für nichts garantieren.«

Er lachte. »Es ist doch erst halb eins.«

»Mein Magen kann keine Uhr lesen«, informierte ich ihn.

»Schaffen Sie es noch bis ans Ende der Straße?«, fragte er, als wir um die Ecke bogen.

»Ich tue mein Bestes. Und danke. Ich fühle mich so transformiert wie Eliza Doolittle.«

Wieder dieses von Herzen kommende Lachen. »Das freut mich für Sie, aber ich fand immer, dass Henry Higgins ein Schwachkopf ist und Eliza etwas Besseres verdient hätte.«

»Wohl wahr. Aber, Max – jemandem wie Ihnen würde ich jederzeit seine Pantoffeln hinterhertragen.« Das rutschte mir einfach so raus. Als mir klar wurde, wie das klang, verzog ich das Gesicht. »Ich meine …«

»Schon okay. Ich bezweifle, dass wir je in diese spezielle Situation geraten werden. Aber danke.« Er warf mir einen Seitenblick zu und lächelte. »Sie werden ihn aus den Socken hauen. Sagt man das noch so?«

Ich grinste zurück. »Es steht in meinem Buch.«

Das Musée d'Orsay liegt an der Seine. Auf dem Weg dorthin durchquerte ich die üppig grünen Jardins du Trocadéro und kam am Eiffelturm vorbei. Ich trug mein neues graues Kleid, hohe Schuhe und hatte mir den marineblauen Blazer, den ich gestern gekauft hatte, wie einen Umhang um die Schultern gelegt. Meine frisch geschnittenen Locken wehten sanft in der Frühlingsbrise. Als ich ankam, war es erst zwei Uhr, und da ich bis zu meinem Treffen mit Nicole noch eine Stunde Zeit hatte, wanderte ich ein bisschen umher. Schon nach fünfzehn Minuten inmitten all dieser impressionistischen Meisterwerke wusste ich, dass ich noch einmal hierherkommen würde. Vollauf zufrieden saß ich in einem Raum und genoss den Anblick der Bilder und Skulpturen von Degas, bis Nicole mir schrieb, dass sie unter der großen Uhr auf mich warteten. Seufzend warf ich einen letzten Blick auf all die grazilen Ballerinen, dann machte ich mich auf den Weg zu unserem Treffpunkt.

Als ich die Treppe herunterkam, entdeckte ich die beiden. Nicoles Anblick war vertraut wie immer: ihre Größe, schmale Hände, mit denen sie beim Sprechen weite Gesten machte, glatte dunkle Haare, die ihr fast bis an die Hüfte reichten. Sie unterhielt sich mit ihrem Vater, und der Anblick der beiden, wie sie die Köpfe zusammensteckten und er sich zu ihr beugte, um sie besser hören zu können, brachte mich fast zum Weinen. Sie waren sich so ähnlich; dieselben geschwungenen Augenbrauen, derselbe markante Kiefer. Alan und ich hatten ein wunderschönes Kind zur Welt gebracht. Nicole würde immer mein bestes Werk bleiben.

Alan wirkte schlanker als bei unserer letzten Begegnung, sein Gesicht kantiger. Seine Haare waren grauer und deutlich länger als früher; sie fielen ihm in die Stirn und bis über seinen Kragen, wodurch er jünger aussah. Er trug ein lockeres Chambray-Hemd und eine Khakihose und wirkte entspannt, weniger der strenge Akademiker, mehr der fürsorgliche Vater. Sein Lächeln war genau so, wie ich es in Erinnerung hatte, strahlend und ansteckend, und in diesem Moment lachte Nicole über irgendetwas, was er gerade gesagt hatte.

Ich schluckte schwer. Als Nicole mich sah, hellte sich ihr Gesicht auf.

»Mom, was ist passiert?«, rief sie und umarmte mich. Dann löste sie sich von mir und begutachtete meine Frisur, mein neues Kleid, den sorgfältig aufgetragenen Lippenstift. »Du siehst toll aus.«

Alans Augen wurden groß.

Ich gab ihm ein Küsschen auf die Wange. »Ich kann kaum glauben, dass du hier bist«, sagte ich lächelnd. »Hast du nicht immer behauptet, alles, was sich zu sehen lohnt, befände sich im guten alten Amerika?«

Er grinste. »Ich bin der lebende Beweis, dass man selbst einem sehr alten Hund noch etwas Neues beibringen kann.«

»Das Museum ist atemberaubend«, verkündete ich. »Hattet ihr schon genug Zeit zu zweit? Sonst kann ich gern noch ein bisschen herumwandern und in etwa … drei Tagen zurückkommen.«

Nicole schüttelte den Kopf. »Nein, keine Sorge, alles gut. Aber wir gehen nicht weg. Kommt, gönnen wir uns ein bisschen Kultur.«

Also schlenderten wir los, vorbei an Statuen, die im Sonnenlicht zu leuchten schienen, und Gemälden, die ich bisher nur in Büchern gesehen hatte, die auf der Leinwand jedoch buchstäblich zum Leben erwachten. Alan analysierte jedes Bild, und er war ziemlich bewandert darin, Unterschiede in malerischer Technik, Lichtgebung und Perspektive zu erklären. Nicole, die Historikerin, wusste mehr obskure Fakten über Kunst, als ich erwartet hätte. Ich hörte den beiden einfach zu, nickte und erkannte in jeder Figur auf jedem Bild eine Geschichte, die erzählt werden wollte. Wir waren eine zerbrochene Familie, die in Schönheit und atemlosem Staunen zusammenfand, als hätten wir nie etwas anderes gebraucht.

Doch irgendwann gewannen Hunger und Erschöpfung die Oberhand. Nach ein paar Stunden sank Alan an die Wand und verkündete, dass er, wenn er nicht bald etwas zu essen bekäme, wahrscheinlich direkt vor Monet und seinen Zeitgenossen tot umfallen würde.

Nicole kannte ein gutes Lokal nur ein paar Straßen weiter, also schlenderten wir im Sonnenuntergang noch ein Stück am Flussufer entlang, wobei unsere Tochter den Reiseführer spielte und wir ihr interessiert zuhörten.

Schließlich führte sie uns in eine ruhige Seitenstraße und öffnete eine hohe, aber sehr schmale türkisfarbene Tür. »Da sind wir«, verkündete sie.

Das Restaurant war einfach perfekt. Ein Dutzend Tische mit gestärkten weißen Tischtüchern, auf denen winzige Kerzen brannten und Weingläser in ihrem Schein schimmerten. Wir setzten uns ans Fenster, Nicole und ich nebeneinander, Alan uns gegenüber.

»Es ist einmalig schön hier«, sagte Alan.

Ein Kellner erschien und blieb einen Moment wortlos stehen, bevor er rasant auf Französisch zu sprechen begann. Nicole antwortete ihm, und die beiden unterhielten sich für kurze Zeit angeregt. Am Ende verneigte sich der Kellner knapp und zog sich zurück.

»Ich nehme an, du hast für uns bestellt?«, vermutete ich.

Sie nickte. »Ich habe nur Wein und ein paar Snacks bestellt. Dad lädt uns ein. Fürs Abendessen ist es noch zu früh, besonders hier in Paris, aber wir können ein bisschen was knabbern und plaudern.« Bei ihr klang das, als würde sie ständig knabbern und plaudern. Dabei wusste ich genau, dass Nicole Plaudereien für völlig überflüssig hielt. Außerdem fand sie nicht, dass Essen ein Vergnügen war, sondern aß nur aus Notwendigkeit. Manchmal fragte ich mich, wie ich es geschafft hatte, eine Tochter zu bekommen, deren Blick auf die Welt so vollkommen anders war als meiner.

Alan zog die Augenbrauen in die Höhe und sah mich vielsagend an. Er kannte Nicole so gut wie ich und dachte garantiert dasselbe. »Nichts allzu Extravagantes, hoffe ich?«, fragte er in amüsiertem Ton. »Mein Budget ist dieser Tage etwas begrenzt.«

Ich faltete meine Serviette auseinander. »Warum das?«

»Ich bin in Rente gegangen«, erklärte Alan. »Es war höchste Zeit. Die Welt verändert sich zu schnell für jemanden wie mich. Immerhin bin ich jemand, der immer noch gern Briefe schreibt.«

»Mit Füller und echter Tinte«, fügte Nicole hinzu.

»Aber das ist großartig, Alan«, sagte ich, »wie schön für dich! Was planst du jetzt? Für deine Zukunft, meine ich. Ich kann mir kaum vorstellen, dass du rumsitzt und Briefmarken oder Münzen sammelst. Malst du noch? Das hast du immer so gern gemacht.« Nicht nur das, er hatte obendrein Talent. Schon als er mir zum ersten Mal seine Bilder gezeigt hatte, konnte ich eine echte Begabung erkennen. Und er hatte gern mich gezeichnet: flüchtige Skizzen, oft Aktbilder, mit feinen, klaren Linien. Zu unserem ersten gemeinsamen Weihnachtsfest hatte ich ihm dann Aquarellfarben geschenkt.

Er nickte. »Ich habe tatsächlich überlegt, das Malen ein bisschen intensiver zu betreiben. Schon die letzten paar Jahre ist es mehr als ein Hobby geworden. Letzten Herbst hatte ich sogar eine Ausstellung in der Uni – und ich wurde nicht ausgelacht. Das würde ich gern weiterverfolgen. Vielleicht belege ich ein paar Kurse. Und ich wollte …«

In diesem Moment kam der Kellner mit drei Gläsern Wein und einem Teller Garnelen in blubbernder Knoblauchbutter, umgeben von frisch getoasteten Brotscheiben.

Der Wein war herrlich leicht und lecker. Ich nahm eine Garnele, schwenkte sie ein paarmal in der Kräuterbutter, weil ich hoffte, das würde Glück bringen, und legte sie auf ein Stück Baguette.

Perfekt.

»Du wolltest …?«, ermunterte ich Alan zum Weiterreden.

»Ich wollte nach Vermont ziehen. Das war der ursprüngliche Plan, weil Heather dort Familie hat, und wir wollten … na ja, was auch immer. Aber das ist vom Tisch. Also ziehe ich vielleicht nach Süden.«

»Wer ist Heather?«, fragte ich.

»Sie war eine Gastprofessorin«, antwortete Alan, während er eine Garnele auf seinem Baguette balancierte. »Französische Lyrik des sechzehnten Jahrhunderts. Es gab eine Reihe von Feierlichkeiten, als ich letzten Herbst verkündet habe, dass ich in den Ruhestand gehe. Ich kannte sie – also ich war ihr schon öfter an der Uni begegnet –, aber auf einer der Partys haben wir uns zum ersten Mal richtig unterhalten, und da hat es zwischen uns gefunkt.«

Ich weiß nicht, was mich mehr schockierte – dass es zwischen Alan und einer anderen Frau *gefunkt* hatte oder dass er tatsächlich zu einer Party gegangen war. Alan hatte jahrelang die Mathematische Fakultät an der Lehigh University geleitet, und ich wusste, dass er sehr beliebt war, daher überraschte es mich auch nicht, dass es Partys zu seinen Ehren gegeben hatte. Allerdings, dass er eine davon besucht hatte …

»Seit wann geht dein Vater auf Partys?«, fragte ich Nicole argwöhnisch.

Sie zuckte die Achseln. »Er hat sich verändert und ist geselliger geworden. Ich glaube, er hatte es satt, für den Rest seines

Lebens der sozial unbeholfene Mathe-Streber zu bleiben. Als er noch jung war, war das vielleicht noch charmant, aber in seinem Alter ist es eher schräg.«

Alan räusperte sich. »Ich bin übrigens anwesend.«

Nicole lächelte unbeeindruckt. »Ich weiß.« Dann wandte sie sich mir zu. »Offensichtlich hast auch du dich verändert. Ein Kleid? Seit wann interessierst du dich für Mode? Und sehe ich da etwa Strähnchen in deinen Haaren?«

»Das war Max' Idee«, erwiderte ich achselzuckend.

Sie zog eine Augenbraue hoch. »Max?«

»Er ist der Sohn von Lees Haushälterin, und er wohnt zurzeit in ihrem Apartment, weil er hier an einer Konferenz teilnimmt. Er ist Banker. Aber er hat einen ausgezeichneten Modegeschmack.«

Der Kellner erschien von Neuem und brachte uns eine Platte mit drei verschiedenen Käsesorten und etwas, das aussah wie Gänseleberpastete. Noch mehr Brot. Und ein paar Oliven. Ich seufzte glücklich.

»Außerdem waren wir gerade dabei, über das Liebesleben deines Vaters zu reden, nicht über mich. Also, was ist passiert?«

»Die beiden haben überhaupt nicht zusammengepasst«, meinte Nicole freiheraus und bestrich ein Stück Brot mit einer dünnen Schicht Pastete. »Sie ist brillant, zumindest haben das alle behauptet. Und schön. Mitte vierzig, schätze ich, aber ein ausgesprochen impulsiver Charakter. Und sehr ehrgeizig. Ich hätte mir nicht vorstellen können, dass sie sich je damit zufriedengäbe, die Frau eines in die Jahre gekommenen Künstlers zu werden.«

»Ich bin übrigens immer noch anwesend«, warf Alan ein.

»Natürlich bist du das. Entschuldige, Alan. Warum erzählst du mir nicht, was passiert ist?« Der Käse war so mild, dass er fast schon süß schmeckte, und sein Aroma erinnerte mich an den Geruch frisch gemähten Grases.

Er zuckte die Achseln. »Sie ist sehr attraktiv, sehr klug und mindestens ebenso geistreich. Aber sie ist wesentlich jünger als ich und auf dem Höhepunkt ihrer Karriere. Das alles aufzugeben, um zu Hause rumzusitzen und mir beim Malen zuzusehen, war für sie unvorstellbar. Und schließlich kannten wir uns auch erst ein paar Monate. Wir hatten ... sagen wir, wir hatten im Feuer der Leidenschaft Pläne gemacht. Dem kalten Tageslicht hielten sie nicht stand.«

Nicole wandte sich an mich: »Siehst du? Genau wie ich gesagt habe.« Sie träufelte etwas geschmolzene Knoblauchbutter von einer Garnele auf das Stück Käse, das sie auf ihr Brot gelegt hatte, was mir eine hervorragende Idee schien – wie die warme Butter den Käse schmelzen ließ und das Brot durchtränkte ...

»Lass mich das auch versuchen«, sagte ich leise.

»Aber wir haben es ihr zu verdanken, dass Dad hier ist«, fuhr Nicole fort, ohne auf mein Gemurmel einzugehen. »Wenn sie diese Reise nicht geplant hätte, würde er in diesem Moment seine Pensionierung in Pittsburgh feiern.«

Ich spülte den Käse mit einem Schluck Wein hinunter. »Diese Reise war ihre Idee?«

»Ja«, bestätigte Alan. »Sie konnte nicht glauben, dass ich noch nie in Frankreich war, und hat mich überzeugt, dass es für uns nichts Besseres geben könne, als nach Paris zu fliegen, Nicole zu treffen und uns von ihr all die Sehenswürdigkeiten der Stadt zeigen zu lassen. Vor allem all die Kunst, die es hier zu sehen gibt. Mein letzter Arbeitstag war der zehnte April. Sie hat alles organisiert – und dann hat sie es sich anders überlegt.«

»Tut mir leid«, sagte ich.

Er nickte. »Mir auch. Aber sie hatte recht, was Paris angeht. Es ist wunderschön, Nicole zu sehen ist toll, und nun bist du auch da – ein schöner Bonus. Ich dachte, vielleicht ziehe ich hierher, miete eine kleine Dachgeschosswohnung und stelle meine Staffelei irgendwo an der Straße auf.« Ein Grinsen breitete sich auf seinem Gesicht aus. »Könnt ihr euch mich als hungernden Künstler vorstellen? In meinem Alter? Auf jeden Fall ist Paris sehr inspirierend.«

»Da hast du recht. Da ich mit meinem Buch nicht vorankomme, hat Lee mich hergeschickt, um hier meine Muse zu finden. Eine gute Idee, finde ich. Wenn diese Stadt meine Phantasie nicht in Gang bringt, dann kann ich mit dem Schreiben auch ganz aufhören.«

»Was ist mit Greg?«, fragte Nicole. »Bringt dein ultimatives Alphamännchen deine Phantasie etwa nicht in Gang?«

Eine berechtigte Frage. »Greg habe ich rausgeworfen«, erklärte ich.

Alan erstickte fast an seinem Wein, und im selben Moment kredenzte uns der Kellner ein Gericht aus winzigen Pilzen, mariniert in einer Soße mit Knoblauch, Balsamico und, wenn mich meine Nase nicht trog, Thymian. Außerdem brachte er noch eine kleine Schüssel Radieschen, ebenfalls winzig und im schönsten Rosarot, das ich je gesehen hatte. Ich nahm mir eines und steckte es in den Mund, wo es förmlich eine Geschmacksexplosion auslöste.

»Oh«, hauchte ich und sah zu Alan und Nicole, die mich beide anstarrten. »Was ist?«

»Warum hast du das nicht früher erwähnt?«, sagte Alan. »Dass du mit Greg Schluss gemacht hast. Dann hätte ich diese Befragung nicht allein über mich ergehen lassen müssen.« Er musterte mich mit durchdringendem Blick. »Das klingt ziemlich endgültig.«

»Unsere Beziehung ist wohl an ihre Grenzen gestoßen. Was sich unter anderem daran gezeigt hat, dass Greg der Meinung war, meine Arbeit wäre unwichtig, belanglos und es nicht wert, über sie zu sprechen. Das sehe ich anders.«

»Wurde auch Zeit. Der Typ war furchtbar«, meinte Nicole.

»Nein, war er nicht«, widersprach ich. »Er war interessant und lustig und überaus intelligent. Er war einfach …«

»Krass arrogant? Total eingebildet? Überzeugt, sein Kram wäre …«

»Hör auf«, unterbrach ich sie entschieden. »Das reicht. Er ist weg. Ende der Diskussion. Jetzt bist du dran.«

Sie wurde tatsächlich rot. »Ich habe keine Ahnung, was du meinst.«

Alan hob sein Weinglas und signalisierte dem Kellner, ihm nachzuschenken. »Ich habe ausgepackt, deine Mutter hat ausgepackt, jetzt erzähl uns von Louis.«

Ohne die geringste Eile aß sie noch ein Stück Käse und eine weitere Garnele. Dann blickte sie zu uns auf und seufzte genervt. »Ihr werdet vermutlich keine Ruhe geben.«

»Auf keinen Fall«, antwortete ich und schüttelte nachdrücklich den Kopf.

Nicole mied meinen Blick, antwortete aber. »Er ist Student. Wir haben uns letztes Frühjahr getroffen, kurz nachdem ich hierhergezogen bin.«

»Ach ja?« Ich lehnte mich zurück und bemühte mich, mein Gesicht, meine Stimme … also so ziemlich alles unter Kontrolle zu halten.

»Er ist älter.«

Lieber Gott, bitte nicht *viel* älter. Wie ich Nicole kannte, war es gut möglich, dass dieser Mann fünfundsiebzig war, und sie würde darin überhaupt kein Problem sehen. »Also macht er schon seinen Master?«

»Ja. Und er ist politisch sehr engagiert.«

Das hätte ich mir denken können. Wahrscheinlich war er Kommunist. Zumindest Sozialist oder Anarchist …

»Und Atheist.«

Ich seufzte.

Alan rutschte nervös auf seinem Stuhl hin und her. »Können wir ihn treffen?«

»Er ist in Rennes.«

»Warum ist er nicht mit dir nach Paris gekommen?«, fragte ich.

Sie zuckte die Achseln. »Er hat viel Verständnis für mein Bedürfnis nach persönlichem Freiraum.« Sonst hätte sie ihn auch schon längst abserviert. »Ich habe ihm gesagt, dass ich ein bisschen Zeit allein mit meinem Vater verbringen will, und das versteht er. Er plant, übers Wochenende herzukommen, dann fahren wir zusammen zurück nach Rennes.«

»Dann werden wir ihn also leibhaftig treffen?«, hakte ich nach.

»Ja. Er will euch kennenlernen.«

»Oh?« Ich wagte kaum, es zu auszusprechen. »Dann ist das mit euch wohl ziemlich ernst?«

»Wir wohnen zusammen«, sagte sie in einem Ton, als wäre das völlig bedeutungslos.

»Seit wann?« Ich blieb ruhig und bemühte mich, nicht zu viel in ihre Worte hineinzuinterpretieren.

»Seit letztem Herbst.«

»Was?! Du wohnst seit über sechs Monaten mit einem Mann zusammen und hast mir nichts davon erzählt?« Nun hatte ich, wie es schien, endgültig die Kontrolle über mein Kind verloren.

»Mom, das hat nichts mit dir zu tun«, sagte sie und sah mir dabei fest in die Augen.

Ich warf Alan einen bösen Blick zu. »Wusstest du davon?«

Er schaute Nicole mit einer Mischung aus Bewunderung und Enttäuschung an. Als Alans Vater gestorben war, hatte Nicole als dessen einzige Enkelin einen ordentlichen Batzen Geld geerbt. Bis zu ihrem dreißigsten Geburtstag sollte Alan die Erbschaft verwalten, und er hatte ihr, wann immer sie kein geregeltes Einkommen hatte, angemessene Beträge zukommen lassen und ihre Miete bezahlt. »Sie hat einen Mitbewohner erwähnt«, sagte er nun, »aber – Nicole, ist das dein Ernst? Warum hast du uns nichts davon gesagt? Es ist doch klar, dass diese Information für uns wichtig ist.«

Offensichtlich hatte sie nicht im Geringsten ein schlechtes Gewissen. »Ich sage es euch jetzt.«

Wie schon so oft musste ich akzeptieren, dass das in ihrem Kopf absolut Sinn ergab, doch noch immer schien mir ihr Kopf bisweilen eine seltsame, ferne Welt zu sein, in der ich mich nicht ganz wohl fühlte. Und in der ich Schwierigkeiten hatte, mir Gehör zu verschaffen.

Ich leerte mein Weinglas in einem Zug. »Also, wie ernst ist das Ganze genau?«

Ihr Gesicht wurde offener, sie lächelte sogar ein bisschen. »Ich glaube, er ist der Richtige für mich.«

Mittlerweile waren unsere Teller leer gegessen, und das Restaurant füllte sich zunehmend mit Leuten, die hier zu Abend essen wollten. In dieser wohligen Atmosphäre betrachtete ich meine hübsche, gelassene Tochter. Sie war der außergewöhnlichste Mensch, den ich je gekannt hatte, und dass sie für sich den richtigen Partner gefunden hatte …

»O Nicole, das freut mich so sehr für dich«, sagte ich gerührt.

Doch meine Gedanken schweiften in zu viele Richtungen gleichzeitig – sie war noch so jung, er war älter, sie hatte ihn erst vor einem Jahr kennengelernt, sie war allein in einem fremden Land … Immerhin war ich noch jünger gewesen, als ich Alan begegnet war, und wir hatten kurz darauf geheiratet. Das mit uns war zwar nicht gut ausgegangen, aber wir würden uns immer nahestehen, meine Liebe zu ihm war unerschütterlich. Außerdem war Nicole nicht nur selbstbewusst und eigenständig, ihr war das Problem der Einsamkeit völlig fremd.

Ich sah zu Alan und wusste, dass er das Gleiche dachte. Es gab viele Gründe dafür, dass unsere Ehe zerbrochen war –

ebenso wie es viele gute Gründe gab, dass wir damals zusammengekommen waren.

»Ich kann es kaum erwarten, ihn kennenzulernen«, sagte ich.

Alan beugte sich zu Nicole und küsste sie auf die Wange. »Ich auch. Ich freue mich sehr für euch.«

Sie strahlte übers ganze Gesicht. »Und er ist echt süß.«

Perfekt.

In der milden Abendluft schlenderte ich nach Hause. Unterwegs musste ich immer wieder auf mein Handy schauen, doch zum Glück war der Weg nicht kompliziert. An einer Steinmauer machte ich halt, lehnte mich dagegen und blickte zum Eiffelturm auf, der sich strahlend hell gegen den dämmrigen Himmel abhob. Diese Stadt war einfach wunderschön.

Durch die Rue Boissière lief ich direkt auf die Place Victor Hugo zu, und als ich einbog, sah ich ein vertrautes Gesicht an einem der Cafétische.

»Max?«

Er hatte auf irgendetwas in der Menge gestarrt, ein Glas Wein vor sich auf dem Tisch. Als er mich erkannte, breitete sich ein Lächeln auf seinen zu roten Lippen aus.

»Maggie, wie war Ihr Tag? Anscheinend nicht schlecht, wenn Sie erst so spät zurückkommen. Bitte, setzen Sie sich doch.«

Mit einem erleichterten Seufzen sank ich auf den Stuhl ihm gegenüber und befreite meine Füße ein Stück weit aus den Schuhen, so dass ich ein wenig mit den Zehen wackeln konnte. Überall um uns herum saßen Leute in den zahlreichen Cafés, die die kopfsteingepflasterte Straße säumten. Alle unterhielten sich entspannt, dem Anschein nach aufmerksam und interessiert, schwenkten ihre Weingläser, aus jeder Ecke erklang Gelächter, und mit einem Mal fühlte ich mich geradezu … parisisch. Besonders jetzt, da ich mit Max hier saß, der so gelassen wirkte in seinem dunklen, kragenlosen Hemd, das gerade so weit aufgeknöpft war, dass ich den Ansatz von grauem Brusthaar erkennen konnte.

Ein Kellner erschien, und ich überlegte, mir noch ein Glas Wein zu genehmigen, bestellte dann aber lieber einen Espresso. Normalerweise trank ich so spät am Abend keinen Kaffee, aber ich ahnte, dass ich heute noch lange wach sein würde. Den ganzen Weg zurück vom Museum hatte sich in meinem Kopf eine Szene mit Bella und Lance abgespielt, in der zwei erschöpfte, verdreckte Menschen, die auf der Flucht waren und lange unter harten Bedingungen hatten leben müssen, endlich eine Badewanne fanden …

»Ich habe übrigens Jules schon gefüttert«, sagte Max.

Ach du meine Güte, den armen Hund hatte ich ganz vergessen. »Max, es tut mir so leid. Erzählen Sie Ihrer Mutter bitte nicht, dass ich ihn komplett vergessen habe, ja? Das war das Einzige, worum sie mich gebeten hat …«

Er winkte ab. »Kein Problem. Außerdem könnte Jules mindestens einen Monat von seinem überschüssigen Fett leben.«

Ich kicherte leise. »Das stimmt wohl. Er ist ziemlich … korpulent.«

Max nickte. »Sehr treffende Beschreibung. Und er furzt

wie ein Weltmeister. Manchmal kann ich es kaum ertragen, mit ihm im selben Raum zu sein.«

Jetzt musste ich lachen. »Ihre Mutter ist so elegant und kultiviert. Und dann trottet ständig dieses kleine, stinkende Geschöpf hinter ihr her …«

Auch Max grinste. »Vielleicht wirkt meine Mutter elegant und kultiviert, aber im Grunde ist sie eine Kriegerin. Sie war erst sechzehn, als sie mit mir schwanger wurde. Damals ging sie geradewegs zu Lees Tante Hélène, erklärte, dass sie nicht die Absicht hatte zu heiraten, und bot an, nach Paris zu ziehen, um als ihre Haushälterin zu arbeiten. Hélène war eine außergewöhnliche Frau. Sie hat den Mut meiner Mutter stets bewundert, und die beiden verstanden sich sehr gut. Allerdings war Hélène ausgesprochen anspruchsvoll. Sie hat meine Mutter auf Trab gehalten.« Er nippte an seinem Wein. »Ich hatte eine wirklich einzigartige Kindheit.«

»Das kann ich mir vorstellen. Ist das der Grund, weshalb Sie mit den Frauen Ihres Viertels, Ladenbesitzerinnen und Friseurinnen eingeschlossen, so, ähm, vertraut sind?«

»Warum wohl sonst?«, fragte er verschmitzt.

Ich zuckte die Achseln. »Keine Ahnung. Weil Sie mit ihnen geschlafen haben, vielleicht?«

Er machte ein nachdenkliches Gesicht. »Nicht mit allen. Zoë, nun ja … sie war die Erste. Meine Mutter ist immer noch gut befreundet mit ihr. Obwohl ich ziemlich sicher bin, dass Zoë nie ein Wort über uns verloren hat.«

Zum Glück hatte ich schon geschluckt, denn sonst hätte ich einen Hustenanfall bekommen und meinen Espresso direkt auf Max' schickes Hemd gespuckt. »Wie alt waren Sie da?«

Er überlegte einen Moment. »Siebzehn? Nein, achtzehn. Ich glaube, ich war gerade volljährig geworden. Hélène hat mich auf eine ihrer Shoppingtouren mitgenommen, damit ich ihre Einkäufe trage. Damals war ich klein und ziemlich hässlich. Ich war noch nicht in meine Nase oder mein Kinn hineingewachsen, und ich bin sicher, Zoë dachte, wenn ich mir selbst überlassen bliebe, würde ich nie Sex haben.« Er lächelte wehmütig. »Sie war großartig.«

»Das muss ich in einem meiner Bücher unterbringen«, platzte ich heraus.

Überrascht wandte er sich zu mir um. »Haben Sie über so etwas noch nie geschrieben?«

»Vermutlich bin ich in dieser Hinsicht etwas altmodisch«, antwortete ich achselzuckend. »Normalerweise sind es meine Heldinnen, die jemandem begegnen, der erfahrener als sie ist.«

Er schüttelte den Kopf. »Weg mit diesen Spinnweben, Maggie! Was könnte es Romantischeres – oder Erotischeres – geben als eine ältere, erfahrene Frau.« Mit schelmisch funkelnden Augen beugte er sich zu mir. »Mir ist eine Frau, die in vollen Zügen gelebt hat, viel lieber als dieser Kult, der um die Jugend veranstaltet wird.«

Unsere Blicke trafen sich, und plötzlich hatte ich ein sehr seltsames Gefühl in der Brust, es war, als löse sich ein Knoten.

»Ach ja?«, brachte ich mit erstickter Stimme heraus und trank schnell den letzten Rest Espresso.

»Sie haben noch gar nicht von Ihrer Tochter erzählt. Oder Ihrem Exmann. Wie war Ihr Tag?«

»Das Museum war auf jeden Fall atemberaubend. Ich muss es morgen gleich noch einmal besuchen. Meiner Tochter geht es gut. Ihr geht es eigentlich immer gut. Sie ist die eigenständigste Person, die ich kenne. Und anscheinend ist sie nun verliebt – damit hätte ich nicht gerechnet. Ich meine, natürlich habe ich immer gehofft, dass sie jemanden findet, der sie glücklich macht. Das war mein größter Wunsch. Es ist nur … ich freue mich so sehr für sie.«

»Dann freue ich mich auch für sie«, sagte Max lächelnd. »Alle sollten verliebt sein. Und Ihr Exmann?«

»Von ihm habe ich die traurige Geschichte seiner wunderschönen Freundin gehört, die ihn verlassen hat. Aber was viel interessanter ist: Er hat schon lange gern gemalt, aber jetzt will er mehr daraus machen. Als wir noch verheiratet waren, hat er ein bisschen herumexperimentiert, hauptsächlich Bleistiftzeichnungen und Aquarelle, doch er hatte schon immer ein gutes Auge. Und es war schön, ihn zu sehen. Und wir haben unglaublich leckeren Käse gegessen. Und dann gab es noch diese winzigen Radieschen, die waren unbeschreiblich.«

Er grinste. »Sie werden hier noch viele solche Mahlzeiten genießen«, versprach er und warf ein paar Münzen auf den Tisch. »Ich begleite Sie nach Hause.«

Ich nickte, und wir gingen schweigend zum Apartment zurück. Dort angekommen, bückte er sich, um Jules zu streicheln. »Ich kann mit ihm rausgehen, wenn Sie möchten«, bot er an.

»Wirklich? Das wäre sehr nett. Ich würde gern noch ein bisschen arbeiten.«

»Natürlich. Schließlich sind Sie deswegen hier.«

Sobald er weg war, zog ich mich um, hängte mein neues Kleid auf, strich es glatt und schlüpfte in mein übliches Arbeits-Outfit: T-Shirt und Schlabberhose. Instinktiv griff ich nach meinen Haaren, um sie hochzubinden, aber als ich merkte, dass sie dafür zu kurz waren, warf ich im Spiegel schnell noch einmal einen Blick auf meine neuen Locken. Dann setzte ich mich an den Schreibtisch.

Mit geschlossenen Augen atmete ich tief durch.

Bella und Lance. *Es war Morgen, und als Bella die Augen öffnete …*

Ich öffnete meine und begann zu schreiben.

Manchmal, wenn man beim Schreiben sehr viel Glück hat, gelangt man in diesen *Zustand,* in dem die Sätze einfach so aus einem herausfließen. Bella und Lance hatten gerade ein Abenteuer hinter sich gebracht, und die Angst vor einer plötzlichen Gefahr trieb die sexuelle Spannung zwischen ihnen weiter in die Höhe … Ich schrieb drei Stunden am Stück, bevor ich mir schließlich eingestand, dass ich zu müde war, um auch nur ein einziges weiteres Wort zu tippen. In der Wohnung war es stockdunkel, nur im Bad brannte noch Licht. Jules schlief im Flur. Offenbar war auch Max wieder da, aber er war weder zu sehen noch zu hören.

Immer noch in meinen Schreibklamotten kroch ich unter die Decke, ein Lächeln auf den Lippen.

Vielleicht lag es an Paris.

Vielleicht lag es daran, dass ich Alan wiedergesehen hatte

und ihn mir in einem sonnendurchfluteten Atelier vorstellte, wie er mit aufgerollten Ärmeln und konzentriert zusammengekniffenen Augen auf seine Staffelei starrte.

Vielleicht lag es daran, dass meine wundervolle Tochter verliebt war.

Was immer der Grund sein mochte – ich konnte wieder schreiben.

Kapitel 5

In dem ein teuflischer Plan aufgedeckt wird und ich eine Wasserfallszene epischen Ausmaßes schreibe

Nach vier Stunden Schlaf, es war noch mitten in der Nacht, setzte ich mich sofort wieder an die Arbeit. Lance hatte Bella in einem von *Ärzte ohne Grenzen* geführten Krankenhaus zurückgelassen, wo der attraktive und charmante Chirurg Henri Dumond sie zu überzeugen versuchte, das Land mit ihm auf dem nächsten Truppentransporter zu verlassen. Sie versuchte, Zeit zu schinden, indem sie behauptete, sie mache sich Sorgen um einen ihrer Kollegen, aber in Wahrheit war es Lance, um den sie Angst hatte, da er auf der Suche nach einem Geheimversteck medizinischer Güter in der Wüste verschwunden war. Die Lage spitzte sich zu. Zum Glück tauchte Lance in letzter Minute wieder auf, und sie waren wieder zusammen.

Ich speicherte die Datei, putzte mir die Zähne, trank zwei Gläser Wasser und legte mich wieder hin, wobei ich sah, dass mein Handy Nachrichten von Cheri und Alison anzeigte. Die von Greg löschte ich ungelesen.

Cheri:

Seit wann hast du Hammerhaare? Schick Bilder!

Alison:

Warum graue Fingernägel? Was ist falsch an Rosa? Mögen Franzosen kein Rosa?

Cheri:

Grau ist schick. Bleib bei Grau

Ich schrieb zurück.

Maggie:

Zu müde für Bilder. Grau ist eine viel hübschere Farbe, als man meinen würde.

Das nächste Mal wachte ich um kurz nach acht auf, wusch mir das Gesicht, zog einen meiner neuen Röcke und einen Kaschmirpullover an, wuschelte mir ein paarmal durch die Haare und schlüpfte in meine Ballerinas. Dann nahm ich Jules' Leine – diesmal würde ich ihn nicht vergessen. Ich trug den Hund die Treppe hinunter nach draußen, und diesmal wurde ich von den gut gekleideten, tadellos gepflegten Passanten tatsächlich nicht entsetzt angestarrt. Nachdem Jules sein Geschäft verrichtet hatte, brachte ich ihn zurück in die Wohnung, nahm meine Tasche von der winzigen Küchentheke und ging zu Monoprix, wo ich mir Mühe gab, alle Angestellten angemessen zu grüßen, Eier, Brot, Erdbeeren und Petersilie kaufte und meinen Einkauf ganz selbstverständlich selbst einpackte.

Als ich in die Wohnung zurückkam, hörte ich in der Dusche das Wasser rauschen. Eigentlich hatte ich vorgehabt, mit

Max zu frühstücken, aber da er unter der Dusche war, setzte ich mich wieder an meinen Laptop und schrieb weiter.

Wenn man in einem fiktiven Dritte-Welt-Land auf der Flucht ist, muss man jede Wasserquelle nutzen, die sich einem bietet. Bella und Lance hatten gerade einen Wasserfall mitten im Nirgendwo entdeckt, und da sie beide völlig verschwitzt waren …

»Mein lieber Schwan!«

Max' Stimme holte mich zurück nach Paris. Wie aus dem Nichts war er hinter mir aufgetaucht, und offenbar hatte er jedes Wort gelesen, das ich gerade geschrieben hatte. Hastig klappte ich den Laptop zu, stand auf und drehte mich zu ihm um. Er war mir so nah, dass sich unsere Nasen fast berührten.

»Gehe ich recht in der Annahme«, sagte er amüsiert, »dass Sie Inspiration gefunden haben?«

Wieder einmal fiel mir auf, wie ungewöhnlich sein Gesicht war; die kleinen Fältchen um Augen und Mund, die lange, schmale Nase. Aber unter den dunklen, buschigen Brauen verbarg sich viel Charme, Humor und Intelligenz.

»Max, jemandem beim Schreiben über die Schulter zu sehen, zeugt nicht von gutem Benehmen.«

»Ich habe zweimal nach Ihnen gerufen. Dann musste ich herkommen, um mich zu vergewissern, dass Sie noch leben.«

Er war immer noch sehr nah. Zu meiner Verteidigung muss ich erwähnen, dass ich nicht zurückweichen konnte, ohne auf den Schreibtisch hinter mir zu klettern. Würde ich allerdings nur einen kleinen Schritt voranmachen, könnte ich meine Beine um seine Hüfte schlingen …

Ich räusperte mich. »Wenn ich erst einmal im Schreibfluss bin, nehme ich nichts mehr wahr.«

Endlich trat er zurück. »Das ist gut, oder nicht?«

»Ja. Sehr gut sogar.« Ich schob mich seitlich an ihm vorbei und ging in die Küche. »Ich habe Eier und ein paar Sachen fürs Frühstück gekauft«, sagte ich, um dann verblüfft innezuhalten. Auf der Theke standen zwei Teller mit köstlich aussehendem Omelett und jeweils einer Scheibe Toast.

»Ich habe die Eier gesehen und, na ja …« Max zuckte die Achseln. »Ich hoffe, Sie haben nichts dagegen.«

Ich nahm meinen Teller und eine Tasse Kaffee. »Machen Sie Witze? Sie verwöhnen mich, Max. Danke.«

Wie schon an unserem ersten gemeinsamen Morgen frühstückten wir an den großen Fenstern, die eine milde Brise und die Geräusche der Straßen hereinließen.

»Dann wird das heute ein guter Arbeitstag für Sie?«, erkundigte sich Max.

»Ich habe jedenfalls schon genug geschrieben, um mich ein bisschen zu belohnen. Alan trifft sich heute mit einem Kollegen, der hier ebenfalls Urlaub macht, also haben Nicole und ich beschlossen, noch einmal ins Musée d'Orsay zu gehen. Diesmal werde ich mir wirklich alles anschauen.«

Max schüttelte den Kopf. »Nein. Das ist unmöglich. Wenn Sie sich alles anschauen, werden Sie nichts wirklich wertschätzen können. Was haben Sie sich gestern angesehen?«

»Wir waren nur im ersten Stock.«

»Wenn Sie wieder dort sind, gehen Sie auf direktem Weg in die oberste Etage. Allein dafür werden Sie den ganzen Tag brauchen, vertrauen Sie mir. Wenn Sie noch mehr sehen wollen, kehren Sie in ein, zwei Tagen noch einmal zurück. Aber vielleicht werden Sie dann wieder nur in die oberste Etage wollen.« Er legte eine Kunstpause ein. »Denn dort hängen die Werke von Renoir, und die sind unvergleichlich.«

Das Omelett war leicht und perfekt zubereitet, einfach nur fluffige Eier, bestreut mit gehackter Petersilie. Schlicht und köstlich. »Das klingt nach einem guten Plan. Aber ich kann wohl kaum meine gesamte Zeit in Paris im Musée d'Orsay verbringen.«

»Wohl wahr. Schließlich gibt es noch so viele andere Museen, ganz zu schweigen von den Gärten. Und Sie müssen unbedingt nach Versailles, besonders jetzt im Frühling.«

Ich lehnte mich lachend zurück. »Max, ich muss arbeiten. Und ich kann nicht ewig hierbleiben.«

»Warum nicht?«, erwiderte er. »Sie können genauso gut hier schreiben wie in … wo kommen Sie noch mal her?«

Ich hantierte mit meiner Gabel herum, plötzlich verlegen. »New Jersey.«

»Ach ja, New Jersey. Meine Mutter würde sich sehr über die Gesellschaft freuen, sollten Sie länger hierbleiben. Sie kocht so gern für andere Leute.«

In diesem Moment piepte mein Handy, und ich ging es holen. Eine Nachricht von Nicole, die schon an der Place Victor Hugo war.

»Das war Nicole, und wie üblich bin ich noch nicht fertig. Haben Sie etwas dagegen, wenn sie hochkommt und hier auf mich wartet?«

»Nein, natürlich nicht«, versicherte er. »Ich würde sie sehr gern kennenlernen.«

Also verließ ich die Wohnung, lief die Treppe hinunter und öffnete die Haustür, als Nicole gerade auf die Klingel drücken wollte.

»Hey! Perfektes Timing. Komm rein. Max ist hier, ich möchte ihn dir vorstellen.«

Sie trug Leggins und ihre Doc-Martens-Stiefel, ein T-Shirt, einen ausgebleichten grauen Kapuzenpulli und eine kleine Umhängetasche. Niemals würde sie einen Gedanken daran verschwenden, dass man in Paris missbilligend den Kopf über sie schütteln könnte. Nicht, weil es ihr egal war – was es wahrscheinlich ohnehin war –, sondern weil sie sich ihrer selbst sicher war und nie auf die Idee gekommen wäre, dass ihre Kleidung – oder irgendetwas, was sie sagte oder tat – als nicht richtig oder unpassend wahrgenommen werden könnte.

Während ich stehen blieb und auf den Fahrstuhlknopf drückte, rannte sie einfach an mir vorbei die Treppe hinauf, so dass mir nichts anderes übrig blieb, als ihr keuchend nachzueilen.

»Hübsch«, murmelte sie, als sie die Wohnung betrat.

Max stand auf, als sie ins Wohnzimmer kam, und gab ihr die Hand. »Sie müssen Nicole sein. Freut mich. Ich bin Max. Gefällt es Ihnen in Paris?«

»O ja«, antwortete sie grinsend, dann sprach sie in rasantem Tempo auf Französisch weiter. Max' Augen wurden groß vor Freude, und im nächsten Moment waren sie ins Gespräch vertieft, beide wild gestikulierend und äußerst lebhaft. Ich hatte keine Ahnung, worüber sie sprachen, aber offensichtlich verstanden sie sich bestens.

Da ich nicht mitreden konnte, ging ich in die Küche, um

noch eine Kanne Kaffee zu kochen – was hoffentlich gelingen würde –, und brachte ein Tablett mit ins Esszimmer.

»Nicole, mein Schatz, möchtest du Kaffee?«

Ohne ihr Gespräch mit Max auch nur eine Sekunde zu unterbrechen, nahm sie mir die Kanne ab und schenkte sich ein, auch Max nahm sich noch eine Tasse.

Die nächsten Minuten saß ich da und schaute den beiden zu. Sie standen immer noch, schlürften ihren Kaffee und unterhielten sich angeregt. Worüber redeten sie bloß?

»Ähm, hallo?«, unterbrach ich sie schließlich, und tatsächlich wandten sie sich mir zu.

»Maggie«, sagte Max. »Wir wollten Sie nicht ausschließen. Aber Nicole wohnt in Rennes, einer meiner Lieblingsstädte, da sind wir ins Plaudern gekommen.«

Nicole setzte sich neben mich. »Sorry, wir haben nur unsere Lieblingsrestaurants und Lieblingskneipen verglichen. Max wusste genau, wo in der Altstadt ich wohne. Der Kaffee schmeckt übrigens gut.«

Ich strahlte. »Danke.«

Mit einem zufriedenen Grinsen lehnte sie sich zurück. »Du hast Daddy übrigens ganz schön überrascht. Er konnte gar nicht aufhören, darüber zu reden, wie viel jünger und hübscher du aussiehst.«

»Jünger und hübscher als was?«, erwiderte ich empört. »So sieht man über vierzig eben aus. Abgesehen von der Frisur vielleicht. Die bedeutet eindeutig ein Upgrade. Aber womit vergleicht er mich überhaupt? Er hat mich seit deiner Abschlussfeier nicht mehr gesehen, und da war ich noch ein ganzes Stück jünger.«

Nicole seufzte. »Facebook. Du und Dad seid doch befreundet. Du hast an Weihnachten ein Bild gepostet. Ich glaube, von einer Party?«

»Ach ja.« Die jährliche Weihnachtsfeier in Gregs Fachbereich an der Drew University. »Was stimmte denn damit nicht?«

Sie verzog das Gesicht. »Mom, du warst von Kopf bis Fuß in Schwarz gekleidet, und deine Haare waren in diesem Dutt mit – was war das, Essstäbchen? – ganz merkwürdig hochgesteckt. Du sahst aus, als würdest du für eine Rolle in *American Horror Story* vorsprechen.«

Max machte ein taktvolles Geräusch irgendwo zwischen einem Schnauben und einem Hüsteln.

Lächelnd wandte sich Nicole ihm zu. »Dieser neue Look ist sicher Ihr Verdienst, oder?«

»Ihre Mutter ist in Paris, um sich inspirieren zu lassen«, erklärte Max achselzuckend. »Damit sollte man schon beim Äußeren anfangen.«

»Hmm. Mag sein.« Dann drehte sie sich wieder zu mir und fragte: »Du wolltest noch mal ins Museum?«

»Unbedingt. Ich habe gestern Abend und heute Morgen so viel geschrieben, dass ich mir eine Pause verdient habe. Max, kommen Sie mit?«

Max wirkte überrascht. »Wollen Sie nicht Zeit mit Ihrer Tochter verbringen?«

»Doch, das will sie«, antwortete Nicole ungefragt für mich. »Aber so gern wir uns auch haben, es fällt uns schwer, einen gemeinsamen Nenner zu finden. Wir könnten uns problemlos die Bilder ansehen, aber beim Mittagessen würde es unweigerlich zu langen, unangenehmen Gesprächspausen kommen. Bitte begleiten Sie uns. Sie würden es uns beiden einfacher machen. Außerdem könnten wir uns doch alle duzen, oder nicht?«, fügte sie in ihrer üblichen direkten Art hinzu.

Ich nickte. »Ja, bitte.«

Auch Max lächelte. »Es wäre mir ein Vergnügen.«

Nach mehreren Stunden im Museum knurrte mein Magen so laut, dass es die anderen Besucher hören konnten. Schließlich gab ich mich geschlagen und machte Nicole und Max darauf aufmerksam, dass es langsam Zeit fürs Mittagessen war.

»Ich weiß, wie unerträglich du wirst, wenn du Hunger hast«, seufzte Nicole. »Hältst du noch zehn Minuten durch?«

Ich nickte. »Solange wir in Bewegung bleiben, schaffe ich das noch. Aber wenn wir irgendwo haltmachen, wo es etwas zu essen gibt, werde ich nicht vom Fleck zu bewegen sein.«

In zügigem Tempo liefen wir am Fluss entlang, überquerten eine der zahlreichen Brücken und ließen uns dann auf winzigen Stühlen um einen verwitterten Tisch irgendwo im Marais nieder. Während ich mich für Hähnchen entschied und Max für Fisch, bestellte Nicole wie üblich nur einen Salat.

»Ich kann nicht glauben«, sagte ich, »dass du in einem kulinarisch so aufregenden Land wohnst und nur Salat isst.«

»Die Salate hier sind ganz anders als alles Grünzeug, das du in deinem Leben je gegessen hast«, erwiderte sie.

»Das stimmt«, pflichtete Max ihr bei. »Ein Salat aus den Staaten würde hier gar nicht als solcher durchgehen. Wart's nur ab, Maggie. Du wirst noch von knackigen Salatblättern träumen, bevor du zurückfährst.«

Nicole grinste. »Hast du das gehört? Also lass mich in Ruhe und trink deinen Wein.«

Dieser Aufforderung kam ich nur zu gern nach und lehnte mich zurück. In einem meiner Kaschmirpullover genoss ich die frische Frühlingsbrise und die Sonne in meinem Gesicht.

Max streckte die Beine vor sich aus. »Also, Nicole, ich bin neugierig. Wie gefällt es dir, in Frankreich zu leben?«

Sie zögerte einen Moment, bevor sie antwortete. »Ich denke, ich werde bleiben. Ich habe das Gefühl, dass ich hier glücklich werden kann«, sagte sie schließlich. »Die Leute, die Kultur, das Essen – alles hier ist ganz anders, und ich habe festgestellt, dass ich hier viel entspannter bin, als ich es zu Hause je war.«

Erschüttert sah ich sie an – plötzlich hatte ich einen dicken Kloß im Hals. »Wirklich?«, sagte ich mit heiserer Stimme. »Du willst hierbleiben? Für immer?«

Sie schüttelte den Kopf. »Mom, nichts ist für immer. Aber in absehbarer Zukunft, ja.«

Max sah sie nachdenklich an. »Und was ist mit deinen Eltern? Sie werden dir doch sicher fehlen. Und würdest du dir keine Sorgen um sie machen? Schließlich werden wir alle älter, und das ist viel schwerer, wenn man allein ist.«

Sie zuckte die Achseln. »Sie werden nicht allein sein.«

In diesem Moment kam der Kellner mit unserem Essen, so dass ich nicht gleich fragen konnte, was zur Hölle sie damit meinte. Aber sobald der Tisch gedeckt war, stellte ich sie zur Rede. »Nicole, würdest du mir diesen Gedankengang bitte erklären?«

In aller Ruhe spießte sie ein Salatblatt auf, kaute und schluckte. »Ich spreche von dir und Daddy. Diese Zeit in Paris wird euch bestimmt wieder zusammenbringen, und dann muss ich mir keine Sorgen mehr um euch machen, weil ihr einander habt.«

Mir fiel die Gabel aus der Hand, zeitgleich klappte mir die Kinnlade herunter. »Wovon zur Hölle redest du?«

»Warum überrascht dich das so sehr?«, fragte sie. »Ist die Vorstellung, dass ihr nach all den Jahren wieder zusammenkommt, so weit hergeholt? Du schreibst doch ständig Bücher, in denen genau solche Unwahrscheinlichkeiten passieren, oder etwa nicht?«

Max hatte den Kopf gesenkt, und seine Schultern bebten vor Lachen. »Eine brillante Argumentation«, brachte er schließlich heraus.

Nicole nahm das grinsend zur Kenntnis. »Danke. Ich denke darüber schon seit Längerem nach, und gestern konnte ich sehen, wie gut sich die beiden immer noch verstehen, also warum nicht? Sie sind beide wieder Single, und das in einer Zeit ihres Lebens, in der sich viel verändert und große Umbrüche anstehen. Ergibt doch Sinn.«

»Aber das ist das wahre Leben, Nicole, nicht eines der Bücher deiner Mutter«, entgegnete Max. »Im wahren Leben bleiben Ex-Ehepartner meistens geschieden.«

»Im wahren Leben«, erwiderte sie gelassen, »reden Ex-Partner kaum miteinander. Aber die beiden sind seit Jahren gut befreundet. Außerdem – mit wem sollten sie denn sonst zusammenkommen? Alle Beziehungen, die sie über die Jahre hatten, sind in die Brüche gegangen. In den meisten Fällen auch noch auf ziemlich üble Weise. Das mit Greg zum Beispiel … es war das reinste Desaster, von Anfang an.«

Ich setzte mich auf. »Nicole, du kannst meine Beziehung zu Greg doch überhaupt nicht beurteilen.«

»Warum nicht? Okay, ich war die meiste Zeit auf dem College, aber ich hab nur zehn Minuten entfernt gewohnt und so ziemlich alles mitbekommen.« Sie beugte sich vor. »Mom, dein Problem ist, dass du immer versuchst, Männer zu daten, die so sind wie deine Figuren. In deinen frühen Büchern waren sie wenigstens noch alle wie Dad: einfühlsam und rücksichtsvoll, belesene, nette Nerds, die das Herz der Heldin im Sturm erobern. Dann tauchten in deinen Geschichten auf einmal diese Testosteronmänner auf, und prompt hast du angefangen, dir solche Typen zu angeln – das beste Beispiel dafür ist Greg. Schon klar, er war mal so etwas wie der perfekte Held für dich. Aber was für ein Idiot er ist.«

Mit selbstzufriedenem Gesicht lehnte sie sich zurück. »Und die ganze Sache mit Dad und Heather? Offensichtlich hat er versucht, die leidenschaftlichen Tage seiner Jugend wiederaufleben zu lassen. Auch das verstehe ich. Aber die Wahrheit ist« – sie taxierte mich mit durchdringendem Blick –, »dass er deine erste große Liebe war und du seine. Daran wird sich nie etwas ändern. Und ich glaube nicht, dass damit jemals jemand mithalten kann.«

Ich wusste nicht, was ich sagen sollte. Also ließ ich mich auf meinem Stuhl zurücksinken und starrte auf mein Hühnchen, so perplex, dass ich nicht einmal registrierte, wie gut es roch. Hilfesuchend sah ich zu Max. Seine strahlend blauen Augen leuchteten, und sein Lachen schien nur darauf zu warten, die Oberfläche zu durchbrechen.

»Anscheinend liebt Nicole dich und ihren Vater sehr und wünscht sich nichts mehr, als dass ihr glücklich werdet«, sagte er.

»Ganz genau«, stimmte sie zu. »Ich weiß dein Verständnis wirklich zu schätzen, Max.«

»Aber vielleicht«, fuhr er fort, »hat deine Mutter andere Pläne?«

Nicole kniff argwöhnisch die Augen zusammen. »Was für Pläne sollten das sein?«

Um Zeit zu gewinnen, schnitt ich ein Stück Hähnchenfleisch ab, steckte es in den Mund und dachte angestrengt nach, während ich kaute. »Also, ich überlege schon eine Weile, einen Assistenten für mich einzustellen. Ich suche mir einfach einen attraktiven jungen Mann, vielleicht einen, der im Iowa Writers' Workshop seinen Master gemacht hat, biete ihm eine Stelle an, und dann habe ich ausgesorgt. Denn er wird sich unsterblich in mich verlieben, wir werden zusammen etwas Großartiges schreiben und nach Belize ziehen …«

Der Kellner erschien, um Wein nachzuschenken, doch nicht einmal das hielt mich davon ab, meiner Phantasie freien Lauf zu lassen, wie ich an einem sonnenüberfluteten Strand von jemandem mit einer engen Badehose und Hornbrille massiert wurde.

Nicole machte ein Geräusch, das verdächtig nach einem Schnauben klang. »Himmel, Mom, echt jetzt?«

»So etwas in der Art könnte passieren«, meinte ich und sah zu Max, der wieder das Lachen unterdrückte. »Vielleicht wird mein nächstes Buch davon handeln. Als Beweis, dass ich recht habe.«

Nicole verzog das Gesicht. »Ernsthaft?«

»Und außerdem«, fuhr ich fort, »hat dein Vater vielleicht auch etwas dazu zu sagen.«

Sie nickte. »Wahrscheinlich ist das unvermeidlich. Aber gestern Abend konnte er von nichts anderem reden als davon, wie gut du aussahst und wie sehr er dich vermisst hat.«

Tief in Gedanken schnitt ich mir noch etwas Hähnchen ab. Alan und ich, wieder vereint?

Immerhin hatte ich lange davon geträumt, dass wir zusammen alt werden würden. Jedes Mal, wenn ich über zwei Figuren schrieb, die nach einer wie auch immer gearteten Trennung wieder zusammenkamen, sahen sie in meiner Vorstellung aus wie Alan und ich. Aber Max hatte recht: Wir befanden uns nicht in einem meiner Bücher – sondern in Paris, wo jede Beziehung in ein viel zu romantisches Licht getaucht war. Bestimmt wäre es einfach, uns wieder ineinander zu verlieben, während wir Hand in Hand im Schatten des Eiffelturms schlenderten. Aber könnte diese Liebe auch in der realen Welt bestehen?

»Nicole«, sagte ich, »sosehr ich es zu schätzen weiß, dass du dir so viele Gedanken über mein Liebesleben gemacht hast, liegst du doch ziemlich daneben. Und was deinen Vater und mich angeht: Ich denke, es wäre das Beste, wenn wir diese Idee zu den Akten legen. Oder meinetwegen in einen Koffer packen, den wir mit Steinen beschweren und in die

Seine werfen. Dein Vater und ich führen unsere Leben schon sehr lange getrennt voneinander und sind beide glücklich damit. Belassen wir es doch bitte dabei.«

»Meinetwegen«, seufzte sie. »Aber du solltest wenigstens versuchen, aufgeschlossen zu bleiben.«

Ich zuckte die Achseln, dann widmete ich mich endlich dem kleinen Berg Grünzeug am Rand meines Tellers und …

Oh.

Ach du lieber Himmel, so leckeren Salat hatte ich noch nie gegessen – vielleicht hatte Nicole doch recht.

Mit dem Salat. *Nur* mit dem Salat.

Nicole begleitete uns zurück zur Wohnung. Es wurde ein langer, gemächlicher Spaziergang, auf dem wir immer wieder auf reizende Abwege gerieten, weil wir etwas Interessantes oder Schönes entdeckten, das wir den anderen zeigen wollten. Anscheinend war die Freundschaft zwischen Nicole und Max seit dem Mittagessen besiegelt, denn sie tauschten immer wieder kurze Bemerkungen auf Französisch aus und schienen sich bestens zu verstehen. Max' Charme versetzte mich genauso in Erstaunen wie die Anerkennung, die meine Tochter ihm offensichtlich entgegenbrachte.

Kaum in der Wohnung angekommen, machten Nicole und ich uns wieder auf den Weg, diesmal mit Jules, und ich zeigte ihr die Nachbarschaft.

»Schick«, sagte sie und schaffte es irgendwie, das Wort abschätzig klingen zu lassen.

»Gegen schick ist doch nichts einzuwenden«, erwiderte ich und schaute zu, wie Jules das Bein an einem Gebäude aus grauem Kalkstein mit hohen, schmalen Fenstern hob, das vermutlich aus dem 17. Jahrhundert stammte.

»Stimmt.«

»Ich finde es großartig, wie viele historische Gebäude hier erhalten geblieben sind«, sagte ich. »Warum haben wir in Amerika immer das Bedürfnis, etwas *Neues* zu bauen?«

»Weil es eben ein neues Land ist. Man muss zugeben, dass Frankreich bereits das Zentrum von Kunst und Literatur war, als New York noch aus einem Haufen Holzhütten und Bauernhöfe bestand.«

»Dieses Land ist wirklich erstaunlich. Ich kann verstehen, warum du hier leben willst.«

»Wart's nur ab, bis du Rennes kennenlernst. Eine jahrhundertealte Stadt, die Straßen sind eng und wunderschön und die Bauwerke schlicht atemberaubend.«

Ich lachte. »Vielleicht schaffe ich es ja noch, dich dort mal zu besuchen. Max sagt, ich kann so lange hierbleiben und schreiben, wie ich will, und da es in den Staaten bis zur Veröffentlichung des Buches nicht viel zu tun gibt …«

Nicole warf mir einen argwöhnischen Seitenblick zu. »Das mit Greg ist wirklich vorbei?«

»Ist es. Obwohl er mir ständig Nachrichten schickt, ob ich meine Meinung inzwischen geändert hätte. Wahrscheinlich hat er einfach Schwierigkeiten, eine neue Wohnung zu finden. Für jemanden, der vom Lohn eines Teilzeitakademikers und irrelevanten Tantiemen lebt, hat er ziemlich hohe Ansprüche.«

»Aber er ist doch auch für einen Teil eurer Kosten aufgekommen, oder nicht? Wie kommst du ohne ihn zurecht?«

»Sobald ich den ersten Entwurf meines Romans abgebe, kriege ich einen weiteren Vorschuss«, erklärte ich mit einem beruhigenden Lächeln. »Und dann ist da noch die mögliche Fernsehadaption, die viel Geld einbringen würde. Ein Grund mehr, mein Buch rechtzeitig fertig zu schreiben.«

Wir kehrten mit frischem Baguette, einem Stück Fisch, den Nicole zum Abendessen zubereiten wollte, und natürlich Wein in die Wohnung zurück.

Im Flur begegnete uns Max. »Das sieht vielversprechend aus«, sagte er.

Nicole grinste. »Ich kann es kaum erwarten, in einer Küche mit mehr als dreißig Zentimetern Arbeitsfläche zu kochen. In das Wohnzimmer hier würde meine gesamte Wohnung passen.«

Max sah ihr nach, als sie in die Küche ging, dann wandte er sich zu mir um. »Sie ist bemerkenswert«, sagte er und wies auf seine gepackte Reisetasche. »Ich wünschte, ich könnte mehr Zeit mit euch verbringen. Aber ich muss los, Maggie. Sonntagnachmittag bin ich wieder da. Wenn meine Mutter vorher zurückkommt, richte ihr das doch bitte aus, ja?«

»Natürlich«, antwortete ich. Was für eine persönliche Angelegenheit musste er wohl in Marseille klären? Unwillkürlich sah ich ihn in einem riesigen Himmelbett in einer kleinen Dachgeschosswohnung vor mir, zusammen mit einer rothaarigen Frau um die dreißig. Sie hatte sehr rote Lippen, eine tiefe, rauchige Stimme und trug einen langen Kimono mit einem Muster aus schwarzen und roten Rosen. Wahrscheinlich würden sie die ganze Zeit im Bett bleiben, mediterrane Südfrüchte essen und sich gegenseitig erotische Poesie vorlesen, auf Französisch …

Hmmm – ob Bella und Lance vielleicht auch …? Aber ja!

Er beugte sich zu mir und flüsterte mir ins Ohr: »Falls meine Mutter zu viele Fragen stellt, würde ich vorschlagen, dass du ihr einfach sagst, wir hätten hier am Tisch viel Spaß miteinander gehabt. Dann dürfte sie eigentlich nicht weiterfragen.«

War das anzüglich gemeint? »Wie meinst du das?« Mein Blick wanderte zum Esstisch und verharrte dort. »Wäre die Couch nicht passender?«, platzte ich heraus, konnte jedoch nicht anders, als mir auszumalen, wie ich nackt auf der harten Holzoberfläche lag …

»Die hat sie gerade erst neu beziehen lassen«, erwiderte er mit einem frechen Grinsen, nahm seine schicke Ledertasche und verschwand, während ich mit hochrotem Gesicht in Tagträumen versank.

»Mom?«

Als Nicole hereinkam, zuckte ich zusammen, als hätte sie mich bei etwas Unanständigem erwischt.

»Alles okay mit dir?«, erkundigte sie sich.

»Na klar.« Ich nickte heftig. »Es ist nur meine Geschichte. Sie geht mir nicht aus dem Kopf. Du weißt schon.«

»Na, das ist doch gut, oder? Deswegen bist du schließlich hier.«

Ich nickte erneut. Aus irgendeinem Grund war meine

Kehle so trocken, dass ich nur ein Krächzen herausbekommen hätte.

»Wenn du noch ein bisschen schreiben willst, nur zu. Ich kann mir was zu lesen suchen. Bis zum Abendessen dauert es noch eine Weile.«

»Gute Idee«, sagte ich und räusperte mich ausgiebig. »Und du hast wirklich nichts dagegen?«

Sie schüttelte den Kopf. »Überhaupt nicht. Wie schon gesagt, ich suche mir was zu lesen.«

»In dem Regal dort stehen ein paar meiner Bücher, die Solange gehören. Allerdings auf Französisch.«

Ihre Augen leuchteten auf. »Wirklich? Das macht bestimmt Spaß.«

Ich zog meine Schreibklamotten an, stellte mein Handy auf lautlos und aktivierte einen Timer an meinem Laptop. Meine Gedanken rasten. Bella und Lance hatten mitten im zweiten Band einen hinreißenden fünfjährigen Jungen namens Twan in einem verwüsteten Dorf zurücklassen müssen, und ich wurde mir immer klarer darüber, dass sie unbedingt dorthin zurückkehren mussten, um den Jungen ausfindig zu machen. Wenn sie Twan gefunden hatten, konnten sie ihn in die Vereinigten Staaten bringen und adoptieren. Da zu diesem Zeitpunkt weder sie noch ich wussten, ob das gefährliche Virus, das Lance im zweiten Band nur knapp überlebt hatte, ihn zeugungsunfähig hatte werden lassen, war Twan womöglich ihre einzige Chance auf die Familie, die sie sich beide so sehr wünschten.

Als die Zeit abgelaufen war, hatte ich ein ganzes Kapitel geschrieben. Ich wollte nicht aufhören, aber ich hörte Jules schon wieder unruhig auf und ab laufen und wusste, dass ich aufstehen musste. Nicole saß auf der Couch und las, tatsächlich eines von meinen Büchern. *Wenn Liebe verloren geht*, der erste Band der Delania-Trilogie.

»Und?«, fragte ich.

Sie legte das Buch weg. »Du hast Greg kennengelernt, kurz bevor du damit angefangen hast, oder?«

»Ist es so offensichtlich?«

Sie schüttelte den Kopf. »Wenigstens hat dieser Lance in deinem Buch ein gewisses Einfühlungsvermögen. Und Humor. Bist du gut vorangekommen?«

»Sehr gut sogar. Ich ziehe mich schnell um, gehe mit Jules raus, und vielleicht kannst du mit dem Kochen anfangen?«

Sie nickte, und ich wechselte meine Klamotten. Als Jules und ich zurückkamen, garte der Fisch bereits in einer Soße aus Weißwein und frischen Kräutern, also gab ich Jules etwas zu fressen, und wir gönnten uns als Aperitif ein Gläschen Wein.

»Dad will morgen nach Versailles«, erzählte sie. »Er hat angerufen, während du weg warst.«

»Versailles würde ich auch schrecklich gern sehen«, sagte ich. »Wenn ich heute Abend genug schreibe, dürfte ich mir ruhig noch einen Tag als Touristin gönnen.«

»Daddy und ich können dich hier abholen, dann nehmen wir zusammen die Métro nach Versailles. Das ist leichter, als aus zwei verschiedenen Richtungen zu kommen.«

»Das wäre super. Ich bin mir nicht sicher, ob ich mich allein zurechtfinden würde.«

»Das Museum hast du problemlos gefunden.«

»Aber das ist auch wirklich gut ausgeschildert. Und nicht weit entfernt.«

Wir aßen in aller Ruhe, zum Nachtisch gab es Käse und noch mehr Wein, dann machte sich Nicole auf den Heimweg. Als sie fort war, räumte ich auf und schenkte mir Wein nach, ließ ihn jedoch stehen, weil mir plötzlich eine Idee kam, die ich sofort niederschreiben musste. Es ging fast wie von selbst, irgendwann legte ich eine Pause ein, um mit Jules seinen Abendspaziergang zu machen, dann schrieb ich weiter. Schließlich ging ich ins Bett und träumte von Lance, der gierig aus einer Feldflasche trank, wobei ihm das Wasser über die nackte Brust lief. Dann verwandelte sich Lance in den lachenden Max, der sich Wein über sein weißes Hemd goss, das sich tiefrot färbte.

Am nächsten Morgen bekam ich eine Nachricht von Lee.

Lee:

Wie geht's Max?

Ich war schon eine Stunde auf, hatte Jules bereits ausgeführt, mir wie üblich einen Café Crème und ein Croissant geholt und las gerade, was ich am Tag zuvor geschrieben hatte.

Maggie:

Max ist wundervoll. Dank ihm habe ich eine neue Frisur und neue Kleider. Und ich schreibe wie verrückt. Heute fahre ich nach Versailles.

Lee:

Wie willst du in Versailles wie verrückt weiterschreiben? Und seit wann trägst du Kleider? Wir kommen heute Abend zurück. Kann es kaum erwarten, zu lesen, was du geschrieben hast. Solange will wissen, ob Max bei dir ist.

Maggie:

Sag ihr, Max ist bis Sonntag in Marseille.

Genüsslich schlürfte ich meinen Kaffee und knabberte an meinem Croissant.

Lee:

Solange hat gerade eine Reihe von Obszönitäten vom Stapel gelassen, die einen Seefahrer zum Erröten bringen würden. Ich werde sie nie verstehen.

Ich verstand sie nur zu gut. Max sollte nicht in Marseille sein. Er sollte in Paris sein und sich in mich verlieben, damit Solange glücklich sterben konnte, in dem Wissen, dass ihr Sohn eine Frau hatte, die ihn umsorgte. Obwohl Max meiner Meinung nach durchaus fähig schien, für sich selbst zu sorgen.

Ich machte ein Foto von meiner neuen Frisur und schickte es an Cheri und Alison. Eigentlich hätte ich meine hübsch lackierten Fingernägel auch noch gern aufs Bild bekommen, doch es überforderte meine Koordination, mein Smartphone beim Fotografieren mit nur einer Hand zu halten. Also machte ich noch ein Foto von meiner Hand vor dem Fenster, mit dem schönen Ausblick im Hintergrund.

Maggie:

Meine neue Aussicht bei der Arbeit. Sie erfüllt ihren Zweck! Endlich schreibe ich wieder!

Ich war früh aufgestanden, hatte einen Teil dessen, was ich gestern Abend geschrieben hatte, bereits überarbeitet und ein neues Kapitel angefangen, als Nicole mir textete, dass sie und Alan unten an der Straße auf mich warteten. Also konnte ich ohne schlechtes Gewissen für heute aufhören. Nachdem ich mich vergewissert hatte, dass Jules genug Wasser hatte, lief ich zu ihnen hinunter.

Nicole trug Leggins, ihre hohen Doc-Martens-Stiefel, ein knalloranges T-Shirt, mehrere Tücher um den Hals geschlungen und eine kurze Jeansjacke.

Ich seufzte. »Warum starren dich die Franzosen eigentlich nicht verächtlich an, wenn sie sehen, was du anhast?«, fragte ich. »Als ich mich an meinem ersten Tag hier in einem Outfit auf die Straße gewagt habe, das nicht aufs Cover eines Hochglanz-Modemagazins gepasst hätte, wurde ich förmlich mit Tomaten und pampigem Salat beworfen.«

Irritiert runzelte sie die Stirn. »Warum sollte es mich kümmern, was die Leute über meine Klamotten denken?«

So viel dazu.

Auf dem Weg zur Métro sah ich, wie ihr Alan den Arm um die Schultern legte. Nicole war es immer unangenehm gewesen, berührt zu werden, sie mochte keine Umarmungen, und ihr Händedruck war stets fest, aber kurz. Doch Alan war immer die Ausnahme gewesen. Wie es wohl mit Louis war?

»Kommt Louis morgen nach Paris?«, fragte ich.

»Ja, er müsste gegen Abend hier sein.«

»Und er wohnt bei dir und Dad?«

Sie warf mir einen Seitenblick zu. »Dachtest du, er würde im Hotel übernachten?«

»Nein, nicht wirklich«, erwiderte ich. »Es ist nur so, ähm, seien wir ehrlich, Nicole, der Gedanke, dass du, na ja …«

»Dass ich eine unabhängige, sexuell aktive, erwachsene Frau bin?«

Ich sah, wie Alan ihre Schultern einen Moment fester umfasste. »Schatz«, sagte er, »als du das letzte Mal mit uns über einen Jungen geredet hast, warst du fünfzehn, und du fandest, er würde eklig riechen. Sei nicht so streng mit uns, ja?«

Wir betraten die Métro-Station, und zum Glück fiel auf der Fahrt nach Versailles kein Wort mehr über unabhängige, sexuell aktive Erwachsene.

In Versailles gibt es nicht nur das Schloss zu sehen, sondern eine uralte, zauberhafte Stadt mit Körben voller Frühlingsblumen, wohin man auch blickt. Wir folgten der Menge durch die kopfsteingepflasterten Straßen zu dem prächtigen Anwesen, das Ludwig XIV., der Sonnenkönig, für sich und seinen Hofstaat hatte erbauen lassen.

Auf dem Weg durch das Tor blieb ich mindestens viermal stehen und sah mich staunend um. Der Hof erstreckte sich scheinbar meilenweit bis zu dem strahlend hellen Schloss, dessen Dachlinie im Licht der Sonne golden glänzte. Davor wimmelte es von Leuten, und es hatte sich bereits eine lange Schlange gebildet.

Nicole blickte sich um. »Ich möchte nicht Schlange stehen und auch kein Geld ausgeben, um das Schloss zu besichtigen. Die Gärten kosten keinen Eintritt, und sie interessieren mich sowieso viel mehr. Geht ruhig rein, ich treffe euch dann draußen beim ersten Brunnen. Schreibt mir, wenn ihr fertig seid.«

»Ich bezahle dir dein Ticket«, bot Alan an.

Doch sie schüttelte den Kopf. »Nein, danke. Wir sehen uns später.«

Sehr geschickt, Nicole. Sehr geschickt.

Alan und ich stellten uns brav an und warteten. Hinter uns stand ein junges amerikanisches Pärchen, und während wir uns Stück für Stück über den Hof bewegten, redete die Frau die ganze Zeit wie ein Wasserfall, schimpfte über ihr Hotel, die kratzigen Laken, den komischen Geruch im Schrank, das winzige Bad, den Wasserdruck, die Wassertemperatur, und es erforderte meine gesamte Selbstbeherrschung, mich nicht umzudrehen und sie anzuschreien. Alan und ich begnügten uns damit, gelegentlich genervte Blicke zu wechseln.

Und dann …

»Sieh mal, die Leute da vorn haben sich gerade vorgedrängelt.«

Ich hatte sie genau gesehen: zwei Frauen, die geradewegs an uns und etwa einem Dutzend anderer Leute vorbeimarschiert und dann einfach stehen geblieben waren.

»Dave«, sagte die Amerikanerin hinter uns laut. »Hast du das gesehen?«

Dumme Frage. Er war ja nicht blind, das wusste ich, weil ich schon ein paarmal zu den beiden hinübergeschaut hatte.

»Die beiden haben sich vorgedrängelt«, keifte die Frau weiter.

Die beiden Frauen, offensichtlich Französinnen, unterhielten sich angeregt, und wenn sie die Frau gehört hatten, ließen sie es sich nicht anmerken. »Lee hat mich schon gewarnt, dass das ständig passiert«, flüsterte ich Alan zu.

»Nicole hat mir das Gleiche gesagt«, flüsterte er zurück. »Sag mal, sehe ich eigentlich total amerikanisch aus?«

Tatsächlich trug Alan eine marineblaue Hose, ein blassrosa Hemd und abgewetzte Slipper – genauso gut hätte er eine Yankees-Baseballmütze auf dem Kopf haben können. Als ich nickte, ging er schnell auf meine andere Seite, um etwas Abstand von dem Pärchen zu gewinnen.

»Meinst du, die Leute werden denken, ich gehöre zu *denen?*«, flüsterte er.

Ich hakte mich bei ihm unter und zog ihn an mich. »Sie werden denken, du gehörst zu mir, der schicken Französin mit der fabelhaften Frisur und den eleganten Knöcheln.«

»Gott sei Dank«, murmelte er.

»Habt ihr das gesehen?!«, fuhr die Frau unbeirrt fort.

Ich hielt den Kopf gesenkt und musste mir das Lachen verkneifen.

»Dave, sag ihnen, dass sie sich am Ende der Schlange anstellen sollen.«

Jetzt hob ich ruckartig den Kopf. Das wollte ich nicht verpassen. Und ich war nicht die Einzige. Alle Umstehenden, die bisher Schloss Versailles bewundert hatten, wandten ihre

Aufmerksamkeit dem Pärchen zu, um zu sehen, was der arme, untergebutterte Amerikaner jetzt tun würde.

Er flüsterte ihr etwas ins Ohr. Ich war nicht nahe genug, um zu verstehen, was er sagte, aber sein Gesicht war hochrot angelaufen.

Seiner Frau – Freundin? – gefiel das offensichtlich ganz und gar nicht, denn sie sah ihn voller Verachtung an. Und dann wurden ihre Augen groß. Sie hatte Alan bemerkt.

»Hey, sind Sie Amerikaner?«

Es verdiente Anerkennung, dass Alan sich verwirrt umsah, als wisse er nicht, mit wem sie sprach.

Die Frau streckte die Hand aus und zupfte ihn am Ärmel. »Sie meine ich. Sind Sie Amerikaner?«

Ich schloss die Augen. Was jetzt? *Oh, Alan, was um alles auf der Welt wirst du dieser Frau sagen?*

Was immer es war, er sagte es auf Ungarisch. Nicht, dass ich den unverständlichen Wortschwall als Ungarisch erkannte, aber ich wusste, dass Ungarisch die einzige Fremdsprache war, die Alan beherrschte. Aus unerfindlichen Gründen hatte er sich jahrelang damit abgemüht und war immer stolz darauf gewesen, dass er es, wie er steif und fest behauptete, ohne hörbaren Akzent sprach.

Verdattert starrte die Frau ihn an. Dann richtete sie ihren extrem feindseligen Blick auf mich, doch ich zuckte nur die Achseln und versuchte, so unamerikanisch wie möglich auszusehen.

Die Schlange bewegte sich voran, alle wandten sich wieder nach vorn, und ich musste mich die nächsten Minuten heftig zusammenreißen, nicht in hysterisches Lachen auszubrechen. Zum Glück stand Alan direkt hinter mir, legte mir die Hände auf die Schultern und schirmte mich von der Frau ab, die endlich aufgehört hatte zu reden.

Schließlich erreichten wir den Eingang, zeigten unsere Tickets vor und betraten das Schloss. Sofort zog ich Alan zur Seite, wartete, bis das amerikanische Pärchen an uns vorbeidefiliert war, und ließ meinem Lachen endlich freien Lauf.

Alan beugte sich zu mir, und seine Stirn berührte die meine, als wir beide laut losprusteten, dann wandten wir uns endlich Schloss Versailles zu. Er legte mir den Arm um die Schultern, und ich ließ mich von einem Gefühl umfangen, das so warm und tröstlich war wie ein alter Lieblingspullover.

Kapitel 6

Eine Diskussion über Liebe, Reue …
und die Entdeckung der Muse

Tom Petty hatte in seinem Song »It's Good To Be King« nicht übertrieben.

Unsere Tour durch das Schloss dauerte fast zwei Stunden, und sie war phantastisch. Das Gold, die Opulenz, die Liebe zum Detail – alles erbaut, während das gemeine Volk erfror, Frauen auf den Straßen von Paris für etwas zu essen ihren Körper verkauften und Kinder starben, weil sie verschmutztes Wasser trinken mussten.

Ich wäre vollauf damit zufrieden gewesen, Laute der Bewunderung von mir zu geben, doch Alan hatte genau wie seine Tochter ein ausgeprägtes politisches Bewusstsein, und so musste ich mir den ganzen Weg zum Restaurant, wo wir zum Lunch mit Nicole lächerlich überteuerte Sandwiches und Wasserflaschen erstanden, lauter extrem deprimierende historische Details aus der damaligen Zeit anhören.

»Kannst du bitte aufhören?«, flehte ich. »Ja, das Leben hier war furchtbar für alle, die nicht reich waren. Die Adligen waren schreckliche Menschen, gewissenlos und unbarmherzig. Schon verstanden. Aber jetzt sind wir unterwegs zum

Schlosspark. Kann ich nicht einfach die hübschen Blumen bewundern und glückliche Gedanken haben?«

Von hier hatten wir freien Blick auf die Gärten. Sie waren wunderschön, aber ihre schiere Größe war überwältigend. Weitläufige Grünflächen, so weit das Auge reichte, durchzogen von einem Geflecht verschlungener Pfade. Ich richtete meinen Blick auf den offensichtlichsten Orientierungspunkt, den riesigen Brunnen in der Mitte, und schrieb Nicole, dass wir uns nun treffen konnten.

Die breiten Stufen, die zum Brunnen hinunterführten, schienen sich meilenweit vor uns zu erstrecken, und darauf zu sitzen fühlte sich fast wie ein Sakrileg an. Doch wenn die Franzosen es wagten, wäre es wohl auch für mich gestattet. Ich setzte mich auf den kühlen Stein und beobachtete die Flut von Leuten, die glücklich und zufrieden hinunter in die Gärten strömten.

»Was ist anders an ihr?«, fragte Alan unvermittelt.

»An Nicole?« Ich musste kurz überlegen, doch er hatte recht. Sie hatte sich wirklich verändert. Sie wirkte … sanfter. Weniger wütend. Weniger versessen darauf, etwas zu finden, was ihr missfiel. Sie hatte immer schon eine rebellische Ader, sprach sich frei und sehr redegewandt gegen Religion, Regierungsmacht und Kapitalismus aus und hatte auch keine Angst, ihren Worten Taten folgen zu lassen. Bevor sie nach Frankreich gezogen war, war sie dreimal verhaftet worden, weil sie gegen Verordnungen demonstriert hatte, die ihrer Ansicht nach Obdachlose noch weiter benachteiligten. Damit hatte sie völlig recht, und eine der Verordnungen war infolge des Protests tatsächlich gekippt worden.

Aber hier … Ob es daran lag, dass es in Frankreich, wo jeder das Recht auf medizinische Versorgung, Bildung und einen menschenwürdigen Arbeitslohn hatte, vielleicht weniger gab, worüber sie wütend sein musste?

»Sie ist entspannter«, antwortete ich schließlich.

Alan verzog das Gesicht. »Es ist mehr als das.«

»Sie ist glücklich«, sagte ich zu meiner eigenen Überraschung. Ja, das brachte es auf den Punkt. Sie war glücklicher, als ich sie je zuvor gesehen hatte.

»Das würde bedeuten«, erwiderte Alan trocken, »dass sie die meiste Zeit ihres Lebens unglücklich war.«

»Na ja, seien wir ehrlich, sie hat kein einziges Mal gelächelt, bis sie zwei war.«

»Ach ja, ich erinnere mich. Bis zum ersten Ponyreiten.«

»Oder vielleicht«, fuhr ich fort, »vielleicht ist sie verliebt.« Ich warf ihm einen kurzen Blick zu. »Liebe verändert die Menschen.«

»Ich weiß«, sagte Alan. »Und vielleicht liegt es wirklich daran. Aber das hieße, dass ihr das alles jederzeit wieder genommen werden könnte. Mir gefiele die Vorstellung, dass mehr dahintersteckt als Louis, besser. Dass sie hier auch ohne ihn glücklich wäre.«

Eine Weile saßen wir schweigend nebeneinander – in der angenehmen Stille, die zwischen Menschen entsteht, die sich miteinander so wohl fühlen, dass sie einfach schweigen können –, bis Nicole mir auf die Schulter tippte. Zu dritt schlenderten wir die Pfade entlang und durch die Haine, bis wir schließlich in der Kolonnade haltmachten, um dort unseren Proviant zu essen. Nicole, die uns mit Geschichten vom Sonnenkönig und seinem Hofstaat erfreut hatte, wechselte plötzlich das Thema.

»Mom, Daddy überlegt, nach Vermont zu ziehen, wenn er in Rente ist, du weißt schon.«

Ich blickte von ihr zu Alan und wieder zurück. »Und …?«

Sie zuckte die Achseln. »Ich bin nur neugierig. Was hältst du von Vermont?«

»Ich würde nie irgendwohin ziehen, wo die Winter noch kälter sind als in New Jersey«, sagte ich langsam und sehr bestimmt. »Wenn überhaupt, dann würde ich weiter nach Süden ziehen.«

Alan sah nachdenklich aus. »Mit den Wintern hast du definitiv recht. Ein bisschen hab ich ja auch schon mit dem Süden geliebäugelt.«

»Aber hoffentlich nicht mit Florida«, stellte ich klar.

Er schüttelte den Kopf. »Nein, bloß nicht.«

»Und das Meer muss in der Nähe sein.«

»Savannah hat dir gefallen«, warf Nicole ein. »Da waren wir zu dem Lesefest, weißt du noch?«

»Natürlich. Savannah ist eine tolle Stadt. Klein, aber sehr schön. Gutes Essen, viel Geschichte und all die hübschen alten Häuser.« Ich seufzte. »Und Tybee Island ist ganz in der Nähe. Vielleicht ziehe ich nach Savannah, wenn es Zeit für eine Veränderung ist.«

»Dort gibt es auch eine sehr aktive Kunstszene, Daddy. Bestimmt könntest du dort alle möglichen Kurse belegen.«

Alan wickelte den Rest seines Mittagessens ein und steckte es zurück in die Papiertüte. Dann wandte er sich zu unserer Tochter um und fragte ganz ruhig: »Nicole, wie kommst du eigentlich auf die Idee, deine Mutter und ich könnten in derselben Stadt wohnen?«

Ich warf Nicole einen verwunderten Blick zu. Anscheinend hatte sie ihrem Vater nichts von ihrer Phantasie erzählt, dass wir doch noch ein Happy End haben könnten.

Sie zögerte keine Sekunde. »Ist denn das nicht offensichtlich? Wie gut ihr zusammenpasst? Ich wette, ihr könntet genau da weitermachen, wo ihr aufgehört habt, und wunschlos glücklich werden.«

Bewundernswerterweise reagierte Alan ganz anders als ich. Er nahm einen großen Schluck aus seiner Wasserflasche und nickte.

»Als deine Mutter und ich getrennte Wege gegangen sind, waren wir an einem Punkt angelangt, der von Streit dominiert wurde. Auch von Tränen, meine ich«, erklärte er schließlich. »Und wenn ich mich recht erinnere, sind sogar Töpfe durch die Luft geflogen.«

Ich nickte. »Unser letzter Streit«, sagte ich fast wehmütig. »Töpfe und Geschirr. Damals ist viel kaputtgegangen.«

»Es war ein einziger Scherbenhaufen«, stimmte Alan zu. »Wir konnten nicht mehr zusammenleben, und dafür hatten wir sehr gute Gründe.«

»Was denn für Gründe?«, wollte Nicole wissen.

Alan sah mich an, und ich wusste genau, was er dachte. »Ich wollte mit einer Frau verheiratet sein, die damit zufrieden war, die Ehefrau eines Akademikers zu sein. Aber deine Mutter wollte Schriftstellerin werden und hatte kein Interesse am Campusalltag. Wir hatten sehr unterschiedliche Vorstellungen davon, wie unser gemeinsames Leben aussehen sollte, und zu der Zeit war keiner von uns zu Kompromissen bereit.«

»Ganz genau«, sagte ich. »Wir hatten triftige Gründe, uns scheiden zu lassen.«

»Ja, das kann ich sehen. Total triftig«, seufzte Nicole. »Aber diesen Problemen seid ihr inzwischen doch längst entwachsen. Und vielleicht sind jetzt nur noch die Gründe übrig, aus denen ihr zusammengekommen seid.« Sie sammelte ihren Abfall auf und lächelte strahlend. »So sehe ich das. Aber ich werde langsam müde. Wenn ihr noch bleiben wollt, findet ihr ja bestimmt allein zurück.«

Ich schüttelte den Kopf. »Nein, ich muss auch los. Ich mache mir Sorgen um Jules.«

Alan zog eine Augenbraue hoch. »Jules?«

»Der Hund«, erklärte ich.

»Jules kommt mir vor wie die Sorte Hund, die problemlos die Zombieapokalypse überstehen könnte«, meinte Nicole trocken.

»Stimmt. Aber ich habe den Auftrag, mich um ihn zu kümmern. So lautet die Abmachung.«

Sie stand auf. »Ich muss auf Toilette. Wir sehen uns dann am Ausgang.«

Ich sah ihr nach, dann wandte ich mich Alan zu, der mich mit forschendem Blick beobachtete. »Was?«, fragte ich.

»Glaubt sie wirklich, wir würden wieder zusammenkommen?«

Ich seufzte. »Ich denke schon. Sie hat irgendwas davon geredet, dass wir doch zusammen alt werden könnten. Sie versteht nicht, dass wir zwar nicht mehr dieselben sind wie früher, aber trotzdem noch ganz verschiedene Sachen wollen und brauchen.«

Ein sanfter Ausdruck trat in seine Augen. »Da hast du recht. Und wir kriegen nicht immer, was – und wen – wir wollen.«

Während er Nicole zum Bassin d'Apollon folgte, blieb ich allein im warmen Sonnenschein zurück und fühlte mich plötzlich seltsam traurig.

Ich lehnte Alans Einladung zum Abendessen ab und ging auf direktem Weg zurück zur Wohnung. Falls Jules unter irgendeinem Mangel litt, ließ er es sich nicht anmerken. Nachdem ich mit ihm draußen gewesen war, aß ich den kalten Fisch, der von gestern übrig war, mit Brot, einer Menge Käse und den restlichen Erdbeeren.

Dann setzte ich mich an den Schreibtisch und schrieb alles nieder. Auf der Suche nach Twan hatten Bella und Lance sich getrennt. Henri Dumond von *Ärzte ohne Grenzen* versuchte von Neuem, Bella dazu zu bringen, mit ihm abzureisen. Der arme Henri. Er war in sie verliebt, aber gegen Lance hatte er keine Chance. Ungefähr zwei Stunden später stand ich auf, machte zwanzig Hampelmänner, ging ins Bad, aß noch mehr Brot und schrieb weiter. Als ich schließlich ins Bett fiel, schwirrte mir der Kopf.

Am nächsten Morgen duschte ich so schnell, dass meine Haare kaum nass wurden. Während ich schrieb, gab mein Handy Geräusche von sich, aber ich ignorierte es. Erst Jules' Gebell schaffte es, mich aus Delania zu reißen.

Gebell? Wen in aller Welt bellte er an?

Im nächsten Moment rauschte Solange ins Wohnzimmer. Sie war wunderschön gekleidet in einer schicken schwarzen Hose und einer perlmuttgrauen Bluse, um den Hals einen Schal. Als sie mich sah, ließ sie ihre Tasche auf den Boden fallen und eilte zu mir, einen besorgten Ausdruck im Gesicht. »Sie sehen furchtbar aus.«

»Oh, Solange, nein, es geht mir gut. Ich arbeite nur.«

Die Sorge in ihrem Gesicht wich … ich wusste nicht, was für ein Ausdruck das war. »Sie arbeiten? Wo? Haben Sie für jemanden den Dachboden ausgeräumt?«

»Das sind meine Schreibklamotten«, erklärte ich.

Sie runzelte die Stirn. »Sie sind doch nicht so aus dem Haus gegangen, oder?«

Ich seufzte. »Nur ein einziges Mal. Wo ist Lee?«

»Er musste sich noch mit seinem Anwalt treffen. Probleme mit dem Weingut. Aber ich konnte es kaum erwarten, endlich wegzukommen. Haben Sie schon gegessen?«

Ich schüttelte den Kopf. »Nein, aber ich habe etwas zu essen gekauft.«

»Gut. Ich koche für uns. Müssen Sie noch weiterarbeiten?«

Allerdings musste ich das. Ich musste mir überlegen, wie mir ein harmonischer Übergang von Bella, die in Sorge um ein verschwitztes, weinendes Kind war, zu einem Ex-Soldaten gelingen sollte, der nur mit einer Pistole und Nerven aus Stahl bewaffnet eine Schar Banditen auszuschalten versuchte.

Ich tippte und tippte, bis ich schließlich beschloss, aufzuhören, weil ich dieselbe Szene viermal umgeschrieben hatte und immer noch nicht zufrieden war. Ich brauchte Abstand und musste mich eine Weile mit etwas anderem beschäftigen. Außerdem strömte aus der Küche der verlockende Duft von gedünsteten Zwiebeln und Kräutern. Als ich aufstand und mich streckte, kam Solange herein.

»Ich mache Crêpes«, verkündete sie. »Ist das in Ordnung?«

Ich hatte keine Ahnung, was Crêpes beinhielten, aber wenn sie so gut schmeckten, wie sie rochen, hatte ich keinerlei Einwände. Ich machte noch ein paar Übungen, um mich zu strecken und zu recken, dann schloss ich die Augen und atmete tief durch.

Als ich die Augen wieder öffnete, war der Tisch gedeckt und Solange stand unschlüssig in der Tür.

Ich nahm Platz und winkte sie herüber. »Ich brauche Gesellschaft«, sagte ich. »Wollen wir uns nicht duzen, Solange? Schließlich wohnen wir zusammen.«

Sie setzte sich mir gegenüber und nickte lächelnd. »Gern.«

»Also, was für Probleme gibt es auf dem Weingut?«, fragte ich.

»Irgendetwas mit den Steuern, glaube ich – Lee bereitet sich auf den Weltuntergang vor. Die Weinberge sind seit Generationen im Besitz seiner Familie. Es braucht schon mehr als ein bisschen Nachlässigkeit seinerseits, um sie in den Ruin zu treiben, aber …« Sie machte eine wegwerfende Handbewegung. »Er genießt das Drama.«

Die Crêpes waren mit in Butter gedünsteten Zwiebeln, Lauch und Kartoffeln und frischem Thymian gefüllt. »Schmeckt köstlich. Ich hoffe, für mich zu kochen macht dir keine zu großen Umstände.«

»Unsinn. Das ist mein Job. Und es ist schön, jemanden zu haben, den ich umsorgen kann.« Sie räusperte sich. »Aber sollte Max nicht auch hier sein? Ich habe seinen Koffer nicht in seinem Zimmer gesehen.«

»In seinem Zimmer?«

Sie zuckte die Achseln. »Eigentlich ist es nur eine Kammer hinter der Küche. Das war früher sein Zimmer, als er noch ein Kind war, und er besteht darauf, es genau so zu lassen, wie es damals war. Doch ... es scheint leer zu sein.«

Ich nickte. »Ja, er war hier, aber er ist doch nach Marseille gefahren. Um irgendeine persönliche Angelegenheit zu regeln.«

»Eine seiner Ex-Frauen wohnt in Marseille. Ich kann mir nur zu gut vorstellen, wie solche persönlichen Angelegenheiten aussehen.« Sie gab einen missbilligenden Laut von sich. »Aber er war hier?«

Einen kurzen Moment zog ich ernsthaft in Betracht, Max' Rat zu beherzigen und eine Romanze zwischen uns zu erfinden. Und plötzlich konnte ich nicht anders, als mir vorzustellen, wie ich langsam sein Hemd aufknöpfte und meine Finger über seine Haut gleiten ließ ... Erschrocken merkte ich, wie mir die Hitze ins Gesicht gestiegen war.

»Ja, er war hier. Dein Sohn ist sehr charmant. Ein echter Gentleman.«

Sie kniff argwöhnisch die Augen zusammen. »Du hast dir die Haare schneiden lassen«, stellte sie fest. »Ich nehme an, Max hat Nathalie um Hilfe gebeten?«

Ich bemühte mich sehr, den Crêpe nicht hinunterzuschlingen, und legte immer wieder Pausen ein, um in angemessener Geschwindigkeit zu essen. »Ja. Sie war sehr nett. Ich habe sogar eine Maniküre bekommen.« Wie zum Beweis wedelte ich mit der Hand vor Solanges Nase herum.

Sie lehnte sich zurück und verschränkte die Arme vor der Brust. »Mein Sohn ist ein Gentleman, das stimmt, aber meistens geht es ihm in erster Linie um sein eigenes Vergnügen.«

Nun, das war interessant. Hatte Max das ganze Styling vorgeschlagen, um nicht den Anblick einer ausgesprochen unmodischen Frau in seiner Nähe ertragen zu müssen? »Mit meiner Tochter hat er sich jedenfalls sehr gut verstanden«, berichtete ich.

»Lee hat erzählt, dass du dich mit deiner Tochter treffen wolltest. Sie studiert, nicht wahr?«

Ich hatte aufgegessen und musste den Teller wegschieben, um dem Impuls zu widerstehen, noch die letzten Überreste abzulecken. »Ja, sie hat gerade Ferien und ist zurzeit zusammen mit ihrem Vater hier in Paris.«

Solange setzte sich auf. »Ihr Vater? Du meinst, dein Exmann?«

Ich nickte. »Alan.«

Sie schürzte die Lippen. »Und du hast ein gutes Verhältnis zu deinem Exmann?«

»Das habe ich in der Tat.«

Sie seufzte. Vermutlich passte diese Tatsache nicht in ihre Verkupplungspläne, denn sie stand sichtlich enttäuscht auf und nahm meinen Teller. »Ich muss noch ein paar Besorgungen machen. Soll ich etwas zum Abendessen mitbringen?«

Ich schüttelte den Kopf. »Nein, danke. Ich treffe mich mit Nicole. Was ist mit Lee und Martin?«

»Sie wollten morgen zurückkommen«, antwortete sie achselzuckend, dann wandte sie sich ab und ging.

Ich rief die Nachrichten auf meinem Handy ab.

Alison:

Mit der neuen Frisur siehst du echt sexy aus. Bringt dich das mit Alan weiter?

Cheri:

Vergiss Alan. Viel interessanter ist doch, ob schon charmante Franzosen bei dir Schlange stehen.

Alison:

Franzosen stehen nicht Schlange. Du hast recht, graue Fingernägel sind erstaunlich hübsch.
Wie geht es Nicole?

Maggie:

Nicole geht's gut. Niemand steht bei mir Schlange.
ICH ARBEITE.

Mein Blick wanderte wie von selbst zum Küchentisch.

Charmante Franzosen … ein flüchtiger Gedanke an Max …

Ich setzte mich wieder an den Schreibtisch und versuchte mich zum fünften Mal an der schwierigen Szene, und auf einmal flossen die Worte wie warmer Honig.

Langsam begann ich mich zu fragen, ob ich je wieder ohne Max schreiben könnte.

Für gewöhnlich war ich nicht abergläubisch, aber wenn es

ums Schreiben ging, erschien mir alles möglich. Die meisten Bücher entstehen einfach, aber manche brauchen ein gewisses Etwas – womit wir wieder bei diesem ganzen Musen-Problem wären. Als ich mit *Zeit für die Liebe* angefangen hatte, war ich wochenlang nicht weitergekommen, bis ich eines Tages zufällig meinen Lieblingspulli auf links getragen und fast achttausend perfekte Wörter heruntergeschrieben hatte. Daraufhin hatte ich den Pulli jeden Tag verkehrtherum angehabt, bis ich fertig war. Während ich *Die letzte Reise des Herzogs* schrieb, aß ich jeden Tag zwei Mallomars-Kekse. Und während der Arbeit an *Ein Tag wie kein anderer* trug ich fast drei Monate lang keine Schuhe. Wenn ich etwas fand, das mir beim Schreiben half, hielt ich mich peinlich genau daran. Und hier in Paris war anscheinend Max mein gewisses Etwas.

Vielleicht war es auch einfach Paris. Vielleicht war es das Essen. Vielleicht war es die Schönheit überall um mich herum – die prachtvollen Gebäude oder die Blumen überall in den Straßen. Vielleicht war es der Nachthimmel, der Dunkelheit atmete wie der Kuss eines Liebhabers. Doch ich wurde den Gedanken nicht los, dass es Max sein könnte.

Am späten Nachmittag schrieb mir Nicole, dass Louis angekommen war, und fragte, ob wir uns zum Abendessen treffen wollten. Ich antwortete sofort mit Ja – sie solle ein Lokal aussuchen, dann würde ich sie dort treffen.

Diesmal wagte ich mich sogar allein in die Métro. Es war eine relativ unkomplizierte Fahrt, ich musste nur einmal umsteigen, und Nicole hatte mir sehr genaue Anweisungen geschickt, die für eine erwachsene Frau mit Studienabschluss beleidigend hätten erscheinen können, für mich jedoch so tröstlich waren wie warme Milch. Die Métro brachte mich nach Montmartre, und zum Glück hatte ich mehr Zeit eingeplant, denn wohin ich auch schaute, überall gab es eine verwinkelte Gasse, einen zauberhaften Ausblick über die Stadt, eine atemberaubend steile Treppe oder sonst etwas hinreißend Schönes, das ich mir einfach ansehen musste. Schließlich zwang ich mich, den Blick strikt nach vorn zu richten, und kam nur ein paar Minuten zu spät am Café an.

Sie saßen draußen: Nicole, Louis und Alan. Als ich näher kam, standen die beiden Männer auf, um mich zu begrüßen, und Alan gab mir einen Kuss auf die Wange. Er hielt meinen Stuhl, als ich mich setzte, und ich spürte seine Hand auf meinem Rücken. Die Berührung weckte eine Ahnung in mir, ich glaube, ich erwartete, dass irgendetwas in mir darauf reagierte: Wärme, die mich durchflutete, ein Prickeln im Bauch.

Und tatsächlich passierte es. Ganz leicht, nicht genug, aber immerhin …

»Kannst du uns bitte bekannt machen?«, bat ich Nicole.

Ihr Gesicht nahm einen Ausdruck an, den ich nie zuvor an ihr gesehen hatte und der mich etwas ratlos zurückließ. Sie schien nicht unbedingt glücklich. Auch nicht stolz – wozu sie allen Grund gehabt hätte. Denn wenn Louis mein Freund gewesen wäre, hätte ich mich auf den nächstbesten Tisch gestellt und geschrien: Hey, schaut alle her, was für einen tollen Typen ich mir geangelt habe!

Louis war einer der schönsten Männer, die mir je unter die Augen gekommen waren. Große tiefgrüne Augen, dunkles, dichtes Haar, sein Gesicht der Inbegriff perfekter Proportionen. Seine Zähne waren weiß und ebenmäßig, und sein Lächeln erhellte das gesamte Café.

Er nahm meine Hand. »Freut mich sehr, Sie kennenzulernen«, sagte er mit leichtem Akzent. »Nicole hat mir schon so viel von Ihnen erzählt.«

Mein Herz setzte einen Schlag aus. »Oh«, war alles, was ich herausbrachte. Ich schluckte schwer und sah zu Nicole, die nun übers ganze Gesicht strahlte. Ich räusperte mich. »Nicole meinte, Sie studieren?«

»Ja, Philosophie.«

Seufz. Sicher gab es in Frankreich unendlich viele Berufschancen für Philosophen. Aber er war so schön, dass der Gedanke nicht lange genug in meinem Kopf blieb, um einen bleibenden Eindruck zu hinterlassen. Wen kümmerte es, ob er sein Leben lang arbeitslos sein würde? So würde er mehr Zeit zu Hause verbringen, wo Nicole ihn den ganzen Tag betrachten konnte.

»Wir haben schon etwas bestellt, aber noch nichts zum Abendessen«, erklärte Nicole.

»Tut mir leid, dass ich zu spät komme. Die Métro war pünktlich, und wie üblich war deine Wegbeschreibung perfekt, aber es gab einfach so viel zu sehen.«

Louis warf mir ein unglaublich charmantes Lächeln zu. »Eine Frau sollte sich nie dafür entschuldigen müssen, dass sie zu spät kommt«, meinte er. »Und Sie hatten ja gute Gründe. Montmartre ist eins meiner Lieblingsviertel.«

Bisher war jedes Viertel, das ich in Paris gesehen hatte, ein heißer Anwärter auf mein Lieblingsviertel. An Montmartre gefiel mir vor allem sein künstlerisch-unkonventionelles Flair. Die Gebäude waren eher klein und bunt, um viele der Türen rankten sich Wein und Efeu, und so gut wie jedes Fensterbrett war mit Blumen geschmückt.

»Ich kann es kaum erwarten, Sacré-Cœur zu sehen«, sagte Alan.

»Aber nicht am Wochenende«, gab Nicole zu bedenken. »Da wimmelt es von Touristen. Und am Montag ist alles zu.« Sie blickte auf die Speisekarte, aber ich wusste genau, was sie im Schilde führte. »Bis dahin sind Louis und ich schon wieder in Rennes, also werdet ihr beide es wohl allein besichtigen müssen.«

Ich begegnete Alans Blick, und er grinste.

Louis schien nichts von dem Austausch mitzubekommen. »Dürfte ich Ihnen das Rindersteak empfehlen?«, sagte er. »Nicole hat mir erzählt, dass das Fleisch hier ganz anders ist als in den Staaten.«

»Ich bin mir ziemlich sicher, dass alles hier ganz anders ist als das, was wir in den Staaten essen«, gab ich zurück. »Aber Rindersteak klingt wunderbar.«

Der Kellner brachte einen Teller mit vier winzigen Törtchen – kleingeschnittene Tomaten auf einem dünnen Boden, beträufelt mit Öl und mit allerlei Grünzeug garniert. Ich seufzte und war glücklich.

»Für mich bitte Rotwein«, sagte ich dem Kellner, der sich mit einer leichten Verbeugung zurückzog. »Heute werde ich allein nach Hause finden müssen, und der Wein wird meine Konzentrationsfähigkeit wohl kaum verbessern, aber das ist mir egal.«

Alan lehnte sich zurück und streckte seine langen Beine aus. »Das sieht dir gar nicht ähnlich. Normalerweise wäre es dir ganz und gar nicht egal.«

Ich nickte. »Da hast du wohl recht. Aber Paris hat irgendetwas an sich, das mich ein bisschen … verwegen macht. Abenteuerlustig. Man könnte auch sagen … draufgängerisch?«

Louis nahm sich eins der Törtchen, hielt es sich unter die Nase und atmete tief ein. »So wirkt Paris auf viele. Hier liegt etwas Außergewöhnliches in der Luft.« Er lächelte mir zu und aß einen Bissen. »Sie werden sich daran gewöhnen.«

Ich lächelte zurück. Das hoffte ich sehr.

Louis war nicht nur schön, er war obendrein charmant, sehr intelligent und hatte einen wunderbar trockenen Humor. Fast zwei Stunden saßen wir zusammen, aßen und aßen und tranken exzellenten Wein. Als wir fertig waren, hätte ich ihn ohne Zögern adoptiert. Falls Nicole je beschloss, sich von ihm zu trennen, wollte ich sicher sein, dass er wenigstens weiterhin Teil *meines* Lebens bleiben würde.

Nebenbei bemerkt war das Rindersteak so lecker, dass ich fast melancholisch wurde, als ich den letzten Bissen gegessen hatte.

Alan war sehr zuvorkommend. Mehr als das; er schien wild entschlossen, einen guten Eindruck zu machen, und auf einmal war er meinem unbeholfenen, aber sehr engagierten Verehrer von damals so ähnlich wie seit dreißig Jahren nicht mehr.

War es möglich, dass Nicoles verrückte Idee tatsächlich Wurzeln geschlagen hatte?

Ich konnte sehen, wie Nicole ihn beobachtete. Offenbar hatte auch sie es gemerkt, und wann immer ich ihren Blick auf mir spürte, wusste ich, dass sie auf meine Reaktion wartete.

Doch sie blieb aus. Ich schaute zu Alan und dachte nach. Schon den ganzen Abend wartete ich auf … ja, worauf eigentlich? Nach der Begegnung mit der Frau in Versailles hatte es sich zwischen uns für einen kurzen Moment so angefühlt wie früher. Und was er später in der Kolonnade gesagt hatte, legte die Vermutung nahe, dass er noch oft an mich dachte. Und dann der heutige Abend – die leisen Schmeicheleien, die Stille, die wissenden Blicke …

Ja, wenn Alan bei mir war, überkam mich ein wohlig warmes Gefühl, ganz unzweifelhaft. Und es wurde stärker. Aber war das das Gefühl, mit dem ich den Rest meines Lebens verbringen wollte? Könnten wir jenes Etwas wiederfinden, das uns vor all den Jahren zueinander hingezogen hatte, und aus diesem Funken etwas Neues entfachen?

Immerhin waren wir in Paris. Wenn es je geschehen sollte, dann hier.

Schließlich stand ich auf und verabschiedete mich.

»Sehen wir uns morgen?«, fragte Nicole. »Wir wollen ganz die Touristen spielen. Wenn ihr Lust habt, könnten wir eine Bootstour auf der Seine machen.«

Sofort war ich Feuer und Flamme. »Oh, das klingt wundervoll. Allerdings kommt Lee morgen zurück, und ich bin sicher, wir haben eine Menge zu besprechen.« An Louis gewandt erklärte ich: »Er ist mein Agent, und ein guter Agent ist die beste Verteidigung gegen ein schlechtes Buch. Ich vertraue Lee mehr als meiner Lektorin, wenn es um schonungslose Ehrlichkeit geht. Aber ich gebe euch Bescheid. Ich würde euch sehr gern noch einmal sehen, bevor ihr nach Rennes zurückfahrt.«

Ich hielt Alan die Wange hin, damit er sie küssen konnte. »Wie lange bleibst du noch?«, fragte ich.

Er verzog das Gesicht. »Heather hat das Airbnb für zwei Wochen gebucht, also werde ich wohl den Rest meines Aufenthaltes auf mich allein gestellt sein.«

»Unsinn«, sagte Nicole, »Mom ist doch da.«

»Ich muss arbeiten«, erwiderte ich. »Aber wir reden morgen weiter.« Louis küsste mich zum Abschied auf beide Wangen. »Es hat mich sehr gefreut, dich kennenzulernen«, sagte ich. »Ich kann sehen, dass Nicole glücklich ist. Ich glaube, du bist ein guter Einfluss.«

»Ich hoffe es«, erwiderte er lächelnd. »Alles Gute, Maggie. Ich hoffe, dein Buch wird ein Erfolg und du entscheidest dich, dir ein Ferienhaus hier auf dem Land zu suchen, um dein nächstes Buch zu schreiben.«

»Wenn ich mein nächstes Buch in Frankreich schreibe, dann in Paris«, erklärte ich. »Hier ist es wirklich außergewöhnlich. Ich werde zurückkommen, da bin ich mir sicher.«

Auf der Heimfahrt lehnte ich mich entspannt zurück und dachte an Nicole und Louis, Lance und Bella – und an Alan.

Ich grübelte über zweite Chancen und wie selten sie im wirklichen Leben vorkamen.

Am nächsten Morgen erwachte ich in aller Früh. War es wirklich schon Sonntag? Ich setzte mich in die Sonne und verschickte eine Nachricht an meine Freundinnengruppe.

Maggie:

Ladys, ich hab Nicoles Freund getroffen, und er ist perfekt. Alan war charmant und süß wie immer. Ich schreibe endlich wieder wie verrückt und liebe einfach alles an dieser Stadt. Können wir irgendwann alle zusammen herkommen und einfach ein bisschen herumschlendern, reden und ESSEN???

Ich machte mir noch nicht einmal die Mühe, Kaffee zu kochen, sondern setzte mich gleich an den Schreibtisch und legte los. Meine Finger bewegten sich so schnell, dass sie fast mit meinem Gehirn mithalten konnten. Vage nahm ich zur Kenntnis, wie eine Tasse Café Crème neben meinem Ellbogen erschien, trank ihn gierig und hielt die Tasse in einer Hand, während ich mit der anderen die Maus bediente und herunterscrollte, um zu lesen, was ich gerade geschrieben hatte.

Der arme Henri. Er war auf eine Landmine getreten, was Bella völlig aus der Fassung gebracht hatte. Sie brauchte dringend Trost. Wie gut, dass Lance das einzige nicht ausgebombte Hotel in ganz Delania gefunden hatte …

Gott, dieses Kapitel war so gut.

Wie durch Zauberei erschien eine Scheibe Brot auf meinem Schreibtisch, dann noch mehr Café Crème, und als ich mich schließlich von der Tastatur loseiste, waren meine Finger steif, mein Rücken tat weh, und ich konnte kaum noch die Augen offen halten. Erschöpft ließ ich mich auf die Couch sinken und legte einen Moment die Beine hoch …

»Und, hast du geschrieben?« Lees barsche Stimme ließ mich aufschrecken.

Verschlafen blinzelte ich ihn an. Das Licht war viel zu hell. »Wie spät ist es?«

»Schon nach zwölf. Hast du das die ganze Zeit gemacht? Bis in die Puppen gepennt?«

Solange kam herein und gab ihm einen Klaps auf den Arm. Ausnahmsweise war sie schlicht gekleidet in einer hellbraunen Hose, einem weißen Hemd und weichen, flachen Schuhen. »Lee, sie war schon vor Sonnenaufgang wach und hat den ganzen Morgen geschrieben. Sei nicht so grob zu ihr. Sie hat gearbeitet.« Sie warf mir einen besorgten Blick zu. »Du hast doch bestimmt Hunger. In der Küche steht Suppe für dich.«

Ich nickte dankbar und setzte mich mühsam auf. »Seid ihr gerade angekommen?«, fragte ich Lee. »Wie war es auf dem Weingut?«

»Das reinste Chaos, vor allem die Finanzen. Ich weiß nichts über Wein, Tarife, Trauben, Frankreich … Wahrscheinlich hätte ich den Weinberg schon vor Jahren verkaufen sollen.«

Martin, der gerade das Gepäck den Flur hinuntertrug, schüttelte den Kopf und gab ein tadelndes Geräusch von sich, das klang wie das Glucken eines sehr unzufriedenen Huhns. »Mit dem Weinberg ist alles in Ordnung, Lee. Tu nicht so dramatisch. Wie geht's dir, Maggie?«

»Ich schreibe.«

Lee klatschte in die Hände. »Gott sei Dank.«

Mit ungeduldiger Geste deutete ich auf meinen Laptop. »Geh hin und lies es. Und lass mich in Frieden.«

Lee kam meiner Aufforderung tatsächlich nach und setzte sich an meinen Laptop. »Passwort?«

»Mein Agent ist ein Sklaventreiber.«

»Maggie …«

»Lotus-Fresser. Mit Bindestrich. Keine Großbuchstaben.«

Lee warf mir einen irritierten Blick zu, drückte ein paar Tasten, und während er zu lesen anfing, checkte ich die Nachrichten auf meinem Handy. Cheri und Alison hatten geantwortet.

Alison:

Ich freu mich so für Nicole! Schick uns Bilder von dem glücklichen Paar. Und welche von Paris.

Cheri:

Ich hab dir doch gesagt, dass das Essen unwiderstehlich ist. Hätte darauf wetten sollen. Du hast keine attraktiven Franzosen erwähnt, dabei laufen in Paris doch bestimmt unzählige von der Sorte rum. Wie kommt's?

Maggie:

Okay, ja, hier gibt es so viele attraktive Franzosen, dass ich genug Munition für zehn Bücher habe. Steht meine Wohnung noch?

Cheri:

Ja. Nachts brennt Licht, also ist Greg wohl noch da. Alan ist süß? Klingt gut!

Maggie:

Greg sollte sich lieber schnell was Neues suchen. Muss los und schreiben. Küsschen.

Alison:

Schreib nicht nur – DU BIST IN PARIS!

Martin setzte sich zu mir, nahm meine Hand und küsste sie. »Wie ist es dir ergangen?«, erkundigte er sich. »Deine neue Frisur gefällt mir ausnehmend gut. Wie bist du auf die Idee gekommen, dir die Haare schneiden zu lassen?«

»Max hat mich dazu überredet«, erklärte ich. »Außerdem hat er mich dazu gebracht, eine Maniküre machen zu lassen und mir neue Unterwäsche und Kleider zu kaufen. Er hatte wohl den Eindruck, dass ich sonst nicht bereit wäre für Paris. Und dafür, meinen Exmann nach drei Jahren wiederzusehen.«

Martin wirkte erfreut. »Alan ist hier?«

»Ja. Anscheinend hat die Frau, mit der er eine Weile zusammen war, diese Reise organisiert. Dann haben sie sich getrennt, also ist er allein hergekommen.«

»Interessant«, sagte Martin grinsend. »Und wie geht es Nicole?«

»Sie ist in einen tollen, intelligenten jungen Mann namens Louis verliebt und macht einen sehr glücklichen Eindruck.

Oh, und sie denkt, dass Alan und ich unsere Meinungsverschiedenheiten beilegen und unsere goldenen Jahre zusammen verbringen sollten.«

Solange kam herein und brachte mir ein Tablett, beladen mit reichlich Brot, einem Glas Wasser, auf dem eine Zitronenscheibe schwamm, und einer dampfenden Schale Suppe mit Kartoffeln und Möhren. Vorsichtig probierte ich einen Löffelvoll.

Aber Lee ließ mich nicht in Ruhe essen. »Maggie«, rief er, über den Laptop gebeugt. »Willst du allen Ernstes dieses nervige Kind wieder auftreten lassen?«

»Lee, du fandest bisher jedes Kind in meinen Büchern nervig«, erwiderte ich. »Twan ist unglaublich reizend, und meine Leserinnen lieben ihn. Wenn du mir nicht glaubst – ich habe E-Mails, die es beweisen.« Gelassen aß ich weiter, während Solange es sich auf einem Stuhl in der Ecke bequem machte und uns aufmerksam zuhörte.

Ich brach ein Stück Brot ab, tunkte es in die Suppe und seufzte zufrieden. An Martin gewandt verkündete ich: »Solange ist einfach wundervoll.«

Er nickte. »Das war sie schon immer.«

»Der Spannungsaufbau ist dir hervorragend gelungen«, meinte Lee und warf mir über den Rand seiner Brille einen anerkennenden Blick zu. »Wie ich sehe, scheint dein Aufenthalt wirklich sehr inspirierend zu sein.«

Martin stieß mich mit dem Ellbogen an. »Was du von Alan erzählst, klingt hochinteressant, aber denk daran, dass du Greg gerade erst dazu gebracht hast, sich aus deinem Leben zu verabschieden. Womöglich ist jetzt eine schwierige

Zeit für dich, Maggie. Du solltest es langsam angehen lassen.«

»Wer ist Greg?«, fragte Solange.

»Er ist genau wie Lance, allerdings ohne dessen Humor.«

Solange machte ein erstauntes Gesicht. »Solche Männer gibt es in Wirklichkeit? Und du hast mit einem zusammengelebt?« Sie sagte etwas auf Französisch, und ich war froh, dass ich sie nicht verstehen konnte, denn Martin verdrehte die Augen.

»Solange, Männer wie Greg sind sehr charismatisch und durchaus attraktiv«, sagte er.

»Sicher«, erwiderte sie naserümpfend. »Und er war bestimmt ein Bulle von einem Mann.« Sie machte eine abschätzige Geste. »Aber solche Männer verstehen die Frauen nicht. Ich glaube, sie mögen Frauen nicht einmal. In Büchern sind sie perfekt. Jede Frau hat solche Phantasien. Aber in der wirklichen Welt braucht man sie nicht, dort ist man allein viel besser dran.«

»Maggie muss nicht allein bleiben«, entgegnete Martin. »Also …« Er warf mir einen fragenden Blick zu. »Wie gefällt dir die Vorstellung, wieder mit Alan zusammenzukommen? Ich kenne ihn überhaupt nicht, aber du hast viel Gutes über ihn erzählt. Und immer voller Zuneigung von ihm geredet.«

»Der Gedanke ist mir all die Jahre über immer wieder im Hinterkopf herumgegeistert – wäre es nicht perfekt, wenn ich wieder mit meiner ersten großen Liebe zusammenkommen würde? Und ihn hier jetzt zu sehen, Zeit mit ihm zu verbringen, fühlt sich unglaublich vertraut an. Ich erinnere mich an so viel Schönes aus unserer gemeinsamen Zeit, da ist so viel Nähe und Innigkeit. Aber ich will auch das Feuer von damals zurück.«

Martin seufzte. »Gelegentlich wird Leidenschaft überbewertet.«

Solange machte ein verächtliches Geräusch. »*Non.* Da irrst du dich. Leidenschaft ist das Allerwichtigste. Und damit meine ich nicht die körperliche Begierde, obwohl die wundervoll ist, aber sie kann auch täuschen. Dieser Greg hatte diese Art von Leidenschaft, aber was hat es dir gebracht, Maggie? Ich spreche von einem Feuer in der Seele. Zwei Leute können füreinander brennen, ohne sich je zu berühren. Das ist das Beste, was einem passieren kann. Und das Einzige, was zählt.« Sie sah mich durchdringend an. »Warte darauf. Such dir einen Mann, bei dem du an Musik, Wein und lange Sommernächte denken musst. Such dir jemanden, den du …« Sie presste sich die Hand ans Herz. »… hier. Den du hier spüren kannst.«

»Aber was, wenn ich so jemanden niemals finde?«, fragte ich leise. Ich dachte an Alan und wie wohl ich mich bei ihm fühlte. Doch war das wirklich genug?

»Dann leb allein. Aber finde einen Weg, dein Feuer nicht erlöschen zu lassen. Das habe ich getan, jahrelang. Die einzige Alternative wäre gewesen, mich mit weniger zufriedenzugeben. Und das habe ich nie gewollt.«

»Du bist sehr mutig«, meinte ich.

Solange schüttelte den Kopf. »Nein, Maggie. Nicht mutig. Aber ich weiß, wer ich bin, und das gibt mir die Courage, so zu leben, wie ich will. Courage und Mut sind nicht dasselbe.

Aber das weißt du bereits, oder? Ich kenne dich, deine Bücher, die Frauen, die du erschaffst. Sie leben immer glücklich bis an ihr Lebensende. Aber zu ihren eigenen Bedingungen – weil sie die nötige Courage haben.«

Martin legte mir einen Arm um die Schultern und drückte mich. »Solange ist eine kluge Frau, Maggie. Hör auf sie. Sie hat vollkommen recht. Gib dich nicht mit weniger zufrieden.«

»Maggie?«, rief Lee von der anderen Seite des Zimmers.

Alle drehten sich zu ihm um.

Er nahm die Brille ab. »Ich muss dir sagen, was du hier geschrieben hast … hatte dein Wiedersehen mit Alan etwas damit zu tun?«

»Also, Lee!« Martin wurde richtig laut. »Das kann doch nicht dein Ernst sein!«

Hilflos breitete Lee die Arme aus. »Es ist unfassbar gut …«

»Lee!«, rief Martin erneut, leiser diesmal.

»Sie ist hergekommen, um ihre Muse zu finden«, fuhr Lee fort. »Und das hier gehört zum Besten, was ich seit Langem gelesen habe. Da ist es doch gut möglich, dass Alan etwas damit zu tun hat.«

»Genauso gut ist es möglich, dass Paris seine Magie entfaltet hat«, entgegnete Solange. »Oder dass Maggies Begegnung mit Max …«

Lee setzte sich ruckartig auf. »Solange, fang gar nicht erst davon an. Dein Sohn hat dich schon so oft gebeten, dich nicht in sein Liebesleben einzumischen. Und Maggie braucht ganz sicher keine Hilfe.«

Sie zuckte die Achseln, die Unschuld in Person. »Sei nicht

albern. Ich würde mich nie in Max' Leben einmischen«, sagte sie. »Und Maggie ist durchaus fähig, sich um ihre eigenen Angelegenheiten zu kümmern. Aber … wer weiß?«

»Heute Nachmittag treffe ich mich mit Alan«, warf ich ein. »Wir machen mit Nicole und ihrem Freund eine Bootsfahrt auf der Seine – vorausgesetzt, Lee findet, dass ich eine Pause verdient habe.«

»Natürlich verdienst du eine Pause«, versicherte mir Solange. »Lee, sag es ihr. Und dann bring die drei allesamt hierher, Maggie. Ich würde deine Tochter liebend gern kennenlernen. Und ihren Freund. Lee wird kochen.«

»Lee? Aber Solange …«, protestierte ich.

Sie wedelte beschwichtigend mit der Hand. »Wusstest du das nicht? Lee ist ein Genie in der Küche, er ist nur schrecklich faul. Wenn er hier ist, überlässt er alles mir. Aber ich werde ihn schon zum Arbeiten kriegen.«

Ich sah zu Lee. »Ist das wahr?«

Er versuchte, wenigstens bescheiden auszusehen, kam jedoch nicht umhin zu sagen: »Mein Coq au Vin wird dich zum Weinen bringen.«

Solange stand auf und räumte die Teller ab. »Du musst deine Familie einladen, Maggie. Max wird später auch wieder da sein, und wir können alle gemeinsam feiern.«

Martin lachte leise. »Und Lee wird es nur guttun, mal ein bisschen zu arbeiten.«

»Ja«, stimmte Solange zu. »Sind wir uns alle einig?«

Ich atmete tief durch. »Ich frage Nicole. Manchmal wird es ihr zu viel, wenn sie den ganzen Tag unter fremden Leuten ist.«

Solange sah mich einen Moment nachdenklich an, dann nickte sie. »Das verstehe ich. Aber Alan wird kommen?«

Ich nickte. »Ja. Und danke für die Einladung.«

»Dann begegne ich also endlich deinem Exmann?«, vergewisserte sich Lee. »Ausgezeichnet. Ich möchte mit eigenen Augen sehen, was deine Kreativität wieder zum Leben erweckt hat.«

Ich schüttelte den Kopf. »Ich glaube eher nicht, dass Alan meine Inspiration war. Gemütlichkeit und Vertrautheit regen nicht unbedingt zu aufregenden Liebesszenen an. Es könnte sehr wohl Max gewesen sein.«

Am liebsten hätte ich mir die Zunge abgebissen. Warum war ich damit so herausgeplatzt? Ich hatte es noch nicht einmal so gemeint, wie es aber wahrscheinlich klang. Verlegen blickte ich mich um. Solange wirkte ziemlich selbstzufrieden, Lee und Martin schienen eher verblüfft.

»Ach ja?«, fragte Lee.

»Immerhin hat er mich dazu gebracht, mich meines äußeren Erscheinungsbildes anzunehmen«, erklärte ich und fuhr mir wie zum Beweis durch die Haare. »Ganz zu schweigen von den Kleidern und dem neuen Körpergefühl, was sie mir geben … ich hab mich gefühlt wie Eliza Doolittle. Und er war mein Professor Higgins. Das war doch ziemlich inspirierend.«

Alle nickten. Solange murmelte etwas auf Französisch, und Lee warf ihr einen bösen Blick zu. Niemand sah mich an.

Doch ich hatte plötzlich eine Eingebung.

Max. Es war wirklich Max. All die Ideen, die mir im Kopf

herumschwirrten, die Aufregung, die Energie beim Schreiben – all das hatte ich Max zu verdanken.

Ich hatte in Paris tatsächlich meine Muse gefunden, und sie hatte die blauesten Augen, die ich je gesehen hatte.

Kapitel 7

In dem eine gefährliche Rettung nötig wird

Die Bootsfahrt auf der Seine war tatsächlich sehr touristisch. Auf dem vollbesetzten Schiff hörte man eine Vielzahl von Sprachen, Unmengen von Fotos und Videos wurden gemacht, und man bemühte sich nach Kräften, die überwiegend gelangweilten Kleinkinder zu unterhalten. Kurz gesagt: Es war wundervoll. Wir saßen auf dem Oberdeck, tranken Wein und genossen die Frühlingssonne. Louis gab für uns den Reiseführer, unterhaltsam und höchst kenntnisreich.

Obwohl es zahlreiche Zwischenstationen gab, blieben wir sitzen und sahen Paris an uns vorübergleiten, eine gemächliche, anmutige Abfolge wunderschöner Gebäude, die ihr historisches Alter voller Würde präsentierten.

Nach dem Aussteigen wanderten wir noch eine Weile auf dem Champ de Mars und unter dem Eiffelturm herum, dann gingen wir über den Fluss zurück in Richtung meines Viertels, wo ich alle zum Dinner eingeladen hatte. Alan hatte sofort zugesagt, Nicole ließ sich jedoch Zeit damit, und Louis drängte sie nicht. Erst als wir am Trocadéro vorbeispazierten, sagte sie dann, ja, Dinner mit Max und Solange klinge perfekt, Lee und Martin wolle sie auch endlich einmal wiedersehen.

Beladen mit Wein und mehreren rustikalen Obstkuchen kamen wir in der Wohnung an, eine ziemlich muntere Gruppe, und schon auf dem Weg die Treppe hinauf konnte ich riechen, dass oben gekocht wurde.

Max war aus Marseille zurück und wirkte erschöpft, aber er begrüßte Nicole wie eine gute alte Freundin und übernahm sofort die Rolle des Gastgebers, obwohl die Wohnung ja eigentlich Lee gehörte. Er und Martin ließen ihren Charme spielen, so dass Nicoles Befangenheit gegenüber der nun doch ziemlich großen Gruppe im Handumdrehen verschwand. Der Coq au Vin schmeckte köstlich, doch Lee wollte keine Komplimente hören und zuckte nur die Achseln, als wir am Ende des Essens Beifall klatschten.

Louis hob sein Weinglas. »Auf Maggie, weil sie eine so wundervolle Tochter hat und außerdem Freunde in Paris, die hervorragend kochen können.«

Worauf Alan sich räusperte und meinte: »Ich hätte auch gern einen Teil der Lorbeeren, bitte. Zumindest für die wundervolle Tochter.«

»Jawohl, Monsieur!«, nickte Louis.

»Du kannst ruhig auch Anspruch auf die Freunde erheben«, meinte Lee. »Maggie hat schon so viel von dir erzählt, dass ich inzwischen fast das Gefühl habe, dich seit Jahren zu kennen.«

Auf Alans Gesicht erschien die Spur eines Lächelns, unsere Blicke trafen sich. »Maggie ist eine Menschensammlerin«, erklärte er. »Damit sie immer genügend Auswahl für ihre Bücher hat.«

»Es besteht also auch für mich die Chance, mithilfe eines

Liebesromans unsterblich zu werden? Darf ich einer deiner feurigen Helden sein?«, warf Max, an mich gewandt, ein.

Doch Solange schnaubte leise und winkte entschieden ab. »Tut mir leid, Max, aber ich glaube, du bist ein bisschen zu alt für einen romantischen Helden. Jedenfalls für die Geschichten in Maggies Büchern«, erklärte sie und sah mich vielsagend an.

»Maman, das trifft mich tief«, rief Max, aber seine Augen funkelten amüsiert. »Bestimmt gibt es in einem ihrer Bücher Platz für einen dynamischen älteren Herrn, der ein bisschen Leidenschaft entfachen kann.«

Alan schlug mit der Handfläche auf den Tisch. »Ich unterstütze Max. Wir älteren Semester werden sträflich unterbewertet, das stimmt absolut. Lee und Martin, ihr werdet Max und mir in diesem Punkt doch sicher zustimmen.«

»Ich würde jedenfalls behaupten, dass Männer eines gewissen Alters viel mehr Geduld aufbringen«, meinte Lee diplomatisch.

»Genau«, bestätigte Alan. »Wir haben es nicht eilig, sondern sind stattdessen stets bereit, dem Beginn einer Geschichte – wie soll ich es ausdrücken, dem Vorspiel? – mehr Zeit zu widmen.« Wieder trafen sich unsere Blicke, und ich erinnerte mich prompt daran, wie ein Vorspiel in unserer Ehe ausgesehen hatte. *Stunden* hatte es gedauert und mich keuchend und atemlos zurückgelassen.

»Vorspiel?« Lee lachte. »Ja, das ist genau das richtige Wort. Wir sind sehr gut beim Vorspiel.«

Martin brach ein Stück Baguette ab und gestikulierte beim Sprechen damit in der Luft herum. »Das kommt daher, dass

Männer eines gewissen Alters die Extrazeit brauchen, um gewisse … äh, Dinge überhaupt richtig in Gang zu bringen.«

Nicole schnaubte verächtlich. »Bitte, das reicht jetzt! Nähere Einzelheiten möchte ich nicht hören.«

»Nicole, an deiner Stelle würde ich lieber die Ohren spitzen«, entgegnete Max. »Möchtest du nicht erfahren, wie sich das, was du jetzt mit Louis in euren jungen, aufregenden Jahren erlebst, später weiterentwickeln kann?«

Doch Nicole schüttelte entschieden den Kopf. »Nein, das möchte ich überhaupt nicht wissen.«

Louis dagegen grinste breit. »Ich für meinen Teil finde diese Unterhaltung sehr interessant. Womöglich denken Männer häufiger über solche Themen nach? Frauen altern tatsächlich ganz anders als Männer, vielleicht bekommen sie die Auswirkungen des Älterwerdens daher nicht so zu spüren?«

»O doch«, protestierten Solange und ich wie aus einem Munde, sahen uns an und fingen an zu kichern.

»Ich finde, Nicole hat recht«, fügte Solange hinzu. »Das ist kein angemessenes Tischgespräch.« Sie erhob sich, um die Teller abzuräumen, und Nicole sprang sofort auf, um ihr zu helfen.

Mit fester Hand drückte Solange sie auf ihren Stuhl zurück. »Du bist Gast, und hier sind drei Männer, die mir helfen können. Bleib sitzen und genieße deinen Nachtisch in aller Ruhe.«

Max, Lee und Martin standen auf, sammelten Geschirr und Besteck ein, und dem Lachen zufolge, das aus der Küche drang, vermutete ich, dass sie ihre Männerunterhaltung dort weiterführten.

Unterdessen tupfte Nicole mit dem Finger die letzten Krümel von ihrem Teller. »Wie denkst du denn über das Thema, Mom? Ganz abgesehen von den biologischen Aspekten, meine ich – glaubst du, dass man für die Liebe irgendwann zu alt wird? Dass sie weniger wichtig wird?«

Ich schielte zu Alan, der mich mit ernstem Gesicht beobachtete. »Nein, ich glaube nicht, dass man jemals zu alt für die Liebe ist«, antwortete ich. »Aber ich glaube, es ändert sich sehr, *wie* man liebt. Wenn man jung ist, spielen in der Liebe ganz andere Dinge eine Rolle als im fortgeschrittenen Alter. Sowohl im eigenen Leben als auch in Bezug auf die Person, mit der man es verbringen möchte.«

»Und was suchst du in deinem Leben jetzt, Maggie?«, fragte Alan leise.

Im Sturm erobert und auf Händen getragen zu werden, war das Erste, was mir durch den Kopf ging.

Nein. Das stimmte gar nicht, wie mir bei längerem Nachdenken klar wurde.

Als die, die ich bin, und für das, was ich erreicht habe, anerkannt und geschätzt zu werden.

Nein. Doch nicht.

Ich möchte mich geborgen fühlen. Dabei unbekümmert, leichtsinnig sein dürfen. Jemandem etwas bedeuten. Und Abenteuer erleben.

Wirklich?

»Ich habe keine Ahnung«, antwortete ich leise, und als ich mich umdrehte, stand Max hinter mir, schweigend und mit einem Lächeln auf den Lippen.

In meiner Trilogie spielte Action eine nicht unerhebliche Rolle. Schließlich passierte eine Menge, wenn man in einem vom Krieg zerrissenen Land versuchte, Gutes zu bewirken. In der Vergangenheit war jedes Mal ein ganzes Kapitel notwendig gewesen, um Bella und Lance aus der vertrackten Situation zu befreien, in die ich sie hineinbefördert hatte. Um dieses Kapitel zu planen und schließlich zu schreiben, brauchte ich eigentlich immer eine ganze Woche. Bis zum Ende hatte ich meistens meinen Esstisch leer geräumt, um dort diverse Gegenstände, die stellvertretend für alle möglichen Dinge im Text standen, aufzubauen, umherzuschieben und zu überprüfen, ob das, was ich mir im Kopf ausmalte, in einer physischen Welt auch funktionieren könnte.

Momentan waren Bella und Lance in ernsthaften Schwierigkeiten, wie so oft. Sie hatten Twan in der Obhut einer Frau in der winzigen Ortschaft Sheon zurückgelassen, während sie versuchten, die nötigen Papiere aufzutreiben, um das Kind außer Landes zu bringen, und hatten bereits jemanden gefunden, der ihnen, für den entsprechenden Preis, alles beschaffen konnte. Doch während sie noch unterwegs waren, wurde Sheon überfallen. Und als sie zurückkehrten, brannten die Gebäude, und schrille Wehklagen erfüllten die Luft. Sie fanden heraus, dass Twan zwar am Leben war, jedoch zusammen mit einigen Frauen und Kindern in der Schule des Ortes festgehalten wurde. Da die Papiere jedoch nur innerhalb der nächsten zweiundsiebzig Stunden gültig waren, mussten sie Twan so schnell wie möglich dort herausholen und über die Grenze bringen. Aber wie? Sie waren nur zu zweit, und im Dorf wimmelte es von Rebellen …

Ich war schon vor Sonnenaufgang aufgestanden und hatte so lange geschrieben, dass auf dem Esstisch, als ich mich endlich losriss, um meine Hände auszuschütteln und mir die Beine zu vertreten, schon Teller mit den Überresten eines garantiert leckeren Frühstücks herumstanden.

»Ich wollte dich rufen«, erklärte mir Solange, »aber Lee hat darauf bestanden, dass ich dich in Ruhe lasse. Ich hole dir einen Kaffee. Obst? Brot? Vielleicht etwas …?«

»Klingt perfekt«, unterbrach ich sie. »Und Lee hatte recht. Ich muss einfach vorankommen, daran führt kein Weg vorbei.«

Ich setzte mich zu Martin und lehnte den Kopf an seine Schulter. »Fütterst du mich bitte?«

Gehorsam griff er in die Schüssel, fischte eine Erdbeere heraus und steckte sie mir in den Mund. Sie schmeckte wie ein Sommerversprechen.

»Guter Morgen?«, fragte Max.

Ich schüttelte den Kopf. »Nicht wirklich. Ich habe mich selbst in eine Sackgasse geschrieben und weiß nicht, wie ich wieder rauskomme. Und bei dir?«

»Ich habe beschlossen, auf die Eröffnung meiner Konferenz zu verzichten, also kann ich den Tag im Grunde schon als Gewinn verbuchen.« Er zuckte die Achseln. »Zu viel Händeschütteln und langweiliges Vorstellen von Leuten, die ich längst kenne.«

Mit einem dampfenden Becher in der einen Hand kam Solange zurück und gab ihrem Sohn mit der anderen Hand einen Klaps auf den Kopf. »Er wird noch seinen Job verlieren, wenn er so weitermacht.«

Ich schaute zur Uhr – hatte ich tatsächlich vier Stunden ohne Unterbrechung geschrieben? – und fixierte dann Lee. »Du hast mir Paris in Gesellschaft zweier schwuler Männer mit unbegrenztem Budget versprochen«, erinnerte ich ihn.

»Unbegrenzt?«, wiederholte Martin und hob die Augenbrauen. »Tja, in diesem Fall empfehle ich ...«

»Den Jardin du Luxembourg«, vollendete Max den Satz. »Maggie braucht einen Ort der Stille und der Schönheit.«

»Stimmt«, bestätigte Solange und stellte den Becher vor mich auf den Tisch.

»Es gibt hier doch jede Menge Gärten«, nörgelte Lee.

»Aber sie sucht etwas ganz Besonderes – ihren speziellen Funken Inspiration«, gab Max zu bedenken, und seine Augen blitzten. »Außerdem begegnen sich in *Les Misérables* Cosette und Marius zum ersten Mal im Jardin du Luxembourg.«

»Eigentlich dachte ich, sie hat diesen Funken längst gefunden«, wandte Lee trocken ein.

»Vielleicht«, räumte ich nach einem Schluck Kaffee ein. »Und Cosette und Marius sind sich tatsächlich dort begegnet? Dann muss ich unbedingt hin. Stille und Schönheit klingen zu verlockend. Ist es weit von hier?«

»Ja«, antwortete Lee lapidar.

»Überhaupt nicht«, sagte Max gleichzeitig.

»Damit wäre Paris kurz und knapp zusammengefasst«, sagte Martin. »Es hängt alles davon ab, ob man hier wohnt oder nur auf Besuch ist.«

»Für morgen ist Regen angesagt«, sagte Solange. »Du solltest zu Fuß hingehen und die Sonne heute genießen.«

»Wir nehmen ein Taxi zum Park«, meinte Lee. »Und spazieren dort herum. Wenn wir danach noch Energie haben, können wir zu Fuß zurücklaufen. Kommt doch mit, Max und Solange. Aber ohne Jules.«

Solange verzog das Gesicht, beugte sich zu Jules und kraulte ihn am Kopf. Wenn sie da war, wich der Hund nicht von ihrer Seite. Und sobald sie sich irgendwo hinsetzte, ließ er sich mit seinem kleinen stämmigen Körper zu ihren Füßen nieder. Sie seufzte. »Ich würde ihn wahrscheinlich sowieso auf den Arm nehmen und tragen müssen.«

»Oder mich zwingen, ihn zu tragen«, brummte Max.

Seine Mutter warf ihm einen kurzen Blick zu und verkündete dann: »Ich will noch den Pot-au-feu in den Ofen schieben, aber der muss zum Glück stundenlang köcheln, also komme ich gern mit in den Park. Vielleicht können wir uns dort mit Nicole und Louis verabreden? Es war so nett mit ihnen gestern Abend.«

»Sie fahren heute zurück nach Rennes«, erwiderte ich.

»Dann vielleicht mit Alan?«, schlug Lee vor. »Wo du doch nach deinem Funken suchst …«

»Alan versprüht keine Funken, egal welcher Sorte«, entgegnete ich entschieden. »Außerdem – habt ihr mir nicht versprochen, dass ich zu meiner Inspiration jede Menge toller Männer zu sehen kriege?«

»Und genau zu diesem Zweck ist ein Spaziergang im Luxembourg perfekt«, warf Martin ein. »Unterwegs können wir noch Obst, Käse, Brot und Wein für ein Picknick kaufen. Heute ist der ideale Tag dafür. Aber du musst Alan trotzdem einladen, Maggie. Unbedingt. Ich fand ihn wirklich sympathisch.«

Also schrieb ich Alan eine Nachricht, und wir vereinbarten, uns am frühen Nachmittag zu treffen. So schlenderten wir dann alle zusammen zwischen schweigenden Pärchen und lachenden Kindern umher und beobachteten die Pariser, die den schönen Tag im Park genossen.

Am liebsten wäre ich stundenlang am zentralen Wasserbecken geblieben und hätte den Miniatur-Segelbooten zugeschaut, die elegant auf seiner Oberfläche entlangglitten, aber Solange hakte sich bei mir unter und zog mich energisch weiter.

»Es gibt hier noch so viel zu sehen«, erklärte sie. »Der Jardin du Luxembourg ähnelt eurem Central Park, nicht wahr?«

»Nicht wirklich«, widersprach Max. »Der Central Park ist als Naturpark angelegt, ein wilder Wald mitten in der Stadt. Der Jardin du Luxembourg ist ja eine sehr kultivierte Gartenanlage, in der nur wenig dem Zufall überlassen wurde. Es sind beides große Grünflächen mitten in der Stadt, aber sie sind sehr unterschiedlich.«

Er hatte vollkommen recht. Den Jardin du Luxembourg charakterisierte eine wohlgeordnete Ruhe, von den säuberlich gefegten Wegen bis hin zu den gewissenhaft gepflegten Blumenbeeten. Selbst die Bäume waren hier in Reihen gepflanzt.

Mehrere Male machten wir kurz Rast, um etwas zu essen und die Umgebung zu genießen und danach eine neue Route einzuschlagen. Als wir am ehemaligen Palast vorbeischlenderten, hatte ich plötzlich ein Déjà-vu. Abrupt blieb ich stehen, drehte mich um und starrte auf die regelmäßige Baumreihe eckig geschnittener Kastanienbäume in meinem

Rücken, verfolgte sie weiter nach links und schaute dann wieder nach rechts. Jenseits des sauber zementierten Wegs stand der Pavillon, dahinter erkannte ich mehrere kleine Verkaufsstände.

»Das sieht genauso aus wie Sheon«, sagte ich laut.

Alan sah sich um. »Das sieht aus wie *was?*«

»Sheon«, wiederholte ich. »Der Ort in meinem Buch, von dem ich vorhin erzählt habe.«

Es war richtig unheimlich. Natürlich war ich nie in Sheon gewesen – es existierte ja nicht wirklich –, aber ich hatte von dem Dorf wie von allen wichtigen Orten in Delania eine detaillierte Karte gezeichnet. Da ich gerade dabei war, mir den Kopf über Twans Befreiung zu zerbrechen, hatte ich heute den ganzen Vormittag auf eben diese Karte gestarrt und versucht, mir eine Strategie auszudenken.

»Maggie«, sagte Lee sanft, »Sheon ist kein realer Ort.«

»Das weiß ich selbst«, fauchte ich. »Aber …« Aufgeregt mit beiden Händen gestikulierend, fuhr ich fort: »Schau doch, direkt hier führt in meinem Roman die Hauptstraße durch das Dorf. Die Bäume sind die kleinen Ladengeschäfte. Der Pavillon ist die Schule, und die kleinen Hütten dort hinten – siehst du sie? Da haben sie das Hauptquartier eingerichtet.«

»Wer hat da wessen Hauptquartier eingerichtet?«, wollte Alan wissen.

»Yeo-Te. Er hat sich in dem einen eingenistet, Waffen und die Munition hat er im anderen untergebracht. Ich sehe hier alles vor mir.«

»Yeo-Te?«, hakte Max nach, verständlicherweise verwirrt.

»Yeo-Te ist ein wirklich übler Typ«, erklärte ihm Solange und ließ einen relativ kurzen, aber offensichtlich erbitterten französischen Wortschwall folgen. Max nickte immer wieder und sah dann lächelnd zu mir.

»Ein wirklich übler Typ«, stellte er zustimmend fest.

»Und?«, fragte Lee. »Wieso ist das wichtig?«

»Ich muss mir darüber klar werden, wie Twan befreit werden kann.«

Solanges Augen leuchteten auf. »Du bringst ihn also zurück? Ach, ich liebe diesen Jungen.«

Mit hochgezogenen Augenbrauen sah ich zu Lee. »Siehst du? Ich hab's dir gesagt.« Eilig ging ich weiter. »Seht ihr das da?«, rief ich und deutete in die Richtung des Wasserbeckens. »Den Ententeich dort drüben? Genau dort ist der See, in dem die Dorfbewohner fischen.«

»Du meinst das Große Wasserbecken?«, fragte Max.

»Ja. Und von dort kommt man geradewegs ins Zentrum des Orts. Ich kann es dir auf der Karte zeigen.«

Max hob abwehrend beide Hände. »Nein, nicht nötig – ich glaube dir.«

»Gut. Twan wird in der Schule gefangen gehalten.« Ich ging näher zum Pavillon. »Das Beste wäre ein Ablenkungsmanöver, doch genau da liegt das Problem. Lance und Bella sind nur zu zweit. Jemand muss die Wachen ablenken, jemand muss in die Schule eindringen, damit Twan entkommen kann, und jemand muss ihre Flucht decken.«

»Aber wenn dieses Ablenkungsmanöver funktioniert, dann lockt es die Wachen doch von der Schule weg, oder nicht?«, sagte Max.

»Schon, aber … wie könnte das aussehen?«

»Das naheliegende Ziel ist doch die Munitionshütte«, meinte Martin. »Wenn sie anfängt zu brennen, explodiert das Zeug, und schon rennen alle dorthin, auch die Wachen.«

»Gute Idee. Aber die Munition wird ebenfalls streng bewacht«, wandte ich ein.

Nachdenklich starrten wir zu den Kiosken.

Alan war schon ein Stück zum Grand Bassin vorausgegangen. »Können sie sich irgendwie ein Auto beschaffen?«

Ich überlegte. »Vielleicht.«

»Dein Held – wie hieß er noch mal, Lance? – könnte er nicht …«, begann Alan, stockte dann aber, und sein Gesicht nahm einen Ausdruck an, den ich sehr gut kannte. Im Grunde seines Herzens war er ein mathematischer Tüftler, der nichts lieber tat, als Probleme zu lösen. Wenn er sich auf eines stürzte, straffte sich sein Kiefer, und seine Augen wurden schmal. Unwillkürlich begann ich zu grinsen – er arbeitete die Frage für mich durch, und ich spürte einen kleinen Schwall erwartungsvoller Aufregung, während ich ihm zusah, wie er die Puzzleteile im Kopf zusammensetzte.

»Vielleicht könnte Lance das Steuer des gestohlenen Autos entsprechend präparieren und das Gaspedal so durchtreten, dass der Wagen ganz allein in den Schuppen rast«, fuhr Alan kurz darauf fort. »Dann müsste er es rechtzeitig zur Schule schaffen und könnte dafür sorgen, dass Bella und Twan die Flucht gelingt.«

Inzwischen hatte ich die Entfernung zwischen dem weiter entfernten Kiosk und dem Pavillon ins Visier genommen. »Lance könnte das Auto hinter den Bäumen da drüben starten. Da ist das Schneideratelier«, überlegte ich laut. »Bella würde sich gegenüber von der Schule verstecken, direkt hinter den brennenden Hütten. Von dort könnte sie sehen, wie das Auto auf den Schuppen zurast, und zur Schule rennen. Wie lange … wie lange bräuchte ein Auto von hier bis zu dem Kiosk dort hinten?« fragte ich, ohne einen der Umstehenden direkt anzusprechen, war mir aber fast hundertprozentig sicher, wer mir antworten würde.

»Wenn der Wagen – sagen wir mal – dreißig Meilen pro Stunde fährt, braucht er für diese Entfernung …« Alan schloss einen Moment die Augen. »Etwa vierzig Sekunden«, beantwortete er seine eigene Frage, öffnete die Augen wieder und grinste breit: »Manchmal ist es doch ganz nützlich, ein Zahlenfreak zu sein.«

»Aber schafft Lance es denn in der knappen Zeit, hierherzulaufen? Und Bella, ins Schulhaus zu kommen?«, fragte Lee.

»Das können wir leicht herausfinden«, antwortete ich. »Solange, stell dich doch bitte in den Pavillon. Du bist Twan. Ich bleibe hier und warte darauf, dass das Auto in den Schuppen rast … Lee und Martin, ihr seid die Wachen. Stellt euch hierher.« Ich schob die beiden in Position rechts und links neben dem Pavillon.

»Warte … spielen wir das jetzt mit verteilten Rollen?«, fragte Lee.

»Ja«, antwortete ich schlicht.

»Machst du das mit allen deinen Actionszenen?«, wollte Lee wissen und sah mich mit argwöhnisch zusammengekniffenen Augen an. »Sei ehrlich. Du tust das nicht, um mich vor ganz Paris zu blamieren, oder?«

»Ganz Paris ist ja gar nicht hier«, beruhigte ich ihn. »Normalerweise brauche ich mehrere Tage, um solch eine Actionszene im Detail zu choreographieren, und schiebe am Ende Salz- und Pfefferstreuer auf dem Esstisch hin und her. Aber dafür habe ich diesmal keine Zeit, und jetzt sind wir hier … ich nehme nicht an, dass es dir lieber wäre, wenn ich die ganze nächste Woche damit verbringe, das Problem des Ablaufs zu lösen.«

Erwartungsgemäß schüttelte Lee den Kopf und nahm seine Position am Pavillon ein. »Meinetwegen.«

»Gut.« Ich sah Alan an, dann Max. »Ich brauche jemanden, der gut rennen kann.«

»Zählt mehrfaches Marathonlaufen?«, erkundigte Max sich grinsend.

Ich erwiderte das Grinsen. »Klar. Stell dich dorthin und warte kurz, ich brauche einen Moment zum Überlegen.«

Dann wandte ich mich an Alan. »Du musst Max ein Startzeichen geben, wenn das Auto losfährt. Sobald es unterwegs ist, läufst du los, Max, und unterwegs musst du auch noch die Wachen erschießen, die es aufzuhalten versuchen. Aber bleib in Deckung.«

»Jawohl, *mon capitaine*«, antwortete Max mit einem ernsten Nicken.

»Dann, Alan«, fuhr ich fort, »sagst du uns Bescheid, wenn das Auto auf den Schuppen trifft und explodiert.«

»Und was ist, wenn es nicht explodiert?«, fragte Lee. »Wie kannst du sicher sein …«

»Weil Lance, bevor er das Gaspedal festzurrt, einen Heuballen anzündet. Und ihr beiden« – ich zeigte auf Lee und

Martin – »rennt in Richtung Schuppen los, sobald das Auto sein Ziel erreicht.«

»Aber die sehen das Auto doch bestimmt und rennen sofort los«, gab Solange zu bedenken. »Immerhin brennt es ja.«

»Guter Einwand. Alan, gib Lee ein Zeichen, wenn das Auto auf halbem Weg zum Schuppen ist. Dann können er und Martin loslaufen.«

Jetzt zog Martin eine Augenbraue hoch. »Ich dachte, Max wäre der Einzige, der rennt.«

»Na schön«, seufzte ich. »Dann tut eben nur so. Ich starte in Richtung Schule, und du, Max, kannst hier querfeldein auf die Schule zusprinten.«

Lee sah sich um. »Hier sind aber überall Leute, Maggie.«

»Und niemanden davon wirst du jemals wiedersehen. Möchtest du, dass ich die Szene hinkriege oder nicht?«

Max unterdrückte ein Lachen. »Ich beziehe schon mal meinen Posten«, sagte er und ging los.

Alan stellte sich breitbeinig mitten auf den Weg und krempelte die Ärmel hoch. Wenn ich aus der Entfernung die Augen ein kleines bisschen zusammenkniff, hätte er durchaus als Lance durchgehen können: groß, entschlossen, windzerzauste Haare. Solange saß auf den Stufen des Pavillons, neben sich zu beiden Seiten Lee und Martin. Ich zog mich ein Stück zurück, bis ich hinter einem Baum stand.

»Max, bist du bereit?«, rief Alan.

Nach kurzer Pause kam von Max die Antwort: »Ja!«

»Okay.« In der einen Hand hielt Max sein Handy, die andere streckte er in die Luft, senkte sie dann wieder und rief: »Los!«

Ich versuchte zu zählen, aber mein Herz klopfte so laut, dass ich mich selbst nicht hören konnte. Vor meinem inneren Auge sah ich alles: die staubige Straße, hinter mir die brennenden Gebäude, dort, zu meiner Linken, den Kiosk – oder vielmehr den Munitionsschuppen –, umringt von vier Wachen.

»Jetzt!«, rief Alan. Das Auto würde hinter der Reihe der Dorfläden erscheinen, sich langsam, aber zielstrebig vorwärtsbewegen. Jeder würde sofort begreifen, wohin es unterwegs war, und alle würden versuchen, es zu stoppen.

Lee und Martin verließen den Pavillon und trabten den Weg entlang. Ich startete in Richtung Schule, ohne die Szene aus den Augen zu lassen. Inzwischen würde Lance …

Plötzlich tauchte Max auf. Er rannte … rückwärts. Natürlich, er musste ja auf die Wachen am Munitionsschuppen schießen, die jetzt auf das Auto zurannten. Tatsächlich drehte er sich im nächsten Augenblick um, hob seine Hand wie eine Pistole, die er auf Lee und Martin richtete. Lee griff sich an die Brust und stürzte auf die Knie, und als ich den Pavillon erreichte, warf auch Martin mit einem Schmerzensschrei die Arme in die Luft.

Ich hastete die Stufen empor, packte Solange am Arm, führte sie die Treppe hinunter und weg aus dem Inferno. Plötzlich war Max hinter uns.

»Ihr braucht doch Feuerschutz, oder nicht?«, fragte er.

»Was glaubst du denn?«, fauchte Solange.

Ich rannte zurück zu der Stelle unter den Bäumen, wo ich losgelaufen war, Solange und Max dicht hinter mir.

Dort angekommen, blieb ich stehen. Inzwischen war Lee

dabei, lachend wieder aufzustehen, und Alan gesellte sich wild gestikulierend zu den beiden.

»Wir haben es geschafft!«, jubelte ich und fiel Max um den Hals. »Mein Held«, sagte ich lachend.

Eine Sekunde lang hielt er mich im Arm, und obwohl er so gerannt war, war er nicht einmal außer Atem. Sein Gesicht war ruhig, in den Augen die Spur eines Lächelns, und einen Moment drückte er mich an sich.

»Das hat Spaß gemacht«, sagte er.

»Himmel, ja!« Und nicht nur, dass es Spaß gemacht hatte, ich war so erleichtert. Endlich hatte ich vor Augen, was ich für die Szene brauchte.

»Können wir es noch einmal machen?«, fragte Martin, als er angetrabt kam.

»Nein, ich glaube, jetzt weiß ich, wie es sein muss«, antwortete ich, immer noch lachend.

»Bist du sicher?«, fragte Alan.

»Du etwa nicht?«, fragte ich zurück. »Immerhin warst du für die Berechnungen verantwortlich.«

»Dann war es perfekt«, erwiderte er.

»Und anscheinend hat niemand was davon bemerkt«, stellte Lee fest, und es klang fast ein bisschen bedauernd.

Er hatte recht. Trotz der seltsamen Darbietung, trotz des ganzen Rennens und Rufens, trotz unserer Darstellung eines Attentats mitten auf dem Spazierweg schien niemand auf uns zu achten. Die wenigen Leute, die ihr Gespräch unterbrochen hatten, um uns zu beobachten, waren inzwischen wieder in die Unterhaltung vertieft.

»Hast du wirklich alles, was du brauchst?«, fragte Max.

»Absolut«, bestätigte ich, und auf dem Heimweg spielte ich die Szene im Kopf noch einmal durch, mit jeder Einzelheit, vor allem den Teil, als Max mich in den Arm genommen hatte.

Erst spät am Nachmittag trudelten wir wieder zu Hause ein, und sofort machte ich mich mit fliegenden Fingern an die Arbeit. Bald war ich so tief in der Welt meines Buches verschwunden, dass ich fast vergessen hatte, wo ich war, bis ich ein stetiges, hartnäckiges Klopfen auf meiner Schulter spürte.

»Maggie«, sagte Lee leise. »Zeit, mal Luft zu holen. Und du solltest auch was essen. Solange hat für uns gekocht, erinnerst du dich?«

Und wie sie gekocht hatte! Ein Pot-au-feu war die französische Version eines Schmorbratens, war jedoch vollkommen anders als alle Schmorbraten, die ich in meinem Leben jemals gegessen hatte. Ich verdrückte zwei Portionen und hatte kaum mehr Platz für die winzigen Erdbeertörtchen, die jemand netterweise noch gekauft hatte. Fast.

Schließlich lehnte ich mich zurück, blickte über den Esstisch und war einfach nur glücklich, was man mir wohl auch ansah.

»So habe ich dich ja noch nie erlebt«, stellte Max staunend fest. »Du siehst so zufrieden aus – zufrieden mit allem, sogar mit dir selbst.«

Ich seufzte. »Meine Tochter hat sich in einen äußerlich wie innerlich schönen Mann verliebt. Ich schreibe wie nie zuvor, und noch nie in meinem Leben habe ich so etwas Gutes gegessen. Insofern hast du recht. Ich bin satt und rundum zufrieden.«

Lee grinste. »Und was du jetzt geschrieben hast, gehört zweifellos zum Besten, was du in deiner Karriere produziert hast. Ich hatte recht: Paris tut dir gut. Wenn du so weitermachst, müsstest du eigentlich bald fertig sein – in zwei, drei Wochen vielleicht?«

Ich nickte und sah wehmütig auf die Krümel, die noch auf meinem kleinen hellrosa Tellerchen lagen. »Ja. Mit der Rohfassung dürfte ich in den nächsten drei Wochen durch sein. Normalerweise lasse ich den Text vor der ersten Überarbeitung noch ein bisschen liegen, aber unter den gegebenen Umständen habe ich diesen Luxus nicht. Vielleicht nehme ich mir dafür eine kleine Auszeit, wenn alles fertig ist, und fahre nach Rennes. Das ist nicht weit von hier, oder?«

Max nickte. »Knapp zwei Stunden mit dem Zug.«

»Perfekt. Ich kann vor dem Starttermin nach Hause fliegen, mir für die Vorbereitungen ein bisschen Zeit nehmen und dann mit dem Überarbeiten anfangen. Das sind dann, hm … sagen wir mal, zwei Wochen? Der zweite Durchgang ist allerdings immer etwas schwieriger, das wird ein bisschen eng, aber bis zur Deadline werde ich es schaffen. Muss ich auch, denn wenn Buch zwei herauskommt und die Lesereise beginnt, werde ich aller Voraussicht nach für nichts anderes mehr Zeit haben.«

Lee verschränkte die Hände ineinander. »Klingt nach einem guten Plan. Solange du in Paris bist, kannst du gern hier wohnen. Martin und ich sind noch eine Woche da, aber danach …«

Ich sah Solange an.

Sie hob die Hand. »Ich bin hier den ganzen Tag über allein, und es wäre mir eine Freude, dich bei mir zu haben. Und glaub mir, du machst nicht viel Arbeit – ich koche für mich und Max, da fällt ein zusätzlicher Teller auf dem Tisch nicht mal auf. Außerdem machst du deutlich weniger Umstände als beispielsweise unser Jules. In deinen Schreibpausen würde ich gern mit dir spazieren gehen und dir das echte Paris zeigen. Mein Paris, nicht das für die Touristen, was hältst du davon?«

»Ganz herzlichen Dank«, erwiderte ich. »Das wäre großartig.«

»Exzellent«, meinte Max und schob seinen Stuhl zurück. »Ich habe Lust auf einen Abendspaziergang. Und auf einen Brandy. Wer möchte sich mir anschließen?«

»Nimm Jules mit«, murmelte Solange und stand auf.

»Ja, *Maman*.« Max sah zu mir. »Maggie?«

»Eine wundervolle Idee.«

Lee hüstelte, und ich starrte ihn wütend an. »Ich habe den ganzen Nachmittag geschrieben«, sagte ich. »Für heute mache ich sowieso Schluss.«

»Na gut, dann geh spazieren«, winkte Lee ab. »Ich möchte nur nicht, dass du deinen Schwung verlierst.«

Aber ich schüttelte entschieden den Kopf. »Das werde ich nicht, aber ich muss mir jetzt wirklich die Füße vertreten und meinen Kopf durchlüften. Ich zieh mich nur schnell um, Max.«

»Ich habe eine Frage«, sagte Max, als wir von der Place Victor Hugo in eine etwas dunklere Seitenstraße mit drei- und vierstöckigen Häusern einbogen. Durch zugezogene Vorhänge schimmerte Licht, in großen Töpfen wucherten üppige Frühlingsblumen.

»Frag ruhig.«

»Dieses Buch. Es ist sehr wichtig für dich, stimmt's?«

»Ja.«

»Es abzuschließen – was bedeutet dir das?«

Ich überlegte. »Es bedeutet, dass ich in meiner Karriere die nächste Stufe erreiche. Die bisher höchste, genau genommen. Und finanzielle Unabhängigkeit. Ich werde nicht mehr unterrichten müssen und kann mir endlich ein Haus am Meer kaufen, wovon ich schon mein ganzes Leben träume. Es bedeutet, dass alle meine Wünsche in Erfüllung gehen.«

»Aha, verstehe.« Wir bogen wieder ab. Hier gab es nur ein einziges Café mit ein paar Tischen im Freien, leises Stimmengemurmel war zu hören. Aber es war voll besetzt. Paris bei Nacht – das waren nicht nur helle Lichter, sondern auch entspannte Augenblicke mit Freunden, die sich zu Wein und Gesprächen zusammenfanden. »Was meinst du, warum es dir dann so schwergefallen ist, dieses Buch zu schreiben? Wenn es doch all deine Wünsche erfüllen kann?«

Seit Monaten stellte ich mir genau diese Frage, war jedoch stets davor zurückgeschreckt, mich genauer damit auseinanderzusetzen. Aber als ich in diesem Moment zu Max emporblickte, konnte ich nicht anders, als mich der Wahrheit zu stellen. »Wenn dieses Buch fertig ist und so erfolgreich wird, wie ich hoffe … Was ist, wenn ich trotzdem nicht glücklich bin? Obwohl ich alles habe, was ich mir wünsche? Was dann?«

Überrascht blickte er mich an. »Bist du denn nicht glücklich mit deinem Leben?«

»Doch, schon. Aber diese Art von Erfolg wäre die Antwort auf alle meine Hoffnungen und Träume. Und was ist, wenn ich zu dem Schluss komme, dass ich mir immer das Falsche gewünscht habe? Dass es mir nicht reicht?«

»Es darf nie reichen, Maggie. Egal, was man tut, man sollte immer noch mehr vom Leben wollen. Nicht unbedingt etwas Größeres oder Besseres oder Luxuriöseres, nein, einfach … mehr. Sonst hört man doch auf, sich als Mensch weiterzuentwickeln.«

Wir bogen um die nächste Ecke. Dort setzten wir uns in eines der winzigen Cafés und bestellten einen Digestif.

»Und was ist mit der Liebe?«, fragte er. »Kannst du allein glücklich sein? Manche Menschen können das nicht.«

»Ich habe jahrelang allein gelebt. Also mit Nicole, aber … ohne eine Beziehung zu haben. Es hat in meinem Leben immer wieder Männer gegeben, manche davon haben sich ziemlich lange gehalten, aber am Ende hat mir immer etwas gefehlt. Und ich hatte nie Angst, sie gehen zu lassen. Ich mag mein Leben. Wirklich. Zu Hause habe ich einige sehr enge Freundinnen, ich habe einen Bekanntenkreis, zu dem auch andere Autoren gehören, was wunderbar ist und eine große Unterstützung. Noch eine echte Liebe zu erleben wäre schön, aber ich hatte nie das Gefühl, dass mein Leben erst mit einem Mann vollständig wäre.«

»Dann bist du glücklich, dass du Alan nach all den Jahren wiedergetroffen hast?«

»Vielleicht.«

»Und was ist mit deinen Eltern?«

Ich zögerte kurz, aber dann erzählte ich ihm von meinen Eltern, was ich nicht sehr oft tat. Sie waren vor zwölf Jahren bei einem Autounfall ums Leben gekommen, Schock und Verlust hatten mich damals für lange Zeit gelähmt.

»Nach der Beerdigung bin ich lange Zeit nicht aus dem Haus gegangen. Gott sei Dank war Nicole bei mir. In den großen Ferien hatte ich sie zu Alan geschickt, aber als der Sommer vorbei war, bestand sie darauf, zurückzukommen. Ohne sie wäre ich vielleicht an manchen Tagen nicht aufgestanden, aber das ließ sie nicht zu. Sie rief Lee an, der daraufhin mit Martin immer sonntags zu uns kam und ein großes Essen kochte – was bedeutete, dass ich mich wie ein normaler Mensch anziehen und in Gesellschaft netter Leute Gespräche führen musste. Irgendwann wachte ich morgens mit der Idee für ein Buch auf, und der schlimmste Teil der Trauerphase war überstanden.«

Jules erhob sich, umkreiste Max' Füße, fand einen besseren Platz und ließ sich wieder nieder.

»Deine Tochter scheint eine wirklich außergewöhnliche Person zu sein.«

Mir wurde warm ums Herz – ein Gefühl, das sich immer bei mir einstellte, wenn jemand Nicole genauso sah wie ich. »Das ist sie. Und jetzt ist sie tatsächlich verliebt. Ich kann glücklich sterben.«

Er lachte. »Ah – was Mütter sich für ihre Kinder wünschen!

Gesundheit und Wohlstand stehen immer auf der Liste, aber zuerst und vor allem die Liebe.«

»Zuerst und vor allem, ja. Mütter wissen, was wirklich zählt im Leben. Aber nun erzähl du doch, was du diese Woche auf deiner Konferenz tun wirst.«

»Du würdest dich zu Tode langweilen. Finanzwirtschaft ist langweilig, frustrierend, und die Details können dich fertigmachen.«

Ich musste lachen. »Okay, dann erzähl mir, was du in Marseille gemacht hast.«

»Ich habe eine meiner Ex-Ehefrauen besucht, deren Mutter im Sterben liegt. Sie war die beste Schwiegermutter, die man sich wünschen kann. Wir mochten einander. Genau genommen war sie überhaupt der Grund, dass ich es so lange in dieser Ehe ausgehalten habe.«

»Das tut mir leid.«

»Sie hat sechs Kinder, zwölf Enkel und drei Urenkel. Die glücklichste Sterbende, die ich je gesehen habe.«

»Ich habe mir vorgestellt, du würdest das Wochenende in einer Dachwohnung mit einer nackten Rothaarigen verbringen, und ihr würdet euch abwechselnd Gedichte vorlesen.«

Einen Moment starrte er mich an, dann fing er an zu lachen. »Ach Maggie, es ist kein Wunder, dass du eine erfolgreiche Autorin bist. Du hast eine herrliche Phantasie.«

Ich sah ihn mit zusammengekniffenen Augen an. »Komm schon, Max – ein solches Szenario ist bei dir doch nicht weit hergeholt.«

»Stimmt schon«, räumte er ein und grinste. »Aber in der Regel mag ich blonde Haare lieber.«

Tja, eine Blondine würde aus mir wohl nicht mehr werden. Was würde Max wohl dazu bringen, seine Vorlieben zu ändern?

Ziemlich spät schlenderten wir zurück nach Hause. Die Wohnung war dunkel, alle lagen schon im Bett, und als ich unter die Decke kroch, überlegte ich, dass Lance damals in Buch eins genau einen solchen Abend gebraucht hätte, um Bella in sein Bett zu locken.

Und es hätte wahrscheinlich sogar geklappt.

Kapitel 8

Meditationen über Verlust, Liebe, die Vergangenheit und noch mehr Liebe

Ich stand früh auf und schrieb. Mit dem Jungen auf dem Rücksitz des Jeeps war es schwierig, aber nicht unmöglich, eine erotische Atmosphäre zwischen Bella und Lance heraufzubeschwören.

Als ich fand, dass ich für den Morgen mehr als genug geschrieben hatte, legte ich eine Pause ein, setzte mich zu einer Tasse Kaffee und einem kleinen Frühstück an den Tisch, zusammen mit Lee und Martin, die heute ihren Pariser Anwalt besuchen wollten, und Max, der in seinem makellos maßgeschneiderten Anzug den erfolgreichen internationalen Banker verkörperte. Ich war beeindruckt und setzte mich gleich wieder an den Schreibtisch, um weiterzuschreiben.

Am frühen Nachmittag gelang es mir dann endlich, eine komplizierte Szene abzuschließen, die kaum zweitausend Wörter umfasste – dennoch hatte ich sie bestimmt achtmal umgeschrieben, bis sie mir einigermaßen folgerichtig vorkam.

An manchen Tagen lief es eben so.

Mein Hirn war überlastet, ich hatte Hunger und absolut keine Ahnung, wo Solange war. Doch ich musste dringend etwas essen, und zwar bald. Als ich auf mein Handy sah, war dort eine Nachricht von Alan angekommen.

Alan:

Hast du schon etwas zum Lunch geplant?

Ich antwortete sofort.

Maggie:

Ich bin kurz davor, mir alles zu greifen, was ich im Kühlschrank finde – selbst wenn es schon grün wird. Hast du eine bessere Idee?

Alan:

Lol. Ich bin in der Nähe. Wir könnten uns in fünfzehn Minuten im Café gegenüber deiner Wohnung treffen. Hältst du so lange durch?

Maggie:

Gerade so. Bis gleich.

In den nächsten fünfzehn Minuten schaffte ich es nicht nur, die schnellste Dusche der Welt hinzulegen, ich schminkte mir sogar noch die Lippen. Alan wartete an einem dieser typisch kleinen Tische. Als er mich sah, stand er auf und küsste mich auf die Wange, und wieder wurde mir warm im Bauch. Im nächsten Moment brachte der Kellner auch schon die Speisekarte. Ich widerstand dem Impuls, ihm zu sagen, er solle bringen, was am schnellsten ging, und bestellte erst einmal einen Wein.

Alan deutete auf etwas in der Karte, der Kellner sah es sich an und nickte.

Ich deutete ebenfalls auf etwas, von dem ich mir sicher war, dass es nicht lange dauern würde. »Eine Zwiebelsuppe, bitte.«

»Nicole und Louis sind gut wieder in Rennes gelandet«, berichtete Alan.

»Und wie hast du dir den heutigen Vormittag vertrieben, so ganz allein?«

Er machte ein verlegenes Gesicht. »Lach bitte nicht.«

»Das würde ich niemals tun.«

»Ich bin mit meinem Skizzenblock runter zum Fluss gegangen und habe die Boote gezeichnet.«

»O Alan, das ist doch toll«, lächelte ich und stellte mir vor, wie er sich, den Block in der Hand, auf eine Steinbalustrade stützte. Ein bisschen klischeehaft, aber warum nicht?

»Ich mag Louis«, sagte ich.

»Ich auch. Sehr sogar. Er scheint mir klug und umgänglich zu sein, und ich habe den Eindruck, dass er Nicole gewachsen ist. Sie braucht es, dass ihr auch mal jemand kontra gibt. Auf jeden Fall macht er sie glücklich, wofür er von mir sowieso Extrapunkte bekommt. Und diese beiden würden wunderschöne Kinder produzieren.«

Überrascht sah ich ihn an. »Hast du etwa schon Lust, Großvater zu werden? Ich weiß gar nicht, ob die beiden so etwas überhaupt in Erwägung ziehen. Kinder zu kriegen, meine ich. Darüber hat Nicole nie geredet.«

»Mit den Dingen, über die Nicole nie geredet hat, könnte man den halben Pazifik füllen«, meinte Alan. »Obwohl sie dieser Tage etwas mitteilsamer geworden ist, finde ich.«

»Ich hab dir ja gesagt, dass sich für sie alles verändert hat. Sie sieht durch eine völlig neue Brille auf die Welt. Wie es eben ist, wenn man sich verliebt.« Vor mir erschien die Suppe, dickflüssig und tiefbraun, herrlich duftend nach Zwiebeln und … war das etwa Sherry? Langsam führte ich den Löffel zum Mund und kostete zögernd.

Paradiesisch.

Alan lachte. »Dir beim Essen zuzuschauen war schon immer eine meiner Lieblingsbeschäftigungen.«

»O danke!«

Schweigend aß ich meine Suppe, während Alan die Passanten beobachtete. Jetzt, am frühen Nachmittag, waren die Gehwege sehr voll, und ich erwischte ihn mehrmals dabei, wie er einer dieser unvergleichlich attraktiven Pariserinnen nachblickte. Dann hob er wieder sein Weinglas an die Lippen, trank einen Schluck und ließ den Blick von Neuem schweifen.

Mein Telefon piepte – eine Nachricht von Greg. Oder genauer gesagt, schon wieder eine Nachricht von Greg. Nach einer relativ schweigsamen Woche hatte er mir in den letzten drei Tagen regelmäßig kurze Nachrichten geschickt, in denen er mir unter anderem mitgeteilt hatte, dass er mich vermisse, und mich bat, anzurufen, sobald ich bereit sei, über uns zu reden.

Zwar hatte ich schon mehrfach zurückgeschrieben, dass es dieses »Uns« für mich nicht mehr gebe, aber offensichtlich glaubte er mir nicht.

»Wen ignorierst du da?«, fragte Alan.

»Greg. Er scheint endlich begriffen zu haben, wie schwierig es sein wird, eine erschwingliche Wohnung zu finden, und meint wohl, es wäre leichter, sich einfach wieder zu mir und in mein Haus zurückzuwinseln.«

Alan schnaubte. »Ich habe ihn schon immer für einen Trottel gehalten. Auch wenn seine Anziehungskraft nicht zu leugnen ist – ein Mann der Tat, oder nicht? Im Gegensatz zu deinem nicht sehr tatkräftigen ersten Ehemann.«

»Ja, ich muss gestehen, dass mir Greg zuerst so … aufregend schien. Der Teil in mir, der auf die eher kitschige Romantik reagiert, hat sich von ihm angesprochen gefühlt. Denn wenn er wollte, konnte er charmant und absolut reizend sein. Aber er war ein Fehler auf ganzer Linie, und nun hat er auch noch Probleme mit meiner Entscheidung.«

»Ganz im Gegensatz zu dir«, sagte Alan und lehnte sich zurück. »Früher hattest du wesentlich mehr Schwierigkeiten damit, loszulassen.«

»Ich bin eben älter geworden, Alan«, erwiderte ich achselzuckend. »Und welchen Sinn hat das Älterwerden, wenn man zu den Falten, den schlaffen Brüsten und grauen Haaren nicht wenigstens ein bisschen mehr Weisheit bekommt?«

Er lachte. »Über diesen Teil des Älterwerdens solltest du dich nicht beklagen, Maggie. Du siehst toll aus.«

Ich fühlte, wie ich rot wurde. »Dafür kannst du dich bei Max bedanken. Er ist derjenige, der mir nahegelegt hat, dass für ein Treffen mit meinem Ex ein bisschen Aufpolieren angeraten wäre.«

Alan blieb der Mund offen stehen, dann lachte er wieder. »Das kann schon sein, aber es ist mehr als nur eine Äußerlichkeit. Du hast so ein Funkeln in den Augen und – ich weiß auch nicht – eine ganz besondere Ausstrahlung, die nicht nur dein Aussehen verändert, sondern auch die Art, wie du redest … einfach alles.«

»Ich kann wieder schreiben«, erklärte ich und lächelte. »Und zwar gut. So hast du mich noch nie gesehen – ich gehe völlig darin auf. Es ist das großartigste Gefühl der Welt, wirklich.« Ich stockte, zuckte die Achseln und fügte hinzu: »Na ja, *beinahe.*«

Unsere Blicke trafen sich. Sex mit Alan war eine ganz eigene Kategorie gewesen. Für uns beide. Für mich war es das erste Mal gewesen, dass ich mit einem Mann zusammen war, den ich wirklich liebte, was alles verändert hatte, und Alan sagte oft, für ihn sei ich die erste furchtlose Frau gewesen – die erste, die ihm hundertprozentig vertraute.

Bei der Erinnerung bekam ich eine Gänsehaut, wandte schnell den Blick ab, und als mein Telefon erneut piepte, fingen wir beide an zu lachen. Kopfschüttelnd löschte ich auch diese Nachricht von Greg.

»Immerhin ist er hartnäckig, das verdient wohl Anerkennung«, sagte Alan. »Schließlich müssen wir zusammenhalten, wir verflossenen Liebhaber von Maggie Bliss.«

Ich lächelte. »Das wäre ein großartiger Buchtitel.«

»Stimmt. Was hast du heute noch vor?«

»Ich bin nach Paris gekommen, um zu schreiben, Alan«, antwortete ich achselzuckend.

Er nickte. »Stimmt. Aber was ist mit morgen? Wäre Sacré-Cœur nicht eine gute Idee?«

»Klingt perfekt.«

Er stand auf, beugte sich zu mir, um mir einen leichten Kuss auf die Wange zu drücken, und dabei glitt seine Hand meine Wirbelsäule hinab, genau wie früher, wenn wir miteinander geschlafen hatten und er, erschöpft und außer Atem, nur noch eine letzte Berührung wollte.

»Dann sehen wir uns also morgen«, sagte er, drehte sich um und ging davon.

Ich sah ihm nach, bestellte mir noch ein Glas Wein und schlenderte danach langsam zurück zur Wohnung. Wieder war ein warmes, vertrautes Gefühl in mir zurückgeblieben. Und ich konnte mir tatsächlich vorstellen, dass es sich zu etwas Größerem entwickeln würde.

Erst ziemlich spät am Nachmittag kehrten Lee und Martin von ihrem Pariser Rechtsanwalt zurück, Lee in gereizter Stimmung, Martin beladen mit Kartons, die aussahen, als kämen sie aus einer Bäckerei.

»Der Anwalt ist ein Mistkerl«, verkündete Lee laut.

Martin verdrehte die Augen. »Er macht nur seinen Job. Hier in Frankreich ist alles anders, das Steuersystem ist viel komplizierter als bei uns. Aber er arbeitet mit deinem Steuerberater zusammen, und es wird alles rechtzeitig wieder in Ordnung kommen.«

»Rechtzeitig?«, wiederholte Lee. »Das wird Tage dauern! Wochen vielleicht! Und ich will, dass es erledigt ist, bevor wir abreisen.«

»Man bekommt eben nicht immer seinen Willen«, konterte Martin.

Lee funkelte ihn an. »Das von einem Mann, der eine Stunde gebraucht hat, die perfekten Éclairs auszusuchen.«

Aus der Küche wehte der Duft von Lammbraten in Rotwein – anscheinend würde Solange auch heute wieder ein köstliches Mahl zubereiten. Martin eilte hinein, wechselte ein paar Worte mit ihr und brachte, als er wiederkam, ein mit Käse und Wein beladenes Tablett mit.

»Martin, hör endlich auf, Maggie zu mästen«, knurrte Lee. »Wenn sie sich nicht mehr rühren kann, kann sie auch nicht mehr schreiben.« Er fixierte mich. »Arbeitest du heute noch?«

Ich nickte. »Ja, ich muss ein paar Stellen überarbeiten.«

»Aber es ist der erste Entwurf«, protestierte Lee. »Du bist doch noch gar nicht am Überarbeiten.«

»Doch, bin ich. Was ich heute Morgen geschrieben habe, verändert die gesamte weitere Handlung, und das bedeutet, dass ich den Aufbau schon ein paar Kapitel zuvor verändern muss.« Ich erhob mich von der Couch, auf der ich geflätzt hatte, und streckte mich ausgiebig. »Ich dachte, ich wäre für heute fertig, aber ich muss die Änderungen jetzt gleich einarbeiten, während ich sie noch so klar vor mir sehe.«

»Brauchst du Kaffee?«, fragte Solange, die gerade aus der Küche hereinkam.

»Nein, danke.«

»Sollen die beiden Männer sich verziehen?«

Ich grinste. »Nein, Solange, ich kann um sie herumarbeiten.«

Und das tat ich. Ich setzte mich an den Tisch, las, schrieb um und merkte nicht, wie sich das Licht im Raum veränderte, hörte nichts von dem Stimmengemurmel im Hintergrund. Erst als mir ein köstlicher Duft in die Nase stieg, wandte ich den Kopf und schnupperte.

»Zeit zu essen?«, fragte ich niemand Bestimmten.

Lee sprang auf. »Ja, Gott sei Dank. Solange hat darauf bestanden, dass wir auf dich warten, obwohl ich ihr glaubhaft versichert habe, dass es dir vollkommen egal sei, du hast ja bis eben nichts von deiner Umgebung wahrgenommen, aber …«

Max, der bei Lee und Martin saß und müde auf eine Akte starrte, blickte kurz auf und lächelte mir zu. »Ich war auch dafür, auf dich zu warten. Lee, du hast so viel Käse gegessen – wie kannst du schon wieder Hunger haben?«

Lee jedoch war bereits unterwegs zum Esstisch. »Weil ich weiß, was uns bevorsteht – deine Mutter ist einfach eine großartige Köchin.«

Was stark untertrieben war. Der Lammbraten war köstlich, das Brot schmeckte wunderbar, und zum Abschluss präsentierte Martin noch seine Éclairs. Diese Sinnenfreude machte mich so glücklich, dass ich am liebsten ein Lied angestimmt hätte.

»Übrigens«, sagte Lee, »als ich vorhin an deinem Zimmer vorbeigekommen bin, hat dein Telefon gepiept.«

Ich stand auf und eilte in mein Zimmer. Auf meinem Handy waren mehrere Nachrichten und einige Fotos von Alan angekommen. »Ich schaue mir morgen die Sacré-Cœur in Montmartre an«, erzählte ich, als ich zurück zu den anderen kam. »Lohnen sich die vielen Stufen?«

»Absolut – Sacré-Cœur ist wundervoll«, antwortete Solange.

»Aber ihr müsst unbedingt ganz nach oben«, bestätigte auch Max. »Ihr könnt mit der Seilbahn hochfahren.«

»Eigentlich solltest du arbeiten«, grummelte Lee.

»Ist Nicole nicht nach Rennes zurückgefahren?«, fragte Martin.

»Doch, ist sie. Aber Alan hat den Ausflug vorgeschlagen«, erklärte ich. »Und ich hab Ja gesagt.«

»Jetzt, da Alan ganz allein in Paris ist, wird er dich vermutlich jeden Tag bestürmen, etwas mit ihm zu unternehmen«, brummte Lee.

»Ich bin durchaus in der Lage, abzulehnen«, gab ich zurück. »Ich weiß, was ich zu tun habe, Lee. Glaub mir, ich bin mir bewusst, was auf dem Spiel steht.«

»Was steht denn eigentlich auf dem Spiel?«, wollte Max wissen.

Lee räusperte sich und antwortete: »Das Buchgeschäft ist ziemlich schwierig geworden. Der zweite Band von Maggies Serie soll im Juni herauskommen. Deshalb müssen wir den dritten spätestens nächstes Jahr im Juni auf den Markt bringen. Früher haben die Leser problemlos mehrere Jahre auf die Fortsetzung gewartet, heute ist das nicht mehr der Fall. Um erfolgreich zu bleiben, brauchen wir diesen Rhythmus. Und ob ihr es glaubt oder nicht, ein Buch innerhalb von zwölf Monaten zur Veröffentlichung zu bringen, ist schwierig. Trotzdem drängelt der Verlag, weil man dort weiß, wie wichtig es ist, im Zeitrahmen zu bleiben. Und an all dem hängt die Frage, ob es möglicherweise eine Verfilmung als Serie geben wird.«

Max stieß einen leisen Pfiff aus. »Dann geht es um eine Menge Geld.«

»Eben«, nickte Lee.

Max sah mich an und grinste. »Klingt so, als wärst du auf dem Weg zum eigenen Medienimperium«, sagte er.

Ich schüttelte den Kopf. »Wohl kaum. Aber das Haus am Strand, das hätte ich schon gern.«

»Oh, dieses Haus am Strand«, stöhnte Lee und wandte sich Max zu. »Als ich ihr erstes Buch verkauft habe, ist sie postwendend ins Internet gegangen und hat angefangen, nach einem Haus am Strand zu suchen. Das Gleiche hat sie die ganzen letzten zwanzig Jahre gemacht. Aber vielleicht wird sie sich dieses Jahr tatsächlich ihren Traum erfüllen können.«

Max stand auf und streckte sich. Immer noch im Anzug – dunkelgrau, hervorragend geschnitten – blickte er zu mir herunter: »Klingt, als wäre es ein wunderschöner Traum«, meinte er und lächelte mir zu. »Ich gehe noch eine Runde mit Jules. Hast du Lust auf einen Schlaftrunk?«

Sofort war ich auf den Beinen. »Sehr gern«, antwortete ich, warf dann aber Solange einen Blick zu und fragte: »Brauchst du Hilfe beim Aufräumen?«

Doch sie winkte ab. »Schon, aber nicht von dir. Geh ruhig. Du hast heute sehr viel gearbeitet. Aber du bleibst hier und hilfst mir, Lee.«

So schlenderten Max und ich gleich darauf mit Jules über die Place Victor Hugo, suchten uns ein nettes Café, bestellten einen Cognac und sahen zu, wie sich der Abend um uns senkte.

»Du bist jetzt schon eine ganze Woche in Paris«, sagte Max. »Was hältst du von der Stadt?«

War ich wirklich erst eine Woche hier? Es fühlte sich eher so an, als hätte ich inmitten der prachtvollen Pariser Straßen einige der wichtigsten Tage meines Lebens verbracht. Ich fühlte mich schon so heimisch, dass ich nicht einmal mehr aus Angst, auf dem Kopfsteinpflaster zu stolpern, auf die Füße schauen musste. Meine Füße kannten sich hier aus und fanden ihren Weg ganz automatisch. Auch schnappte ich nicht mehr nach Luft, wenn ich um eine Ecke bog und sich mir ein neues Stück der Pariser Schönheit präsentierte, sondern lächelte versonnen, nickte und genoss den Anblick. Und ich blieb auch nicht mehr an jeder alten, reich mit Schnitzereien versehenen oder wunderschön bunt gestrichenen Tür stehen, denn ich war mir sicher, dass ich ein paar Schritte weiter etwas ähnlich Bezauberndes entdecken würde.

»Ich glaube, ich liebe diese Stadt«, antwortete ich. »Und ich bin normalerweise kein Stadtmensch. Es liegt nicht nur an der Schönheit oder am Essen – obwohl ich gute Argumente dafür ins Feld führen könnte, mich hier dauerhaft nur von herrlichem Baguette zu ernähren. Vor allem ist es diese unvergleichliche Energie – ich kann es nicht besser erklären. Louis meinte neulich, es liege etwas in der Luft, und ich finde, er hat recht. Sogar Alan hat sich inzwischen damit angesteckt. Mein trockener Mathematikfreak von Ex-Ehemann zeichnet Boote! Und ich schreibe schneller und besser denn je zuvor. Paris weckt die Sinnlichkeit in den Menschen. Und genau das habe ich gebraucht.«

Er schwenkte den Brandy in seinem Glas. »Ja, Paris ist schon speziell. Ich lebe in New York, und so aufregend es ist, es ist nicht dasselbe.«

»Solange hat erzählt, dass du auch in London eine Wohnung hast.«

Er zuckte die Achseln. »Die werde ich verkaufen. Ich habe sie für eine Freundin gekauft – weil sie dringend eine Bleibe brauchte. Aber die Situation hat sich verändert, deshalb ist es das Beste, wenn ich sie einfach wieder loswerde.«

Eine Freundin. Ich spürte ein Prickeln, angespannt und bitter. Aber natürlich hatte er eine Freundin. Wie konnte es anders sein? Und er war eine Verpflichtung eingegangen, die ihn dazu gebracht hatte, eine Wohnung zu kaufen …

»Eine Freundin?«, hakte ich nach und hätte mir im nächsten Augenblick gern die Zunge abgebissen.

»Sie hieß Constance«, erklärte er leichthin. »Sie ist gestorben. Krebs.«

Das kam so unerwartet, dass die Traurigkeit mich mitten ins Herz traf. »O Max, das tut mir sehr leid.«

Die Augen still und traurig, wandte er sich mir zu. »Sie war wundervoll, und wir waren sehr wichtig füreinander. Seit ihrem Tod sind jetzt zwei Jahre vergangen, und ich vermisse sie immer noch. Leider habe ich die Erfahrung gemacht, dass ich mit Frauen kein großes Glück habe.«

»Und was meinst du, woran das liegt?«

Er verzog das Gesicht. »Ich habe einen Job, der in meinem Leben sehr präsent ist, den ich liebe und der mich überall in der Welt herumführt. Die meisten Frauen suchen einen Partner, der in ihrer Nähe lebt, und ich muss oft von jetzt auf gleich verschwinden. Eine solche Beziehung kann nicht jede Frau führen – nur eine, die sich ihrer selbst sehr sicher ist.«

»Verstehe«, sagte ich und nickte. »Zwischen Greg und mir war es das Gleiche – er war praktisch das ganze Jahr unterwegs, was es schwierig machte, die Beziehung lebendig zu halten. Allerdings bin ich mit seiner Abwesenheit ganz gut zurechtgekommen.« Ich lachte. »Das Problem war eher seine Anwesenheit. Denn selbst wenn er da war, war er nie wirklich für mich da, weißt du, was ich meine? Ich war nie sein … na ja, sein erster Gedanke am Morgen. Zum Teil lag das natürlich auch an mir – ich dachte, es genügt mir, in seinem Leben die zweite Geige zu spielen. Aber so war es nicht, und da er auch nicht willens war, sich zu verändern …«

»Du solltest für niemanden die zweite Geige spielen, Maggie.«

»Das werde ich auch nicht mehr«, erwiderte ich entschieden.

Er lächelte, aber ich glaubte, in seinen Augen eine Spur Traurigkeit zu erkennen. Am liebsten hätte ich seine Hand genommen und ihm gesagt, dass er nicht aufgeben dürfe und dass die richtige Frau ganz bestimmt irgendwo auf ihn warte. Dass er sie einfach noch nicht gefunden hatte.

Anscheinend konnte er Gedanken lesen, denn sein Gesicht hellte sich auf. »Und ich stelle mir gerade vor, dass du mir gleich sagen wirst, mit ein bisschen Geduld würde ich mein Glück schon finden. Wie in deinen Büchern.«

Ich erwiderte sein Lächeln. »Genau das sage ich dir auch, schließlich möchte ich den Menschen all ihre Träume schenken – schön verpackt.«

Schweigend tranken wir unseren Cognac aus, saßen noch eine Weile schweigend nebeneinander und beobachteten die Menschen, die an uns vorübergingen, bis Jules, der unter

Max' Stuhl gelegen hatte, schließlich aufstand und anfing, ungeduldig an der Leine zu zerren.

Ohne ein einziges Wort zu wechseln, liefen wir noch eine Runde mit Jules und schlenderten schließlich zurück zur Wohnung.

Von der Terrasse der Basilika des Heiligen Herzens überblickte man ganz Paris. Alan und ich stiegen in die Seilbahn, die uns auf den Hügel von Montmartre emportrug, und verbrachten über eine Stunde damit, eine hinreißende Ecke der Stadt nach der anderen zu entdecken.

Die Seitenstraßen um die Basilika herum waren schmal und steil, schlängelten sich an kleinen Galerien und Geschäften vorbei, und schließlich ließen wir uns zu einem späten Lunch nieder. Der Tag war kühl und bewölkt, es hatte die ganze letzte Nacht geregnet, aber das spielte für uns keine Rolle. Wir redeten und lachten, und es war fast so wie vor all den Jahren, als wir uns kennengelernt hatten.

Beim Kaffee meinte Alan: »Das Lokal hier erinnert mich an die Grant Street.«

»Stimmt – an das kleine Restaurant, in dem wir damals so oft gegessen haben.«

»Wenn wir uns ausnahmsweise mal aus dem Bett bequemt haben, meinst du«, fügte er lachend hinzu.

Tatsächlich hatten wir unsere ersten Wochen mit viel billigem Wein überwiegend im Bett verbracht. »Ich hatte solche Angst, dass wir uns in Klamotten nichts mehr zu sagen hätten«, erinnerte ich mich.

Er nickte. »Ging mir genauso. Mir graute vor dem Augenblick, an dem du erkennen würdest, dass ich nur ein stinklangweiliger Mathefreak und außerdem viel zu alt für dich war.«

»Und ich dachte, du würdest denken, ich wäre viel zu jung und oberflächlich und nicht annähernd klug genug.«

»Dabei warst du schon damals schön und brillant«, erwiderte er. »Und bist es noch. Wir haben immer eine Menge Liebenswertes aneinander entdeckt.«

Er hatte recht. Mir war bewusst, dass wir uns noch immer liebten und uns miteinander wohlfühlten. Aber waren wir auch fähig, daraus etwas Größeres zu entwickeln? Ich wartete schon lange darauf, dass die kleine Stimme in meinem Herzen Ja sagte.

Und als wir, Alans Arm auf meiner Schulter, zurückschlenderten, hörte ich sie immer deutlicher flüstern.

Bei meiner Rückkehr in die Wohnung war Max gerade dabei, aufzubrechen. Ein Geschäftsessen, erklärte er mir im Hinauseilen. Er trug einen eleganten schwarzen Anzug, der sich an seine Schultern schmiegte und seine Taille zur Geltung brachte.

Bei seinem Anblick fühlte ich mich hin- und hergerissen. Was wollte ich eigentlich von diesem Mann – ein Foto von ihm machen und es einrahmen? Oder ihn in trauter Zweisamkeit bei Kerzenlicht aus dem Anzug schälen? Als er ging, wurde mir klar, dass ich irgendwann aufgehört hatte, in ihm den idealen Helden für meine Geschichten zu sehen, und er für mich stattdessen eine sehr persönliche Phantasie geworden war.

Doch was sollte ich mit dieser Phantasie anfangen? Ich war nicht sicher.

Vor allem, da ich gerade den ganzen Nachmittag versucht hatte, herauszufinden, was es mit meinen Gefühlen gegenüber Alan auf sich hatte.

Allmählich wurde mir die Situation zu kompliziert.

Solange beobachtete, wie ich Max nachstarrte. »Maggie? Lee und Martin sind zum Dinner bei Freunden. Hast du Lust, mit mir hier zu essen? Nur eine Suppe. Reicht dir das?«

»Klingt wunderbar«, antwortete ich. Suppe und Brot und Butter und Wein.

Doch vorher flitzte ich in mein Zimmer, setzte mich auf die Bettkante und schrieb eine Nachricht an meine Freundinnen.

Maggie:

Okay, ich glaube, Alan wünscht sich, dass wir wieder zusammenkommen, aber es gibt da diesen attraktiven Franzosen, und ich kann mich einfach nicht entscheiden, was ich eigentlich will.

Keine Antwort. Ich wartete ein paar Minuten, warf das Handy aufs Bett, hob es wieder auf und verließ schließlich das Zimmer.

Solange und ich genossen in aller Ruhe unser Abendessen. Danach wanderten wir mit Jules durch die dunklen Straßen und plauderten über einfache Dinge – über Alan und über den Montmartre.

»Montmartre ist eine wunderbare Gegend«, sagte Solange. »Ich bin immer gern dort, obwohl es ganz anders ist als dieses Quartier. Aber das ist ja gerade der Reiz von Paris. Es hat so viele verschiedene Gesichter, so viele Ecken und Winkel, hier findet jeder einen Platz zum Glücklichsein. Ich liebe meine Straße und würde mit niemandem tauschen wollen, aber manchmal, wenn ich zum Beispiel an diesen kleinen Hausbooten auf der Seine vorbeikomme, bekomme ich ein bisschen Sehnsucht.«

»Das verstehe ich. Die Boote sind wirklich bezaubernd.«

»Max hat eine Weile in einem davon gewohnt. Mit seiner ersten Frau.«

»Und wie war seine erste Frau so?«

Solange warf mir einen kurzen Blick zu, ehe sie antwortete. »Sie war jung und dumm. Sie hat Max erzählt, sie sei schwanger, und er hat ihr geglaubt. Aber sie hatte gelogen, und nach zwei Jahren waren sie wieder geschieden. Dann kam Celestine. Oh, sie war ganz Feuer und Leidenschaft, und er betete sie an. Nur sind Feuer und Leidenschaft leider nicht genug. Als sie fortging, hat sie ihm das Herz gebrochen. Dann kam eine – wie nennt man so etwas? Eine Lückenbüßerin. Sie war nett. Wahrscheinlich brauchte Max damals Sicherheit und Ruhe, damit sein Herz heilen konnte. Aber sicher und ruhig ist auf die Dauer auch nicht optimal.« An einer Ecke blieben wir stehen, und Solange holte tief Luft. »Du wärst sehr gut für ihn, glaube ich.«

»Solange, ich bin hier, um ein Buch zu schreiben, nicht, um mich mit einem Mann einzulassen, der auf einem anderen Kontinent lebt.«

»Aber Max wohnt in New York City. Das ist ziemlich in deiner Nähe.«

»Ja, schon richtig. Aber ich habe gerade einen Mann rausgeschmissen, mit dem ich vier Jahre zusammen war, und ich denke, ich schleppe noch eine ganze Menge an emotionalem Ballast mit mir herum, den ich loswerden muss. Jedenfalls werde ich mich nicht so bald wieder in eine neue Beziehung stürzen – weder mit Max noch mit sonst einem Mann.«

»Wenn du diesen Mann rausgeschmissen hast, dann musst du dich doch – wie sagt man das? – innerlich von ihm gelöst haben, und das schon vor einer ganzen Weile.«

Diese Frau war wirklich einmalig. »Vermutlich hast du auch damit recht. Ich war in der Beziehung mit Greg schon lange nicht mehr glücklich. Aber das lag unter anderem daran, dass Greg so gut wie nie zu Hause war, und Max – na ja, er ist auch dauernd unterwegs. Warum in aller Welt sollte ich eine solche Beziehung wiederholen wollen?«

»Ich bin sicher, dass Max eine ganze andere Art von Mann ist.«

»Das denke ich auch, aber … Solange, er ist nicht mein Typ.«

»Aha.« Wir überquerten die Straße und gingen weiter in Richtung der Wohnung. »Tja, stimmt schon, er ist nicht sonderlich attraktiv.«

»Wie bitte? Machst du Witze?« Ich dachte an Max' durchdringende blaue Augen, an seine vollen Lippen, sein Lächeln. Und auch an die robuste Wärme seines Körpers, die mir schon in den wenigen Sekunden, die er mich im Arm gehalten hatte, Schauer über den Rücken gejagt hatte …

»Natürlich ist er attraktiv, ohne jeden Zweifel, Solange, das kannst du mir ruhig glauben. Warum …?«

Als ich ihr einen schnellen Seitenblick zuwarf, sah ich, dass sie lächelte.

Doch sie wechselte einfach das Thema. »Was ist denn dann dein Typ? Die ruhige, hilfsbereite Sorte? Alan beispielsweise?«

»Das habe ich früher gedacht«, antwortete ich mit einem Achselzucken, »aber mit uns hat es ja leider auch nicht so gut geklappt. Und ich bin ziemlich sicher, dass ich nicht dafür geschaffen bin, mit einem Alphamännchen für alle Zeiten glücklich zu werden.«

»Du meinst mit einem Mann wie diesem Greg? Der war doch offensichtlich nichts anderes als egoistisch. Aber Alan? Besteht die Möglichkeit, dass du mit ihm die Liebe wiederfindest?«

Ich wiegte unsicher den Kopf. »Keine Ahnung. Zumindest habe ich darüber nachgedacht. Wir sind nicht mehr dieselben wie damals.«

»Sind nicht alle Liebespaare am Anfang Fremde? Gibt es an Alan etwas Neues, in das du dich verlieben könntest?«

War das möglich? Gab es für mich an dem älteren, entspannteren Alan etwas zu entdecken? Er hatte sich verändert, so viel war sicher. Dadurch, dass er sich inzwischen um seine kreative Seite kümmerte, war er offener und engagierter geworden. Aber reichte mir das?

An der Haustür wartete ich, während Solange mit dem riesigen Schlüssel hantierte, dann stiegen wir langsam die Treppe zur Wohnung empor.

»Ich weiß es nicht«, beantwortete ich, als wir angekommen waren, schließlich ihre Frage. »Aber er und ich hatten heute einen wirklich schönen Tag miteinander.«

Solange gähnte, wobei sie graziös die Hand vor den Mund legte. »Ich bin müde und werde früh ins Bett gehen. Aber ich glaube, du musst mit Alan reden, er macht sich bestimmt Hoffnungen. Und kein Wunder – du bist hinreißend, Maggie. Jeder Mann, der in deiner Nähe nicht versucht, dein Herz zu erobern, wäre ein Dummkopf.«

Jeder Mann in meiner Nähe? Meinte sie damit auch Max?

»Danke, Solange. Du hast recht. Vielleicht gehe ich auch bald schlafen.«

Es kam anders – ich setzte mich an den Computer und versuchte zu schreiben, aber die Worte wollten nicht kommen, immer wieder blieb ich stecken und fand keinen Ausweg. Nach ungefähr einer Stunde gab ich auf und sah auf mein Telefon.

Alison:

Alan will wieder mit dir zusammen sein???
O mein Gott, das freut mich.

Cheri:

Warte. Erst mal ein paar Details
über den Franzosen, bitte.

Alison:

Ach, vergiss den Franzosen. ALAN!

Ich starrte auf das Display. Was in aller Welt sollte ich jetzt schreiben? Oder tun?

Maggie:

Alan wird immer meine erste große Liebe bleiben. Aber kann ich nicht noch eine weitere haben?

Der Cursor blinkte. Ich wusch mir das Gesicht und zog mich um.

Cheri:

Ist es tatsächlich so ernst?

Maggie:

Weiß ich nicht. Das ist ja das Problem.

Alison:

Aber Alan …

Maggie:

Springender Punkt: Der Franzose ist in FRANKREICH. Ich muss jetzt schlafen. Gute Nacht, Leute.

Doch im Bett wälzte ich mich herum, bis ich Lee und Martin und irgendwann auch Max nach Hause kommen hörte.

Lee bekam von meiner Lektorin Ellen die Nachricht, er möge sie umgehend anrufen. Wegen der Zeitverschiebung, und weil ich mit Alan im Palais-Royal und nicht erreichbar war, hörte ich davon erst bei meiner Rückkehr, spät am Nachmittag.

»Ellen sagt, der Verlag will den Erscheinungstermin des dritten Buchs verschieben«, erklärte Lee kurz. »Geh ans Telefon, Ellen wartet schon auf deinen Anruf.«

Ich setzte mich und holte ein paarmal tief Luft, um mich zu beruhigen. Verschieben war nicht gut. Verschieben würde alles kaputtmachen. Ich hatte ihren Kontakt gespeichert, sie erkannte meine Nummer sofort und verschwendete keine Zeit mit Begrüßungen.

»Maggie, Liebes, hör zu. Es ist nichts Persönliches.«

Mir wurde mulmig. »Was ist nichts Persönliches?«

»Band drei wird um ein Jahr verschoben, wir werden sonst mit dem Lektorat und den anderen Vorbereitungen nicht rechtzeitig fertig. Es war ohnehin sehr eng, und du weißt ja, dass sich in unseren Planungen ständig was ändert.«

Bemüht, mir meine Panik nicht anmerken zu lassen, erwiderte ich: »Ellen, du sagst mir doch immer, dass Band drei möglichst bald nach Band zwei erscheinen muss. Sonst verlieren die Leser das Interesse an der Reihe. Wir sehen doch auch jetzt die Dynamik, die sich für Buch zwei entwickelt. Die dürfen wir uns nicht entgehen lassen.«

»Es ist nicht meine Entscheidung, Maggie.«

»Hm … wessen denn?«

Sie antwortete nicht.

»Mark hat es beschlossen, stimmt's?«

Wieder keine Antwort.

Im Verlag war Mark Carruthers eine große Nummer, und sein Ego hatte proportional mindestens die gleichen Ausmaße wie sein riesiges Eckbüro. »Mark hält nicht sonderlich viel von nicht mehr ganz jungen Autorinnen wie mir, was?« Ich ließ nicht locker. »Jede Wette, dass er mein Buch zugunsten der nächsten Nabelschau-Ode eines weißen Manns mittleren Alters verschieben will. Hab ich recht?«

»Maggie, du weißt doch, wie die Branche funktioniert.«

Ich sah zu Lee hinüber, der mit verkniffenem Gesicht auf seinem Stuhl herumrutschte. »Das ist eine schlechte verlegerische Entscheidung, Ellen. Und du weißt das«, beharrte ich dennoch.

»Ja, natürlich. Aber wie gesagt – es ist nicht meine Entscheidung.«

»Was kann ich tun, um das wieder rückgängig zu machen?«

»Das Buch hätte rechtzeitig abgegeben werden müssen«, antwortete Ellen etwas barsch.

Verständlich. »Was, wenn ich dir alles schicke, was ich bisher habe?«, fragte ich.

Lee schüttelte heftig den Kopf und formte mit den Lippen: »Es ist nicht fertig.«

»Es ist nicht ganz fertig«, sagte ich, »aber es ist gut, Ellen. Richtig gut.«

»All deine Bücher sind gut, Maggie. Deshalb haben wir dich unter Vertrag.« Ich hörte sie hörbar ausatmen. »Okay. Schick mir deinen Text. Ich brauche jede Form von Munition, die ich kriegen kann. Ist die Verfilmung noch im Gespräch?«

»Ja.«

»Das hilft auf jeden Fall. Kriegst du bis zur Deadline alles fertig?«

»Vorher«, antwortete ich. »Bei der Buchpräsentation kann ich dir den kompletten ersten Entwurf geben.«

Lee verzog das Gesicht und schloss die Augen.

»Okay. Ich melde mich demnächst.«

Sie legte auf, und ich ließ das Handy auf meinen Schoß sinken. »Wenn das letzte Buch verschoben wird, habe ich keine Chance«, stöhnte ich.

»Unsinn«, sagte Lee.

Ich warf ihm einen grimmigen Blick zu. »Wag es nicht, mir jetzt mit positivem Denken zu kommen, Lee. Du weißt genau, in welchem Abstand meine Bücher herauskommen müssen.«

»Das weiß ich.«

»Und es sind Sommerbücher. Strandlektüre.«

»Ich weiß.«

»Also – was sollen wir jetzt tun?«

»Wie wäre es damit: Du bringst das Manuskript vor der Präsentation des zweiten Bands zu Ende?«

Ich sah mich um. Wo war Max? Wenn ich dieses Buch schnell fertig machen sollte, brauchte ich Max …

»Wo ist Max?«

Lee runzelte die Stirn. »Was hat denn Max damit zu tun?«

»Ich frag ja nur …«

»Er ist in Prag«, antwortete Solange. »Eine Art geschäftlicher Notfall.« Sie warf mir einen vielsagenden Blick zu. »In allerletzter Minute. Aber am Samstag ist er wieder da.«

Sie wusste Bescheid. Sie hatte es erkannt. Oder? Vielleicht dachte sie, ich hätte mich in ihren Sohn verliebt, was für mich jedoch überhaupt nicht infrage kam. Und warum das keine Option wäre, stand mir immer klarer vor Augen: Wenn ich ihn brauchte, wäre er nicht da. Das kannte ich nur zu gut, und es war so ungefähr das Letzte, was ich mir für mein zukünftiges Leben wünschte – einen Mann, der die Hälfte der Zeit nicht da war.

Ich kämpfte die aufsteigende Panik mit dem letzten bisschen Logik nieder, das in meinem Hirn vorhanden war. Mit dem Manuskript kam ich wunderbar voran. Dafür war Max der Grund gewesen, aber ich konnte genauso gut schreiben, wenn er nicht meiner Nähe war. Seit den frühen Tagen meiner Karriere hatte ich nicht mehr so gut geschrieben. Das war mein Job, und ich durfte nicht daran zweifeln, dass ich gut darin war.

Ich würde diesen Text zu Ende bringen, bevor ich für die Buchpräsentation seines Vorgängers in die Staaten zurückflog, und er würde alles sein, was sich meine Leserinnen von ihm erhofften. Mit oder ohne Max.

Kapitel 9

Eine Offenbarung.
Oder vielleicht sogar drei.

Bella und Lance waren unterwegs zur Grenze.

Bella und Lance waren unterwegs zur Grenze.

Bella und Lance und *Twan* waren unterwegs zur Grenze.

Ich starrte auf den Cursor. Er rührte sich nicht von der Stelle. Blinkte. Verhöhnte mich. Naa naa na-na naa … du kannst ja gar nicht schreiben!

Lächerlich. Ich wusste doch genau, was als Nächstes passieren würde. Gleich würde das Benzin ausgehen. Nein – das Wasser. Warte – vielleicht wurde Twan von einem Skorpion gestochen?

Nein. Das hatte ich schon mal in Band zwei passieren lassen.

Doch wenn ich mit diesem Buch nicht zum versprochenen Termin fertig wurde, hatte ich keine Chance, meinem Verlag abzuringen, es zum vereinbarten Zeitpunkt zu veröffentlichen.

Schließlich stand ich auf und machte mir einen Café Crème. Ich musste arbeiten, und sei es nur aus dem einfachen Grund, dass Lee mich, wenn ich nicht arbeitete, fragen würde, warum nicht – und wie sollte ich ihm nur erklären, dass es wegen Max war? Wo ich doch ohne Max schon so viele Bücher geschrieben hatte! Es ergab keinen Sinn. Natürlich kannte Lee die Geschichte des auf links gedrehten Pullovers. Er fand sogar die Sache mit den Mallomars-Keksen ziemlich lustig. Aber Max?

Und wie sollte ich es ihm erklären, wenn ich es nicht mal selbst verstand?

Irgendwann gestand ich mir ein, dass ich Max nicht nur wegen des Schreibens in meiner Nähe haben wollte. Unsere Abendspaziergänge waren für mich zum Höhepunkt meiner Tage geworden, und ohne sie fehlte mir etwas. Ja, er war charmant. Und lustig. Und sexy. Wenn er mich mit seinen blauen Augen ansah, fühlte ich mich wie in einer Blase – der Rest der Welt verschwand, übrig blieben nur er und ich.

Was jedoch dachte er über mich? Ich hatte keine Ahnung. Wahrscheinlich war ich für ihn lediglich die anstrengende Amerikanerin, die in der Morgendämmerung aufstand, vor sich hinmurmelnd am Laptop kauerte und eine gründliche Runderneuerung gebraucht hatte. Also war er nett zu mir. Allerdings war jeder einzelne Mensch, den ich kennengelernt hatte, nett zu mir gewesen, der Legende zum Trotz, dass alle Franzosen eine Abneigung gegen Amerikaner hatten.

Aber nun war Max in Prag, und ich konnte nur noch auf meinen Bildschirm starren und mich fragen, wann er endlich zurückkäme und was zur Hölle ich bis dahin tun sollte. Denn es zeichnete sich immer klarer ab, dass ich in seiner Abwesenheit wohl kaum irgendetwas schreiben würde.

»Alles okay mit dir?« Auf einmal stand Lee hinter mir, und ich wäre vor Schreck fast aufgesprungen.

»Ich weiß es nicht.«

»Hör zu, mir ist klar, dass Ellens Anruf dich aus dem Gleichgewicht gebracht hat. Aber das ist nicht nötig. Zu meinem Job gehört es, so etwas für dich in Ordnung zu bringen. Martin sagt, ich war in letzter Zeit viel zu oft schlecht gelaunt, deshalb habe ich mir überlegt, dass wir jetzt alle zusammen einen Einkaufsbummel machen sollten – was meinst du?«

Ich war sprachlos.

»Ich hab es dir doch versprochen. Hier ist der beste Buchladen der Welt, und du warst noch kein einziges Mal an der Rive Gauche, wo es von Büchern und von Kunst nur so wimmelt … ich würde dir gern etwas kaufen.«

Jetzt hielt mich nichts mehr auf meinem Stuhl. »Habe ich eine tödliche Krankheit, die mich demnächst dahinraffen wird? Was ist mit dir los, Lee?«, rief ich und sprang auf. »Du kannst mir ruhig die Wahrheit sagen.«

Er seufzte geduldig. »Du hast eine Menge geschafft, Maggie, und zwar etwas richtig Gutes …« Er zuckte die Achseln. »Ich muss noch darüber nachdenken, wie ich in der Sache mit dem Verlag taktisch am besten vorgehe. Im äußersten Notfall können wir natürlich immer daran erinnern, dass du unter Umständen keinen Wert auf einen neuen Vertrag legst.«

Ich kniff die Augen zusammen und musterte ihn. »Du meinst, ich soll damit drohen zu gehen?«

»Nur im Notfall.«

»Aber …« In meiner gesamten Laufbahn hatte ich meine Bücher immer beim gleichen Verlag veröffentlicht, was in der Branche, die sich in den letzten Jahren grundlegend verändert hatte, durchaus nicht selbstverständlich war. Mein Verlag war verkauft, gekauft und umfirmiert worden, mir jedoch immer treu geblieben. Bis jetzt.

»Wo ist denn diese angeblich beste Buchhandlung der Welt?«, fragte ich.

Lee grinste. »Zieh deine Schreibklamotten aus. Hat Alan heute zu tun? Schreib ihm eine Nachricht, er kann sich nach dem Frühstück mit uns treffen.«

Shakespeare and Company lag direkt auf der anderen Seite einer dieser sagenhaften Steinbrücken – ein uraltes verwinkeltes Gebäude mit deckenhohen Regalen, auf denen alte Bücher ihren einmaligen Duft verbreiteten, und der Besuch des Ladens wurde schon bald zur Geduldsprobe für Alan. Martin war als Anwalt auf Urheberrecht spezialisiert und liebte Bücher fast ebenso sehr wie Lee, und so hätten wir alle drei ohne Weiteres hier sterben und begraben werden können. Immerhin schaffte ich es, nur drei Bücher zu kaufen – alte englische Kinderbücher mit Illustrationen von Arthur Rackham. Hätte Lee mich nicht mehrmals daran erinnert, dass ich alles, was ich kaufte, auf dem Rückflug würde schleppen müssen, wäre ich wohl kaum so zurückhaltend gewesen.

Anschließend durchstreiften wir die Bücher- und Kunststände der Bouquinisten an beiden Seine-Ufern, wo ich jedes einigermaßen hübsche Aquarell bejubelte und mir vorstellte, Gene Kelly und Leslie Caron über die Gehwege tanzen zu sehen. Kurzum: Es war ein rundum zauberhafter Tag.

So kam es auch, dass es mich, nachdem Lee und Martin

bereits zur Wohnung aufgebrochen waren und Alan und ich uns noch ein letztes Glas Wein gönnten, überhaupt nicht störte, als er sich zu mir beugte und mich direkt auf den Mund küsste.

In meinem Innern klang der Kuss noch eine ganze Weile nach, auch fühlte ich wieder das vertraute warme Glühen. Als Alan nach meiner Hand griff, glitten unsere Finger ineinander, genau wie sie es schon immer getan hatten.

Wir schlenderten am Fluss entlang, die Lichter von Paris spiegelten sich im Wasser, Boote zogen vorüber, Touristen winkten uns zu – zusammen mit all den anderen Liebespaaren und Flaneuren waren wir in der hereinbrechenden Dämmerung Teil der Szenerie geworden. Unter einer Straßenlaterne küsste er mich erneut, schlang die Arme um mich, und ich fühlte seinen Körper an meinem.

Es war ein guter Kuss. Vielleicht sogar ein großartiger Kuss. Und wie konnte es auch anders sein, hier am Ufer der Seine, wo ganz Paris im Hintergrund leuchtete? Das Gefühl seiner Lippen auf meinen war vertraut und neu zugleich. Ob Solange wohl recht hatte? War es möglich, dass ich an diesem Mann, den ich länger als mein halbes Leben kannte, wieder etwas Neues und Aufregendes entdecken könnte? An dem Mann, mit dem mich nicht nur meine erste, meine große Liebe verband – sondern auch die bislang größte Enttäuschung meines Lebens, nämlich die Trennung?

Ich löste mich aus seiner Umarmung und versuchte, mir darüber klarzuwerden, was ich fühlte.

»Hey«, sagte Alan leise.

Ich sah ihn an.

»Meine Wohnung ist ganz in der Nähe«, sagte Alan leise. »Wenn du Lust hast, könnten wir …«

Hatte ich Lust?

Gestern Abend hatten mich die Neuigkeiten von meinem Verlag entmutigt, dazu war ich wütend auf Max gewesen und unsicher geworden. Doch heute fühlte ich mich einfach gut, war entspannt und zuversichtlich, dass mit diesem Mann alles gut laufen würde.

Vielleicht lag es an unserem letzten Glas Wein. Vielleicht lag es daran, dass ich seit Tagen wieder mit Alan zusammen war und beständig daran erinnert wurde, was ich vor vielen Jahren an ihm geliebt hatte. Vielleicht lag es auch daran, dass wir in der romantischsten Stadt der Welt unter einer Straßenlaterne standen. Denn ich hätte um ein Haar tatsächlich Ja gesagt.

»Alan, ich glaube, solche Entscheidungen sollte ich im Moment lieber nicht treffen.«

»Warum nicht?«

Weil wir in Paris waren. Weil das hier nicht die reale Welt war.

Weil ich vor Paris keinen einzigen ernsthaften Gedanken daran verschwendet hatte, dass wir beide wieder zusammenkommen könnten. Ohne Nicole wäre es mir wahrscheinlich überhaupt nicht in den Sinn gekommen.

Weil ich nicht wusste, was ich für Max empfand oder warum ich nicht aufhören konnte, an ihn zu denken, und das erst einmal herausfinden musste.

Und weil ich genauso wenig wusste, ob »gut« das war, was ich mir für den Rest meines Lebens wünschte.

»Ich muss dieses Buch zu Ende bringen, Alan«, sagte ich. »Ich darf mich nicht zu sehr ablenken lassen.« Das war ein Teil der Wahrheit. Die ganze Wahrheit jedoch lautete, dass ich mich nicht noch *mehr* ablenken lassen konnte. Und auch dafür war Max der Grund.

Ohne zu protestieren, legte Alan einfach den Arm um meine Schulter und begleitete mich zurück zur Wohnung, wo ich mich den Rest der Nacht im Bett herumwälzte und versuchte, nicht über alle möglichen Eventualitäten nachzudenken.

»Du schreibst nicht«, stellte Lee am nächsten Morgen fest.

»Du rufst ja auch nicht alle fünf Minuten Ellen an und drohst ihr mit fürchterlicher Rache, falls mein Erscheinungstermin verschoben wird.«

Martin gab einen Laut des Unmuts von sich und verschwand noch ein Stückchen tiefer hinter seiner Zeitung.

»Bitte nimm zur Kenntnis, dass ich vorhin eine ziemlich bissige Mail sowohl an Ellen als auch an Mark geschickt habe, in der ich ausführe, was für eine katastrophale verlegerische Entscheidung es wäre, wenn dein Buch verschoben wird«, erwiderte Lee.

Solange blickte von ihrem Café Crème auf. »Hast du Maggie eigentlich schon in die Galeries Lafayette ausgeführt, Lee?«

»Wir waren doch gestern schon shoppen«, antwortete er kurz angebunden.

»Dann ist die Antwort also Nein. Hast du vor, mit ihr hinzugehen?«

Er verzog das Gesicht. »Wir haben heute schon wieder einen Termin mit dem Anwalt. An einem Samstag, das müsste alles darüber sagen, wie sehr ich in Schwierigkeiten stecke.«

»Es macht mir lediglich klar, wie viel Geld er von dir verlangt«, gab sie zurück.

»Das auch.« Lee seufzte. »Immerhin glaubt er, das Problem gelöst zu haben. Das französische Steuersystem ist nicht zu verstehen, und dieser Weinberg könnte mich am Ende mehr kosten, als er in einem ganzen Jahr abwirft.«

Jetzt senkte Martin die Zeitung. »Red keinen Unsinn«, sagte er streng. »Es war einfach ein Fehler von deiner Seite, ein alltäglicher Irrtum, den dein Steuerberater inzwischen bereinigt hat. Wahrscheinlich musst du eine kleine Geldstrafe bezahlen und kriegst eine Verwarnung. Zu Hause hätte die amerikanische Steuerbehörde deine Vermögenswerte eingefroren.« Er faltete die Zeitung zusammen. »Solange, ich glaube, Maggie hat einen Ausflug in das glamouröseste Kaufhaus Europas mehr als verdient. Du musst es ihr zeigen, und ich würde euch liebend gern begleiten, aber irgendjemand muss ja mit Lee mitgehen und seine Hand halten.«

»Sie schreibt nicht«, wiederholte Lee ziemlich laut.

»Maggie«, fragte Martin freundlich, »warum schreibst du nicht?«

»Vielleicht weil ich die Galeries Lafayette noch nicht kenne?«, schlug ich vor.

»Gute Antwort«, sagte Martin.

»Heute Abend werde ich schreiben, Lee. Versprochen.« Im Laufe des Tages sollte Max zurückkommen, ich hatte jedoch nicht vor, Solange herauszufordern, indem ich sie fragte, wann genau es so weit wäre. Es spielte keine Rolle. Ich war mir ganz sicher, dass meine Finger ein brennendes Verlangen nach der Tastatur verspüren würden, sobald Max die Wohnung beträte.

Zumindest hoffte ich das. Falls nicht, hatte ich ein größeres Problem als gedacht.

Lee musterte mich kritisch. »Du machst dich schon wieder aus dem Staub. Vermutlich triffst du dich mit Alan – oder irre ich mich?«

Ich überlegte. Am Montag würde Alan abreisen, und ich hatte heute noch nichts von ihm gehört. »Wir sehen uns noch einmal, bevor er fährt«, erklärte ich. »Wir essen sicher zusammen. Aber heute brauche ich einen Frauentag.«

»Und ich muss auf Jules aufpassen, stimmt's?«, schnaubte Lee.

Solange stand auf. »Du klingst, als müsstest du ein archaisches Ritual abhalten, dabei sollst du nur den Hund ausführen, bevor ihr zum Anwalt aufbrecht. Das wirst du bestimmt schaffen.«

Also machten Solange und ich uns auf den Weg zu den Galeries Lafayette. Martin hatte vollkommen recht gehabt, es war unglaublich glamourös und tatsächlich gekrönt von einer gigantischen, farbigen Jugendstil-Glaskuppel.

»Am besten fangen wir oben an«, meinte Solange, »und arbeiten uns dann langsam nach unten. Es ist wie im Louvre – viel zu viel zu sehen für nur einen einzigen Besuch. Aber wir können uns ein paar Highlights gönnen. Und etwas essen.«

Bei einer Pause mit Espresso und Macarons erwähnte sie schließlich Max.

»Ich glaube, er müsste genau jetzt ankommen«, sagte sie beiläufig, nachdem sie einen kurzen Blick auf die Uhr geworfen hatte.

»Wer?«, fragte ich demonstrativ locker.

»Max. Nach Hause braucht er ungefähr eine halbe Stunde. Schade, dass ich nichts vorbereitet habe – vielleicht könnten wir ein bisschen Fisch kaufen? Und dazu etwas Lauch? Wein haben wir genug, aber Brot ...« Sie biss in ihr blassrosa, mit weißer Creme gefülltes Macaron. »Du kannst besser schreiben, wenn er in deiner Nähe ist, hab ich recht?«

»Stimmt«, antwortete ich knapp. Beim Reinbeißen war das Macaron zunächst knusprig, dann schmolz es praktisch auf der Zunge, und die Mandelfüllung war fast ein bisschen zu süß – aber eben nur fast.

»Dann inspiriert dich Max also?«

»Vielleicht«, räumte ich ein und biss noch ein Stückchen Macaron ab.

»Das würde ihm schmeicheln, weißt du. Für einen Banker ist er sehr romantisch.« Sie faltete die Hände im Schoß. »Oder ist es nun doch Alan? Wenn ich mich nicht täusche, versuchst du gerade, was ihn angeht, eine Entscheidung zu treffen.«

Ich ließ mich auf meinem Stuhl zurücksinken. »Es ist sehr verlockend, in altvertraute Muster zurückzufallen«, erklärte ich. »Und ich entdecke tatsächlich Neues an ihm – Dinge, die sich im Laufe der Jahre verändert haben. Er ist wesentlich entspannter und gelassener geworden. Was sicher zum Teil daran liegt, dass er nicht mehr arbeitet, sondern malt. Zwar hat er das schon immer getan, aber ich glaube, jetzt betreibt er es mit einer anderen Ernsthaftigkeit. Und dadurch ist auch er anders geworden. Außerdem scheint er einen wohldurchdachten Plan für den Rest seines Lebens zu haben.«

»Meinst du, er hätte es gern, dass du ein Teil davon bist?«

Ich nickte. »Vielleicht. Ich glaube, ich müsste es nur wollen.«

»Aber …?«, fragte sie, legte den Kopf schräg, und ihre kurzen Haare schimmerten im Licht der prachtvollen Kristalllüster.

Aber es macht mich verrückt, an Max zu denken. Ich kann es kaum erwarten, ihn endlich wiederzusehen. Ich möchte in seiner Nähe sein. Weil ich schreiben muss. Weil ich dieses Buch fertig bekommen muss.

Aber auch, weil ich sein Lächeln sehen muss. Wie mich diese blauen Augen anfunkeln, intelligent, voller Humor, eine Spur verschmitzt. Ich muss dieses Lachen hören, ihn beobachten, wie er seinen Cognac schlürft, sich auf seinen Stuhl sinken lässt, ein Bein über dem anderen, die Haare aus der Stirn gestrichen …

»Aber …?« wiederholte Solange.

»Aber ich bin nicht sicher, ob mich solch ein Plan glücklich machen würden. Obwohl …«

»Ja?«

»Alan arbeitet nicht mehr. Wir könnten uns ein gemeinsames Zuhause suchen, und er wäre immer für mich da. Er würde malen, ich schreiben. Ich muss zugeben, dass das eine durchaus verlockende Vorstellung ist.«

»Ah.« Solange nickte. »Im Gegensatz beispielsweise zu diesem Greg? Du hast gesagt, dass er viel unterwegs war, genau wie Max.«

»Ja«, bestätigte ich schwach. Genau wie Max.

Sie schaute wieder auf ihre Uhr. »Wir müssen noch Fisch kaufen, aber hier finden wir nichts Passendes. Komm, ich mache dich mit meinem Fischhändler bekannt. Seine Fische sind so frisch, dass sie bei starkem Regen hinter mir her nach Hause schwimmen.«

Das Fischgeschäft befand sich in einer belebten kleinen Seitenstraße, der Händler begrüßte Solange mit Küsschen, und nach einer ausführlichen und sehr engagierten Diskussion nahm er einen großen Fisch vom Eisbett, verschwand im Hinterzimmer und kehrte wenige Minuten später mit einem in braunes Papier eingeschlagenen Päckchen zurück. Wir besuchten noch einen Gemüseladen, dann die Bäckerei und zum Schluss noch einen kleinen Stand mit frischer italienischer Eiscreme.

»Für Max«, erklärte Solange. »Er ist eine echte Naschkatze, weißt du.«

Als wir nach Hause kamen, stand Max schon am offenen Fenster, und ich war so froh, dass ich gar nicht mehr aufhören konnte zu lächeln. Er gab seiner Mutter einen Kuss, nahm ihr die Einkaufstüten ab und ging in die Küche. Ich folgte ihm.

»Der beste Teil am Fortgehen ist, wieder nach Hause zu kommen. Meine Mutter kocht dann immer meine Lieblingsspeisen«, erzählte er. »Hat sie dir die Galeries Lafayette gezeigt?«

»Ja. Es war fabelhaft.«

»Und zum Fischhändler hat sie dich anscheinend auch noch geschleppt. Dann hast du heute also so ziemlich alles abgedeckt. Wie geht es mit dem Schreiben?«

»Gut. Großartig. Na ja, heute habe ich bisher nichts zu Papier gebracht, aber ich mache mir keine Sorgen.« Ich stellte das Eis in den Kühlschrank und packte die zarten Spargelstangen aus. »Wie war die Reise?«

Er zuckte die Achseln. »Langweilig. Und vollkommen unnütz. Ich hätte es besser wissen müssen, aber wenn ich gerufen werde, komme ich. Eigentlich wäre ich viel lieber hier geblieben. Eines Tages verwandle ich mich vermutlich in einen Stubenhocker, aber bis dahin …« Wieder zuckte er die Achseln.

Ich holte tief Luft. »Na ja, ich bin mit meinem Tagespensum im Rückstand, deshalb gehe ich jetzt besser an die Arbeit und schreibe noch ein bisschen.«

»Viel Erfolg.«

Ich ging zu meinem Laptop, setzte mich und starrte auf den Bildschirm.

Eines Tages würde er sich in einen Stubenhocker verwandeln. Aber bis dahin …

Ich begann zu tippen.

Am Sonntagmorgen hörte ich, wie Max sich früh auf den Weg machte, um Brioches und Obst zu kaufen. Später am Frühstückstisch wirkte er ausgesprochen entspannt und fröhlich. »Gibt es noch etwas, was du unbedingt sehen möchtest?«, fragte er mich. »Ich würde für dich gern den Fremdenführer spielen, vor allem, weil ich weiß, dass du schon seit Stunden auf bist und schreibst.«

Letzteres erwähnte er vor allem Lee zuliebe, das wusste ich, aber der gab nur ein Grummeln von sich und wandte sich seinem Frühstücksei zu.

»Heute ist Alans letzter Tag hier, wir sind später verabredet«, sagte ich, und mir blieben die Worte fast im Hals stecken. »Zu Hause sehen wir uns kaum«, fügte ich als eine Art Erklärung hinzu, und eigentlich hätte ich Alan am liebsten eine Nachricht geschrieben, er solle das Treffen vergessen. »Ich habe beschlossen …«, setzte ich an, unterbrach mich jedoch, um Martin den Zucker zu geben.

»Ja, verstehe«, meinte Max, ehe ich meinen Satz vollenden konnte. »Dann viel Spaß.«

Damit schien die Sache für ihn erledigt zu sein, und ich kam nicht dazu, ihm zu erklären, was ich mir vorgenommen hatte. Ich wollte versuchen, die Beziehung zwischen Alan und mir aus einer anderen Perspektive zu betrachten und herauszufinden, wie es sich anfühlen würde, wenn wir tatsächlich wieder zusammenkämen.

So malte ich mir den ganzen Tag über aus, Alan und ich wären mehr als nur ein gut befreundetes Ex-Pärchen. Mehr als zwei Touristen, die durch das Marais, das alte jüdische Viertel, spazierten und für die angeblich besten Falafel von ganz Paris Schlange standen. Ich stellte mir vor, wir gehörten wirklich *zusammen*.

Und es war … gut, wie gehabt.

Wir aßen in einem kleinen romantischen Restaurant, das wahrscheinlich damit warb, der ideale Ort für Heiratsanträge zu sein. Ein Mann mit Geige ging musizierend zwischen den Tischen herum, und nach dem Dessert erwartete ich fast, dass Alan mir einen Ring präsentieren würde. Doch das Essen war hervorragend, die Zitronentorte zerging mir auf der Zunge. Natürlich kannte ich Zitronentorte aus Amerika – aber war der Boden da auch so buttrig, so zart? Und die Creme so köstlich?

Alan rührte in seinem Kaffee und lehnte sich dann entspannt zurück. Wir saßen im Freien, auf der Straße wimmelte es von gut gelaunten Menschen, die Luft war erfüllt von einer milden Frühlingsbrise und dem sanften Summen des Verkehrs nahebei. »Allmählich finde ich Nicoles Idee gar nicht mehr so verrückt«, sagte er. »Wir hatten eine wundervolle Zeit hier in Paris.«

»Alan«, entgegnete ich. »Ich glaube nicht … ich meine, das finde ich auch, du hast recht – aber wir sind in Paris! Machen wir uns doch nichts vor, man sagt Paris gewisse Einflüsse nach, und womöglich fallen wir auf sie alle herein.«

Er legte seine Hände auf meine. »Ich weiß. Vielleicht lasse ich mich von diesem Flair beeinflussen. Schließlich hat sogar Quasimodo hier die Liebe gefunden. Aber denk doch mal an uns. Bitte. Wäre es so schrecklich, wenn wir wieder zusammen wären?«

Wie sehr hatte ich in den letzten Tagen darüber nachgedacht. Vor allem unter dem Gesichtspunkt, dass ich mir für die Zukunft jemanden wünschte, der mir ein echter Partner wäre – und dass Alan ganz bestimmt nicht ständig in die Welt hinausflitzen und mich alleinlassen würde. Er wäre einfach da, an meiner Seite.

Und Max?

War Max überhaupt eine Option für mich? Warum sollte ich Alan abweisen, bloß weil ich Phantasien darüber hatte, wie mein Leben mit Max aussehen könnte? Wenn ich Frankreich verließe, würden Max und ich uns aller Wahrscheinlichkeit nach nie wiedersehen. Während Alan irgendwo in einem gemütlichen Atelier sitzen und den ganzen Tag malen, aufs Meer hinausblicken und sich ein Gläschen Wein mit mir teilen würde …

Alan führte meine Hand an die Lippen. »Ich weiß, dass du momentan viel um die Ohren hast. Aber tu die Idee nicht zu schnell ab. Versprochen?«

Ich nickte. »Ich kann dir nichts versprechen, Alan, aber ich werde darüber nachdenken. Du hast recht, unsere Zeit hier war … wunderbar. Wir sehen uns in den Staaten wieder, okay?«

Er brachte mich zurück zur Wohnung, und als er mich zum Abschied küsste, spürte ich, wie viel hinter diesem Kuss stand. Er meinte es ernst. Und er war überzeugt, dass wir es bei einem zweiten Versuch schaffen könnten. Wenn unsere Geschichte in einem meiner Bücher vorkommen würde, wäre uns ein Happy End vorbestimmt, das wusste ich – immerhin schrieb ich ständig über zweite Chancen.

Allerdings würde in keinem meiner Bücher ein Mann wie Max hinter Alan auf den zweiten Platz verwiesen werden. Doch warum eigentlich?

Als es Abend wurde, kuschelte ich mich ins Bett und holte mein Telefon heraus.

Maggie:

Alan ist nach Hause geflogen. Er hat mich gebeten, darüber nachzudenken, ob wir beide nicht wieder zusammen sein könnten. Was denkt Ihr darüber?

Die Antwort ließ nicht lange auf sich warten.

Cheri:

Die Frage ist doch, wie denkst du darüber? Erzähl uns mal ein bisschen mehr über diesen Franzosen.

Alison:

Ach, das ist so wundervoll.

Maggie:

Was macht ihr beiden eigentlich? Sitzt ihr immer vorm Handy? Habt ihr kein Leben????

Cheri:

Süße, was auch immer bei mir zurzeit passiert, ist nicht annähernd so aufregend wie das, was bei dir passiert.

Alison:

Würdet ihr wieder heiraten oder einfach nur zusammenleben?

Cheri:

WAS IST MIT DEM FRANZOSEN?

Maggie:

Max ist einfach wunderbar und lustig, so klug, wie er heiß ist, und außerdem sehr zuvorkommend und rücksichtsvoll. Aber es ist vermutlich nicht mehr als eine Halluzination, dass zwischen uns überhaupt etwas sein könnte. Die gute Nachricht ist, dass es mit dem Buch großartig vorangeht.

Cheri:

Freut mich sehr für dich! Und ich denke, wenn du so starke Gefühle für ihn hast, muss es irgendetwas zwischen euch geben, das du dir nicht einbildest.

Alison:

Cheri hat recht. So was entsteht nur, wenn da wirklich etwas ist. Bist du denn sicher, dass er nur zuvorkommend ist?

Maggie:

Ich bin mir bei überhaupt nichts mehr sicher. Reden wir später weiter.

Es dauerte lange, bis ich einschlief.

Am nächsten Tag flogen Lee und Martin nach Hause und hinterließen mir eine deutlich ruhigere Wohnung und eine Menge exzellenter Schokolade. Lee war so zufrieden mit dem, was ich geschrieben hatte, dass er mir sogar seine abschließende Predigt ersparte.

Nun war ich also allein mit Solange und Max. Und mit Jules natürlich, der mich inzwischen offenbar als zum Rudel gehörig akzeptierte, denn er kletterte immer wieder fröhlich auf meinen Schoß, um dort zu pupsen.

Noch zwei Wochen. Wenn ich die Geschwindigkeit beibehielt, würde ich für den ersten Gesamtentwurf nicht länger brauchen. Danach würde ich Nicole noch einen Besuch abstatten, ehe ich ebenfalls in die USA zurückflog und mich in die Überarbeitung stürzte.

Wir hatten ein ruhiges Abendessen zu dritt, und ich war fast in der Sofaecke eingeschlafen, als Solanges Stimme mich wachrüttelte.

»Du willst wohin?«, fragte sie scharf.

Ich setzte mich auf. Wer wollte wohin?

Offensichtlich hatte sie Max angesprochen, denn er antwortete: »Ich denke darüber nach, für eine Weile in die Schweiz zu fahren. Du kennst doch dieses kleine Dorf ganz in der Nähe von Martigny? Ich muss einfach zur Ruhe kommen, mich entspannen und die Welt vergessen.«

Ich saß auf einmal kerzengerade. Max wollte weg? Ich wusste, dass er Urlaub nehmen wollte, das hatte er mir schon erzählt, als wir uns kennenlernten. Aber ich hatte angenommen, er würde in Paris bleiben. Schließlich wollte doch niemand weg aus Paris. Wenn man die Wahl hatte zwischen Paris und jedem anderen Ort der Welt, warum sollte man den anderen Ort vorziehen? War er verrückt geworden?

Auch Solange gab einen unzufriedenen Laut von sich und schüttelte den Kopf. »Wer kümmert sich dann um Maggie?«

Max sah seine Mutter argwöhnisch an. »Warum kannst du dich nicht um Maggie kümmern?«, fragte er.

»Claire-Chantal hat heute Nachmittag angerufen. Sie

wurde am Fuß operiert und hat mich gefragt, ob ich bei ihr bleiben kann, während sie sich erholt. Natürlich habe ich zugesagt.«

Doch Max war nicht überzeugt – und ich auch nicht. Ich wäre jede Wette eingegangen, dass Solange es immer noch darauf abgesehen hatte, uns einander näherzubringen. »Und du hast nicht gesagt, nein, Claire-Chantal, ich muss in Paris bleiben und mich um Maggie kümmern?«

»Ich dachte ja, du wärst hier, sonst hätte ich natürlich abgelehnt«, erwiderte Solange und sah nun zu mir herüber. »Aber jetzt ... was soll ich denn sagen? Ach Maggie, nun wirst du hier eine ganze Woche allein sein. Aber du kümmerst dich um Jules, ja? Und ich bin sicher, dass du auch selbst für dich kochen kannst. Schließlich hast du ja auch die ersten Tage hier allein verbracht und bist gut zurechtgekommen, nicht wahr?«

Nein. Na ja, schon, aber darum ging es nicht. Wenn Max ging, würde ich noch schreiben können? Nur zwei Tage war er fortgewesen, und ich hatte kein Wort zustande gebracht. War das Zufall oder ein Zeichen dessen, was auf mich zukommen würde? Und wenn ich doch schrieb, wäre es gut? Und wenn es nicht, gab es in Frankreich Geschäfte, in denen ich Mallomars-Kekse kaufen konnte?

Obwohl mein Herz bleischwer geworden war, zwang ich mir ein Lächeln aufs Gesicht. »Mach dir keine Sorgen, Solange, ich komm zurecht«, stieß ich hervor.

»Siehst du?«, meinte Max leichthin. »Maggie ist eine erwachsene Frau. Und zurzeit ist in ihrer Welt alles perfekt. Stimmt's, Maggie?«

Vermutlich wirkte mein Gesicht etwas gequält, als ich antwortete. »Stimmt.« Ich konnte nur daran denken, wie ich mit leerem Kopf vor dem Laptop saß. Das Brot würde vertrocknen, der Wein sauer werden, und Jules würde in jede Ecke pinkeln, ehe ich auch nur ein einziges Wort zustande brachte.

Max kam näher und nahm mir gegenüber Platz. »Es ist doch alles in Ordnung, oder nicht, Maggie?«

Nein, wollte ich schreien. *Ich brauche dich.* Du musst nichts tun, ich kann tatsächlich kochen, wenn auch niemals so gut wie Solange, und ich bin durchaus in der Lage, mich um Jules zu kümmern. Aber ich kann dieses blöde, schreckliche, grässliche Buch niemals zu Ende schreiben, wenn du nicht da bist …

»Ist irgendetwas passiert, Maggie?«

Ich biss die Zähne zusammen und nickte. Meine Gedanken rasten. Was könnte passiert sein? Was könnte passiert sein, das ihn dazu bringen würde, hierzubleiben?

Seine Augen wurden dunkel. »Ist etwas mit Nicole?«

Nicole! Gott sei Dank hatte ich eine Tochter! Ich nickte wieder.

Er nahm meine Hand, und ich schwöre, mein Puls legte sofort einen schnelleren Gang ein. »Was ist denn mit ihr?«

O je. Vermutlich musste ich ihm jetzt irgendetwas sagen … »Als sie heute anrief, hat sie erzählt, dass sie …« Dass sie was? Was? Herr im Himmel, ich erfand solche Geschichten doch schon mein ganzes verdammtes Leben lang.

»Sie hat Probleme mit Louis«, platzte ich schließlich heraus.

Na bitte.

Max kniff den Mund zusammen. »O je, da war sie bestimmt ziemlich durcheinander. Und du auch. Ach Maggie, ich kann mir vorstellen, was gerade in dir vorgeht.«

Nein, Max, ich wette um eine Million Dollar, dass du nicht die geringste Ahnung hast, was gerade in mir vorgeht.

»Na ja, sie sind beide intelligente, erwachsene Menschen«, fuhr Max fort. »Sie werden das Problem besprechen und sich einigen, da bin ich sicher.«

Schön, aber für mich war die Sache damit nicht erledigt. »Er hat schon seine Sachen gepackt.«

»Oh.« Er zog die Augenbrauen hoch.

»Sie war völlig durch den Wind, richtig hysterisch. Ich meine, nicht nur das heulende Elend. Sondern …« Ich entzog ihm meine Hände und schwenkte sie durch die Luft. »Sie schien … beinahe depressiv.«

»Das klingt nicht gut.«

»Nein, es klang alles andere als gut. Ich meine, wer weiß, was sie jetzt tun wird.« Wie weit sollte ich die Sache noch ausschmücken?

»In diesem Fall musst du nach Rennes fahren«, sagte er entschlossen. »Am besten gleich morgen.«

Verdammt. Anscheinend war ich zu weit gegangen. Was nun? »Das würde ich ja, aber Zugfahren ist ohne Sprachkenntnisse ziemlich schwierig, und wo soll ich wohnen? Ich kann nicht bei den beiden bleiben, wenn sie sich streiten und er womöglich dabei ist, auszuziehen …«

»Nein, natürlich nicht. Aber ein guter Freund von mir hat in Rennes eine Wohnung. Direkt in der Altstadt. Ich ruf ihn an. Bestimmt kannst du die Wohnung für die Zeit haben.«

Ich bemühte mich, nicht zu heftig den Kopf zu schütteln. »Nein, ich kann mich doch einem Wildfremden nicht so aufdrängen. Und selbst wenn, wie sollte ich mich zurechtfinden? Nicole hat mir schon erzählt, dass dort längst nicht jeder Englisch spricht, ganz anders als in Paris. Und ich möchte nicht von ihr abhängig sein, wo es ihr doch so … schlecht geht.«

»Du hast recht. Nun, dann gibt es wohl nur eine einzige Möglichkeit«, erwiderte er.

Sofort entspannte ich mich etwas. Max würde zur Besinnung kommen, in Paris bleiben, während ich so tat, als würde ich meiner Tochter aus der Ferne Rat und Trost spenden …

»Ich begleite dich nach Rennes«, fuhr Max fort. »Dort kann ich mich genauso entspannen und die Welt vergessen wie irgendwo in der Schweiz. Ich rufe gleich Gautier an, besorge uns die Zugtickets, und wir können morgen früh fahren.« Mit einem durchdringenden Blick zu seiner Mutter fügte er hinzu: »Vermutlich müssen wir Jules mitnehmen, richtig?«

Solange machte ein zerknirschtes Gesicht, aber als Max das Zimmer verließ, sah ich in ihrem Gesicht noch etwas ganz anderes.

Ihr Mund zuckte verräterisch, und ihre Augen funkelten.

Max und ich würden nach Rennes fahren.

Jetzt musste ich nur noch Nicole die Nachricht überbringen, dass wir kommen würden – und warum.

Ein Kinderspiel.

In meinem Zimmer schaute ich auf mein Handy und sah, dass Cheri und Alison fleißig gewesen waren.

Cheri:

Bist du dir heute sicherer, was du willst?

Alison:

Vielleicht wirst du jetzt, wo Alan weg ist, mehr Zeit mit Max verbringen und endlich verstehen, was zwischen euch wirklich ist. Aber lass dich nicht von Paris und seiner romantischen Seite blenden. Denk daran – mit den Entscheidungen, die du dort triffst, wirst du in der realen Welt leben müssen.

Cheri:

An einem tollen Franzosen ist auch in der realen Welt nichts auszusetzen. Aber du solltest nicht vergessen, wie anstrengend Fernbeziehungen sind.

Maggie:

Er lebt in New York.

Cheri:

BINGO! Problem vom Tisch.

Ach, ihr Lieben … wenn ihr wüsstet.

Kapitel 10

Noch ein teuflischer Plan

Ich rief also Nicole an.

Für sie war es noch viel zu früh am Morgen, das wusste ich, aber außergewöhnliche Umstände erfordern nun einmal außergewöhnliche Maßnahmen. Inzwischen war ich kurz davor durchzudrehen. Ich schnappte mir Jules' Leine und machte mich auf den Weg nach draußen, damit weder Max noch Solange meinen Anruf mitanhören konnten.

»Mom? Was ist los? Ist jemand gestorben?«

»Nein, nein, meine Süße, hier sind alle wohlauf, aber es ist etwas passiert, bei dem ich dringend deine Hilfe brauche.«

An ihrer Stimme konnte ich hören, wie verschlafen sie noch war. »Warte. Lass mich erst mal aufstehen.« Eine Weile war es still. »Du bist echt früh dran.«

»Ich weiß, aber ich bin mit Jules rausgegangen, damit mich keiner hört.«

»Klingt irgendwie kompliziert. Okay. Was ist denn nun los?«

»Max und ich kommen nach Rennes. Heute. Im Laufe des Tages.«

»Mom«, hakte sie mit betont ruhiger Stimme nach, »warum kommst du zusammen mit Max nach Rennes?«

»Weil du mit Louis Probleme hast und ihr euch womöglich trennt. Könnte sogar sein, dass du ernsthaft depressiv bist, und ich besuche dich, um dir zur Seite zu stehen, und Max kommt mit, weil ich befürchte, dass ich dieses Buch ohne ihn niemals fertig bekommen werde.«

»Warte«, sagte sie, und ich hörte Geräusche. Wahrscheinlich machte sie Kaffee. »Kannst du das bitte wiederholen?«, bat sie mich dann. »Diesmal mit ein paar Erklärungen, bitte.«

»Ich weiß, du warst ziemlich lange nicht in meiner Nähe, wenn ich schreibe, aber vielleicht erinnerst du dich trotzdem noch, wie es normalerweise abläuft?« Die Frage war dumm, denn Nicole hatte ein hervorragendes Gedächtnis und vergaß nie etwas.

»Ja, Mom, ich erinnere mich«, antwortete sie.

»Und du weißt noch, dass ich manchmal, wenn ich Schwierigkeiten habe, na ja, dass ich mich dann an etwas festhalten muss … irgendetwas.«

Nicole seufzte. »Geht es um eine Situation wie damals mit dem miefigen Pulli?«

»Ja«, gestand ich. Sie hatte es gehasst, dass ich diesen Pullover verkehrtherum anzog, und mich noch Jahre danach damit veralbert.

»Dann ist Max also dein miefiger Pulli? So weit kann ich folgen. Aber das erklärt noch nicht, warum ihr ausgerechnet nach Rennes kommen wollt. Und das auch noch, weil ich mich von Louis trennen will. Was absolut nicht der Wahrheit entspricht – nur damit das klar ist.«

Jules hob mit einem Ruck den Kopf, weil auf der gegenüberliegenden Straßenseite eine andere Bulldogge aufgetaucht war. Frühere Erfahrungen mit solchen Situationen bewogen mich dazu, die Leine etwas fester zu halten.

»Das weiß ich doch, Nicole. Aber Max hatte vor, Paris zu verlassen und in die Schweiz zu fahren. Da habe ich Angst bekommen, dass ich, sobald er weg ist, nicht mehr schreiben kann, und bin panisch geworden. Ich musste mir schnell einen Grund einfallen lassen, um ihn zum Bleiben zu bewegen.«

»Ah. Also hast du gelogen und gesagt, ich hätte Probleme, die zu ernsten, um nicht zu sagen dummen Konsequenzen meinerseits führen könnten. Und da Max ein so rücksichtsvoller und fürsorglicher Mann zu sein scheint, hat er vorgeschlagen, dass du nach Rennes kommst und mich unterstützt. Dann hast du angefangen, Ausreden zu erfinden, wahrscheinlich die Hilflose-Frauen-Karte ausgespielt, und er hat angeboten, dich zu begleiten. Sehe ich das ungefähr richtig?«

Ich seufzte erleichtert. Eine außergewöhnlich kluge Tochter zu haben war manchmal anstrengend, aber es ersparte einen Haufen langer Erklärungen. »Genau richtig. Und es tut mir leid, weil ich weiß, es ist eine Zumutung, aber … ich muss dieses Buch wirklich zu Ende bringen.« Ich zog Jules um die Ecke, nur um dort drei sich quer über den Gehweg räkelnde Katzen vorzufinden.

Erneut waren von Nicoles Seite undefinierbare Geräusche zu hören, ein Klirren, das Besteck hätte sein können, aber womöglich auch ein Schwertkampf. Bei ihr konnte man nie sicher sein, was sie beim Telefonieren nebenbei machte. »Na ja, es stört mich nicht. Ehrlich. Ich führe euch gern ein bisschen in Rennes herum, du wirst die Stadt lieben. Und ich mag Max. Aber du weißt, was ich von Lügen halte.«

Das wusste ich leider nur zu gut. Wenn es um Lügen ging, war Nicole unerbittlich. Nicht nur, dass sie das Erzählen von Unwahrheiten aus moralischen Gründen kategorisch ablehnte – ganz gleich, wie redlich der Grund dafür sein mochte. Obendrein war sie sehr schlecht darin, ihre Stimme und ihre Mimik unter Kontrolle zu halten. »Deshalb dachte ich, wenn Max dich nach deinen, hm, nach deinen Problemen fragt, könntest du doch einfach sagen, du möchtest nicht darüber reden. Das schaffst du doch, oder nicht?«

»Wahrscheinlich schon. Und Louis fliegt heute nach Berlin, um seinen Bruder zu besuchen, er wird also die ganze Woche weg sein. Gutes Timing, denn Louis ist auch kein sonderlich guter Lügner.«

»Oh, tut mir leid, dass ich ihn verpasse. Ich mag ihn nämlich sehr. Aber ja, es wird wahrscheinlich weniger kompliziert, wenn er nicht in der Nähe ist. Und bist du sicher, dass es für dich in Ordnung ist, wenn ich komme?« Ich begann, Jules über die Straße zu ziehen, aber ein fieser Mini-Pudel, der Jules zuvor zu einem Hundeduell herausgefordert hatte, hob gerade keine drei Meter von uns entfernt das Bein.

»Ja, Mom. Ich habe kein Problem damit, dass du nach Rennes kommst. Aber ich warne dich, dass ich dich wahrscheinlich überreden werde, für unsere Wohnung alle möglichen teuren Sachen zu kaufen, die ich mir allein niemals leisten könnte.«

»Das ist ein geringer Preis dafür, dieses Buch zu Ende zu bringen. Großartig, meine Süße. Wirklich großartig.«

»Also – am frühen Nachmittag?«

»Ja, dann kommt der Zug an. Ich schicke dir eine Nachricht, wenn wir zu dir aufbrechen.«

»Wo wohnt ihr überhaupt?«

»Bei einem Freund von Max. In der Altstadt, hat er gesagt.«

»Ihr zwei in der gleichen Wohnung? Gehst du mit ihm ins Bett?«

»Was?« Meine Stimme wurde schrill, der Pudel unterbrach sein Geschäft, um mich anzuknurren, und Jules ging sofort in die Defensive.

»Na ja, er ist ein hübscher Mann und sehr charmant, und ich konnte doch sehen, dass du ihn magst«, erwiderte Nicole sachlich. »Ihr seid beide volljährig, und du scheinst viel Wert darauf zu legen, ihn in deiner Nähe zu behalten.«

»Nicole, Süße, meine Gefühle für Max haben mit Romantik nichts zu tun. Oder damit, wie gut er aussieht. Oder wie charmant er ist.« Mühsam zerrte ich Jules zurück in Richtung der drei Katzen. Wenigstens gab es die Chance, dass sie vor ihm Reißaus nehmen würden. »Natürlich mag ich ihn, das siehst du richtig. Aber momentan geht es nur darum, dieses Buch zu beenden, damit ich Paris mit einem ersten Entwurf verlassen kann und meine Deadline halten kann.«

»Okay, aber wenn du … ich meine … Was ist mit dir und Daddy?«

Ja, was war mit mir und Alan? »Wir haben viel geredet, aber es ist nichts entschieden. Ich meine, wir hatten uns seit Jahren nicht mehr gesehen, und dann sind wir uns ausgerechnet in Paris begegnet. Wo alles so romantisch ist. Wir haben nur vereinbart, dass wir uns zu Hause wiedersehen. Ohne irgendeine Verpflichtung.«

»Verstehe. Ja, ich verstehe es wirklich. Möchtest du, dass ich euch am Bahnhof abhole?«

»Nicht nötig. Schließlich geht es dir ja nicht gut.«

»Stimmt. Aber man kann mich trotzdem gern zu einem netten Essen einladen.«

»Das dachte ich mir schon. Oh, Jules kommt übrigens mit.« Zum Glück standen in diesem Moment alle drei Katzen auf, hoben voller Verachtung die Schwänze und stolzierten davon.

»Das ist nicht mein Problem.«

»Stimmt. Dann geh jetzt ruhig wieder ins Bett. Ich schreib dir eine Nachricht, wenn wir angekommen sind.«

»Okay, Mom. Hab dich lieb.«

»Und ich dich noch mehr«, erwiderte ich.

Aber sie hatte schon aufgelegt.

Ich blickte auf Jules hinunter. »Bist du endlich fertig?«

Tatsächlich hob er das Bein, und ich musste mich mit einer schnellen Bewegung in Sicherheit bringen, um nicht mitten in Paris angepinkelt zu werden.

Das historische Zentrum von Rennes sah aus wie eine Märchenstadt. Noch besser – es sah aus wie eine von Disney entworfene Märchenstadt. Die Straßen waren schmal und kopfsteingepflastert. Ein altes Fachwerkhaus reihte sich ans andere, einige waren etwas schief, viele hatten Blumenkästen vor den in der milden Brise offen stehenden

Sprossenfenstern. Vom Bahnhof aus nahmen Max und ich die Métro und stiegen an einem belebten Platz aus, auf dem die Tische der Cafés auch die Gehwege beanspruchten und die Sonne ihre Strahlen bis in die verwinkelten Straßen und Gassen herunterschickte.

Nun war Max endlich bereit, Jules aus seiner Transportbox zu holen, klappte sie zusammen und nahm den Hund an die Leine. »Hier entlang«, sagte er, übernahm die Führung, und Jules trottete gehorsam neben ihm her. Meine Tasche über der Schulter, folgte ich den beiden, bemüht, die herrlich bunten Gebäude und all die anderen Eindrücke dieser bezaubernden Stadt gleichermaßen in mir aufzunehmen.

Kurz darauf machten wir halt vor einem gepflegten Glas-Beton-Gebäude, das in seiner Modernität zwischen einem winzigen Fachwerkgebäude und einer jahrhundertealten, mindestens drei Stockwerke emporragenden Steinmauer vollkommen fehl am Platz wirkte.

»Teil der alten Befestigungsmauer«, erklärte Max, nahm Jules auf den Arm, tippte einen Code ein und stieß eine Glastür auf.

»Der Lift ist dort links«, sagte er. »Wir wohnen im dritten Stock.«

»Arbeitet dein Freund in Paris? Wann kommt er denn zurück?«, fragte ich, als sich die Tür des winzigen Aufzugs schloss und wir nach oben fuhren.

»Er wohnt nicht hier«, antwortete Max. »Ihm gehören mehrere Wohnungen, und diese hier vermietet er für gewöhnlich. Aber da sie momentan leer steht …« Der Aufzug blieb stehen, wir stiegen aus. Ich folgte Max den kurzen Flur hinunter zur letzten Tür, an der er wieder einen Code eingab. Wir gingen hinein.

Mit ihrer Inneneinrichtung hätte sich die Wohnung ebenso gut in einer beliebigen amerikanischen Stadt befinden können: Ein großer Flachbildschirm, ein graues Modulsofa, abstrakte Drucke an weißen Wänden. Doch durch die großen Fenster blickte man hinaus auf den Platz und damit in ein anderes Jahrhundert. Gegenüber wehten Vorhänge aus offenen Dachfenstern, auf einem schmalen Fensterbrett kauerte eine weiße Katze.

»Du kannst das rechte Zimmer haben«, rief Max vom Flur aus. »Ich nehme dieses hier.«

Mein Zimmer war klein und modern. In fünf Minuten hatte ich ausgepackt, mir das Gesicht gewaschen, die Haare zurechtgezupft und ging zurück ins Wohnzimmer, wo Max am Fenster stand, im Gegenlicht nur eine Silhouette – die Schultern entspannt, das Leinenjackett offen über dem eng anliegenden weißen T-Shirt und der Jeans.

O mein Gott, dachte ich. Wie kann ein Mann nur so aufregend sein.

Aber ich verdrängte den Gedanken. Hatte ich nicht gerade erst Solange versichert, dass ich hier war, um ein Buch zu schreiben, und nicht, um mich mit einem Mann einzulassen? Hatte ich nicht meiner Tochter ausführlich erklärt, meine Gefühle für Max hätten mit Romantik rein gar nichts zu tun? Oder gar mit körperlicher Anziehung?

Aber ich konnte kaum leugnen, dass mein Herz anfing zu hämmern und sich ein Kloß in meinem Hals bildete.

Er wandte sich zu mir um. »Bist du fertig? Wir könnten etwas zu essen einkaufen, vielleicht unterwegs ein Glas Wein trinken, wenn du magst. Wann sind wir mit Nicole verabredet?«

Erst nach zweimaligem krampfhaftem Schlucken konnte ich antworten. »Verabredet sind wir erst heute Abend, wir haben also genug Zeit. Ich hab ihr die Adresse geschickt, sie meinte, sie weiß, wo das ist.«

Er trat vom Fenster weg. »Gut. Gleich da drüben ist ein Laden, in dem wir alles kaufen können, was wir für die nächsten paar Tage brauchen. Vermutlich willst du ja hauptsächlich bei Nicole sein, richtig? Ich wandere dann einfach in der Gegend herum. Und morgens kann ich joggen gehen. In Paris bin ich immer schrecklich faul, aber hier gibt es gute Wege am Kanal.«

»Läufst du wirklich Marathon?«

Er lachte. »Dachtest du, ich hätte Witze gemacht? Ja, ich laufe tatsächlich Marathons. Allerdings nicht den in Boston. Ich mag Kälte nicht, und in New England kann der April eisig sein. In New York laufe ich jedes Jahr. Das hilft mir, mich jung zu fühlen.«

Womöglich könnte auch ich dafür sorgen, dass du dich jung fühlst, dachte ich. Ich sah die Szene schon vor mir, als Max meine Träumerei unterbrach. »Maggie?«

»Was? Ja, wir sollten Sachen fürs Frühstück einkaufen. Kaffee, Brot und Käse. Vielleicht ein bisschen Obst. Und Eier. Dann können wir gemütlich hier sitzen und auf Nicole warten. Das ist eine gute Idee.«

Meine Tochter machte alles andere als einen verzweifelten Eindruck. Genau genommen strahlte sie förmlich, als sie über den Platz, auf dem wir vor einem Café saßen, zu uns eilte. Ich beobachtete, wie gekonnt sie den vielen Menschen auswich. Als sie uns entdeckte, winkte sie, und ich wisperte Max sicherheitshalber zu: »Wahrscheinlich hat sie jede Menge Xanax geschluckt.« Er nickte verständnisvoll.

Nicole küsste Max auf die Wange, setzte sich dann neben mich, streifte ihren Rucksack ab, und wir umarmten einander.

»Gefällt dir meine Stadt?«, fragte sie.

»O ja. Sie ist großartig. Unglaublich. Sie riecht sogar gut.«

Nicole lachte. »Das liegt an den Bäckereien. Hast du schon *Kouign Amann* probiert?«

»Nein.«

»Warte nur«, sagten Nicole und Max wie aus einem Munde, sahen einander an und lachten.

»Das ist ein ganz typischer bretonischer Kuchen«, erklärte Nicole. »Die beste Mischung von Butter, Mehl und Zucker, die es auf der ganzen Welt gibt.«

Max nickte. »Ja. Wenn ich das Zeug nur anschaue, bin ich schon gezwungen, fünf Meilen zusätzlich zu joggen. Allerdings lohnt sich jeder Bissen.«

Sie lächelten sich zu, und ich fühlte ein Stechen im Bauch. Hier saßen zwei Menschen – die Tochter, die ich mehr liebte als alles andere auf der Welt, und ein netter, großherziger Mann – und ich nutzte beide schamlos für meine eigenen Zwecke aus. Ich musste mein Buch fertigkriegen. Ich musste! Und obgleich die beiden das verstanden, hatte ich ein schlechtes Gewissen. Nicole würde für mich durchs Feuer gehen, das wusste ich. Vielleicht hätte auch Max es getan, aber er wusste ja nicht einmal …

»Wie geht es dir, Nicole?«, fragte er sehr freundlich.

Ich schloss die Augen.

Aber sie bewältigte die Situation großartig.

»Darüber möchte ich wirklich nicht sprechen«, erklärte sie mit vollkommen ruhiger Stimme.

Ich öffnete die Augen wieder und holte Luft. Wie lange sie diesen Satz wohl für mich einstudiert hatte?

»Dann meiden wir das Thema lieber«, sagte Max. »Also – wenn ich mich recht erinnere, wird sich diese Straße hier in wenigen Stunden mit vielen lauten und betrunkenen Studenten füllen.«

Nicole nickte. »Du erinnerst dich richtig.«

»Aber ich meine mich auch zu erinnern, dass es am anderen Ende eine sehr nette Brasserie gibt.«

»Auch das stimmt, aber ich dachte, vielleicht könnte meine Mom mal etwas anderes ausprobieren.«

Ich starrte sie an. »Wie anders?«

»Um die Ecke gibt es einen sehr guten irischen Pub«, antwortete sie.

Max nickte. »Ja, richtig. Den solltest du unbedingt sehen, Maggie. Alle sprechen Englisch, das Essen ist authentisch, es ist immer was los. Außerdem kann ich mir heute das Fußballspiel dort anschauen.« Als er sah, dass ich das Gesicht verzog, lachte er. »Keine Sorge. Es gibt noch viele andere Möglichkeiten, gut zu essen. Und ich plane unbedingt, eine *Tartiflette* für euch beide zu kochen, meine Spezialität, die mir meine erste Frau beigebracht hat. Ein Ofengericht mit Kartoffeln, Schinkenspeck und Käse. Köstlich.«

Er konnte auch noch kochen! Er lief Marathon, sah in Jeans und weißem T-Shirt hinreißend aus – und er kochte.

»Einverstanden«, sagte ich.

So aß ich meinen ersten Burger in Frankreich, und tatsächlich war er allem, was ich bisher hier gegessen hatte, absolut ebenbürtig. Da Max und Nicole sich für das offensichtlich sehr wichtige Fußballspiel interessierten, blieben wir nach dem Essen noch eine Weile sitzen. Ich staunte. Wann war meine Tochter Sportfan geworden? Sicher, als Kind hatte sie Fußball gespielt, ziemlich gut sogar, hatte aber nie eine besondere Leidenschaft für Sport entwickelt. Heute Abend jedoch kannte sie die einzelnen Spieler mit Namen und amüsierte sich großartig. Natürlich fragte ich mich, was Max jetzt wohl denken mochte, wo sie doch wegen Louis hätte ganz verstört sein müssen, aber er schien sich bestens zu amüsieren, und eigentlich hätte der ganze Abend völlig unkompliziert zu Ende gehen können, hätte die Kellnerin nicht ein so faszinierendes Getränk an uns vorbeigetragen.

Ich tippte Nicole an und deutete neugierig darauf. »Was ist das denn?«

»Das? Absinth.«

»Wirklich? Dieses Zeug, das die Leute früher hat halluzinieren lassen? Ist es nicht illegal?«

Sie schüttelte den Kopf. »Nein, schon lange nicht mehr.«

»Und halluzinieren die Leute jetzt nicht mehr?«

Max lachte. »Kommt ganz darauf an, wie viel sie schon intus haben. Es wird heute in einer anderen Konzentration angeboten.«

»Wollen wir es mal probieren?«

Max hob beide Hände, als wolle er einen Boxhieb abwehren. »Nein, danke, ich verzichte. Absinth bekommt mir nicht sonderlich gut.«

»Er bekommt dir nicht?«, hakte ich nach. »Wie meinst du das?«

»Na ja«, sagte Nicole, »das ist ja kein ganz durchschnittlicher Drink. Absinth wirkt bei verschiedenen Menschen sehr unterschiedlich.«

Doch ich winkte die Kellnerin trotzdem zu uns zurück. »Kann ich bitte auch so einen bekommen?«, fragte ich und deutete zu dem Tisch, an den die junge Frau gerade Absinth samt Zubehör geliefert hatte.

Sie nickte. »Einen nur?«, vergewisserte sie sich.

»Ja«, sagte Max, und auch Nicole lehnte dankend ab.

»Im Ernst?«, hakte ich nach. »Ihr wollt mir nicht Gesellschaft leisten? Es ist doch ein legendäres Getränk, Generationen von Schriftstellern und Künstlern haben davon erzählt. Van Gogh. Toulouse-Lautrec. Hemingway und Edgar Allan Poe.« Ich stieß Nicole mit dem Ellbogen sanft in die Rippen. »Joyce und Lord Byron.«

»Erinnerst du dich auch, was für ein Leben sie alle geführt haben?«, erwiderte sie.

»Ach komm, was soll schon passieren?« Zwar hatte ich schon drei Gläser Wein intus, was normalerweise mein Limit war, aber … Absinth? Ich meine, wie konnte ich da widerstehen?

Kurz darauf stellte die Kellnerin das Tablett vor mich auf den Tisch. »Wissen Sie, wie man das trinkt?«, fragte sie mit ihrem hinreißenden irischen Akzent.

Max winkte ab. »Ich zeige es ihr.«

Er nahm das große Glas, in dem sich ungefähr zwei Fingerbreit einer grünlichen Flüssigkeit befanden, von meinem Tablett. »Zuerst legst du den Löffel oben über das Glas.« Der Löffel hatte einen langen Stiel und war perforiert. »Darauf kommt jetzt der Würfelzucker.« Mit der winzigen Zange, die zur Ausstattung gehörte, positionierte er das Zuckerstück über die Löcher. »Dann gießt du langsam das kalte Wasser darüber.« Er nahm die kleine Karaffe und kippte sie so, dass ein stetiges Rinnsal über den Würfel und in das Glas floss.

»Schau hin«, flüsterte Nicole. »Es kann jeden Moment so weit sein.«

Vor meinen Augen wurde der grüne Absinth milchig weiß.

»Das nennt man den Louche-Effekt, der Absinth wird undurchsichtig«, erklärte Max. »Man behauptet, dass dabei die im Absinth versteckten botanischen Bestandteile freigesetzt werden. Riechst du es?« Ich beugte mich über das Glas. Tatsächlich, ich konnte etwas riechen: frisch, grasig, fast medizinisch.

Max goss weiter. »Idealerweise sollte man für ein Teil Absinth drei bis fünf Teile Wasser zugeben. Ungefähr so.« Er stellte die Karaffe beiseite. »Bitte schön.«

Ich nahm das Glas und nippte zögernd. Es roch besser, als es schmeckte. Ich nippte ein bisschen mehr. Anis, so viel war klar. Lakritz, aber viel subtiler. Schließlich wagte ich einen normalen Schluck. Sehr trocken. Leicht bitter. Ich stellte das Glas ab.

»Und?«, fragte Nicole.

»Ich bin nicht sicher«, antwortete ich und trank noch einen Schluck. Und noch einen. Inzwischen rann mir das Zeug problemlos durch die Kehle. »Ich verstehe die Anziehungskraft. Wird mich das sehr betrunken machen?«

»Ja«, bestätigte Max, und seine Lippen zuckten, als unterdrücke er ein Lachen. »Vielleicht möchtest du lieber nur die Hälfte trinken?«

»Ach, sei nicht albern«, wehrte ich ab und machte mich daran, das Glas zu leeren.

Nicole beugte sich zu mir und sah mir forschend ins Gesicht. »Du wirst es merken, wenn es zuschlägt.«

Ich lehnte mich zurück. »Wie auch immer. Ihr könnt euer Turnier ruhig zu Ende ansehen.«

»Spiel«, verbesserte mich Nicole. »Man sagt Spiel dazu.«

Ich konzentrierte mich auf den riesigen Fernsehbildschirm am Ende des Tresens und versuchte herauszufinden, welches Team dabei war zu gewinnen. Gerade als ich dachte, ich hätte alles durchschaut …

»Mom?«, fragte Nicole. Ihr Gesicht war sehr nah. »Warum grinst du so?«

Ich deutete zum Fernseher. »Schau dir doch mal diese Männer an. Wie sie rennen. Und alle tragen so wunderschöne Farben.« Ich schlang die Arme um Nicoles Hals, zog sie zu mir und flüsterte: »Kannst du sie auch sehen, die Farben?«

Max warf den Kopf zurück und lachte laut. Und ich *fühlte* sein Lachen, voll und fröhlich, konnte sein Vergnügen in den Fältchen erkennen, die seine außergewöhnlichen Augen umgeben, im Aufblitzen seiner Zähne zwischen den roten Lippen. Irgendwann wurde, glaube ich, unsere Rechnung bezahlt, und auf einmal wanderten wir durch die kopfsteingepflasterten Straßen von Rennes. Ich hatte mich bei Max untergehakt und lehnte mich ein bisschen an ihn, weil ich mir Sorgen machte, ich könnte mich zu weit nach links neigen und womöglich umkippen. Nachdem ich dann einmal fast nach vorn gefallen war, griff Nicole sich meinen anderen Arm.

»Werden die Farben noch bunter?«, fragte ich sie.

Sie versuchte nicht einmal, das Lachen zu unterdrücken. »Nein, ich glaube, der psychedelische Höhepunkt des Abends liegt schon hinter dir.«

»Gut«, sagte ich und konzentrierte mich wieder darauf, einen Fuß vor den anderen zu setzen. »Das ist fast wie Tequila«, stellte ich fest, »nur ganz anders.«

»Eine hervorragende Beschreibung«, lobte mich Max. »Wir sind da. Ich pass auf sie auf, Nicole«, wandte er sich an meine Tochter. »Sehen wir uns morgen früh?«

Nicole antwortete irgendetwas und küsste mich auf die Wange.

»Auf Wiedersehen!«, rief ich sehr laut und winkte, bis Max seine Hand auf meine legte und sie festhielt.

»Der Lift ist direkt hier«, erklärte er.

Die Türen gingen auf. »Magisch!«, rief ich erfreut.

Er lachte. »Ja, genau.«

Ich lehnte mich wieder an ihn. Er fühlte sich … sehr zuverlässig an. Und warm. Nein, nicht nur warm, die Hitze seines

Körpers durchdrang meine Haut geradezu, und in diesem Augenblick war ich überzeugt, sie unmittelbar zu spüren. Ich fragte mich, wie seine Haut sich wohl anfühlen würde. Ich fragte mich, wie seine Hände sich in meinen Haaren anfühlen würden. Oder wenn sie meinen Rücken streicheln und mich an seine Hüften drücken würden. Wie sein Mund auf meinem schmecken würde.

Wenn ich mich doch nur hätte bewegen können.

Wir hatten den Aufzug verlassen, und dort, am Ende eines langen und sehr engen Korridors, war eine Tür.

»Ist es weit?«, fragte ich.

»Nein, gar nicht.« Max schob mich weiter und durch die Tür in die Wohnung, dann um eine Kurve, und auf einmal stand ich vor meinem Bett.

Ich breitete die Arme aus und spürte den Raum um mich herum. »Ich habe alles unter Kontrolle«, beteuerte ich.

»Bist du sicher?«

Ich nickte lange, meinem Gefühl nach mehrere Minuten. Offensichtlich glaubte er mir nicht, denn als ich aufhörte zu nicken, stand er noch immer direkt hinter mir.

»Magst du mich, Max?«, fragte ich.

»Ja, Maggie. Das tue ich.«

Ich ließ die Arme sinken und drehte mich – aus dem einfachen Grund, dass ich mich in meinem Zustand unmöglich schnell hätte umdrehen können – sehr langsam zu ihm um. »Ich meine, so richtig? Nicht wie ›Na ja, sie ist ganz nett‹, sondern so wie ›Mit ihr könnte ich mir alles vorstellen‹?«

Er lächelte, und seine Augen leuchteten unglaublich blau. »Aber ja, Maggie, das tue ich.«

»Warum merke ich dann gar nichts davon?« Ich spürte, wie ich leicht nach vorn kippte, aber er fing mich sofort auf und hielt mich an den Schultern fest.

»Weil ich niemals versuchen würde, eine dermaßen betrunkene Frau zu verführen«, beantwortete er meine Frage mit einem breiten Grinsen.

»Oh«, erwiderte ich ehrlich traurig. »Das ist schade.« Dann konzentrierte ich mich mit aller Kraft und schaffte es tatsächlich, die Arme um seinen Hals zu legen, und schon sank ich an seine Brust. Meine Arme umschlangen ihn fester, und seine Lippen waren so viel weicher, als ich es mir vorgestellt hatte, und er duftete … Himmel, er roch wie eine Sommernacht, dunkel, frisch und erdig. Ich ertrank in diesem Mann, so sehr, dass mir erst in dem Moment klar wurde, wie entschlossen er mich von sich wegschob, als ich an den Stellen, an denen sein Körper sich an meinen gedrückt hatte, plötzlich kühle Luft spürte.

»Maggie«, sagte er sehr leise.

»Ich liebe es, wie du meinen Namen sagst«, antwortete ich, schloss die Augen und schmiegte mich wieder an ihn.

Er machte einen Schritt zurück, und ich hörte, wie er sich räusperte. »Es ist eine sehr verlockende Vorstellung, aber wie gesagt, ich kann nicht …«

»Du musst mich gar nicht verführen«, flüsterte ich. »Du brauchst mich nur zu fragen.«

»Maggie.«

Ich öffnete die Augen und schüttelte den Kopf. »Pssst. Sag es nicht.«

Aber er tat es trotzdem. »Ich würde es mir niemals verzeihen, wenn wir morgen früh aufwachen und du wütend aus dem Bett springst.«

Erneut schüttelte ich den Kopf. »Das wird nicht passieren.«

»Oder wenn du dich an nichts erinnern würdest«, fügte er mit einem kleinen Lächeln hinzu.

»Oh, das ist komplett ausgeschlossen.«

Ganz vorsichtig schubste er mich, und es dauerte sehr lange, aber irgendwann berührte mein Rücken die Matratze. Blinzelnd fühlte ich, wie ich im Handumdrehen in einen seltsamen Dämmerzustand versank.

Max hob meine Füße an, bis ich mehr oder weniger auf dem Bett lag, und zog mir behutsam die Schule aus.

»Gute Nacht, Maggie«, sagte er.

Ich weiß nicht, wie lange es dauerte, bis ich eingeschlafen war, alles, woran ich mich erinnere, sind meine Träume.

Sie handelten samt und sonders von Max.

Zum allerersten Mal, seit ich in Frankreich meine Kreativität wiedergefunden hatte, stand ich am nächsten Morgen nicht auf, um zu schreiben. Als ich die Augen aufschlug, war ich nicht einmal sicher, ob ich fähig war, mich zu rühren.

Nein, es war kein Kater. Ich hatte keine Kopfschmerzen. Kein Grummeln im Bauch. Nur das Gefühl, unter Wasser zu sein, und obwohl ich normal atmen konnte, schien es mir viel zu anstrengend, irgendeines meiner Glieder zu bewegen. So lag ich im Halbdunkel und versuchte, mich zu erinnern, was in der Nacht zuvor geschehen war. Ich brauchte eine Weile, aber als mein Gedächtnis wieder einigermaßen funktionierte, hätte ich mich am liebsten für immer unter dem Bett verkrochen.

Hatte ich Max wirklich gefragt, warum er nicht versuchte, mich zu verführen? O Gott. Ich würde nie wieder etwas trinken. In meinem ganzen Leben nicht. Nie mehr.

Sicherheitshalber schloss ich die Augen, was zum Glück keine große Anstrengung erforderte. Hatte ich Max auch gesagt, dass er mich nur zu fragen brauche?

Als ich so im Bett lag, war ich nicht sicher, was mir mehr zu schaffen machte: dass ich ihn überhaupt gefragt hatte oder seine Antwort.

Irgendwann klopfte es leise an die Tür. Es war wohl nicht sehr realistisch, davon auszugehen, dass Max auf einmal doch in die Schweiz gefahren sein könnte und ich ihm nie wieder unter die Augen treten müsste.

»Maggie?« Er streckte den Kopf durch die Tür. »Bist du wach?«

Mein Mund öffnete sich mehrmals, ohne dass etwas herauskam.

»Möchtest du einen Kaffee?«

Nicken wäre zu schwierig gewesen, aber ich gab mir große Mühe, die Hand zu bewegen.

Ein paar Minuten später kam Max mit einem Tablett und einer dampfenden Tasse zurück und stellte beides auf den kleinen Beistelltisch.

»Soll ich ihn hierlassen?«

Schließlich öffnete ich doch die Augen, und da war er, beugte sich über mich und musste sich allem Anschein nach anstrengen, nicht zu lachen.

»Das scheint ja sehr amüsant zu sein, was?«, knurrte ich.

»Aber nein. Ich nehme nur zur Kenntnis, dass wir eine Erfahrung teilen – ich weiß nämlich genau, wie du dich fühlst. Glaub mir, es geht vorüber!«

»Warum hast du mich nicht gewarnt?«

»Hab ich nicht?«

»Nein.«

Er richtete sich auf. »Steh einfach auf, wenn du bereit bist. Eine richtig heiße Dusche sollte übrigens helfen.«

Als er weg war, schaffte ich es, mich aufzurichten, den Kaffee zu trinken und anschließend ins Bad zu torkeln. Natürlich hatte er recht. Zwanzig Minuten unter der heißen Dusche wirkten Wunder, und ich fühlte mich fast wieder wie ein Mensch.

Max saß mit ausgestreckten Beinen auf der Couch und las, einen Arm unter dem Kopf, gekleidet in blaue Leinenhosen und ein weißes Hemd mit aufgekrempelten Ärmeln.

»Ich möchte mich entschuldigen«, stieß ich hervor.

Er blickte auf. »Wofür? Von Absinth wird jeder betrunken, das ist ja der Sinn der Sache.«

Ich setzte mich neben ihn. »Ich entschuldige mich nicht dafür, sondern für das, was danach kam.«

Er klappte sein Buch zu und faltete die Hände. »Danach kam doch gar nichts mehr.«

»Aber nur, weil du ein Gentleman bist.«

»Manchmal schon«, gab er lächelnd zu. »Ich wollte nicht, dass irgendetwas zu Problemen zwischen dir und Alan führt.«

Ich blinzelte verwundert. War ich immer noch betrunken? »Wovon redest du?«

Er zuckte die Achseln. »Offensichtlich lag dir viel daran, die Beziehung zu deinem Exmann wiederaufzunehmen. Du hast so viel Zeit mit ihm verbracht … das hatte doch etwas zu bedeuten.«

»Warte – du glaubst, dass Alan und ich dabei sind, wieder ein Paar zu werden?« Der Ehrlichkeit halber musste ich zugeben, dass ich ebenfalls etwas in der Richtung geglaubt hatte, aber wenn Max … Ich meine, was wäre, wenn ich die Wahl hätte …? Aber ich musste ganz schnell die Notbremse ziehen, musste diese Idee aus meinem Kopf bekommen, und zwar fix. »Alan und ich kommen nicht wieder zusammen, nein. Weder jetzt noch sonst irgendwann. Und ich weiß deine Zurückhaltung sehr zu schätzen. Ganz im Ernst. Das war absolut ehrenwert. Aber – nein.«

Er lehnte sich zurück. »Wie meinst du das, nein? Ich dachte, du hättest eine Entscheidung getroffen, was deine Beziehung zu Alan angeht.«

Genau in dieser Sekunde traf ich meine Entscheidung. »Ich bin zu dem Schluss gekommen, dass Alan und ich immer füreinander da sein werden, aber ich habe nicht vor, den Rest meines Lebens mit einem Mann zu verbringen, mit dem mich vor allem die Vertrautheit der Vergangenheit verbindet. Wenn ich mit jemandem in den Sonnenuntergang reiten möchte, muss schon ein bisschen mehr an der Sache dran sein.«

Sein Gesicht veränderte sich, er lächelte, seine Augen begannen zu strahlen. Er stützte sich mit den Ellbogen auf die Knie und beugte sich etwas näher zu mir. »Wirklich?«

»Wirklich. Weißt du, Alan und ich hatten eine gute Zeit

zusammen, aber das war alles. Es gab kein … Feuerwerk. Deine Mutter meinte, ich solle versuchen, etwas Neues an ihm zu entdecken, in das ich mich verlieben könnte, und ja, es gab da schon ein paar Sachen, und deswegen musste ich darüber auch eine Weile nachdenken. Aber jetzt weiß ich, dass es nicht genug ist.«

»Das hat meine Mutter zu dir gesagt?«

»Ja.«

»Was hat sie sonst noch gesagt?«

Ich schaute in seine ruhigen blauen Augen und antwortete: »Sie hat gesagt, sie könne sich vorstellen, dass wir gut zueinander passen würden.«

Die Sekunden tickten. »Und was hast du dazu gesagt?«

Ich holte tief Luft. »Ich habe gesagt, dass ich nicht nach Frankreich gekommen bin, um mich mit einem Mann einzulassen. Ich habe ihr erzählt, dass ich mich von Greg getrennt habe und womöglich emotional noch nicht frei bin.«

»Ah.« Seine Augen wurden groß, wieder kam er ein bisschen näher.

»Max?«

»Ja?«

»Jetzt, da du weißt, dass ich nicht zu Alan zurückmöchte und dass ich im Moment auch nicht betrunken bin, würdest du mich vielleicht küssen?«

»Und was ist damit, dass du dich nicht mit einem Mann einlassen willst? Und emotional noch nicht frei sein könntest?«

»Deine Mutter meinte, ich müsse mich bereits, äh, innerlich gelöst haben. Ja, genau, so hat sie es ausgedrückt. Und sie hatte recht. Eigentlich fühle ich mich vollkommen frei. Also, wenn du …«

Sein Mund auf meinem fühlte sich an, als gehöre er dorthin, als habe er vom Anbeginn der Zeit dort hingehört. Ich fühlte diesen Kuss überall. Gestern Abend hatte ich mich in einem lustvollen Absinthnebel befunden, aber jetzt, im hellen, nüchternen Licht des Tages, wusste ich, wie lange ich schon auf den Geschmack dieser Lippen gewartet hatte. Und seine Hände in meinem Haar. Meine Fingerspitzen an seinen Wangen. Alles perfekt. Nicole hatte recht. Wir waren beide mündige Erwachsene. Und mein Gefühl, ihn so nah wie nur möglich bei mir behalten zu wollen, war sehr stark.

Ohne lange zu überlegen, drehte ich mich um und schwang mich auf ihn, er rutschte ein Stück nach unten und ließ seine Hände unter mein T-Shirt gleiten. Ich spürte, wie er hart wurde, und begann, mir mein Shirt über den Kopf zu zerren, um seine Berührung ungehindert fühlen zu können.

Im gleichen Augenblick ertönte die Haustürklingel.

Ich hielt inne. Seine Augen waren wenige Zentimeter von meinen entfernt.

»Sag es nicht«, stieß ich heiser hervor.

»Deine Tochter kommt zum Frühstück«, brachte er dennoch mühsam heraus. »Ich glaube, ich wollte Omelett machen.«

Die Klingel summte erneut.

Ich warf mich auf die andere Seite der Couch und zog hastig mein Shirt herunter.

»Ich brauche einen Moment«, rief er, sprang auf und verschwand in seinem Zimmer. »Heute Abend machen wir weiter!«

»Versprochen?«

»O ja. Versprochen«, antwortete er lachend.

Ich holte ein paarmal tief Luft. Die Klingel ertönte zum dritten Mal. Langsam stand ich auf, drückte auf den Türöffner und ging zur Wohnungstür, um Nicole zu begrüßen.

Kapitel 11

In dem die Sonne heller scheint, die Vögel lauter singen und mit der Welt alles in Ordnung ist

Nach dem Frühstück ging Max laufen, und Nicole machte mit mir die große Rennes-Tour. Wir wanderten durch schmale Straßen, vorbei an Kirchen, Cafés, Musikläden und Kleiderboutiquen. Ich fand alles so unglaublich wundervoll, dass meine Tochter irgendwann mitten auf der Straße stehen blieb und meinen Arm packte.

»Warum bist du so glücklich?«

Ich holte tief Luft. »Ich werde meine Geschichte zu Ende schreiben, und ich bin zusammen mit meiner Lieblingstochter in einer herrlichen Stadt. Warum sollte ich nicht glücklich sein?«

»Was ist passiert?«

»Nichts.«

»Du lügst.«

Ich schüttelte den Kopf und ging weiter. »Nicole, Süße, ich darf doch wohl auch glücklich sein, ohne dass etwas Besonderes passiert.«

»Schon, aber … du warst gestern Abend ziemlich hinüber. Du und Max – habt ihr irgendwas getan, als du … na, du weißt schon.«

»Als ich betrunken war? Nein, Max und ich haben gar nichts getan, als ich betrunken war.«

Glücklicherweise fragte sie nicht nach, was wir getan hatten, als ich wieder stocknüchtern war, denn so aufgeschlossen, dass ich mit meiner Tochter über meine sexuellen Begegnungen reden wollte, war ich nun doch nicht.

Aber glücklich war ich. Und natürlich nicht nur wegen des Buchs, wegen Rennes oder wegen Nicole. Bei dem, was zwischen Max und mir passierte, ging es um mehr als um die Befriedigung eines Bedürfnisses, so viel war mir klar. Ich hatte schon so viele romantische Helden beschrieben, aber einen Mann wie Max hätte ich mir nie ausdenken können.

Ich glaubte nicht an Liebe auf den ersten Blick. Davon war ich so überzeugt, dass ich nicht ein einziges Mal darüber geschrieben hatte. Spontane körperliche Anziehung – natürlich. Aber Liebe? Ohne den Menschen zu kennen? Zwei Wochen gemeinsame Abendspaziergänge in lauen Pariser Frühsommernächten und Gespräche bei einem Cognac bedeuteten noch längst nicht, dass ich Max kannte. Zum Beispiel hatte ich keine Ahnung, was seine Lieblingsfarbe war. Oder seine Lieblingsband. Ob er Pferde mochte, ob er gern ins Theater ging oder ob er lange Spaziergänge am Strand lieber mochte.

Und das zwischen uns war auch noch keine Liebe. Aber es war genauso wenig nur Verlangen.

Ich wusste nicht, was ich mit meiner Verwirrung anfangen sollte. Nach wie vor war ich sicher, dass ich Max brauchte, um mein Buch zu Ende zu bringen, doch es war auf jeden Fall noch irgendetwas anderes im Spiel. Und ich musste möglichst schnell herausfinden, was das war. Als er heute früh joggen gegangen war, hatte er mir zugeflüstert, ich solle auf Nicole aufpassen. Er dachte ja noch immer, dass wir uns auf einer Art Rettungsmission befanden. Und ich hatte deswegen ein ziemlich schlechtes Gewissen.

Nicole und ich machten vor einer Galerie halt, und ich betrachtete sehnsüchtig ein paar kleinformatige Aquarelle französischer Landschaften. Vielleicht könnte ich einige davon kaufen, sie rahmen und in meinem neuen Strandhaus aufhängen?

»Ich hätte nichts dagegen«, sagte Nicole. »Dass du mit Max zusammen bist, meine ich. Ich mag ihn.«

Ich legte den Kopf schräg. »Ach ja? Und was ist mit deiner Idee, dass dein Vater und ich unsere goldenen Jahre zusammen verbringen?«, fragte ich etwas verwundert.

»Er hat wesentlich mehr davon geredet, wie toll es war, dich zu sehen, als umgekehrt«, antwortete sie achselzuckend. »Daher habe ich das Gefühl, dass die Dinge doch nicht so gelaufen sind, wie ich es mir vorgestellt habe. Aber Max ist ein ziemlich guter Typ. Und er wohnt an der Upper West Side. Ganz schön extravagant. Genau deine Hausnummer.«

Und ich hatte bis eben nicht einmal gewusst, wo Max in New York wohnte. Wie konnte ich da in ihn verliebt sein?

»Woher weißt du, wo er wohnt?«

Nicole sah mich an. »Weil ich mich mit ihm *unterhalten* habe.«

»Also, entschuldige mal.«

»Ich meine, über alles Mögliche. Politik zum Beispiel. Für meinen Geschmack ist er ein bisschen zu konservativ, aber damit ist er vermutlich genau auf deiner Linie. So etwas ist wichtig.«

»Ja, klar.« Um ihre Einschätzung richtig zu verstehen, musste man wissen, dass alles, was sich auf dem politischen Spektrum auch nur drei Zentimeter rechts der Anarchie befand, für Nicole ein bisschen zu konservativ war.

»Er mag Opern«, fuhr sie fort.

»Das wusste ich nicht.«

»Und er liest immer noch richtige Zeitungen aus Papier.«

»Das wusste ich auch nicht.«

»Ich denke, ihr würdet ganz gut miteinander zurechtkommen.«

»Solange denkt das auch – sie wollte uns praktisch schon seit meiner Ankunft in Paris miteinander verkuppeln.«

»Mütter wissen so was eben immer am besten.«

»Hmmm. Was denkst du eigentlich, wann ein guter Zeitpunkt für eine Versöhnung zwischen dir und Louis wäre?«

Inzwischen waren wir weitergegangen, und Nicole blieb abrupt stehen. »Ich dachte, der Plan war, dass du Max dazu bringst, in deiner Nähe zu bleiben, bis das Buch fertig ist.«

»Ja, aber …«

»Aber was? Meinst du, jetzt ist auf einmal alles anders, und du musst nicht mehr unbedingt in Rennes bleiben und mir helfen, mein gebrochenes Herz gesundzupflegen?«

»Hm, irgendwie schon, ja.«

Nicole schüttelte den Kopf. »Frei nach dem Motto: ›Jetzt, da Max und ich Sklaven unserer Begierde geworden sind …‹«

»Nein! Na ja, noch nicht jedenfalls.«

»Wusste ich's doch!«, sagte sie selbstzufrieden. »Ich denke

mal, dass Louis und ich, wenn er wiederkommt, eine lange, intensive Diskussion führen und daraufhin in der Nacht großartigen Versöhnungssex haben werden. Dann könntet ihr beiden, sagen wir mal, zum Wochenende wieder nach Paris zurückfahren. Wie hört sich das an?«

»Aber es gibt hier so viel zu sehen.«

»Stimmt. Zum Beispiel musst du dir unbedingt den Parc du Thabor anschauen. Vielleicht kann Max ihn dir zeigen? Ich muss morgen nämlich arbeiten.« Sie hatte mir erzählt, dass sie einen Teilzeitjob als Englischlehrerin für eine kleine Gruppe Grundschüler hatte. »Und das Museum hier ist auch sehr gut. Bretonische Kunst. Ihr beiden könntet den Nachmittag dort verbringen, während Louis und ich unser Zerwürfnis in Ordnung bringen.«

»Als Klugscheißer macht man sich eigentlich schnell unbeliebt, Nicole.« Ich umarmte sie kurz. »Aber das klingt perfekt. Heute Abend will Max für uns kochen. Dieses Gericht, von dem er erzählt hat, wie hieß es noch mal?«

»*Tartiflette*. Kartoffeln und Schinkenspeck mit Käse überbacken.«

»Mein Gott, wenn ich hier leben würde, hätte ich bald dreihundert Pfund auf den Rippen. Ich staune, dass es in diesem Land trotzdem so viele dünne Leute gibt.«

»Die sind so dünn, weil sie immer zu Fuß gehen. Schau dir das hier mal an.« Wir waren wieder stehen geblieben, diesmal vor einem Laden für Haushaltswaren. »Damit macht man *Galettes*, ich könnte so ein Teil gut gebrauchen.«

»Sollst du haben«, sagte ich. »Wenn du versprichst, mir zu erklären, was eine *Galette* ist.«

Wir betraten den Laden. »Dann essen wir einfach *Galettes* zum Lunch«, versprach Nicole. *»Bonjour«,* begrüßte sie die Verkäuferin. »Darf ich Ihnen meine Mutter vorstellen – sie möchte bei Ihnen einen Haufen Küchenutensilien kaufen.«

»Ja, das habe ich vor«, pflichtete ich ihr bei. »Möglicherweise sogar etwas für mich selbst.«

Da Max mir den Code für die Wohnung gegeben hatte, konnte ich problemlos die Tür öffnen und setzte mich sofort wieder an den winzigen Garderobentisch in meinem Zimmer, um zu arbeiten. Auf halber Strecke durch ein sehr schwieriges Gespräch zwischen Bella und Lance spürte ich plötzlich kräftige Hände auf meiner Schulter, und flinke Finger massierten sanft meinen Hals.

Ich lehnte mich zurück und fühlte seine Lippen auf meinem Kopf. »Wie war dein Nachmittag?«

»Hervorragend«, antwortete er. »Ich habe einen sehr guten Reblochon gefunden und perfekte spanische Orangen. Und bei dir?«

»Ich habe Nicole eine ganze Küchenausstattung teurer Kupfertöpfe gekauft, zum Lunch eine *Galette* gegessen und dazu kalten bretonischen Cidre getrunken. Und auch dieses Kugelmani-Zeug probiert.«

»Du meinst *Kouign Amann?*«

»Ja. Es war ein geradezu spirituelles Erlebnis.« Ich drehte mich um, stand auf und schlang die Arme um ihn. »Das zweite dieses Tages.«

Er lachte. »Du bist voller Überraschungen, Maggie. Alle sehr reizvoll. Es ist noch zu früh, sich Gedanken ums Abendessen zu machen, du kannst also ruhig noch eine Weile schreiben. Wie geht es Nicole?«

»Fürs Erste mit neuen Kochtöpfen getröstet. Ich glaube, mit den beiden wird alles wieder in Ordnung kommen. Junge Paare machen solche Phasen durch, schließlich entdecken sie noch alles Mögliche aneinander. Es ist einfach ein Prozess.«

»Wenn sie Glück haben, werden sie neue Dinge aneinander entdecken, bis sie alt und grau sind.« Er war sehr nahe, ich konnte die grauen Sprenkel in seinen Augen und die Spitzen seiner Wimpern sehen. »Ist es nicht das, was die Liebe ist – eine Entdeckungsreise, die ein ganzes Leben dauert?«

Ich lachte und schob ihn weg. »Ich bin doch diejenige, die romantisch sein sollte«, protestierte ich. »Liebe ist, wenn man mit jemandem zusammen sein will, selbst wenn man ihn in- und auswendig kennt.«

Er küsste mich sanft auf die Lippen. »Auch das ist richtig. Schreib weiter, ich setze mich noch ein bisschen runter ins Café. Wenn du fertig bist mit der Arbeit, komm mich abholen.«

Aber ich schaffte es nicht, ihn abzuholen, sondern versank so tief in meine Geschichte, dass ich nicht einmal merkte, wie es draußen langsam dunkel wurde. Auf einmal stieg mir Zwiebelduft in die Nase, mein Magen begann zu knurren, und ich ging in die Küche.

Ein Geschirrtuch in den Hosenbund gesteckt, stand Max am Herd und würfelte Kartoffeln. Er war so eine Augenweide, selbst hier in der Küche, beim Kochen.

»Tut mir leid«, sagte ich. »Ich hab mich etwas in meiner Geschichte verloren. Wie spät ist es?«

Er grinste mich an. »Kurz nach sieben. Ich hab Nicole eine Nachricht geschickt, sie bringt Brot mit. Der Wein ist schon offen.«

Ich goss mir ein Glas ein, lehnte mich an die Küchentheke und beobachtete ihn. Seine Bewegungen waren anmutig und präzise, er wusste genau, was er tat.

Schon als er heute Morgen das Omelett gemacht hatte, das so fluffig war, dass es fast schwebte, war mir das aufgefallen.

»Nicoles Vorschlag, dir den Parc du Thabor zu zeigen, finde ich hervorragend – wir sollten hingehen. In dieser Jahreszeit sind die Rosen zwar noch nicht in Höchstform, aber trotzdem sehr hübsch.«

»Einverstanden. Und vielleicht auch das Museum?«

Er nickte und ließ die Kartoffeln in eine andere Pfanne gleiten. Als sie auf die heiße Butter trafen, verbreiteten sie einen Duft, der so köstlich war, dass mir fast die Knie weich wurden.

»Sag mir doch bitte, was du da kochst.«

»*Une Tartiflette.*« Aus seinem Mund klang es noch einmal anders als bei Nicole. »Schinkenspeck und Zwiebeln in Wein angedünstet, dazu Kartoffeln und Sahne, abgerundet mit Reblochon, der wegen der lächerlichen Importgesetze in den USA kaum zu kriegen ist. Traditionell kocht man die Kartoffeln zuerst, aber ich brate sie lieber, dann werden sie in der Butter ein bisschen braun, siehst du?« Er kippte die Pfanne leicht in meine Richtung. Die Kartoffeln waren dabei, eine goldene Färbung anzunehmen.

»Verstehe.«

»Zum Schluss kommt das Ganze in den Backofen. Die Aromen des Specks und der Zwiebeln dringen in die Kartoffeln ein, der Käse obendrauf verläuft und umschließt das Ganze letztlich mit einer knackigen Kruste.«

»Das klingt ja geradezu erotisch«, sagte ich, nur halb im Spaß.

Er grinste, legte den Pfannenwender beiseite, kam auf mich zu und schob mich sanft zur Wand. Behutsam nahm er mir mein Weinglas aus der Hand und stellte es auf die Theke, ergriff dann meine beiden Handgelenke, zog meine Hände über meinem Kopf zusammen und kam noch einen Schritt näher.

»Wenn du in der Stimmung für Erotik bist«, sagte er, den Mund an meinem Hals, »könnten wir vielleicht etwas Besseres finden als Kartoffeln und Käse.«

Mein Körper reagierte so plötzlich und intensiv, dass ich nicht einmal dazu kam, richtig einzuatmen. Er presste sich gegen mich, und ich schmolz dahin. Seine Hände ließen meine Handgelenke los und waren plötzlich unter meinem T-Shirt, auf meiner Haut, bewegten sich langsam über meine Hüften. Ich packte sein Hemd so fest, dass ich dachte, meine Nägel würden es einfach zerreißen, und seine Hand arbeitete sich immer weiter nach unten vor.

»Oh.«

Er hob mich auf die Theke, während ich noch mit dem Reißverschluss seiner Jeans kämpfte und gleichzeitig meine Hose wegzukicken versuchte.

»Mein Gott«, murmelte ich an seinem Mund, »du bist so heiß …«

Aber nicht nur er war heiß. Auch der Herd. Genauer gesagt, die bei unserer Aktion verschüttete Butter auf dem Herd, die sich in diesem Moment qualmend entzündete.

Blitzschnell zerrte Max das Handtuch aus seinem gelockerten Hosenbund und warf es über die Flammen, die sofort erloschen.

Dann packte er die Pfanne, schob sie von der Hitze und beugte sich vor, um den Schaden zu begutachten.

»Du wirst dich sicher freuen zu erfahren«, begann er, und zwischen seinen Worten hörte ich das Lachen, »dass die Kartoffeln nicht verbrannt sind.«

»Tja«, stieß ich hervor, ehe ich mich in hilfloses Kichern auflöste, »Gott sei Dank, das Abendessen ist gerettet.«

Die *Tartiflette* war ebenfalls unvergesslich.

Wir begannen langsam.

Als Nicole sich verabschiedet hatte, räumten wir die Küche auf und nahmen uns die Zeit, den Rest der Weinflasche auszutrinken. Dann saßen wir nebeneinander auf der Couch, so nahe, dass ich jede seiner Bewegungen spüren konnte, und als ich begann, mit den Fingern seinen Arm entlangzustreichen, stand er auf, nahm meine Hand und führte mich ins Schlafzimmer.

Das Licht ließ er brennen.

»Ich habe überall graue Haare«, protestierte ich.

»Ich ebenfalls«, entgegnete er, zog mir das T-Shirt über den Kopf und hakte mit einer schnellen Bewegung meinen BH auf.

»Ich mag Männer, die wissen, was sie tun«, sagte ich leise, während ich sein Hemd aufknöpfte.

»Warte nur«, erwiderte er, während seine Finger gemächlich über meinen Rücken krochen.

Sein Körper war schlank, typisch für einen Läufer, glatte Muskeln und feste Haut, und egal welche Unsicherheiten ich wegen meines Körpers gehabt hatte – sie schmolzen dahin, so offensichtlich entzückt war Max von jedem Detail. Er war wesentlich geduldiger als ich, lachte und lockte mit Händen und Mund – oh, dieser Mund! –, und seine Lippen waren so weich, wie sanft er beißen konnte, wie seine Zunge drängte und schmeichelte, bis ich so heftig kam, dass ich mich mit beiden Händen in seine Haare krallte. Als er mich wieder küsste, konnte ich mich selbst auf seinen Lippen schmecken, während ich das Pochen meines Herzens und das Rauschen meines Bluts in meinen Ohren zu beruhigen versuchte, das so laut war, dass ich mich kaum atmen hörte.

Und dann war ich am Zug.

»Lass dir Zeit«, flüsterte er. »Ich möchte in dir kommen.« Er hielt inne und sah mich fragend an.

Ich nickte nur und begann ihn langsam zu streicheln, zunächst nur mit den Fingerspitzen, und nahm ihn dann in den Mund. Er stöhnte und bewegte sanft die Hüften, doch irgendwann zog ich mich zurück, setzte mich rittlings auf ihn und nahm ihn langsam in mich auf. Nun bewegten wir uns zusammen, als wären wir dafür geboren und hätten jede Menge Übung gehabt. Seine Hände lagen auf meinen Brüsten, wanderten über meine Schenkel, drängten mich, schneller zu werden, und dann kamen wir gemeinsam. Atemlos, verschwitzt und zufrieden rollten wir auseinander.

So lag ich auf dem Rücken, wartete, dass mein Atem sich beruhigte und meine Haut abkühlte, und dachte schon, er wäre eingeschlafen, als er sich zu mir wandte und den Arm über meine Brüste legte.

»Ich glaube«, sagte er schläfrig, »das ging ziemlich gut.« Wie so oft hörte ich ein leises Lachen in seiner Stimme – ein Lachen, selbst jetzt, in diesem Moment.

»Morgen früh kann ich dir Genaueres sagen«, flüsterte ich, er kicherte und war im Handumdrehen eingeschlafen.

Max schnarchte. Außerdem klaute er sich sämtliche Decken, knüllte sie an seine Brust und ließ sie nicht mehr los. Schließlich entriss ich sie ihm, worauf er im Schlaf etwas Unverständliches nuschelte. Als ich aufstand, um zur Toilette zu gehen, schlief er einfach weiter, und auch als ich bei Sonnenaufgang das Bett verließ, um zu schreiben, rührte er sich nicht.

Ich ging mit Jules spazieren, besorgte unterwegs eine Melone und noch ein paar *Kouign Amann,* denn ich hatte mir vorgenommen, solange ich in Rennes war, so viel wie möglich von dem Gebäck zu essen, zu welcher Tageszeit auch immer.

Als ich zurückkam, lief die Dusche, und einen Augenblick lang überlegte ich, mich zu Max zu gesellen, aber dann piepte mein Handy. Eine Nachricht von Nicole.

Nicole:

Danke noch mal für das Essen. Hattet ihr schon Sex?

Maggie:

Geht dich nichts an! Können wir Jules mit in den Parc du Thabor nehmen?

Nicole:

Weiß ich nicht genau. Streite ich immer noch mit Louis?

Maggie:

Ja, bitte noch bis morgen.

Ich wollte noch ein paar Tage in Rennes bleiben, außerdem hatte ich mir vorgenommen, an die Küste zu fahren, um die Städte Saint-Malo und Dinard zu besichtigen. Inzwischen war ich ziemlich sicher, dass Max sich nicht plötzlich verabschieden würde, und ich wollte mit ihm so viel von diesem Land bereisen wie irgendwie möglich.

Und was dann?

»Maggie?« Max streckte den Kopf um die Ecke. »Hast du Jules schon ausgeführt?«

»Ja«, antwortete ich. »Und Frühstück geholt. Wenn du uns einen Café Crème machst, schneide ich die Melone auf.«

»Melone? Wundervoll. Vielleicht wird doch noch eine Französin aus dir.«

Damit verschwand er, und ich dachte: *Ja, vielleicht sollte ich an deiner Seite einfach zu einer Französin werden. Dann könnten wir in Paris leben und die Mona Lisa besichtigen, wann immer wir Lust haben, um neun Uhr abends Muscheln und frites essen und an uralten Flüssen entlangwandern, die in der Dunkelheit leise plätschern.*

Aber dann schüttelte ich den Kopf. Wem wollte ich etwas vormachen? Ich hatte ein Leben und er ebenfalls. Ich musste schreiben, und er musste … tun, was immer er als Banker tun musste.

Was sollte das Ganze also?

Ich sah zu, wie er den Kaffee in den Trichter der Espressokanne füllte, sorgfältig festdrückte und sie dann auf den Herd stellte. Er goss Milch zum Erwärmen in einen kleinen Topf, und plötzlich entdeckte er das *Kouign Amann*. »Eigentlich isst man das nicht zum Frühstück«, sagte er.

»Ist mir egal«, erwiderte ich, und er lachte.

Nachdem er unseren Café Crème in zwei großen Bechern angerichtet hatte, setzte er sich mir gegenüber an den Tisch und schob mir einen davon hin.

»Max, was denken wir uns eigentlich dabei?«

Bedächtig schnitt er seine Melone. »Ich bin nicht sicher. Wie lange bist du noch in Frankreich?«

»Ich muss Ende Mai wieder in den Staaten sein.«

Er nickte wie zu sich selbst. »Dann bleibt uns noch etwas Zeit. Ist es wichtig für dich, ein Ziel im Blick zu haben? Oder können wir uns einfach hier und jetzt aneinander freuen?« Er sah mich an, und seine Augen waren hell und sehr ernst.

Ich biss in mein *Kouign Amann*, ließ mir das knusprige Gebäck schmecken und den Zucker auf der Zunge zergehen.

»Du bist überhaupt nicht wie einer meiner Helden«, sagte ich schließlich und leckte mir die Krümel von den Lippen. »Du bist eine ganz andere Art Mann.«

Lächelnd nippte er an seinem Kaffee. »Danke. Aber das beantwortet nicht meine Frage.«

»Nein, stimmt. Ich freue mich, mit dir hier zu sein. Sehr sogar.«

»Ich auch. Wie könnte es anders sein bei einer Frau mit so hübschen Knöcheln?«

Das hatte er tatsächlich gleich bei unserer ersten Begegnung erwähnt – ebenso wie meine Kurven. War es das, worum es ihm ging?

Ich fühlte einen Stich. Nur für eine Sekunde. Dann gab ich mir einen mentalen Ruck und rechnete zurück – vor sechzehn Tagen hatten wir uns kennengelernt. Erwartete ich wirklich von ihm, dass er mich für die wunderbarste Frau der Welt hielt? Glaubte ich, er würde sich Hals über Kopf in mich verlieben, in eine Frau mit verrückten Schreibgewohnheiten und einem Leben, das völlig anders war als das seine? Die sich ihm vor Kurzem praktisch an den Hals geworfen hatte? So etwas kam nicht einmal in meinen eigenen Büchern vor. Außerdem – was wollte ich denn mit einem weiteren Mann, der von jetzt auf nachher irgendwohin verschwand und ohne mich in der Welt herumreiste?

Und spielte das überhaupt eine Rolle? Schließlich war mein erster Eindruck von ihm nicht durch den Mann geprägt worden, als den ich ihn jetzt kannte, sondern von dem, als den ich ihn in einem meiner Bücher erfunden hätte – von einem Liebhaber, einer Phantasiefigur …

Auf einmal wusste ich, wo wir standen. Auf einmal wusste ich, was wir hier taten. Von diesem Punkt aus konnte ich weitermachen.

»Können wir Jules mitnehmen?«, fragte ich. »Zum Parc du Thabor? Nicole war nicht sicher.«

»Ja, wir müssen nur aufpassen, dass er nicht auf die Rasenflächen läuft. Wir Franzosen sind sehr heikel mit unserem Gras.«

»Ist mir auch schon aufgefallen – die ganzen Schilder im Jardin du Luxembourg. Was soll das denn?«

Er lachte. »Wir Franzosen sind ein kompliziertes Volk, ich werde unterwegs versuchen, es dir zu erklären.«

»Gut«, sagte ich, stand auf und räumte die Teller weg. Er blickte mit emporgezogenen Augenbrauen zu mir auf. »Hier und jetzt ist gut«, sagte ich. »Hier und jetzt ist geradezu perfekt.«

Eine kurze Pause trat ein. »Freut mich«, sagte Max dann.

Da er an jedem einzelnen vertikalen Objekt im Parc du Thabor schnüffelte, um dann darauf zu pinkeln, trödelte Jules bald hinter uns her, so dass Max ihn auf den Arm nahm und durch den Rosengarten trug, der zwar noch nicht in voller Blüte stand, jedoch trotzdem sehr schön war. Ein friedvoller, prächtiger Tribut an den Frühling, die Tulpen und anderen Blumen leuchteten in allen Farben, das helle Grün des frischen Grases allmählich etwas voller. Wir schlenderten dicht nebeneinander, so dass sich unsere Schultern gelegentlich berührten, und Max kam ins Erzählen: über die Geschichte von Rennes, die Gärten von Thabor, sogar ein paar botanische Tipps hatte er in petto.

»Du sagst gar nichts«, stellte er irgendwann verwundert fest. »Muss ich mir Sorgen machen?«

»Aber nein, überhaupt nicht. Ich denke nur nach.«

»Über das Buch? Gibt es noch eine Szene, die wir nachspielen könnten?«

Ich schüttelte den Kopf. »Nein.«

»Ach komm schon, das hat Spaß gemacht. Was tun Bella und Lance denn gerade?«

»Sie klettern mitten in der Nacht auf einen Berg, immer auf der Flucht vor Yeo-Te.«

»Siehst du? Ich bin sicher, sie sind sehr vielen Gefahren ausgesetzt. Vielleicht pirscht sich ein bösartiger Panther an? Jules würde einen hervorragenden Panther abgeben.«

Ich kicherte. »Nein, kein Panther in Sicht. Sorry.«

»Vielleicht solltest du einen einfügen.« Er setzte Jules ab und redete auf Französisch eine Weile lebhaft auf ihn ein. Der Hund schien aufmerksam zuzuhören, und Max wiederholte das Ganze, worauf Jules ihn zweimal umrundete, es sich auf Max' Füßen bequem machte und lautstark furzte.

»Ein toller Panther, den du da hast«, lachte ich. »Fürchterlich und angsteinflößend.«

Max bückte sich und nahm Jules wieder auf den Arm. »Dieser Hund ist vollkommen nutzlos. Tun wir einfach so, als wäre er hinter uns her und wir müssten auf eine Palme klettern, um ihm zu entkommen. Schau, bei dieser hier müsste es ganz leicht sein.«

Ich lachte wieder. »Überall stehen Schilder, dass wir den Rasen nicht betreten dürfen. Ich möchte mir gar nicht erst vorstellen, was man mit uns macht, wenn wir anfangen, auf die Bäume zu klettern.«

Also ließen wir uns lieber auf einer Bank nieder, und Max streckte den Arm hinter meiner Schulter auf der Rückenlehne aus. »Ich war früher ein sehr guter Kletterer.«

»Aber du warst doch ein Stadtkind.«

»Wir waren oft im Weinberg. Möchtest du ihn nicht kennenlernen? Es ist wunderschön dort.«

»Hmm«, antwortete ich, »vielleicht ginge das sogar. Mit Nicole und Louis sollte bald wieder alles in Ordnung sein.«

»Was für ein Problem hatten die beiden eigentlich?«

Eine unsichere, leicht neurotische Autorin, die sich nicht von dem Mann trennen will, der sie inspiriert wie kein anderer, das ist ihr Problem. »Nicole fühlt sich in sozialen Situationen oft unwohl«, antwortete ich langsam. So weit entsprach es immerhin der Wahrheit. »Sie bekommt dann leicht Panikattacken. Für einen Menschen wie Louis, der sich gern in Cafés mit Leuten trifft und Partys liebt, ist das manchmal nicht so einfach.«

»Aber das wusste er doch bestimmt schon, bevor sie ein Paar wurden, oder nicht?«

Ich seufzte. »Ja. Genau wie ich es auch immer gewusst habe. Aber es ist trotzdem schwer, damit umzugehen. Ich muss mich immer wieder neu darauf einstellen, wenn ich mit ihr zusammen bin. Versuchen, die Welt mit ihren Augen zu sehen. Das ist manchmal ziemlich anstrengend.« Ich lehnte mich an seinen Arm zurück. »Am besten kommen wir miteinander aus, wenn wir immer mal wieder eine Weile auf Distanz gehen.«

»Aber Louis nimmt das doch gelassen. Er kommt damit bestimmt klar.«

»Hoffentlich. Nicole war schon immer extrem unabhängig. Es tut mir gut zu sehen, dass sie auch glücklich sein kann, wenn sie eine Bindung zu jemandem eingeht.«

»Und du? Brauchst du einen anderen Menschen, um glücklich zu sein?«

»Ich habe mein ganzes erwachsenes Leben versucht, genau das herauszufinden. Über diese Art von Glück habe ich viel geschrieben, in all seinen Ausprägungen – und ein paar davon auch selbst gelebt. Aber ich fühle mich allein sehr wohl. Schon immer. Trotzdem gibt es eine bestimmte Art von … von Frieden, den ich empfinde, wenn ich mit jemandem zusammen bin, den ich mag und auf den ich mich verlassen kann. Danach werde ich wahrscheinlich immer suchen.«

»Und woran wirst du merken, dass du ihn gefunden hast?«

Daran, dass ich auf einer Parkbank sitze, in der Sonne, umgeben von Blüten und zwitschernden Vögeln, mich an jemanden ankuschle und nie mehr weggehen möchte.

»Ich hoffe, wenn die Zeit kommt, werde ich schlau genug sein, es zu begreifen«, antwortete ich stattdessen.

Er nickte. So saßen wir schweigend inmitten der grandiosen Pracht des Parc du Thabor, und ich dachte, mein Herz würde vor Glück zerspringen.

Den nächsten Tag verbrachten wir im Kunstmuseum, gingen am Kanal spazieren und lernten diese charmante kleine Stadt noch besser kennen. Nicole entschuldigte sich, und so verbrachten Max und ich auch diesen Tag zu zweit.

Was sich noch besser anfühlte als jeder perfekte Tag, den ich mir jemals für meine Figuren ausgedacht hatte.

Als ich Max sagte, ich müsse arbeiten, küsste er meine Hand und ließ mich allein. Wir aßen spät zu Abend und verbrachten eine dritte Nacht miteinander.

Ich konnte nicht genug von ihm kriegen. Und das nicht nur im Bett. Neben ihm herzugehen und ihm zuzuhören, während er erzählte und scherzte, machte mich so glücklich, wie ich seit Monaten nicht mehr gewesen war.

Doch ich hatte ihn angelogen, damit er bei mir blieb, und ich log immer weiter. Inzwischen war es mir beinahe egal, denn mir wurde immer klarer, dass ich nicht nur wegen des Buchs Angst hatte, ihn zu verlieren. Ich war unzweifelhaft dabei, mich in diesen Mann zu verlieben, und ich wusste, wenn ich das endlich vor mir selbst zugeben konnte, würde es alles kopfstehen lassen.

Cheri:

ALSO … was gibt's Neues?

Alison:

Du warst so schweigsam. Kein gutes Zeichen.

Maggie:

Bin in Rennes bei Nicole. Wunderschöne Stadt. Könnte für immer hierbleiben.

Cheri:

Okay. Aber was ist mit Max? Ist er bei dir?

Maggie:

Ja.

Alison:

Wirklich?????

Cheri:

Und ist das gut????

Maggie:

Ja.

Alison:

O mein Gott, wie romantisch!

Cheri:

Hattet Ihr schon Sex?

Alison:

Wen kümmert's? Sie sind zusammen!!!

Maggie:

Ja.

Alison:

O mein Gott!!!!!!!!

Maggie:

Ich hab ihn angelogen.

Alison:

Hmm, das ist nicht gut.

Cheri:

Wird ihn das verletzen?

Maggie:

Weiß ich nicht, aber ich hasse mich dafür. Echt.

Cheri:

Liebe Freundin, vielleicht solltest du das so schnell wie möglich in Ordnung bringen.

Maggie:

Guter Rat.

Und es war wirklich ein guter Rat, auch wenn ich ihn nicht annahm, obwohl ich mir immer wieder sagte, dass erwachsene Frauen sich so nicht benehmen sollten. Ich war doch kein albernes Teenie-Mädel, das sich in den Star der Schule verknallt hatte, ich würde ihn nicht anhimmeln und mich albern aufführen, bloß weil er mir seine Aufmerksamkeit schenkte.

Aber genauso fühlte ich mich. Ich war dermaßen benebelt, dass ich mir nicht einmal Sorgen machte, als ich am frühen Morgen eine Nachricht von Nicole bekam.

Nicole:

Louis kommt einen Tag früher nach Hause. Heute.
Haben wir uns eigentlich schon wieder versöhnt?

»Hör zu«, sagte ich beim Lunch zu Max. »Ich glaube, dass Nicole und Louis das Schlimmste überstanden haben. Nicole hat mir heute sogar gesagt, wenn ich zurück nach Paris wolle, wäre das in Ordnung für sie.«

Max nickte. »Gut. Aber eigentlich steht uns doch die ganze Welt offen, oder nicht? Hast du nicht gesagt, du möchtest nach Saint-Malo? Es war früher ein sicherer Hafen für Piraten, ein faszinierender Ort. Und hast du überhaupt schon mal den Ärmelkanal gesehen?«

Ich schüttelte den Kopf. »Nein, aber ich leide sowieso schon darunter, dass ich seit Wochen kein Meer mehr gesehen habe.«

Er lachte. »Ach, gehört das zu deiner Strandhausbesessenheit? Vielleicht wird Frankreich dich überzeugen, ein Strandhaus am selben Meer, nur in einem anderen Land zu kaufen.«

In meiner Brust zog sich etwas zusammen. Nur das Hier und Jetzt zählt, wiederholte ich im Kopf. Das war mein Mantra gewesen, und ich rief es mir immer wieder in Erinnerung, wenn ich merkte, dass ich eigentlich mehr wollte.

»Ich hab noch das letzte Kapitel vor mir«, sagte ich, als wir uns auf den Rückweg zur Wohnung machten. »Wenn der Filmdeal so zustande kommt, wie Lee es sich vorstellt, kann ich so viele Strandhäuser kaufen, wie ich will.«

»Und bist du dann glücklich? Weil damit alle deine Wünsche in Erfüllung gehen?«

Weil ich nicht zu sprechen wagte, nickte ich nur.

Wir waren gerade auf dem Platz vor unserem Haus angekommen, als ich jemanden meinen Namen rufen hörte.

»Maggie?«

Ach du lieber Gott. Aus der Métrostation kam Louis auf uns zu, über der Schulter eine lederne Reisetasche, und begrüßte mich mit einem Wangenkuss.

»Hallo! Max, du bist auch hier. Wunderbar. Nicole hat mir gar nichts davon gesagt, dass ihr hier sein würdet. Ich freue mich! Wenn ich es gewusst hätte, wäre ich schon früher zurückgekommen.«

Das Sonnenlicht verblasste, und ich spürte, wie sich in meinem Bauch etwas Schweres, Hässliches ausbreitete.

Verwirrt sah Max mich an. »Zurückgekommen?«

»Ja«, erklärte Louis hilfsbereit. »Ich war in Berlin und habe meinen Bruder besucht. Er ist umgezogen, weißt du, ich wollte ihm helfen. Wie lange seid ihr schon hier?«

»Berlin?«, wiederholte Max.

»*Oui*. Ah, da ist sie ja. Nicole, was für ein netter Zufall, sieh nur, wen ich getroffen habe.«

Mit erschrockenem Gesicht ließ sich meine Tochter, die gerade auf den Platz gekommen war, von Louis küssen. Doch dann wich Louis einen Schritt zurück und fragte besorgt: »Was denn? Ist irgendwas passiert? Was ist los?«

Nicole schüttelte den Kopf. »Nein, nichts, Louis. Äh, Mom …«

In ziemlich scharfem Ton sagte Max etwas auf Französisch, und Louis antwortete, dann mischte sich auch Nicole ein, und ich schloss die Augen, während die Worte um mich herumschwirrten, bis ich das nächste Mal meinen Namen hörte.

»Maggie? Das alles war bloß ein … ein Trick?«, fragte nun Max auf Englisch.

Ich öffnete die Augen und nickte.

»Damit ich mit dir nach Rennes komme?« Max lachte leise, und eine Welle der Erleichterung rollte über mich hinweg. Er war nicht wütend, dass ich ihm eine von vorn bis hinten erlogene Geschichte aufgetischt hatte. Obwohl ich an seiner Stelle stinksauer gewesen wäre, hatte ich jetzt bestimmt nicht vor, seine Interpretation auch nur ansatzweise infrage zu stellen.

Auch Nicole sah erleichtert aus. »Es hat angefangen, als du angekündigt hast, in die Schweiz abzureisen. Das konnte sie nicht ertragen.«

Jetzt grinste Max sogar. »Wenn du so dringend wolltest, dass ich bleibe«, sagte er mit einem frechen Glitzern in den Augen zu mir, »hättest du es doch einfach sagen können.«

»Sie hatte Panik«, erklärte Nicole weiter. »Schließlich ging es um ihr Buch, und sie hatte Angst, dass sie ohne dich nicht mehr würde schreiben können.«

Max wandte sich ihr zu, und sein Gesicht veränderte sich. Es war nur eine Nuance, aber ich konnte es deutlich erkennen. Und ich wusste, dass Nicole es nicht mitbekommen hatte. Zu den Besonderheiten des Asperger-Syndroms gehörte ja gerade die Unfähigkeit, visuelle Hinweise, also Gesichtsausdruck und Körpersprache, richtig zu deuten. Deshalb war sie in der Highschool, wo die soziale Interaktion zu fünfzig Prozent aus Codes in Gestik und Mimik bestand, so schlecht zurechtgekommen. So hatte sie in diesem Moment keine Ahnung, dass Max auf das reagierte, was sie gerade gesagt hatte. Sie erkannte nicht den Rand der Klippe, an der sie stand, und ich konnte nur zusehen, wie sie weiter voranpreschte.

»Sie wird manchmal ein bisschen verrückt, meine Mom«, fuhr sie fort. »Weißt du, diesmal hat sie sich in die Idee verbissen, du wärst der Grund, warum sie so gut schreiben konnte. So was Ähnliches ist früher schon mal passiert, nur mit einem alten, miefigen Pullover. Einmal hat sie auch unsere Putzfrau dafür bezahlt, eine ganze Woche bei uns zu schlafen, weil sie Angst hatte, ihre Deadline nicht zu schaffen, wenn die Frau weggehen würde … tja. Diese ganze Sache mit der Muse nimmt meine Mom wirklich sehr ernst.«

Jetzt sah Max wieder zu mir und sagte mit beunruhigend ruhiger Stimme: »Darum ging es also die ganze Zeit?«

Ich packte ihn am Arm und zog ihn in Richtung der Métrostation, weg von Nicole, die einen völlig verwirrten Eindruck machte – ganz offensichtlich hatte sie keine Ahnung, was sie angerichtet hatte. Aber Max' Worte hatten ihr klargemacht, dass etwas gründlich schiefgegangen war.

»Max«, begann ich. »Hör zu – es ist kompliziert.«

»Nein, Maggie. Es ist überhaupt nicht kompliziert. Du hast mich benutzt und warst bereit, alles dafür zu tun, dass ich bei dir bleibe. Das erscheint mir sehr einfach.« Sein Mund war nur noch eine schmale Linie. »Das ergibt durchaus einen Sinn. Schließlich bist du deshalb nach Paris gekommen. Wegen deines Buchs. Das ist alles, was für dich zählt.«

»Nein. Max, so ist es nicht.« Ich warf Nicole einen Blick zu, aber sie war inzwischen in ein offenbar recht intensives Gespräch mit Louis vertieft.

»Du hast dir diese aufwendige Scharade einfallen lassen, als du gehört hast, dass ich vorhabe, in die Schweiz zu gehen. Hast du dir die ganze Geschichte ausgedacht?« Seine Stimme klang immer kühler.

»Nein, nicht die ganze. Ich hab nur … also, ich habe wirklich gelogen. Ich habe nicht geplant, mit dir nach Rennes zu kommen. Das war deine Idee. Ich wäre genauso gern in Paris geblieben.«

»Mit mir?«

»Ja. Mit dir.«

»Weil du Angst hattest, ohne mich nicht schreiben zu können.«

»Das war ein Teil des Ganzen. Ich meine … ja, so war es. Aber …«

»Wolltest du deshalb mit mir schlafen? Weil du bereit warst, alles dafür zu tun, dass ich bleibe?«

Auf einmal wurde ich wütend. »Ich war betrunken, und du, hmm …«

»Aha. Du musstest dich also betrinken, hast aber gedacht, es würde sich lohnen? Solange ich nur bereit war, zu bleiben, richtig?«

Ich biss die Zähne zusammen. Er drehte mir jedes Wort im Mund um, das ich sagte. »Wenn du glaubst, dass ich es deshalb getan habe, hältst du mich wohl wirklich für ein egoistisches Miststück.«

»Nein, das tu ich nicht. Aber du hast damals diese Frage gestellt, erinnerst du dich? An dem Morgen, nachdem wir zum ersten Mal miteinander geschlafen hatten. Da hast du gefragt, was wir uns eigentlich dabei denken. Wolltest du sichergehen, dass ich nicht davon ausgehe, es steckt mehr dahinter?«

Jetzt fühlte ich mich tatsächlich geohrfeigt. »Ich wollte sichergehen, dass *ich* nicht denke, es steckt mehr dahinter! Schließlich warst du derjenige, der darauf bestanden hat, dass es um nicht mehr als das Hier und Jetzt geht.«

»Ich habe auf gar nichts bestanden. Ich habe lediglich gefragt, und unter den gegebenen Umständen war das eine völlig legitime Frage. Schließlich hattest du nie vor, in Frankreich zu bleiben. Was sollte ich da denken?«

»Was sollte ich denken, Max? Dass ich mich, nur weil ich in der romantischsten Stadt der Welt gelandet war, Hals über Kopf in den erstbesten Charmeur verlieben würde, der mir über den Weg läuft? Vor allem, wo er schon wieder ein Mann von der Sorte war, der überall in der Welt herumgeistert, statt dort zu sein, wo ich ihn haben möchte?«

»Vergleich mich bloß nicht mit deinem Ex«, fauchte Max.

»Und warum nicht?« Ich hörte selbst, wie meine Stimme lauter wurde, aber es war mir egal. »Greg hat auch den besten Teil von sich fürs Schlafzimmer aufgespart.«

Max starrte mich an. »Glaubst du wirklich, dass es mir in erster Linie um Sex ging?«

»Du warst derjenige, der davon geredet hat. Willst du mir wirklich erzählen, dass es dir um mehr ging?« Ich hörte den Groll in meiner Stimme. So wütend ich auch war, merkte ich, dass ich immer wieder dachte: *Bitte sag, dass es mehr war, bitte, bitte …*

Er wandte den Blick ab, sah zu Nicole und Louis und schüttelte schließlich den Kopf. »Ich glaube, ich hätte einfach wegfahren sollen.«

»Kannst du ja immer noch«, konterte ich.

Und tatsächlich drückte er mir Jules' Leine in die Hand. »Sag deiner Tochter, es war mir ein Vergnügen, sie kennenzulernen«, stieß er leise hervor, drehte sich um und ging davon, bahnte sich einen Weg durch die kleine Zuschauergruppe, die sich um uns gebildet hatte. Um zwei nicht mehr ganz junge Menschen, die einen Liebesstreit ausfochten.

Typisch französisch.

Nicole kam auf mich zu. »Mom? Was ist da gerade passiert? Was hab ich getan?«

Louis ließ eine Tirade auf Französisch los und beendete sie auf Englisch. »Konntest du das nicht in seinem Gesicht sehen?«

Ich wandte mich ihm zu. »Nein«, antwortete ich scharf. »So etwas kann sie nicht.«

Ich trat zu meiner Tochter und nahm sie in den Arm.

»Mom, hab ich es vermasselt? Es tut mir leid, ich wusste nicht …«

»Ach Süße, du hast gar nichts vermasselt.« Besänftigend strich ich ihr über den Rücken. »Es liegt nicht an dir.«

»Aber ich hab was Falsches gesagt, stimmt's?«

»Du hast nur die Wahrheit gesagt, Nicole«, erwiderte ich und umfasste ihre Schultern. »Das tust du immer, weil du gar nicht anders kannst. Es liegt an mir, ich hätte das wissen müssen. Ich habe Max angelogen und bin aufgeflogen. Ende der Geschichte.«

Jetzt hatte sie wirklich Tränen in den Augen. »Aber du mochtest ihn doch.«

»Ich mag auch *Kouign Amann*, aber ich kann es nicht mit nach Hause nehmen.« Inzwischen stand Louis hinter ihr, verwirrt und traurig. »Ich möchte mich auch bei dir entschuldigen, Louis. Dich nichtsahnend in so ein Chaos stolpern zu lassen ist unverzeihlich. Es tut mir leid. Also, hört zu.« Ich zupfte Nicole am Arm. »Max weiß vermutlich ein bisschen Zeit allein zu schätzen – wie wäre es, wenn ihr mir eure Wohnung zeigt? Bitte.«

»Nein, Mom, geh lieber zu ihm und erklär ihm alles«, widersprach Nicole.

Ich seufzte. Genau das hatte ich in dem Augenblick, als Max sich abwandte, tun wollen, es mir jedoch in den letzten Minuten anders überlegt. »Was soll ich ihm denn erklären? Nicole, ich verdiene meinen Lebensunterhalt mit Liebespaaren, die für immer glücklich werden, aber für Max und mich ist das wohl kaum vorgesehen. Wir waren glücklich für einen Moment, und der ist jetzt vorbei.«

Ja, es war vorbei. Eine große Traurigkeit senkte sich auf mich herab, ein Gefühl, das ich lange nicht mehr gehabt hatte, nicht einmal, als ich mich von Greg getrennt hatte. Max war mir unter die Haut gegangen, und der Abschied von ihm würde in meiner Seele eine Lücke hinterlassen.

»Was ist mit dem Buch?«

Richtig. Das Buch! »Überlass das ruhig mir.« Aber was war mit dem Buch? Ich durfte wegen des Buchs nicht in Panik verfallen. Vor allem nicht in Nicoles Gegenwart.

Ich lächelte sie an. »Okay, also – wo wohnt ihr beiden denn nun?«

Sie lebten in einem umgebauten Stall, hinter großen Türen, die auf einen backsteingepflasterten Hof führten. Ihre Wohnung war schmal und lang, die Sonne fiel durch die vorderen Fenster, das Schlafzimmer lag hinten, an eine Steinwand gekuschelt, eine Art Loft unter einer hohen Balkendecke. Wir setzten uns vor die Haustür und redeten. Später kamen einige Nachbarn, und irgendwann gab es auf dem Hof eine improvisierte Jam Session – jemand hatte eine Gitarre dabei, ein anderer eine Mandoline. Weinflaschen tauchten auf, Brot und Käse wurde herumgereicht, und ich beobachtete, wie Nicole und Louis in der schwindenden Nachmittagssonne tanzten.

Es war eine Freude, sie zu sehen, jung und glücklich, strahlend, lachend. Mir wurde klar, dass meine Tochter ein gutes Leben haben würde. Ein Leben voller Musik, Wein und Liebe. Ich wusste, dass sie hier glücklich werden konnte. Und genau das hatte ich mir immer für sie gewünscht.

Als Jules unruhig wurde, war es schon fast dunkel, und ich ging mit ihm zurück in die leere Wohnung, wo ich ihn fütterte, kalte *Tartiflette* aß, zwei Stunden lang auf meinen Laptop starrte und genügend Wein trank, bis ich endlich einschlief.

Kapitel 12

Der Schreibmarathon, oder: wie ich ohne Butter und ohne Wein achtundvierzig Stunden ununterbrochen schrieb

Ganz allein fuhr ich zurück nach Paris, und es war längst nicht so schwierig, wie ich es mir vorgestellt hatte. Ich wusste, dass ich für Jules ein eigenes Zugticket kaufen musste, ich erinnerte mich noch genau, wo und wann ich umzusteigen hatte. Ich dachte sogar daran, dass ich mit dem Schlüssel eine Weile im Schloss herumruckeln musste. Als ich mich schließlich in der vertrauten Pariser Wohnung niederließ und mich zu meiner Leistung beglückwünschte, wurde mir klar, dass ich das alles nur deshalb konnte, weil ich Max schon einmal dabei zugeschaut hatte. Und dann wurde mir auch noch klar, dass ich seit dem ersten Morgen jede Bewegung von Max beobachtet hatte.

Ich wusste, wie er seinen Wein trank, wie er das Glas zwischen Daumen und Mittelfinger hielt, während er die übrigen Finger leicht abspreizte. Er zupfte an den Haaren hinter seinem linken Ohr und streichelte Jules immer mit der linken Hand. Wenn er aufstand, verlagerte er das Gewicht auf eine Hüfte, während er das entgegengesetzte Bein etwas nach außen drehte. Wenn er die Augenbrauen hob, war die eine immer etwas höher als die andere. Und jetzt war er fort, und jede Einzelheit, an die ich mich erinnerte, auf einmal eine Kostbarkeit.

Ich ging einkaufen, führte Jules aus, und mir stiegen Tränen in die Augen, sobald ich an einem der Orte vorbeikam, wo Max und ich zusammen etwas trinken gewesen waren – was ungefähr in jedem Café in einem Radius von sechs Häuserblöcken um die Place Victor Hugo der Fall gewesen war. Ich musste mich zusammenreißen und aufhören, so emotional zu reagieren. Sonst würde ich bald überhaupt nicht mehr an die frische Luft gehen können.

Immer wieder versuchte ich, mir einzureden, dass ich unmöglich in Max verliebt sein konnte. Aber … was war es denn dann? Warum machte es mir so viel aus, dass er dachte, ich hätte ihn nur benutzt? Ich würde ihn doch sowieso nie wiedersehen. Selbst wenn er eine Wohnung in New York hatte und ich oft in der Stadt war, würde ich ihm dort doch niemals zufällig über den Weg laufen.

Trotz seines Akzents, der so unglaublich hinreißend klang, war er doch ganz sicher nicht der einzige kluge, charmante und witzige Mann auf der ganzen Welt. Oder der einzige, der wusste, welche Klamotten ihm am besten standen und der selbst das langweiligste Thema in die beste Geschichte aller Zeiten verwandeln konnte. Wen kümmerte es denn, dass mir noch nie schönere blaue Augen begegnet waren und dass der Sex mit ihm unvergesslich und zweifellos einmalig gewesen war …?

Immer wieder starrte ich auf mein Handy. Ich könnte ihn einfach anrufen. Als wir in Rennes angekommen waren, hatte er mir seine Nummer und seine New Yorker Adresse gegeben. Also war ich in der Lage, Kontakt mit ihm aufzunehmen. Aber was sollte ich ihm sagen? Dass es anfangs noch um das Buch gegangen war, sich dann aber alles geändert hatte? Wie denn geändert? Und sowieso – was sollte das alles schon bringen? Schließlich war er derjenige gewesen, der vom Hier und Jetzt geredet hatte.

Hol ihn der Teufel, verdammt noch mal.

Nachdem ich einen Spaziergang gemacht, gekocht, gegessen, aufgeräumt und mir ein Glas Wein eingegossen hatte, setzte ich mich schließlich an meinen Laptop.

Die Stunde der Wahrheit. Würde ich imstande sein zu schreiben? Oder war meine Muse mit seinem markanten, wunderbaren, witzigen, wunderschönen Selbst in die Schweiz verschwunden?

Ich schloss die Augen. Bella und Lance waren am Ende ihrer Reise angekommen, hatten es endlich geschafft, das Land zu verlassen, und warteten darauf, in die Staaten zurückgebracht zu werden.

Doch was erwartete sie dort? Würden sie überhaupt in der Lage sein, ein Leben ohne Gewehre, Giftschlangen und grässliche Krankheiten und all die anderen Gefahren zu führen, denen sie gemeinsam die Stirn geboten hatten?

Ich öffnete die Augen.

Und wie sie das würden!

Am späten Mittwochnachmittag kam Solange nach Hause. Ich hörte ihre Stimme vom Flur, aber sie drang kaum zu mir durch. Meine Augen brannten, mein Hals war trocken, und ich brauchte dringend eine Dusche.

Mein Buch war fertig.

Ich hatte achtundvierzig Stunden in einer Art Rausch verbracht, hatte keine Zeit mit Umziehen verschwendet und nur zwischendurch Jules ausgeführt oder etwas gegessen. Als Solange hereinkam, drehte ich mich um und sah, wie sie die Augen aufriss.

Vermutlich sah ich genauso schmuddelig aus, wie ich mich fühlte.

»Maggie, was ist denn mit dir passiert?«, flüsterte sie und kam langsam auf mich zu.

»Ich bin fertig«, krächzte ich mit heiserer Stimme. »Das Buch ist fertig. Und …« ich spürte, wie mein Hals sich zuschnürte und die Tränen kamen. »Und es ist großartig«, stieß ich hervor. »Obwohl Max weggegangen ist.«

Abrupt richtete Solange sich auf und runzelte die Stirn. »Er ist gegangen? Wie meinst du das?«

»Er ist in die Schweiz gefahren. Wir haben uns gestritten.« Immer noch kämpfte ich mit den Tränen. Dabei gab es doch eigentlich keinen Grund zu heulen. Mein Buch war fertig. Ich hatte das, was ich mir vorgenommen und wozu ich nach Paris gekommen war, endlich geschafft. Ich sollte glücklich sein, verdammt.

Solange nickte. »Verstehe. Maggie, warum stehst du nicht auf und … ich weiß nicht. Vielleicht solltest du dir erst mal das Gesicht waschen? Oder besser – gleich richtig duschen?«

»Ja.« Langsam erhob ich mich. »Duschen … das klingt großartig.«

Schon auf dem Weg den Korridor hinunter fing ich an, mich aus den Klamotten zu schälen, stieg im Bad in die riesige Wanne, drehte das heiße Wasser auf und stellte mich einfach darunter, bis ich fühlte, wie meine Haut anfing zu verschrumpeln. Ich drehte das Wasser ab, ließ mich eine Weile lufttrocknen, wickelte mich dann in ein paar Handtücher und kroch ins Bett.

Als ich aufwachte, war es dunkel. Ich schlüpfte in T-Shirt und Leggings, nahm mein Handy und folgte dem Licht, das im Wohnzimmer brannte.

Leise Opernmusik erfüllte den Raum. Auf einem Sessel am offenen Fenster, durch das die kühle Nachtluft hereinwehte, saß Solange und lauschte mit geschlossenen Augen, einen Ausdruck stiller Freude im Gesicht. Wie schön es sein musste, einfach nur dasitzen, Musik hören und einen solchen Frieden empfinden zu können.

Doch als Jules bei meinem Eintreten einen Laut von sich gab, schlug Solange sofort die Augen auf.

»Ah, anscheinend geht es dir besser«, sagte sie, als sie mich entdeckte. »Wir haben Käse, Brot und Tomaten. Magst du etwas essen?«

Sollte das ein Scherz sein? Natürlich wollte ich etwas essen! Ich nickte heftig und setzte mich erwartungsvoll auf die Sofakante. Jules hüpfte neben mich und kuschelte sich gemütlich an mich.

Ich schaute auf mein Handy. Da ich es die letzten zwei Tage auf lautlos gestellt hatte, gab es eine Menge Nachrichten. Greg hatte eine Wohnung gefunden. Lee hatte noch einmal mit Ellen gesprochen, und ich sollte anrufen, aber ihn, nicht sie. Nicole machte sich Sorgen um mich und bat um Nachricht, wie es mir ging. Alan wollte nur Hallo sagen – er war gut nach Hause gekommen und wollte sich in ein paar Wochen mit mir treffen. Und dann …

Cheri:

Seit Tagen hast du dich nicht mehr gemeldet.
So kannst du uns doch nicht hängen lassen!
Was zur Hölle geht bei dir da drüben ab?

Alison:

Ich hoffe, du triffst gute Entscheidungen und
hast den Mann deiner Träume gefunden.

Das hatte ich. Nur hatten wir leider nach kaum zwei Wochen Schiffbruch erlitten. Auf einmal spürte ich den Schmerz, die Wut und all die Traurigkeit wieder in meine Brust kriechen und musste die Tränen zurückhalten.

Was konnte ich meinen Freundinnen sagen? Etwas in der Art von: Habe die schlechteste aller Entscheidungen getroffen, indem ich Max angelogen habe, und es hat nicht geklappt?

Von ihm war jedenfalls keine Nachricht gekommen. Warum sollte er mir auch schreiben?

»Bist du so weit?«, fragte Solange und stellte ein Tablett auf den Esstisch.

Ich rückte ein Stück von Jules weg, ging zum Tisch und setzte mich. Solange nahm mir gegenüber Platz und sah mir einige Minuten stumm beim Essen zu. Doch dann hielt sie es offensichtlich nicht mehr aus. »Max hat mir erzählt, du hättest ihn wegen Nicole angelogen – stimmt das?«, fragte sie.

Ich zerrupfte ein Stück Baguette zwischen den Fingern. »Hat er dir auch erzählt, warum?«

»Er schien zu glauben, du hättest ihn schlicht ausgenutzt. Für deine Schreiberei. Und er schien zu denken, du hättest seine Gefühle einfach … wie sagt man? Ignoriert?«

»Welche Gefühle hatte er denn genau?«, murmelte ich. »Er hat nie davon gesprochen, etwas zu empfinden … ach, egal.«

»Ich bezweifle, dass das stimmt. Ich dachte, er hat dich sehr gern.«

Ich benutzte ein Stück Baguette, um die letzten Käsekrümel aufzuwischen. »Das dachte ich auch. Aber ich habe mich geirrt. Ist schon in Ordnung, ich fliege morgen zurück. Schließlich bin ich nach Paris gekommen, um zu schreiben, das habe ich getan, und jetzt kehre ich in mein reales Leben zurück.«

»Möchtest du nicht noch einmal mit ihm reden?«

»Was soll ich ihm denn sagen, Solange?« Ich hob den Kopf und sah ihr ins Gesicht. »Ich hatte eine so wunderbare Zeit in Paris. Ehrlich. Ihr wart großartig. Danke. Max und ich hatten unseren Moment. Vielleicht sogar einige Momente. Aber das war's dann. Ein Wimpernschlag eben. In gut zwei Wochen verliebt man sich doch nicht wirklich in einen anderen Menschen. So was passiert nicht einmal in Paris.«

Solange seufzte. »Du solltest mehr an das glauben, worüber du schreibst, Maggie.«

»Ich schreibe nicht über Instant-Liebe. Die gibt es nicht.«

»Aber du schreibst über Frauen, die keine Angst haben, ihren Wünschen nachzugehen.«

»Ich wollte dieses Buch schreiben. Und das reicht.«

»Wen willst du gerade überzeugen?«

Ich stand auf. »Entschuldige mich bitte. Ich muss ein paar Leute anrufen.« Damit ging ich davon, versteckte mich in meinem luxuriösen Schlafzimmer mit all den Kissen und dem Marmorkamin, mit all der Schönheit und dem ganzen Charme von Paris. Und schlief sofort wieder ein.

Der Flug zurück nach Newark verlief ereignislos, ebenso die Taxifahrt nach Morristown. Mein Apartment roch abgestanden und fühlte sich seltsam leer an. Ich riss die Fenster auf und sah, dass Gregs Sachen tatsächlich allesamt verschwunden waren.

Dann checkte ich meine Pflanzen. Sie gediehen. Ich fuhr zu Whole Foods einkaufen und war ein bisschen enttäuscht, denn nach meiner Zeit in Frankreich erschienen mir sogar ihre hundertprozentig biologisch angebauten Erdbeeren mangelhaft.

Ich kaufte eine kleine Espressokanne für den Herd, genau wie die in der Pariser Wohnung, und einen Milchschäumer. Dann hockte ich mit einem Café crème und drittklassigen Croissants in meinem Büro und fühlte mich miserabel.

Ich schickte den fertigen Gesamtentwurf an Ellen und rief danach Lee an.

»Was ist mit dem Erscheinungstermin?«

»Sie haben ihre Meinung nicht geändert. Glaub mir, ich hab es versucht«, antwortete er.

»Und die Serienverfilmung?«

»Sie haben nur darauf gewartet, dass das letzte Buch fertig wird. Vielleicht bekommst du also doch ein paar gute Nachrichten diese Woche.«

»Das wäre echt schön.«

»Ich kann es immer noch nicht glauben, dass du es tatsächlich geschafft hast, Maggie. Ich bin begeistert. Aber wieso bist du schon zurück? Du wolltest doch Nicole in Rennes besuchen, oder nicht? Und ich bin davon ausgegangen, dass du noch eine Weile in Paris bleiben wollen würdest.«

»Ich habe Nicole besucht. Und Rennes besichtigt. Aber … Na ja, das Buch war fertig. Es gab keinen Grund mehr für mich, in Paris zu bleiben.«

»Oh.«

»Ich muss Schluss machen, Lee.«

Er seufzte. »Na gut, Maggie. Ich melde mich, sobald ich etwas höre.«

Es war schon ziemlich spät, als ich Cheri und Alison schrieb.

Maggie:

Ich bin zu Hause, könnt ihr rüberkommen?

Dann saß ich da und starrte auf das Display. Nur ein paar Sekunden …

Alison:

Warum bist du schon wieder da? Alles okay?

Cheri:

Nein, sie ist nicht okay, schließlich sollte sie doch in Paris sein, aber stattdessen ist sie hier!

Alison:

Brauchen wir Wein?

Maggie:

Ich hab welchen.

Cheri:

Jetzt?

Maggie:

So bald wie möglich.

Alison:

15 Minuten.

Die beiden tauchten genau gleichzeitig vor meiner Veranda auf, und als ich die Tür öffnete und sie sah, umarmte ich beide gleichzeitig und fing an zu weinen.

Cheri schob mich ins Haus. »Ich hab's dir doch gleich gesagt«, zischte sie Alison zu. »Und ich hatte recht – irgendwas stimmt hier nicht.«

Da meine Freundinnen sich in der Küche genauso gut auskannten wie ich, holten sie Gläser und schenkten Wein ein, während ich im Wohnzimmer kauerte und versuchte, nicht auszusehen wie ein Häufchen Elend.

»Also«, sagte Alison und stellte ein volles Weinglas vor mich auf den Tisch. »Ich bin beeindruckt, was du mit deinen Haaren gemacht hast. Du siehst toll aus.«

»Danke«, sagte ich, schniefte und trank einen Schluck Wein.

»Und obendrein noch eine Maniküre?«, fragte Cheri und ergriff meine Hand. »Schaut euch diese Nägel an! Meine Liebe, du solltest darüber nachdenken, so was öfter zu machen.«

»Ich weiß. Man hat mir gesagt, kurze Fingernägel müssen nicht hässlich sein.«

»Mhmm. Richtig. Und wer hat dir das gesagt?«, fragte Alison.

Ich biss die Zähne zusammen, schluckte schwer, trank noch einen Schluck und zuckte die Achseln, als bedeutete der Name überhaupt nichts. »Max.«

Cheri lehnte sich zurück, schlug die Arme vor der Brust übereinander und reckte das Kinn. »Dann fang mal an zu erzählen.«

Ich berichtete ihnen alles. Und ich meine wirklich alles. Als ich endlich aufhörte zu reden, war die Weinflasche leer.

Alison schüttelte den Kopf. »Verdammt.«

»Ich weiß«, seufzte ich.

»Aber was ist mit Alan?«, wollte Cheri wissen. »Die Geschichte wolltest du uns doch auch erzählen.«

»Oh, er war da. Und wir sind hervorragend miteinander ausgekommen. Er scheint zu glauben, dass wir wieder zusammenkommen könnten. Ursprünglich war es sogar Nicoles Idee, er und ich könnten den Faden einfach dort wieder aufnehmen, wo wir aufgehört hatten.«

Mit einem hörbar tiefen Ausatmen sagte Cheri: »Wir brauchen mehr Wein.«

Alison sprintete in die Küche, kehrte in Rekordzeit zurück, und im Handumdrehen waren unsere Gläser wieder voll.

»Also – rede weiter«, forderte sie mich auf.

Ich seufzte wieder. »Das Problem ist, dass Max viel unterwegs ist. Eigentlich die ganze Zeit.«

»Wie Greg«, stellte Cheri fest.

Ich nickte. »Und Alan hat aufgehört zu arbeiten, er ist in Rente, muss nirgendwo mehr hin.«

»Ist das sein einziger Vorteil?«, fragte Cheri.

»Nein! Nein, überhaupt nicht. Alan ist wie eine Lieblingsdecke. Wenn ich bei ihm bin, fühle ich mich warm und geborgen.«

»Und glücklich?«, hakte Alison nach. »Ich denke nämlich, das müsste ziemlich weit oben auf deiner Liste stehen.«

»Ja, auch glücklich. Aber Max, na ja …« Ich seufzte erneut. »Es gibt Glück, und es gibt Max.«

»Dann ist er unser Mann«, folgerte Alison.

»O Gott, ja.«

»Was willst du unternehmen?«, fragte sie.

»Das weiß ich nicht«, jammerte ich.

»Aber ich weiß es.« Cheri zeigte mit dem Finger auf mich. »Du musst seine New Yorker Adresse rausfinden, in den Bus steigen, dich vor sein Haus stellen und einfach hoffen, dass er mit der Situation nicht so dämlich umgeht wie du.«

Ich fühlte, wie mein ganzer Körper in sich zusammensackte. »Aber ich war gemein zu ihm, er denkt, ich hätte ihn benutzt. Das verstehe ich ja, aber was ist mit mir? Er wollte doch nur …«

Cheri hob die Hand. »Maggie, du hast keine Ahnung, was dieser Mann wollte, weil er etwas nicht oder nicht so gesagt hat, wie du es hören wolltest, woraus du sofort deine eigenen Schlüsse gezogen hast. Wahrscheinlich hast du ihn nicht mal gefragt, wie er es meinte, oder?«

»Nein, aber …«

»Komm mir jetzt nicht mit ›Nein, aber‹«, schimpfte Cheri.

»Maggie«, schaltete Alison sich vermittelnd ein, »ich glaube, Cheri will damit sagen, dass du vielleicht Opfer eines Maßlosen Missverständnisses geworden bist.«

Einen Moment saß ich stocksteif da.

Ein Maßloses Missverständnis ist beim romantischen Schreiben ein sehr häufig benutztes Stilmittel – der Held oder die Heldin sagt etwas, das von der anderen Partei völlig falsch auslegt wird, und es folgen Kapitel voller Angst und möglicherweise sogar Rache-Sex, bevor endlich die Wahrheit ans Licht kommt. Ich hasse das Maßlose Missverständnis und habe es in keinem meiner Bücher jemals eingesetzt, wenn auch nur aus dem Grund, dass in diesem Fall weder Cheri noch Alison bereit gewesen wären, jemals wieder ein Buch von mir zu lesen.

»Nein«, flüsterte ich.

»Jepp«, bekräftigte Alison. »Hast du seine Telefonnummer?«

»Ja«, antwortete ich kleinlaut.

»Aber die Sache ist zu groß fürs Telefon«, widersprach Cherie. »Du musst zu ihm gehen. Bring etwas Gutes zu trinken mit. Oder zu essen? Vielleicht könntest du noch ein kleines Streichorchester engagieren, das dir den Rücken stärkt, wenn du ihn anflehst, dir zu verzeihen.«

Ich starrte erst sie, dann Alison an. »Sie macht Witze, oder?«

Alison zuckte die Achseln. »Könnte sein, aber vielleicht auch nicht. Ja, er war derjenige, der gegangen ist, aber … du hast es zugelassen.«

»Ich bin so eine Idiotin«, heulte ich und schlug die Hände vors Gesicht.

Cherie schlang die Arme um mich. »Ja, Schätzchen, das bist du. Aber du bist *unsere* Idiotin. Und wir werden dir helfen, die Sache wieder ins Lot zu bringen. Also – wann kannst du nach New York fahren?«

Ich überlegte. »Wahrscheinlich ist er noch in Europa. Er wollte eine Weile in die Schweiz.«

»Kannst du jemanden anrufen, der über sein Kommen und Gehen Bescheid weiß?«, fragte Alison.

Ich wiegte den Kopf. »Vielleicht seine Mutter, aber … ich bin mir nicht sicher, ob sie bereit wäre, mir zu helfen. Vermutlich denkt sie inzwischen auch, dass ich eine Idiotin bin.«

Cheri biss sich nachdenklich auf die Lippen. »Was ist mit deinem Agenten? Diesem Lee?«

Ich verdrehte die Augen. »Ach … nein. Zwar glaube ich schon, dass er die Information von Solange kriegen könnte, aber er gehört auf die geschäftliche Seite meines Lebens.

Außerdem möchte ich nicht, dass Lee meinetwegen zwischen die Fronten gerät. Aber …«

Nicole. Sie hatte gesagt, dass sie und Max miteinander geredet hatten. Zwischen ihnen gab es eine ganz unmittelbare spontane Sympathie. Ob ich sie fragen konnte?

»Vielleicht Nicole«, sagte ich zögernd.

»An welchem Tag telefoniert ihr immer?«, fragte Cheri.

»Montag.«

Sie legte mir beide Hände auf die Schultern und sah mir fest in die Augen. »Willst du bis Montag warten?«

Entschieden schüttelte ich den Kopf.

»Du weißt, was du tun musst?«

Ich nickte. Denn ich war bereit.

Ich schickte Nicole eine Nachricht, und sie rief mich sofort zurück.

»Nicole, meine Süße. Ich muss dich um einen großen Gefallen bitten.«

»Und wie geht es dir? Mir geht es gut, danke der Nachfrage. Und Louis lässt auch grüßen.«

»Sorry, Liebes«, entschuldigte ich mich. »Aber es ist wirklich sehr wichtig.«

Sie wartete.

»Ich brauche dich«, erklärte ich mit fester Stimme. »Ich muss herausfinden, wann Max wieder in New York sein wird.«

Schweigen. »Warum?«

»Weil ich mich womöglich in ihn verliebt habe.« Da. Endlich hatte ich es ausgesprochen, und niemals zuvor hatte etwas sich richtiger angefühlt. »Er muss es erfahren, aber ich glaube, ich kann es ihm nicht in einer Nachricht mitteilen. Ich werde mich erst entschuldigen müssen.«

Wieder Schweigen. Nicht einmal Hintergrundgeräusche waren zu hören. War es möglich, dass sie irgendwo saß und ausschließlich mit mir telefonierte?

Ich räusperte mich. »Ich glaube, er ist momentan noch in der Schweiz.«

»Er ist gar nicht in die Schweiz gefahren«, entgegnete Nicole. »Sondern nach London.«

Mir blieb die Luft weg. »Woher weißt du das?«, stieß ich hervor.

»Weil ich ihm ein paarmal geschrieben habe, nur um zu fragen, wie es ihm geht. Die Antwort lautete übrigens gut. Montagmorgen wollte er wieder in New York sein, aber ich weiß nicht, für wie lange.«

Montagmorgen. In drei Tagen. Ich würde es schaffen, solange zu warten. Vor allem, da ich keine andere Wahl hatte. Schließlich ging es – zumindest theoretisch – um den Rest meines Lebens. Was bedeuteten da schon drei Tage?

»Ich danke dir, Nicole.«

»Was ist mit Daddy?«

»Ach Süße. Ich wollte, mit ihm wäre es was geworden. Uns allen zuliebe. Aber ich kann einfach nicht zurück. Nicht, wenn so viel noch vor mir liegt.«

Pause. »Ich mag ihn, Mom. Ich mag Max, meine ich.«

»Das freut mich zu hören, denn ich hoffe, du wirst noch viel Zeit mit ihm verbringen.«

»Das hoffe ich auch. Also vermassle es bitte nicht, ja?«

Ich seufzte laut. »Okay. Ich werde es versuchen.«

»Gut. Liebe dich.«

»Liebe dich noch mehr.«

Wieder gab es eine kleine Pause. »Ich weiß«, sagte sie leise und legte auf.

Mir blieb also nichts anderes übrig, als zu warten, und während ich wartete, stürzte ich mich in die Überarbeitung meines Entwurfs.

Jeder Autor ist anders. Für mich diente der erste Entwurf vor allem dazu, die Geschichte zu entwickeln. Im zweiten ging es dann um die konkreteren Details: dass die Chronologie einen Sinn ergab, dass die Figuren sich entwickelten, dass die Sprache nicht von der eigentlichen Geschichte ablenkte. Beim Überarbeiten las ich mir jeden Satz laut und langsam vor. Die Worte zu hören, half mir, unlogische Stellen zu erkennen, blöde Tippfehler und krasse Widersprüche auszumerzen. Ich konnte es hören, wenn die Dialoge falsch klangen. Und mir die Szenen viel besser vorstellen.

Ich warf die Geschichte nicht über den Haufen, dazu hatte ich auch gar keine Zeit, sondern las laut vor, schrieb um und las anschließend alles noch einmal. Den ersten Entwurf hatte ich auch an eine Kollegin geschickt, die ich seit vielen Jahren kannte – wir hatten unsere jeweiligen Arbeiten oft gegenseitig gelesen und besprochen. In Rekordzeit schickte sie mir den Entwurf mit Veränderungen und Vorschlägen zurück, dann rief sie mich an.

»Natürlich kann jeder Text immer noch besser werden. Aber unter uns gesagt könntest du diese Geschichte vom Fleck weg genau so veröffentlichen, wie sie ist. Sie ist wirklich gut.«

Ellen rief mich an. »Mark ist zu dem Schluss gelangt, dass du recht hattest. Er kann dieses Buch nicht um ein Jahr verschieben.«

»Danke.«

»Er wird versuchen, es im Herbst unterzubringen.«

»Nein, es ist kein Herbstbuch. Das weißt du doch. Wir brauchen den nächsten Juni. Ich schicke dir den zweiten Entwurf.«

»Schon?«

»Ja. Und ich habe gerade mit Lee gesprochen. Der Vertrag für die Verfilmung ist gekommen, Lee geht ihn gerade durch. Es ist unglaublich kompliziert, aber er glaubt, dass wir die Sache unter Dach und Fach haben werden, wenn Buch zwei rauskommt, also …«

Sie seufzte. »Okay. Ich versuche es. Arbeitest du noch an etwas anderem?«

»Nein.«

Allerdings stimmte das nicht ganz. Ich arbeitete an mir. Genehmigte mir noch eine Maniküre. Ließ meinen Haaransatz auffrischen. Gab in einer Schönheitsfarm ein halbes Vermögen aus und wurde mit Peelings und Body-Wraps fast zu Tode verwöhnt. Bis Montagmorgen war ich wieder in einem Zustand, in dem ich mich sogar in Paris hätte blicken lassen können.

Das Gebäude, in dem Max' Apartment lag, war ein gepflegter moderner Block, mindestens zwanzig Stockwerke hoch, mit gleich mehreren steifen Rezeptionisten am Empfangspult. Ich hatte das graue Kleid angezogen, das ich mit Max in Zoës Geschäft gekauft hatte, und war so nervös, dass ich auf meinen hochhackigen Schuhen ständig umzuknicken drohte.

»Max Varden, bitte«, sagte ich und stellte zufrieden fest, dass wenigstens meine Stimme nicht zitterte.

Einer der Männer hinter dem Tresen blickte flüchtig auf. »Mr. Warden ist außer Landes und kommt erst nächsten Monat zurück, voraussichtlich am fünfzehnten.«

»Aber ich dachte, er sollte heute wieder da sein«, platzte ich heraus.

»Er war auch kurz hier. Gestern am späten Abend ist er angekommen und heute Morgen wieder abgefahren. Wenn Sie wollen, kann ich eine Nachricht für ihn entgegennehmen.«

Mein Mut sank. Das ganze Wochenende über hatte mich mein verkrampfter Magen gequält, und auf der Busfahrt hierher hatte ich mich praktisch in eine Panikattacke hyperventiliert – und dann war Max nicht mal da!

Aber ich lächelte, als wäre das alles kein Grund zur Aufregung. »Dann schau ich bald noch mal vorbei. Danke.«

Ich überquerte die Straße, ging in eine sehr schicke kleine Bar, trank einen Dreiundzwanzig-Dollar-Martini und kehrte zurück nach New Jersey.

Zu Hause rief ich Cheri an. »Er war da und ist schon wieder weg.«

»Oh, Maggie, das tut mir leid.«

»Am fünfzehnten kommt er angeblich wieder.«

»Das sind noch über drei Wochen. Bis dahin musst du dich beschäftigen.«

»Ich weiß. Hilfst du mir dabei?«

Wir fuhren zur nächsten Gärtnerei, wo ich acht riesige Tontöpfe, einen ganzen Berg Blumenerde und mehrere kleine Kräutertöpfe kaufte. Die nächsten Tage pflanzten Cheri und ich Kräuter und arrangierten die Töpfe kunstvoll auf meiner winzigen Terrasse. Außerdem verbrachte ich mehrere Nachmittage mit dem Versuch, Brot zu backen. Ich versuchte sogar, Butter herzustellen, kam aber zu dem Schluss, dass es leichter wäre, einfach alle paar Wochen nach Frankreich zu fliegen und meine Vorräte aufzustocken.

Und dann rief eines Morgens Alan an.

Ich hatte mich schon gefragt, ob er anrufen würde oder ob ihm klar geworden war, dass das, was er in Bezug auf uns beide fühlte, vor allem das Ergebnis unserer händchenhaltenden Spaziergänge unter dem Pariser Frühlingsmond gewesen war.

Trotzdem muss ich zugeben, dass ich mich ziemlich freute, als ich seine Nummer auf dem Display sah.

»Hi«, begrüßte er mich. »Bist du beschäftigt?«

Ich hatte gerade sämtliches Kochgeschirr, das ich besaß, aus dem Schrank geholt und auf dem Küchentresen aufgereiht. Als ich nachzählte, waren es fünf beschichtete Bratpfannen, deren Oberfläche so kaputt war, dass wahrscheinlich sogar Butter daran kleben geblieben wäre, drei genau gleich große Suppentöpfe ohne Deckel und eine kleine avocadogrüne Emaille-Kasserolle, die sehr gut meiner Mutter hätte gehören können. Solange hatte mit einer Handvoll Kupfertöpfe und einem gusseisernen Schmortopf die unglaublichsten Gerichte gezaubert, und ich war wild entschlossen, ihrem Beispiel nachzueifern. Ich hatte bereits eine vollständige, strahlend neue Küchenausrüstung im Williams-Sonoma-Katalog ausgesucht, aber bevor ich etwas bestellen konnte, musste ich mein bereits vorhandenes Zubehör entschlacken.

»Ich versuche aufzuräumen. Ich werde eine richtig gute Köchin. Hoffe ich jedenfalls. Wie ist es, nicht mehr zu arbeiten?«

»Na ja, ich reise ein bisschen.«

»Das ist doch großartig, Alan.«

»Ja. Und da ich grade in Morristown bin – wie wäre es mit einem Lunch?«

»Du bist in Morristown?«

Er lachte leise. »Wenn ich nicht alte Freunde und Exehefrauen besuchen kann, was sollte dann der Sinn meiner neuen Freiheiten sein?«

»Hmm … okay. Aber gib mir noch Zeit für eine Dusche. Wo bist du denn?

»Ich hab in einer Garage am Green geparkt. Jetzt stehe ich vor einem Etablissement namens Roots.«

Ich lachte. »Volltreffer, ich bin gleich da. Geh ein Stück die Straße runter zu einem Restaurant, das The Office heißt, und warte dort an der Bar auf mich.«

»Was ist der Unterschied zu den anderen Lokalen?«

»Ungefähr fünfzehn Dollar pro Drink.«

Alan war gut gelaunt und gesprächig, und wir redeten beim Lunch über die Zeit in Paris und viel über Nicole. Er fragte nach dem Buch, und ich erzählte ihm von meinem Marathon-Sprint zur Ziellinie, ließ jedoch alles aus, was mit Max zu tun hatte.

»Hm, schade, dass du Ärger mit deinem Verlag hast, aber die Sache mit der Verfilmung ist doch phantastisch, Maggie!« Lächelnd lehnte er sich zurück. »Das bedeutet, dass du dein Strandhäuschen bekommst, richtig?«

Ich holte tief Luft. »Ja. Endlich. Ich meine, nicht sofort natürlich. Aber … ja. Jetzt muss ich noch entscheiden, wo mein Haus sein soll. An der Ostküste, so viel ist sicher. Irgendwo, wo es wärmer ist als hier, aber nicht in Florida. Und was ist mit dir? Hast du entschieden, wohin du möchtest?«

»Tatsächlich wollte ich dich bitten, dir etwas anzuschauen.« Er holte sein Telefon heraus, tippte ein bisschen darauf herum und reichte es mir dann.

Zu sehen war das Foto eines winzigen, ziemlich verwitterten Hauses, direkt an einem felsigen Strand.

»Was ist das, Alan? Es sieht hinreißend aus.«

»Das Häuschen steht in Cape Cod. Klein, nur zwei Schlafzimmer, aber eine Glasveranda, die ideal wäre zum Malen.«

»Und es gehört dir?«, fragte ich lächelnd.

»Vielleicht. Ich hab bisher noch kein Angebot gemacht, aber ich denke sehr intensiv darüber nach. Ich weiß, dass du mal gesagt hast, dass du nirgendwo leben willst, wo es kälter ist als in Jersey, und in Cape Cod wird es kalt, das lässt sich nicht bestreiten. Aber es könnte ja ein Sommerhaus sein.«

Ich spürte, wie mein Lächeln verblasste. »Sommerhaus?«

»Ja. Ich könnte es kaufen, und du schnappst dir eines etwas weiter südlich, dann hätten wir eine Bleibe für den Winter.« Er sah mich mit festem Blick an.

Zögernd gab ich ihm das Telefon zurück. »Alan, ich …«

Doch er hob die Hand. »Hör mir doch erst mal zu. Als wir uns scheiden ließen, hatte wir sehr gute Gründe dafür, und ich denke, dass wir beide getrennt viel glücklicher gelebt haben, als wenn wir zusammengeblieben wären. Aber diese Differenzen spielen inzwischen keine Rolle mehr. Du hast Erfolg in dem Bereich, in dem du schon immer arbeiten wolltest. Und ich bin aus dem Berufsleben ausgestiegen. Ich möchte in der Sonne sitzen und malen. Klar, ein bisschen reisen wäre auch schön, aber ich bin mehr als bereit, dir einfach zu folgen. Vielleicht hat Nicole ja recht. Vielleicht wäre jetzt der perfekte Zeitpunkt für uns, wieder zusammenzukommen.«

Meine Gedanken drehten sich im Kreis. Es fiel mir leicht, mich an all die Gründe zu erinnern, aus denen ich mich in Alan verliebt hatte. Aber das war damals gewesen.

»Alan, ich weiß nicht recht, was ich sagen soll.«

Er ließ den Kopf hängen. »Ich habe gehofft, du würdest sagen, dass das eine großartige Idee ist.«

Nachdenklich starrte ich auf sein Handy. Ein Haus am Strand. Zwei, genau genommen. Und in beiden würde Alan malen. Nicht nach Prag fahren. Oder nach London. Er wäre einfach für mich da. Jeden Tag. Es war schon eine verlockende Vorstellung.

Außer …

Er blickte auf. »Ist es wegen Max?«

»Max? Was meinst du damit?«, fragte ich und sah ihm dabei fest in die Augen.

Er zuckte die Achseln. »Dass zwischen euch etwas ist, konnte doch ein Blinder sehen.«

»Da war nichts, Alan.«

Er verzog das Gesicht. »Wirklich?«

»Na ja, nicht solange du da warst. Nachdem du abgereist bist, sind die Dinge etwas komplizierter geworden, aber … wir haben uns getrennt, und zwar nicht im Guten.«

»Warst du in ihn verliebt?«

»Ich glaube, ich bin es immer noch«, antwortete ich ehrlich und starrte auf meine Hände.

»Maggie … Und was willst du jetzt machen?«

»Ich weiß es nicht.«

»Hmm.« Er winkte nach der Rechnung, reichte dem Kellner seine Kreditkarte und räusperte sich. »Ich möchte, dass du weißt, dass, wenn die Dinge nicht so laufen, wie du dir das wünschst, ich mich jederzeit freuen würde, wenn du wieder Teil meines Lebens sein möchtest. Wie und wann auch immer.«

Auf einmal wurde ich ungeheuer traurig. »Das ist so lieb von dir, Alan. Aber ich möchte nicht einfach nur *Teil* deines Lebens sein. Das möchte ich auch nicht bei irgendeinem anderen Menschen. Ich möchte der Grund sein, warum jemand jeden Morgen mit einem Lächeln aufsteht. Ich möchte das Feuer in seiner Seele sein. Und das möchte ich umgekehrt auch fühlen.« Ich legte die Hände an die Brust. »Und zwar genau hier.«

Er starrte lange auf den inzwischen leer geräumten Tisch.

»Ich glaube, das wollen wir alle«, sagte er schließlich sehr leise. »Aber nicht jeder hat den Mut, darauf zu warten.«

»Ich bin bereit dazu.«

»Das glaube ich dir.« Er blickte mir in die Augen. »Ich hoffe, du bekommst, was du suchst, Maggie«, sagte er mit einem Lächeln.

Ich setzte mich auf und erwiderte das Lächeln. »Ach Alan. Das hoffe ich auch.«

Kapitel 13

In dem wir alle unseren verdienten Nachtisch bekommen

Am Freitag, bevor *Feuer im Blut* in die große weite Welt hinausgeschickt wurde, saß ich mit Ellen und meinem Team in einem winzigen, klaustrophobischen Konferenzzimmer und führte Strategiegespräche. Ja, ich hatte tatsächlich ein Team, das das große Event nächste Woche vorbereitete, und unmittelbar danach würde die Lesereise beginnen, Interviews waren geplant, Radio- und Fernsehauftritte … Mein Kopf fühlte sich an, als wolle er explodieren.

»Wir brauchen einen Drink«, murmelte Ellen, als wir in den Aufzug stiegen.

»Am besten zwei«, bestätigte ich.

Als die Türen sich langsam schlossen, rief jemand: »Stopp!«, und ich drückte schnell auf den Knopf, um sie offen zu halten. Doch wer trieb sich außer uns noch zu solch später Stunde im Büro herum?

Mark Carruthers, natürlich. Mark, der sich seiner eigenen Bedeutung so sicher war und es absolut für selbstverständlich hielt, dass der Aufzug auf ihn wartete.

»Vielleicht ist das nicht der richtige Augenblick«, sagte Ellen leise, als er vor den offenen Türen stehen blieb.

»Hallo, Mark«, sagte ich fröhlich. »Komm rein, wir haben reichlich Platz.«

Er grinste breit und beugte sich sogar zu mir, um mir ein Küsschen auf die Wange zu drücken. »Schön, dich zu sehen, Maggie. Es sind sicher eine Menge toller Dinge für deine Buchpräsentation geplant, stimmt's? Ich habe gehört, dass es sensationell wird.«

»Ja, es wird bestimmt schön. Und hast du gehört? Mit der Serienverfilmung hat auch alles geklappt. Lee kümmert sich derzeit noch um die Details. Aber drei Bücher, das ist nicht schlecht, oder?«

Er versuchte abzuwiegeln. »Na ja, bei Büchern wie deinen ist es immer schwer abzuschätzen, ob sie beim Publikum richtig einschlagen werden.«

»Ganz richtig, Mark. Ein attraktiver Held und eine attraktive Heldin, heißer Sex, Abenteuer, Gefahr, ein bisschen Nervenkitzel und wahre Liebe … Ich meine, schau dir mal *Outlander* an. Gott, ich hoffe wirklich, dass die armen Kids noch eine Weile durchhalten können.«

Der Aufzug stoppte, wir stiegen alle aus. Ich wagte es nicht, Ellen anzuschauen, sondern fixierte weiter Mark, dessen Augen schmal geworden waren.

»Du weißt schon, dass ich keinen weiteren Vertrag mit dir zu erfüllen habe«, fuhr ich fort, rückte die Tasche auf meiner Schulter zurecht, als wäre das Ganze eine normale Bürounterhaltung. »Für mein nächstes Buch ist noch nichts unterzeichnet – jedenfalls nicht mit dir.« Ich konnte es selbst nicht glauben, dass die Worte aus meinem Mund kamen. Drohte ich meinem Verleger?

Er legte den Kopf schräg. »Also, Maggie, du bist doch seit vielen Jahren bei uns.«

»Ja, das ist schon richtig. Und wenn du den Erscheinungstermin für den dritten Band auf nächsten Herbst verschiebst, statt im Sommer damit rauszukommen, wo es richtig platziert wäre, wird es das letzte Buch sein, das wir zusammen machen.«

Mark blickte sich um. In der Lobby war es nicht sehr voll, aber die wenigen Anwesenden gehörten alle zum Verlag und schauten samt und sonders interessiert in unsere Richtung. Er senkte die Stimme. »Maggie, du weißt doch, wie die Dinge laufen. Es braucht Zeit, um ein Buch fertigzukriegen. Und du hast deine ersten beiden Deadlines nicht eingehalten.«

»Aber die letzte sehr wohl. Die Überarbeitungen sind sogar schon auf Ellens Schreibtisch, früher, als der Zeitplan es vorsieht. Und alles andere ist fertig.«

Mein Mund war staubtrocken, meine Zunge klebte am Gaumen. War das wirklich ich, die das alles von sich gab? Lee würde mich umbringen, wenn er mich hören könnte – er hatte sich immer für mich eingesetzt, er war der Kämpfer. Und er hatte sich mir gegenüber immer anständig verhalten.

Aber dieses letzte Buch war einfach zu wichtig. Und es hatte mich am meisten Kraft gekostet. Um keinen Preis würde ich zulassen, dass es nicht angemessen gewürdigt wurde.

Mark sah vor sich auf den gepflegten Marmorboden und kräuselte die Lippen. Schließlich nickte er. »Okay.«

Um ein Haar hätten meine Knie vor lauter Erleichterung nachgegeben, aber ich ließ es nicht zu. Ich fiel ihm nicht um den Hals, ich quietschte nicht vor Freude. Ich reckte nur das

Kinn und sagte: »Danke. Vielleicht schaffst du es ja zu meiner Buchpräsentation, sie findet unten am Union Square statt. Ich hab gehört, die machen tolle Partys.«

Jetzt war sein Lächeln echt. »Ja, vielleicht.«

Damit drehte ich mich um und schlenderte davon, durch die Drehtür und hinaus in die Abendluft von Manhattan. Ellen holte mich ein, sie war völlig außer sich.

»Ich kann es nicht glauben, dass du so mit ihm geredet hast!«, japste sie.

Ich legte ihr die Hände auf die Schultern und lehnte meine Stirn an ihre. »Ich auch nicht.«

Und dann brachen wir beide in haltloses Gelächter aus.

Ich war dabei, meine Kupfertöpfe neu zu ordnen, als Lee anrief.

»Hast du etwa Mark Carruthers im Aufzug attackiert und wegen deines Buchs unter Druck gesetzt?«

»Nein. Das trifft die Sache nicht ganz.«

»Ich habe fünf verschiedene Messages bekommen, die alle die gleiche Begegnung beschreiben. Was ist passiert, Maggie?«

»Ich hab ihn nur daran erinnert, dass dieses Buch das letzte ist, für das ich unter Vertrag stehe. Und dass die Möglichkeit besteht, es könnte für immer das letzte sein.«

Ich hörte ihn etwas brummen, dann ein langes Ausatmen. »Das ist eigentlich mein Job, Maggie.«

»Ich weiß. Deshalb habe ich auch deine Argumente benutzt.«

»Ich war mit Mark im Gespräch. Wir waren dabei, uns zu einigen.«

»Schön. Aber jetzt ist das Problem vom Tisch.« Bisher war ich in der Küche herumgelaufen, aber jetzt setzte ich mich. »Ich weiß, dass ich zu weit gegangen bin, Lee. Entschuldige. Aber … du weißt ja, was dieses Buch mir bedeutet.«

»Ja, das weiß ich. Aber der Schuss hätte auch nach hinten losgehen können, Maggie.«

Ich holte tief Luft. »Na ja, ich hab mir gedacht, die Chancen stehen gut für mich. Da in meinem Liebesleben einfach alles schiefgelaufen ist, konnte ich davon ausgehen, dass irgendwo irgendetwas gut für mich laufen würde.«

Lee räusperte sich. »Also, ich weiß nicht. Und ich will es auch gar nicht wissen, obwohl ich Martin fast festketten musste, um zu verhindern, dass er sich ins Auto setzt, um diese ganze Geschichte über Max und dich in Erfahrung zu bringen.«

»Sag ihm, er soll warten. Die Geschichte ist vielleicht noch nicht ganz vorbei.«

Damit legte ich auf, drückte meine neue Sauteuse an mich und schaute auf den Wandkalender. Die Zahlen bis zum Fünfzehnten waren rot markiert.

Noch zehn Tage.

Barnes & Nobles auf dem Union Square war nicht gerade meine Lieblingsbuchhandlung, schließlich hatte ich vor kurzer Zeit noch bei Shakespeare & Company in Paris gestöbert.

Aber für eine Buchpräsentation war der Laden schon ziemlich spektakulär.

Überall waren Stapel von *Feuer im Blut* aufgebaut. Auf jedem Stock hingen Banner mit dem unverkennbaren Cover, dunkles Grün und Schwarz, ein angedeutet tribales, nahöstlich anmutendes Design, die Schrift tiefrot.

Darüber groß mein Name, was mir sehr zusagte.

Zuerst würde ich ein bisschen plaudern müssen. Meredith Walters, eine außergewöhnliche Autorin und langjährige Freundin, würde mich dabei unterstützen, mir Fragen stellen und das Gespräch mit dem Publikum moderieren. Danach sollte das Signieren beginnen. Wir fingen früh an, und der Laden würde bis kurz vor Mitternacht geöffnet bleiben. Ein paar Verlagsangestellte und auch Ellen und ihre Assistentin standen parat, um bei Bedarf für Büchernachschub zu sorgen. Lee und Martin saßen in der ersten Reihe, Cheri und Alison waren mit mir im Bus hergefahren. Wir hatten früh zu Abend gegessen, und die beiden würden rechts und links neben mir am Tisch sitzen und mich mit Kaffee, Schokolade und frischen Stiften versorgen.

Jeder Platz war besetzt. Und nicht nur mit Frauen. Zu meiner großen Freude entdeckte ich Paare und sogar einzelne Männer.

Punkt sieben Uhr begannen wir. Meredith fütterte mich mit genau den richtigen Fragen: Wie hat es mit deiner Geschichte angefangen? Wie erschuf man in Gedanken ein gänzlich fiktives Land? Was war das Geheimnis erotischer Spannung in einem Roman? Nach etwa einer Stunde wandte Meredith sich ans Publikum.

»Ich kann mir denken, worüber ihr alle unbedingt etwas hören wollt – das dritte Buch! Richtig?«

Donnernder Applaus war die Antwort, und ich wurde rot.

Meredith sah mich an. »Also … dann erzähl uns doch mal ein bisschen. Wie war es, diese Geschichte zu Ende zu bringen?«

Ich holte tief Luft. »Den dritten Band überhaupt anzufangen war schwieriger als bei allen anderen Büchern, die ich geschrieben habe. Ihn zu Ende zu bringen war letztlich überraschend leicht.«

Interessiert beugte Meredith sich vor. »Erzähl uns mehr.«

Ich sah zu Ellen, die regelrecht fasziniert wirkte. »Ich musste darum bitten, die Deadline zu verschieben, zwei Mal, weil ich mehr Zeit brauchte. Ich kam einfach nicht von der Stelle, konnte einfach nicht anfangen, meine Geschichte zu schreiben. Aber als ich mich irgendwann hingesetzt und losgeschrieben habe, lief es plötzlich wie geschmiert.« Ich begegnete Merediths Blick. »Auf einmal war ich wie im Rausch. Ich bin völlig darin aufgegangen.«

Meredith lachte und erklärte dem Publikum: »Das heißt, sie ist im Pyjama rumgelaufen und hat wochenlang von Kaffee und trockenen Keksen gelebt.«

Wieder Gelächter, und Meredith wandte sich zurück zu mir. »Erzähl uns doch – wie hast du das geschafft? Dich in diesen Zustand zu versetzen?«

»Ich habe meine Inspiration gefunden. Eine erstklassige Inspiration.«

Sie zog die Augenbrauen hoch. »Ach ja? Von einem Ort? Oder einem Menschen?«

»Beides«, antwortete ich lachend. »Ich war in Paris, und dort habe ich jemanden getroffen, der meine Sicht auf mein Leben verändert hat. Inmitten von Kopfsteinpflasterstraßen, an einem Ort voller Kunst und Schönheit und langen Gesprächen im Café war ich … nicht mehr zu bremsen.«

»Du hast also deine Muse gefunden?«

»Genau«, nickte ich.

»Und wann wird das dritte Buch erscheinen?«

Ich blickte zu Ellen, die den Daumen in die Höhe hielt. »Nächsten Sommer.«

Ich wünschte, Mark Carruthers wäre da gewesen, denn donnernder Applaus erhob sich. Ellen hüpfte buchstäblich vor Freude.

Als der Lärm sich legte, sagte Meredith grinsend: »Perfekt. Denn wir alle wissen, dass es keine bessere Sommerlektüre gibt als die Delania-Bücher. So, wer hat noch eine Frage? Hebt einfach die Hand, dann bringt euch Amy das Mikrophon.«

Ich liebte Q and A, das Gespräch mit dem Publikum. Natürlich bekam ich über die verschiedenen digitalen Kanäle unentwegt Nachrichten von meinen Lesern, in denen sie mir Fragen stellten und mir Dinge über mein Buch erzählten, doch ihnen persönlich zu begegnen, war immer eine ganz besondere Erfahrung. Die meisten erhobenen Hände waren von Frauen, und die Fragen allesamt recht routinemäßig.

Q: *War Bella eine echte Person?*

A: Na klar. Sie ist ich, nur jünger, größer und mit tolleren Kurven.

Q: *Ist Lance auch ein echter Mensch?*

A: Wenn er einer wäre, glaubt ihr, dann wäre ich hier?

Q: *Wenn du keine Autorin wärst, was wärst du dann?*

A: Rettungsschwimmerin am Strand.

Q: *Warst du jemals in einer Situation wie Bella und musstest dich wochenlang ohne jeden Komfort durchschlagen?*

A: Meine Vorstellung von ›ohne Komfort durchschlagen‹ ist, mehr als zwei Blocks zu Fuß gehen zu müssen, um Wein zu kaufen.

Q: *Was ist für dich das Wichtigste im Leben?*

A: Meine Tochter, und dass sie glücklich ist.

Q: *Sind Actionszenen schwer zu schreiben?*

A: Überhaupt nicht. Ich lasse sie von Leuten nachstellen. Nein, lacht nicht. Das stimmt.

Q: *Du schreibst über junge Menschen. Glaubst du, dass du dich jemals inspiriert fühlen wirst, über einen älteren Helden zu schreiben?*

Auf einmal blieb mir fast das Herz stehen. Diese Stimme kannte ich. Ich hatte von dieser Stimme geträumt. Dort, ganz hinten, stand er, Max, und sein wunderschöner französischer Akzent hallte aus dem Mikrophon.

Langsam erhob ich mich. Sein Kopf war leicht zur Seite geneigt, aber es war unmöglich, seinen Gesichtsausdruck zu deuten. Doch die Tatsache, dass er hier war …

»Der romantischste Mann, dem ich jemals begegnet bin, war nicht mehr ganz jung.« Meredith sah in Max' Richtung, Lee und Martin hatten sich auf ihren Stühlen umgedreht.

»Genau genommen würde ich den Rest meines Lebens über ihn schreiben, wenn ich die Gelegenheit dazu bekäme«, fuhr ich fort.

Er setzte sich, und ich musste mich an meinem Stuhl festhalten, um nicht von der Bühne zu springen und den Gang hinunterzurennen. Ich sah zu Cheri.

Sie hatte die Augen aufgerissen und formte mit den Lippen: *Ist er das?*

Ich nickte heftig und gestikulierte wild, worauf sie blitzschnell aufstand, zum Seitengang lief und sich nach hinten durchschlängelte.

»Okay – dann beginnen wir doch mal mit dem Signieren«, sagte Meredith laut, kam zu mir und packte mich am Arm. »Alles okay mit dir?«, flüsterte sie mir ins Ohr.

Ich atmete tief und langsam. »Ja, lass uns anfangen.«

Damit verließ ich die Bühne, setzte mich an den Tisch und versuchte, mein Lächeln aufrechtzuerhalten, während sich vor mir eine Menschenschlange bildete und ich zu signieren begann. Ich funktionierte auf Autopilot. Lächeln. Buch nehmen. Den Namen auf dem Klebezettel lesen, ihn wiederholen. Ein bisschen Smalltalk. Im Buch unterschreiben. Danke.

Der Nächste bitte.

Cheri schob sich neben Alison. »Sorry«, sagte sie und schüttelte den Kopf. »Es sind zu viele Leute hier. Ich kam nicht schnell genug zu ihm durch.«

Es war gleichgültig. Ich wusste genau, wie ich ihn finden würde.

Lächeln. Signieren. Und noch einmal von vorn. Irgendwann sah ich zu Alison. »Ist das hier die längste Signierstunde der Welt?«, fragte ich sie – seit wir befreundet waren, hatten sie mir bei jedem Event dieser Art geholfen.

Sie schüttelte den Kopf. »Nein, Schätzchen. Aber ich wette, so fühlt es sich für dich an.«

Kurz darauf kauerte Lee sich hinter mich. »Wieso war Max hier?«

»Das weiß ich nicht«, antwortete ich wahrheitsgemäß.

»Ist zwischen euch irgendetwas passiert, von dem ich nichts weiß?«

»Ich bin nicht sicher, Lee. Was genau weißt du denn?«

»Nichts!«

»Dann ja – vielleicht ist irgendetwas passiert.«

»Ich möchte es nicht wissen.«

»Entscheide dich, Lee. Oder besser – Martin soll mich anrufen. Und kann ich jetzt bitte dieses Buch signieren?«

Als wir endlich fertig waren, war ich so erledigt, dass ich am liebsten den Kopf auf den Tisch gelegt hätte und auf der Stelle eingeschlafen wäre, nur hatten der Kaffee und die Schokolade meinen Puls zum Rasen gebracht. Mein Hals und meine Schultern schmerzten von der Anspannung, mein Gesicht tat weh vom vielen Lächeln.

Ellen trat zu mir. »Wir haben ein Auto gerufen, das dich heimfährt.«

»Danke.« Ich deutete zu Alison und Cheri. »Können meine Freundinnen mitkommen?«

Sie nickte. »Natürlich, Maggie. Sag einfach dem Fahrer Bescheid. Er bringt dich, wohin du willst. Toll gemacht übrigens. Bist du bereit für den Rest der Woche?«

Der Rest der Woche bedeutete noch drei Signierstunden, ein Luncheon-Event auf Long Island und eine Lesung am Samstagvormittag. »Jepp. Mir geht's gut.«

»Kanntest du den Typen? Diesen Franzosen?«, fragte sie. Es kam nicht oft vor, dass sie mir persönliche Fragen stellte, aber sie hatte gute Gründe, neugierig zu sein.

»Er war meine Muse«, erklärte ich, während ich meine Handtasche zusammenpackte.

Ellen stieß einen leisen Pfiff aus. »Du bist ein echter Glückspilz.«

»O ja.«

Der Wagen war schick und schwarz, und auf der Rückbank war locker Platz genug für uns drei.

»Was denn – keine Minibar?«, fragte Alison.

»Nein. Sorry. Hey … wie war noch mal Ihr Name?«, wandte ich mich dann an den Fahrer.

Er sah mich im Rückspiegel an. »Joe.«

»Gut. Okay, Joe, ich möchte bitte zuerst zu einer Adresse in Uptown.«

Er zuckte die Achseln. »Wie Sie wollen.«

Ich nannte ihm Max' Adresse und umklammerte meine Handtasche mit beiden Händen.

»Also, wie lautet der Plan?«, fragte Cheri. »Weil ich hier nämlich weder Wein noch Blumen noch ein Streichquartett entdecken kann.«

»Ich sage ihm einfach die Wahrheit.«

»Und was genau ist die Wahrheit?«, hakte Alison nach.

»Dass ich mich in ihn verliebt habe und ihn vermisse und mich erbärmlich fühle und wie eine Idiotin.«

Cheri nickte. »Das klingt ungefähr richtig.«

»Und was sollen wir tun? Mit dir kommen?«, fragte Alison.

Ich schüttelte den Kopf. »Nein. Bleibt im Auto. Fahrt ein

paarmal um den Block. Entweder stehe ich dann wieder auf dem Gehweg, um mitgenommen und nach Hause gebracht zu werden, oder ich schicke euch eine Nachricht, und ihr könnt ohne mich heimfahren. Hey, Joe, falls ich in der Stadt bleibe, fahren Sie meine Freundinnen nach Hause, ja?«

Er nickte. »Klar. Irgendwo in Jersey?«

»Ja.«

»Wie Sie mögen. Ich werde bezahlt, egal, wen ich fahre.«

Ich lehnte mich zurück und schloss die Augen. »Ich bin so müde. Und ich glaube, wenn ich noch ein einziges Mal lächeln muss, kriege ich Risse im Gesicht. Was mache ich, wenn er mir die Tür vor der Nase zuschlägt?«

»Hätte er den weiten Weg zum Union Square gemacht, wenn er nicht vorhätte, dir eine sehr direkte Botschaft zu senden?« fragte Cheri. »Ich meine, wenn ich in seiner Nachbarschaft wohnen würde, würde ich mich nie im Leben so weit nach Downtown runterbewegen.«

Man hätte denken können, der Verkehr an einem Dienstagabend gegen Mitternacht wäre erträglich, aber die Fahrt zu Max' Haus schien ewig zu dauern. Cheri blickte auf und stieß einen leisen Pfiff aus.

Mir schlug das Herz bis zum Hals, ich hörte es in den Ohren dröhnen. Wieder einmal ging es um Kampf oder Flucht, nur war Flucht diesmal keine Option. Ich würde nicht weglaufen, sondern kämpfen – bis zum Letzten. »Okay, Leute. Wünscht mir Glück.«

Alison drückte mich kurz. »Schätzchen, du brauchst kein Glück. Ich gehe jede Wette ein, dass er genau weiß, wen er bekommt.«

So stieg ich aus und betrat die Lobby. Heute saß eine andere Besetzung hinter dem Tresen, vermutlich die Nachtcrew.

»Mr. Max Varden.«

Einer der Männer blickte auf. »Mrs. Bliss?«

Ich nickte.

»Er hat gesagt, Sie sollen hochkommen. Nach ganz oben.«

Ich stieg in den Aufzug. Max hatte meinen Namen hinterlassen. Also hatte er gehofft, dass ich käme.

Ins oberste Stockwerk?

Als ich ausstieg, lag ein langer Korridor vor mir, an dessen Ende sich prompt eine Tür öffnete.

Nur seine Stimme war zu hören. »Maggie? Komm rein.«

Ich fühlte mich, als wäre ich der Typ in *The Green Mile,* wie in Zeitlupe hörte ich meine Absätze auf dem Marmorboden des Korridors klicken. Schließlich durchquerte ich die Tür und sah durch deckenhohe Panoramafenster ganz New York City vor meinen Augen ausgebreitet.

»Wow«, flüsterte ich.

»Danke«, sagte er.

Langsam drehte ich mich um, und da stand er und sah so unglaublich gut aus in seinem frischen weißen Hemd, die Haare ein bisschen länger.

»Ich … ich hoffe, es ist nicht zu spät«, begann ich, riss mich vom Anblick seines Gesichts los und gab mir alle Mühe, so zu tun, als hätten wir einfach nur ein ganz normales Gespräch. »Nicht schlecht, die Aussicht. Fast so schön wie Paris.« Meine Finger kneteten meine Handtasche, die ich immer noch krampfhaft an die Brust drückte.

»Ja«, bestätigte er. »Fast so schön wie Paris.« Dann streckte er die Hand aus, griff nach meiner Tasche, befreite sie behutsam aus meinem verkrampften Klammergriff und legte sie auf einen kleinen Tisch. »Und nein, es ist nicht zu spät.«

»Du solltest doch erst am Fünfzehnten zurückkommen«, sagte ich.

»Woher weißt du das?« Er runzelte die Stirn.

»Weil ich dich besuchen wollte. Ich war hier, und man hat mir gesagt, dass du bis zum Fünfzehnten außer Landes sein würdest.«

Sein Gesicht, das ein bisschen argwöhnisch geworden war, entspannte sich wieder. »Wirklich? Du warst hier?«

Ich nickte. »Ja. Weißt du, Nicole hat mir gesagt, du wärst in London gewesen und jetzt wieder hier, deshalb wollte ich herkommen, aber du warst schon wieder fort. Morgens. Ganz früh.«

»Der Empfang hat mir gar nichts von einem Besuch gesagt. Du hast keine Nachricht hinterlassen.«

Um ihn nicht pausenlos anzustarren, zwang ich mich, auf die schimmernden Lichter von New York hinauszublicken. »Was ich zu sagen hatte, sollte persönlich übermittelt werden.« Ich sah mich genauer um.

Dunkelblaue Wände, gepflegte Parkettböden, hübsch gerahmte Fotos von Paris an den Wänden … eine phantastische Wohnung.

»Du bist also früher zurückgekommen?«, fragte ich.

»Ja«, antwortete er mit einem Lächeln. »Weißt du, ich wollte unbedingt bei einer sehr wichtigen Buchpräsentation dabei sein.« Er verlagerte das Gewicht aufs andere Bein. »Aber du wolltest mir etwas sagen?«

Ich ballte die Fäuste, um meine Hände zu bändigen, die nichts anderes im Sinn hatten, als über Max' Brustkorb zu wandern. »Ja, ich hatte eine Ansprache vorbereitet.«

Er zog die Augenbrauen hoch. »Eine ganze Ansprache? Ich fühle mich geschmeichelt. Zu welchem Thema?«

Ich räusperte mich. Schon seit Tagen gingen mir meine Worte im Kopf herum. Warum konnte ich mich jetzt, da ich in seine blauen Augen sah und seine Körperwärme spürte, auf einmal an kein einziges mehr erinnern?

»Na ja, es ging um … du weißt schon. Darum, dass du wirklich meine Muse warst. Und ich tatsächlich das Gefühl hatte, dass ich dich brauche, um mein Buch zu schreiben. Ich meine, es war wichtig für mich. Anfangs jedenfalls.«

Ich schluckte. Und jetzt? Was konnte ich ihm noch sagen? All die sorgfältig durchdachten Worte und Sätze hatten meinen Kopf verlassen. Ich konnte nur noch daran denken, wie sehr ich ihn vermisst hatte, wie wichtig er für mich geworden war, wie sehr ich ihn in meinem Leben haben wollte. »Irgendwann hat sich alles verändert, Max. Es ging nicht mehr um das Buch, sondern nur noch um dich.« Mein Mund war trocken, und ich hoffte, meine Stimme würde nicht endgültig versagen. »Alles drehte sich nur noch um dich. Wie du redest, wie du lachst. Ich konnte nur noch an dich denken. Wie die Welt verschwindet, wenn du mich anlächelst. Wie du die Ärmel aufkrempelst, nur ein einziges Mal, wie du deine Finger spreizt, wenn du das Weinglas in der Hand hältst.« Jetzt kamen die Worte immer schneller aus meinem Mund, und ich hörte das Zittern in meiner Stimme. »Es ging nur um dich. Um dich und mich. Um uns. Gibt es dieses Uns, Max?«

»Dieses Uns gab es immer, Maggie«, sagte er sehr leise. Ich hörte das leise Ticken einer Uhr und das Pochen meines eigenen Herzens.

Er trat einen Schritt auf mich zu, aber ich wich zurück. Denn jetzt kam die Frage, und ich wollte die Antwort darauf eigentlich nicht wissen. »Warum hast du mich nach dem Hier und Jetzt gefragt?«

»Ah.« Er nickte, mehr zu sich selbst. »Ja. Das war wahrscheinlich eine ungünstige Wortwahl.«

Ich streckte die Arme aus und schubste ihn mit beiden Händen gegen den Brustkorb. So fest ich konnte. »Denkst du? Weißt du, das hat mich umgehauen. Ich meine, ich dachte darüber nach, wie wir für immer zusammenbleiben könnten, und bei dir klang es, als würden wir uns voneinander verabschieden, sobald ich Frankreich verlassen würde …«

Er packte meine Hände und drückte sie an seine Brust. »Du hast gesagt, hier und jetzt sei es perfekt. Das waren deine Worte. Was hätte ich denn da denken sollen?« An meinen Handflächen spürte ich sein Herz schlagen. »Und als Nicole dann sagte, ich sei nur … na ja … da hat mein Ego die Möglichkeit nicht verkraftet, dass ich mich in dir getäuscht haben könnte.«

Ich ließ ihn nicht aus den Augen.

»Ich bin verrückt nach dir. Das weißt du doch, oder nicht? Du bist so eine … Naturgewalt.« Er trat näher. »Und ich wusste, dass für dich eine Menge auf dem Spiel stand. Dein Buch. Es war so wichtig für dich. Dann waren da auch noch Alan und Nicole. Ich wollte es nicht noch schwerer für dich machen. Ich wollte dir nicht auch noch die Last eines ›Was wäre wenn‹ aufbürden.«

Mit einem entschiedenen Kopfschütteln entgegnete ich: »Das war keine Last, Max. Das war ein Geschenk. Weil ich dabei war, mich in dich zu verlieben.«

Seine Augen begannen zu strahlen. »Mein Fehler. Ich hätte begreifen müssen, dass du Frau genug warst, um es mit der ganzen Welt aufzunehmen. Deshalb bin ich heute Abend auch in die Buchhandlung gekommen. Weil ich dich liebe, und ich musste herausfinden, ob es irgendeine Chance gibt …«

Ich beugte mich zu ihm, um ihn zu küssen, schlang die Arme um seinen Hals, seine Hände umfassten mich, und in meinem Kopf drehte sich alles, wir lachten, meine Stirn sank gegen seine, unsere Blicke verfingen sich ineinander, und in diesem Augenblick war alles, einfach alles möglich.

Ich küsste ihn wieder und schmiegte mich mit dem ganzen Körper an ihn. »Ich muss eine Nachricht schreiben«, erklärte ich.

»Jetzt?«, fragte er etwas erstaunt.

»Ja, jetzt. Meine beiden besten Freundinnen fahren um den Block, falls ich doch auf der Straße ende und zurück nach Jersey muss.«

Er warf den Kopf in den Nacken und lachte laut. »Mein Gott, Maggie.«

Ich küsste ihn schon wieder.

Dann schrieb ich an Cheri:

Sieht nach einem guten Start aus.

Und ließ mein Handy auf den Boden fallen. »Ich muss in den nächsten zwei Monaten bei ungefähr hundert Events sein«, sagte ich, während meine Finger sich bereits an seinem Gürtel zu schaffen machten. Warum bestanden Männer eigentlich darauf, unbedingt einen Gürtel zu tragen? Wäre irgendwas mit Druckknöpfen nicht genauso gut?

»Ich muss Donnerstagmorgen wieder in Dubai sein, und dann bin ich zwei Wochen in Japan.« Die Lippen auf meinem Nacken, knöpfte er geduldig mein Kleid auf.

Ich wich zurück und suchte seinen Blick. »Stimmt. Du bist … viel unterwegs.«

Er nickte. »Das ist mein Job, Maggie. Er ist wichtig und führt mich um die Welt, manchmal ziemlich lange.« Er lächelte. »Aber du kannst damit umgehen, denn ich verspreche dir, ich werde immer zu dir zurückkommen. Oder besser noch, du kannst mich begleiten.« Sein Lächeln wurde breiter. »Schließlich kannst du doch überall schreiben, glaube ich. Du brauchst nur deinen Laptop, eine bequeme Trainingshose und Kaffee, richtig?«

Wieder explodierte etwas in meiner Brust. »Dich begleiten?«

»Natürlich nur, wenn du es möchtest. Ich bin zu allem bereit, Maggie, ich habe mich entschieden, diese Liebe zu wagen, und ich werde dich mit meiner Liebe überschütten. Glaubst du mir das?«

Tief im Herzen fühlte ich die Antwort. Oder nein, ich fühlte sie in meiner Seele. Ja, ich glaubte ihm. »Womöglich wirst du es mir beweisen müssen«, antwortete ich, aber ich erwiderte sein Lächeln.

»Kein Problem. Nicht im Geringsten.«

»Wir haben morgen. Ach nein, da bin ich in Staten Island. Aber ich könnte spätabends zurückkommen.« Ich schob ihn auf die Couch und kniete nieder, um ihm die Jeans auszuziehen.

»Hast du schon das Strandhaus gekauft?« Schnipp. Adieu, BH.

»Nein. Schaust du es dir mit mir zusammen an?« Ich kletterte auf seinen Schoß.

»Wir kaufen uns zusammen eines. Wir fliegen wieder nach Frankreich. Warte nur, bald haben wir ein Häuschen an jedem Strand, den wir finden können.«

»Perfekt. Klingt wunderbar.« Ich blickte über die Schulter auf die glitzernden Lichter der vor uns ausgebreiteten City. »Werden wir uns hier lieben, wo uns ganz New York zuschauen kann?«

»Fällt dir etwas Romantischeres ein?«

»Momentan nicht. Aber lass mir ein bisschen Zeit. Immerhin gehört so was zu meinem Job.«

Und dann hörten wir auf zu reden.

Dank

Wie immer muss ich zuerst meiner Agentin Lynn Seligman danken, die von Anfang an unerschütterlich an mich geglaubt hat.

Im wahrsten Sinn des Wortes hätte ich dieses Buch ohne meine Tochter Alley und ihren großartigen Mann Gaultier niemals schreiben können. Die beiden haben mir Paris gezeigt.

Großen Dank an Nisha Sharma, eine rundum wundervolle Person und außergewöhnliche Partnerin für Kritik.

Bei St. Martin's Griffin: Applaus für all die engagierten Menschen, die hinter den Kulissen daran gearbeitet haben, dieses Buch zum Leben zu erwecken.

Eine ehrfürchtige Verbeugung vor Leslie Gelbman.

Und ich danke Alice Pfeifer, die mich auf dieser Reise unermüdlich unterstützt hat. Es war der Traum meines Lebens.

LESEPROBE

JESSE Q. SUTANTO
LOVE WANTED
Oder wie werde ich meine Familie los
»Ich liebe es - blitzgescheit, originell und so lustig.« BETH O`LEARY
atb
ROMAN

Kapitel 1

Heute

Ich atme tief durch, bevor ich die Türen aufschwinge. Sofort quillt mir der Lärm entgegen, eine Kakophonie aus Mandarin und Kantonesisch, und ich trete beiseite, um meine Mutter vorzulassen. Nicht aus Respekt – ich meine, das natürlich auch, aber ich sehe es eher praktisch. Ma ist in der Chinatown von Jakarta aufgewachsen, einem Ort, an dem es vor Menschen wie in einem Ameisenhaufen wimmelt, und weiß deshalb bestens, wie man sich den Weg durch eine Menge bahnt. Egal wo. Wäre ich diejenige, die vorangeht, würde ich »Entschuldigung … ach Verzeihung, bitte … *Ah Yi* … könnte ich wohl … ich habe eine Reservierung …« krächzen. Bei all dem Lärm würde niemand meine Stimme hören, und wir müssten für immer vor dem Lokal stehen und warten. Zumindest so lange, bis der große *Dim-Sum*-Ansturm vorüber wäre.

Jetzt aber bahnt Ma uns den Weg durch die Massen von Familien, die auf ihre Tische warten, und ich hätte sie längst verloren, würde sie mich nicht mit eisernem Griff wie eine Dreijährige hinter sich herziehen. Sie gibt sich nicht damit zufrieden, am Empfang zu warten, sie erstürmt das Lokal, als würde es ihr gehören, und scannt mit Adleraugen den Gastraum.

Wie soll ich das Chaos in einem *Dim-Sum*-Restaurant im Herzen des San Gabriel Valley um elf Uhr beschreiben? Im Saal stehen an die hundert runde Tische, an denen jeweils eine Familie mit meist drei bis vier Generationen sitzt – man sieht also viele grauhaarige, runzlige *Ah Mahs* mit pausbäckigen Babys auf dem Schoß. Kellnerinnen schieben Servierwagen herum und würden bei niemandem anhalten, der sie »Kellnerin« nennt. Man muss sie *Ah Yi* – Tantchen – rufen und stürmisch winken, wenn man sie sieht. Wenn sie dann stehen bleiben, stürzen sich alle auf sie wie die Geier und ringen um die Bambus-Dampfgarer auf dem Wagen. Sie schreien durcheinander, dass sie *Siu Mai* – offene Dumplings mit Schweinefleisch, Garnelen und Pilzen – oder *Har Gow* – durchscheinende Krabben-Dumplings – oder *Lo Mai Gai* – in ein Lotusblatt gewickelte Reisbällchen mit Huhn – haben wollen, und die *Ah Yis* wissen genau, welches Gericht sich in welchem der Dampfkörbe verbirgt.

Mein Mandarin ist fürchterlich, und Kantonesisch kann ich schon gar nicht. Ma und die Tanten versuchen immer wieder, meine Sprachkenntnisse zu verbessern, indem sie entweder Mandarin oder Indonesisch mit mir sprechen, aber sie geben meist schnell wieder auf und wechseln ins Englische, weil ich sonst nur die Hälfte verstehe. Ihr Verständnis der englischen Sprache wiederum ist ein wenig eingeschränkt, aber immer noch erheblich besser als mein Mandarin oder Indonesisch. Das ist ein weiterer Grund, weshalb ich es so schwer finde, Essen im *Dim-Sum*-Lokal zu bestellen. Bis eine *Ah Yi* mich endlich wahrnimmt und meine Bestellung versteht, sind die leckeren Sachen meist schon weg. Übrig ist dann nur noch so fades Essen wie teigige vegetarische Dumplings oder gedämpfter Pak Choi.

Aber heute – heute ist ein guter Tag! Ich schaffe es, zwei Portionen *Har Gow* zu ergattern, was mir mit Sicherheit die Anerkennung von Großer Tante einbringen wird, und bekomme sogar einen Schwung *Lop Cheung Bao* zu fassen – chinesische Würstchen im Schlafrock. Fast macht das all die Mühe wett, den die wöchentliche Anreise zu diesen *Dim-Sum*-Treffen kostet.

Große Tante nickt anerkennend, als die *Ah Yi* unsere Bambus-Dampfkörbe in die Tischmitte stellt, und mich überkommt der fast überwältigende Drang, mir auf die Brust zu schlagen und laut zu krähen. *Ich habe diese* Dim Sum *mit Garnelenfüllung erbeutet! Ich!*

»Du musst mehr essen, Meddy. Du brauchst morgen all deine Kraft«, sagt Große Tante auf Mandarin und wirft zwei Stück geschmorte Schweinerippchen auf meinen Teller, während ich die Dumplings an alle verteile und Tee einschenke. Zweite Tante schneidet die *Char Siu Baos* – Hefeteigtaschen mit Schweinefleischfüllung – in zwei Hälften und legt jeder von uns eine auf den Teller. Da der Tisch rund ist, kämen alle selbst bequem an die Gerichte, aber bei chinesischen Familienessen serviert nun mal jeder jedem, weil es von Liebe und Respekt zeugt, was wiederum nach sich zieht, dass wir alle es auf möglichst auffällige Weise tun. Was hätte es für einen Sinn, Große Tante den größten *Siu Mai* zu geben, wenn es niemand sieht?

»Danke, Große Tante«, sage ich pflichtschuldig und lege einen dicken *Har Gow* auf ihren Teller. Ich antworte nur auf Englisch, egal, welche Sprache meine Familie gerade spricht, weil Zweite Tante sich ständig beschwert, meinem Kampf mit Indonesisch oder Mandarin zu lauschen, lasse ihren Blutdruck steigen. »Du solltest auch mehr essen. Wir zählen morgen auf dich. Und auch auf dich, Zweite Tante.« Der zweitgrößte *Har Gow* kommt auf ihren Teller. Den drittgrößten bekommt Vierte Tante, und der letzte ist für Ma. Das zeigt, dass meine Mutter mich gut erzogen hat, denn ich kümmere mich erst um andere und dann um uns selbst.

Große Tante wedelt meine Plattitüden mit dick beringter Hand davon. »Wir zählen alle aufeinander.« Vier Köpfe mit aufgetürmten Frisuren nicken. Vierte Tante hat die höchste Turmfrisur, worüber Ma sich mir gegenüber regelmäßig aufregt.

»So ein Aufmerksamkeitsbeil«, sagte sie mal, was ebenso erschreckend wie komisch klang. Ich fragte, wo sie das Wort gehört habe, und sie sagte, bei unserer Nachbarin, Tante Liying, was mit Sicherheit gelogen war. Aber nach sechsundzwanzig Jahren mit meiner Ma wusste ich es besser, als mit ihr zu streiten. Ich erklärte ihr einfach, es heiße »aufmerksamkeitsgeil«, und sie nickte und murmelte »keil, nicht beil … kein großer Unterschied« vor sich hin, während sie weiter Schalotten hackte.

»Okay«, meint Große Tante nun und klatscht fest in die Hände. Wir setzen uns alle gerade hin. Große Tante ist zehn Jahre älter als Zweite Tante und hat ihre Schwestern gewissermaßen großgezogen, während meine *Nainai* arbeiten ging. »Haare und Make-up?«

Zweite Tante nickt, zieht ihr Handy hervor und setzt die Brille auf. »*Apa ya,* wie hieß das noch mal … der Name dieser App, die Meddy mir für Styling gezeigt hat, Pintasowieso?«

»Pinterest«, werfe ich ein. »Soll ich dir eben helfen …?«

Große Tante wirft mir einen strengen Blick zu, und ich ziehe den Kopf ein. »Nein, Meddy, du darfst nicht helfen. Wenn Zweite Tante morgen bei der Braut die App nicht allein findet, verlieren wir unser Gesicht. Sie erwarten von uns, dass wir professionell arbeiten«, sagt sie. Oder zumindest glaube ich, dass sie das sagt, denn sie spricht so schnelles Mandarin, dass ich kaum folgen kann. Allerdings habe ich die Worte für »Gesicht verlieren« verstanden, weil es eine ihrer Lieblingsphrasen ist.

Zweite Tante schürzt schmollend die Lippen, und in ihrer linken Wange zuckt es. So wie Vierte Tante meine Ma wahnsinnig macht, so gibt es auch zwischen Zweiter und Großer Tante jede Menge Spannungen. Ich habe keine Ahnung, warum; vielleicht hat es damit zu tun, dass sie die zwei älteren sind. Vielleicht hat es mit ihrer komplizierten Vergangenheit zu tun. In der Familie meiner Mutter gab es ziemlich viel Drama, vor allem in Jakarta. Über die Jahre habe ich dies und das darüber aufgeschnappt, hauptsächlich von Ma.

»Ha!«, triumphiert Zweite Tante nun und streckt uns ihr Display entgegen, als hätte sie König Artus' Schwert aus dem Stein gezogen. »Ich hab's. Das ist die Frisur, die die Braut sich ausgesucht hat. Ich habe sie bei Meddy ausprobiert, und es sah wunderschön aus.« Sie sieht mich an und wechselt zu Englisch. »Meddy, du hast Foto, ich gemacht von dein Haar?«

»Habe ich«, antworte ich und hole mein Handy aus der Tasche. Ich rufe das Bild auf, und Zweite Tante hält es neben ihr Handy, damit alle vergleichen können.

»*Wah*«, sagt Ma. »Das sieht ja genauso aus wie bei dem Model! Sehr gut.«

Zweite Tante lächelt glücklich.

Vierte Tante nickt und sagt auf Englisch: »Ja, sie sind fast identisch. Beeindruckend!« Ihr Englisch ist das beste von allen, was wiederum etwas ist, das Ma ihr nie verzeihen wird, obwohl Mas Englisch etwas besser ist als das ihrer älteren Schwestern. Meine Mutter behauptet, Vierte

Tante bevorzuge den Gebrauch »großer« Wörter (also alle mit mehr als zwei Silben), nur um sie zu ärgern. Ich neige dazu, Ma recht zu geben, aber es ist trotzdem eine der vielen Wahrheiten, die wir nie mit Bestimmtheit wissen werden.

»Der Locken zeigen nicht gut in Asia-Haar«, sagt Große Tante. Dass sie Englisch spricht, heißt, dass sie den Tadel teilweise an mich richtet, woraufhin ich sofort ein schlechtes Gewissen bekomme, auch wenn es definitiv nicht meine Schuld ist. »Warum du gewählt blonde Frisur als Vorlage?«

Zweite Tante funkelt sie böse an. »Ich nicht gewählt. Braut gewählt. Kunde hat immer recht, weißt du nicht?« Sie sticht auf ihren *Har Gow* ein und beißt verärgert davon ab.

»Hmm.« Große Tante seufzt. »Hätten sagen müssen zu Braut, dass mit Asia-Haar anders als mit blonde Haar. Aber …«, fügt sie schnell hinzu, als Zweite Tante zu explodieren droht, »… egal. Zu spät. Weiter in Tagesortung …«

»Tagesordnung«, korrigiert Vierte Tante.

»Was?«, fragt Große Tante.

»Ordnung. Es heißt Ordnung und nicht Ortung. Ortung ist, wenn du dich vom Satelliten finden lässt und …«

»Tagesordnung, okay.« Große Tante lächelt Vierte Tante an, und Vierte Tante lächelt so selig zurück, dass man meinen könnte, sie sei wieder ein Kind. Ma erzählt immer, Vierte Tante sei Großer Tantes Liebling, weil sie das Küken der Familie und dabei so hilflos und anhänglich war, dass sie Großer Tante das Herz geradewegs aus der Brust gerissen habe.

»Gerade Wege rausgerissen«, grummelt Ma des Öfteren. Ich habe nie nachzufragen gewagt, ob meine Mutter als zweitjüngste Schwester bis zur Geburt von Vierter Tante vielleicht selbst Großer Tantes Liebling gewesen war.

»Blumen?«, fragt Große Tante nun den nächsten Programmpunkt in Mandarin ab. Ich atme kurz durch.

Ma strafft die Schultern. »Alles erledigt. Lilien, Rosen, Pfingstrosen. Ah Guan wird sie frühmorgens zur Insel bringen.«

Sie meint Santa Lucia, eine große Insel vor der südkalifornischen Küste in Privatbesitz, mit teils noch unberührten goldenen Stränden, spektakulären Felsenküsten und seit einem Monat einem der luxuriösesten, exklusivsten Ferienresorts der Welt: dem *Ayana Lucia*. Genau dort beginnt morgen die zweitägige extravagante Hochzeitsfeier von Jacqueline Wijaya, Tochter des größten indonesischen Textilunternehmers, und – kein Scherz – Tom Cruise.

Nun ja: Tom Cruise Sutopo. Der Bräutigam heißt tatsächlich so, ich habe das überprüft. Überseechinesen nennen ihre Kinder gern nach Berühmtheiten und/oder Markennamen (ich habe einen Cousin namens Gucci, der sehr weit wegzog, sobald er volljährig war) oder nach allseits beliebten westlichen Namen, die sie aber falsch schreiben. Beispiel: Meddelin. Meine Eltern meinten eigentlich Madeleine, doch in ihrer Schreibweise ähnelt es eher dem englischen Verb *to meddle*: sich einmischen. In meiner Kindheit nannten meine Cousins mich immer »Meddling Meddelin«, weshalb ich mich absolut niemals in jemandes Angelegenheiten einmische. Also deshalb *und* weil meine Mutter und Tanten sich schon so ausgiebig einmischen, dass es für die ganze Familie reicht.

Jedenfalls sind die Eltern von Tom Cruise Sutopo Eigentümer von … irgendetwas. Irgendetwas Großem. Palmölplantagen, Kohleminen … so was in der Art. Es geht also um eine Hochzeit zweier Milliardärsfamilien in einem neu errichteten Feriendomizil, weshalb Große Tante und wir anderen verständlicherweise nervös sind. Ich habe keine Ahnung, wie wir es geschafft haben, diesen Auftrag an Land zu ziehen. Na gut, habe ich doch: Der Mann von Vierter Tante ist – hoffentlich kriege ich das jetzt hin – der Bruder des Schwiegervaters von Jacquelines Cousin. Wir sind also praktisch verwandt. Bei uns Überseechinesen ist das immer so: Jeder ist auf irgendeine Weise mit jedem anderen verwandt, verheiratet oder verschwägert, und geschäftliche Deals kommen zustande, weil irgendjemandes Schwiegerdingsbums den entfernten Cousin irgendeines Freundes kennt.

Ich dachte, unser peinliches Geschäftsmotto, auf das Große Tante mächtig stolz ist – *»Wer sich traut, vertraut den Chans – und gibt dem Glück die beste Chance«* –, würde die Brautleute eher abschrecken, aber sie fanden es tatsächlich witzig und meinten, bei diesem Spruch seien sie noch sicherer, dass sie uns für die Gestaltung ihres großen Tages engagieren wollen.

Gerade erzählt Ma, wie sie es geschafft hat, die außergewöhnlich schönen Blumen zu besorgen. »Die Arrangements werden … wie sagt man auf Englisch, Meddy? Exquietschi …?«

»Meinst du exquisit?«, wirft Vierte Tante ein, und Ma starrt sie mit dem bösesten aller bösen Blicke nieder.

»Großartig«, sagt Große Tante schnell und unterbricht den atomaren Blickkontakt zwischen Ma und Vierter Tante. »Und als Letztes … die Musik. Alles okay?«